最好金龟换酒

傅真 / 著

中信出版社 CHINACITICPRESS ·北京·

插画：苏向宁

目录　CONTENTS

序　　　福山　　　　　　　　　　　　　　　009

"他也许听说过那座福山，它是我们世上最高的山。一旦登上顶峰，你就只有一个愿望，那就是往下走入最深的峪谷里，和那里的人民一同生活，这就是这座山叫作福山的原因。"希望有一天能够怀抱着踏实的心情重新回到茫茫人海，那时的我或许已经找到了那座福山。

PART 1　归零　　　　　　　　　　　　　　023

我们辞掉工作，退掉房子，决绝地斩断过去的生活。今后的日子充满未知，四海为家，前程未定，正像是被抛入一个时间的荒原中，回不到过去，也看不见未来。可我又是如此享受这种感觉，为着它所带来的珍贵的自由和可能性。

PART 2　不可能更好的起点　　　　　　　　029

在墨西哥，现实和梦想被视作是混杂在一起的，奇迹被认为是日常发生的。墨西哥人老把"死亡"挂在嘴边，他们调侃死亡、与死亡同寝、庆祝死亡。死亡是墨西哥人最钟爱的玩具之一，是墨西哥人永恒的爱。

PART 3　最美丽的海水与最危险的城市　　　059

伯利兹有着全世界最美丽的海水，是名副其实的潜水天堂。只是浮潜便能看到那么多那么美丽的海洋生物，就像爱丽丝漫游奇境，海面之下的奇异世界令我目眩神迷。

PART 4　山中日记　　　　　　　　　　　　069

我和铭基在危地马拉一所专门教授西班牙语的学校上了两星期全封闭式课程，这所山里的学校相当与世隔绝，没有网络，连电话都不能打，不仅一点也不浪漫，在这里每天看到的现实和听到的故事简直需要一颗巨大而坚硬的心才能承受。

PART 5　这么近那么远　　　　　　　　　　　　　　　103

我喜欢历史、文化和民俗多过自然风光，因此玛雅人占全国人口60%（为美洲之最）的危地马拉比中美洲的其他国家更吸引我——那里的玛雅文化是活的！

PART 6　反正现在是夏天嘛　　　　　　　　　　　　117

尼加拉瓜的这个海边小镇改变了我。我开始不急着赶路，而是学会了享受旅途中缓慢的节奏所带来的全新视野。我开始明白不是只有古迹、教堂、博物馆和原住民才能算作"人文"，在沙滩上挖牡蛎的小孩子和躺在屋外吊床里的老大爷也同样是美妙的风景。

PART 7　Pura Vida！　　　　　　　　　　　　　　127

中美洲注定是一个疯狂的地方，如果说高空滑索、探索溶洞的挑战仍是可以想象的，那么尼加拉瓜的这项运动则完全超越了我所能够理解的范畴。火山滑板？！仅靠一块滑板从一座高达728米的活火山上滑下来，光是想一想就够了！

PART 8　Up！　　　　　　　　　　　　　　　　　141

《飞屋环游记》里老爷爷乘坐"飞屋"来到的地方正是以委内瑞拉的天使瀑布和罗赖马山为原型创造的，我们用六天时间一步一个脚印地登上罗赖马山。这是除了乘坐直升机之外探访罗赖马的唯一方式，也是我人生中第一次在"徒步"这件事上达到了体力的极限。

PART 9　旧梦　　　　　　　　　　　　　　　　　　169

我喜欢去过的每一个国家，除了古巴。我生古巴的气，更生自己的气——那么多人爱它，赞美它，我怎么竟完全没有同感？我热爱海明威，仰慕切·格瓦拉，欣赏哈瓦那的建筑，甚至沉醉于特里尼达破败凄凉的美，可是我真的不怎么喜欢古巴。

PART 10　寻找边缘的人　　　　　　　　　189

我就是那个躲在岩洞里的人。可是这世上也总有一些人会选择在悬崖的边缘摸索，他们选择直面恐惧，有可能会跌落悬崖粉身碎骨，但是也有可能，他们会获得我们永远也无法拥有的某种体验或智慧。

PART 11　疯狂的哥伦比亚　　　　　　　197

这里是哥伦比亚——加西亚·马尔克斯的国家，拉丁天后夏奇拉的国家，可卡因、朗姆酒、绿宝石、咖啡、salsa 和足球的国家。在这里，疯狂的事情随时都在发生，可似乎根本没有人意识到它们的疯狂。

PART 12　古道西风草泥马　　　　　　　223

坐落在高山之巅，曾经失落数百年的马丘比丘如今却并不难抵达。尽管如此，每年还是有成千上万名背包客放着舒服的火车不坐，偏要不辞辛苦地跋涉四天，沿着著名的"Inca Trail"（印加古道）徒步走到马丘比丘。

PART 13　必有我师　　　　　　　　　　243

我尤其欣赏韩国女生，她们中的很多人坚强独立，极能吃苦，非常能干，很少自怜自伤或自卖自夸，更难得的是她们将独自旅行视作理所当然之事，有一颗平常心。

PART 14　魔幻拉巴斯　　　　　　　　　251

玻利维亚是南美洲最贫穷的国家，可是拉巴斯却是此行游历过的首都中最特别的一个，语言甚至照片都无法确切地勾勒出它的神韵。这个全世界海拔最高的首都令我目眩神迷，精神总是处于高度兴奋的状态之中。

PART 15　万物有灵且美　　　261

亚马孙平原简直就是一个巨大的水上动物园,而且没有铁笼和围栏,天然食物链也从未被破坏,动物们弱肉强食却自由自在。坐在船上的我们其实也正被岸上的动物所"观赏",只是人类精彩之处并非皮相,动物们恐怕会看得无聊。

PART 16　魔鬼的银矿　　　271

波托西用银砖铺道的好日子是一去不返了。这里的人们与衰亡的Cerro Rico 山同进退共命运,如今的波托西只是一座衰落破败的城市,广场周围的殖民建筑在背后红色矿山的巨大阴影下显得无比苍凉。

PART 17　天地有大美　　　283

我从来没有见过以如此高密度出现的震撼风景,好像重磅炸弹般一颗接一颗扔在人的心里。虽然天地有大美而不言,万物有成理而不说,然而天地间的风景的确可以感化一个人的心灵。

PART 18　洗衣店事件　　　301

"衣服,"铭基沉着脸说,"衣服不见了,我们昨天拿来洗的衣服不见了。"狭窄的店堂里,我们几个人就以这样的状态持续对峙着。房间变成了一口大锅,烹煮着几条愁肠。

PART 19　此中有真意　　　307

真实本身就是美。卑微的,受挫的,疯狂的,无情的,百内将它们统统拥抱着,从不扬弃任何东西。夕阳下,云雾里,冰川上,大雪中,它向我们坦坦荡荡地展示着自己的美——整体即是美,美从来都不是被包围在窄圈里的漂亮而脆弱的东西。

PART 20　阿根廷为谁哭泣　　　　　　　　　　　317

　　　　　　我忽然打了个冷战，如果探戈真的表达了阿根廷人的灵魂，那么这灵魂该是个多么黑暗而又孤独的地方。幸好还有美食与美酒，能够抚慰阿根廷人忧郁的灵魂。

后记　　傅真 :Stay Real　　　　　　　　　　　340

　　　　毛铭基 : 那座"福山"　　　　　　　　　348

"他也许听说过那座福山,它是我们世上最高的山。

一旦登上顶峰,你就只有一个愿望,那就是往下走入最深的峪谷里,和那里的人民一同生活,这就是这座山叫作福山的原因。"

希望有一天能够怀抱着踏实的心情重新回到茫茫人海,那时的我或许已经找到了那座福山。

序
福山

出发前，一共打包了 18 个箱子、1 把吉他和 1 辆自行车海运回国。

一

　　老板J女士和我一前一后地走回办公室。她仍是一贯的大步流星面无表情，我则努力地控制着脸上的肌肉，好让自己看上去也是同样的波澜不惊。

　　刚回到座位上，屏幕上已经多了两条闪动的消息：

　　阿比：你跟她说了？说了？！

　　TK：你知道自己正像个白痴一样傻笑吗？

　　我一惊，摸摸自己的脸，赶紧正襟危坐。事前就知道我计划的，唯有阿比和TK这两个平日与我关系最好的同事而已。J女士刚才也婉转地向我建议，最好不要马上把这个消息告诉所有的同事——她是怕我情绪太过亢奋，以至于动摇军心……我懂，我都懂。

　　打开还没做完的杠杆收购模型，我强迫自己集中注意力继续工作。可是感觉完全不同了，眼前也渐渐出现了不可思议的景象：办公室变成了平原，天上有20个月亮。模型里的数字和公式全都活了过来，它们在办公桌上方跳着圆圈舞，齐声高唱那一首翻来覆去只有四个字的歌曲——

　　我辞职啦！

二

　　有点讽刺的是，我也仍然清楚地记得当初得到这份工作时的欣喜若狂，与辞职时的感受相比真是有过之而无不及。中国人在英国念完书后本来就不容易找到工作留下来,更何况我只是读了一个短短一年的研究生而已。从来都不是运气特好或天分特高的我,拿到 offer 的时候实在是每一个毛孔都塞满了自豪与受宠若惊:传说中的投资银行耶!毕业生中门槛最高薪酬最好的工作耶!我耶!

当然我也听说过这个行业的深不可测和非人的辛苦,可是那时天真无知,觉得以青春和健康来换取功名利禄也算公平。而且最后一轮面试时遇见一位颇为投契的面试官,聊着聊着居然聊到了济慈的诗。他问我最喜欢哪一首,我不假思索地说是"A Thing of Beauty(美是永恒的喜悦)"。我刚背了前两句,他就接下去把整首都背完了!我的脑子里顿时响起了铺天盖地的恢弘乐章。Niiiice!我惊喜地想,投资银行的世界里居然也是允许有诗歌存在的!看来传闻不可尽信嘛……

然而开始上班之后,几乎是立刻就体会到"上了贼船"的感觉。好像一个刚学会狗刨式游泳的人就被扔进大海里,我手忙脚乱地应付着一波又一波汹涌的浪头。在伦敦工作没多久就被派到纽约,在那里的六个月是我迄今为止的职场生涯中最最辛苦的一段时光:永无休止的加班,办公室里的晚餐,巨大的工作压力,凌晨回家的噩梦……生活在那样一个五光十色的大都市,住在繁华热闹的百老汇,我的世界却是一片荒芜。每天下班的时候,眼睛酸痛到流泪,颈椎和肩膀严重劳损。周末在办公室加班,看着空荡荡的办公室,反复问自己:"这么辛苦究竟是为了什么?"有时清晨六点才加完班回到家,匆匆洗个澡换身衣服就又出门了。走在天寒地冻的大街上,我半是崩溃半是自嘲地笑了:诗歌?!呵!

人真是至贱的物种,经受过最为残酷的剥削之后,残酷程度稍有下降便觉得是种恩赐。回到伦敦后,我竟觉得连这个阴沉古肃的城市都有了一种天地初开般的清新可喜。虽然每天平均工作时间仍然超过 12 小时,然而和纽约相比已经很令人满足了。我还是会因为工作强度和压力而疲倦、抱怨,偶尔情绪失控,可第二天一早还是挺直了腰杆坐在电脑前兢兢业业一丝不苟,虽然并没有什么激情——是的，我并不十分热爱自己的工作，但我非常感激和珍惜它，因为它提供了可观的薪水和由此带来的社会地位以及尊严感，因为我知道有无数人羡慕我的这份工作。

一年又一年，时间就这样从键盘间溜走。回首时觉得时光飞逝，可是落实到每一天又好似度日如年——每天都望眼欲穿地盼望着周末，盼望着假期，而这一姿态本身又让我觉得心酸而惶惑，仿佛是在盼望着时间的飞速流逝，盼望着自己的生命早日终结。

当然，我的生活中并非只有工作。我是早婚一族，温馨的家庭生活是我最强大的精神支柱。周末我和先生铭基一起购物逛公园看展览和朋友聚会，一有假期就满世界飞来飞去地旅行。工作之余我抓紧时间读书看电影做运动，并将这一切都热热闹闹地记录在自己的博客"最好金龟换酒"里。在绝大部分的博客文字中，我像是有洁癖似的强迫自己保持积极阳光，或是所谓的"正能量"，只要一生出负面情绪就用包括黑色幽默在内的各种手段将它淡化。这样的生活不但一过就是好几年，而且渐渐发展出一种天长地久的势头，简直可以一眼看到几十年以后。常有博客的读者写信来说羡慕我们的生活，我也总是试图说服自己：知足吧你，人家可都说你正过着健康合理有益社会张弛有度细水长流的幸福人生呢！

然而我自己还是知道有什么地方不对劲，而且随着时光的流逝，变得越来越不对劲。每次假期结束我都心有不甘一步一回头地踏上归程，坐在办公室里总是魂不守舍，旅途上的风景一幕幕在脑海里闪回。看着比我年长的那些同事，事业有成，生活富足，参加了退休金计划，买了一幢大房子，生了两到三个小孩，每年两次出国旅行，回来又即刻精神抖擞地投入工作……我会不由自主地一遍又一遍地询问自己的内心：你想成为这样的人吗？这是你想要的生活吗？

我知道自己终究还是个世俗的人，这些对我当然有一定的吸引力，可是心里总有一个缺口，它让我痛苦迷惘，令我恍然若失。

有一度我怀疑自己病了。开会的时候，如果不是讨论什么重要的话题，我偶尔会产生"灵魂出窍"的感觉——灵魂渐渐飘出头顶,在会议室的上空默默俯视着所有的人,包括我自己的肉身。这场景有时令我觉得好笑,有时则是恐惧。我记得清代文人袁枚在《子不语》中用极短的篇幅记述过一个题为"卖冬瓜人"的小故事,说的是杭州草桥门外有一个卖冬瓜的人,能"在头顶上出元神"。他每天闭着眼睛坐在床上,让他的元神出外应酬。有一天,他的元神在外面买了几片鱼干(原文称作"鲞"),托邻居带回家去给他妻子。妻子接过鱼干,一边苦笑着说:"你又来耍我!"一边用鱼干打她丈夫的头。不久,元神回到家里,发现自己肉身的头顶已经被鱼干所污染。元神在床前彷徨许久,可是因为那鱼干的污垢而不能进入自己的肉身,最后只好大哭着离去,而那肉身也渐渐冰冷僵硬了。

虽然肉身不得不服从于各种规则,我相信此刻的自己仍然拥有自由的灵魂,可我也的确有些恐惧——会不会真有那么一天,肉身已被污染,灵魂无处可归?

上班时坐地铁,看着车厢里大片黑压压的西装和一张张面无表情的脸,我时常有想尖叫的冲动。出了地铁,不用上到地面,就有一条通往地下购物商场的通道也可以通到我们公司,所以我每天上下班都走这条近路,基本上看不见外面的天空,看不见日出日落。我走在这条走过无数次的地下通道里,常觉得有一种超现实的恍惚感,又或者那其实是崩溃的前兆。我总在幻想:如果有一天我忽然在这条路上停下来,然后转身走掉,就像保罗·奥斯特小说里的主人公一样,任凭命运把我拉到难以预测的地方去,又会怎样?最坏又能怎样?

但是我没有,我从来没有转身走掉。

有时我甚至有点窝火。妈的,从来没有人告诉过我这个啊——在青春期的迷惘与中年危机之间,居然还要承受这种莫名其妙无可名状的痛苦……

可是……可是既然别人都不觉得痛苦,那么问题恐怕还是出在我自己身上吧。我颓然地想。

三

如果一定要找出转折发生的那个"点",又或者是"压垮骆驼的最后一根稻草",我想那应该是在 2008 年底的西藏之旅中。

我和铭基是 2003 年在西藏旅行时相识相恋的,就像村上春树在《斯普特尼克恋人》的开头所写的一般,"那是一场犹如以排山倒海之势掠过无边草原的龙卷风一般的迅猛的恋情"。后来我们不但延续着这个势头很快就结了婚,还出版了一本《藏地白皮书》来记述这个真实的爱情故事。不过在当时,才认识十几天的两个人自然无法得知后来的命运安排,在彼此心仪却尚未点破的暧昧时刻,怀抱着"旅途结束便要天各一方"的怅然心情,坐在大昭寺屋顶的塑胶椅子上,我们订下了一个"五年之约",说好 2008 年再于此地相见。

尽管故事是 happy ending,我们还是希望能够履行这个约定。所以五年之后,我和铭基一同回到拉萨,重返大昭寺,在熟悉的场所寻找当年的自己。

这本来应该只是一个"文艺"的说法而已,然而当我们再次坐在大昭寺屋顶的塑胶椅子上的时候,奇妙的事情发生了。

一个人其实总是与围绕着他的事物相伴相生。随着时光的流逝与空间的转换,我们把这些事物连同一部分的自己都遗忘在世界的某个角落。然而有那么一天,当我们偶然又看见了这些东西,现实的巨大力量如一道闪电般照亮了前尘往事,曾经的我们也随之复活——是的,大昭寺的屋顶宛如一部时光机,我便是在那里清清楚楚地看到了当年的那个自己。

我震惊地看着她,看着她的生机勃勃,天真好奇,看着她的冲动莽撞,无所畏惧,看着她满脸的灿烂希望和满心的疯狂梦想。倘若此刻她推开时光之门朝我走来,恐怕只会与我擦肩而过,根本认不出这个委顿世故的最熟悉的陌生人。

就在那一瞬间,我忽然被一种奇怪的感觉击中。就像是体内忽然释放出大量的肾上腺素,就像是遇到危险时身体自然的警觉反应。就像在一次漫长的梦游之后被人扇了一巴掌陡然醒来。直到那个时刻我才意识到我整个人从里到外都在枯萎，过去的几年都迷失在了别人的世界，被外表光鲜的那些东西——高等教育、世俗标准的好工作和中产阶级的幸福生活牢牢束缚。人生似乎是一条早已被安排好的轨道，我只不过是被一股什么力量推动着机械地往前迈出脚步。

见鬼，我想，我连一辆巴士都称不上，至多只能算是有轨电车……

可那并不是真正的我。就像一个天生的左撇子，无论右手被训练得多么灵活，你的本性依然坚持告诉你那并不是真正的你。被驯养在钢筋水泥森林里的野兽也是一样的——我的灵魂深处就住着那头野兽。

有些人或许会任凭周遭世界的价值观将他们漏洞百出的生活吞没，直到他们变成零，直到他们只像个影子般存在。另一些人则奋起反抗：有的投身宗教，有的依赖酒精，有的装扮成另一种性别，有的靠一段又一段恋情维持生命……那么我自己呢？

"Rebel！"心灵深处的那头野兽吼叫着。

我需要一个暂停，一个改变，暂时逃离这迄今为止一直被安排的人生。

"嚓"的一声，像是有人在我的心里划了一根火柴，照亮了尘封已久的初心与梦想。

辞职去旅行一段时间的念头正是在重返西藏的那段日子里冒出，后来渐渐变得越来越强烈。没有回程票的长途旅行是我从小的梦想，可是自从入了职场，两周的假期已是极限，这个梦便只能深埋心底。如今既已决定打破束缚，我的方式便是走在路上。我想走出去，看看这个世界上的其他人是怎样生活的，看看他们如何理解身边的事物。我也希望能在旅途上对自己有更深的了解，了解自己的本心，也了解自己的局限。

更何况，我和铭基虽然在英国生活多年，也非常喜欢伦敦这个城市，却从未想过永居此地，总念叨着要搬回中国。只是两人成天像陀螺般被动地转个不停，回国的事竟从未提上具体的日程。我想，如果我们用一年的时间去旅行，旅行结束便回到中国展开新生活，岂非顺理成章？

Gap year（"间隔年"，其实工作多年的人辞职旅行一般称为"career break"，不过我更喜欢"gap year"这个词）旅行最初只是我一个人的主意，然而我毕竟不是孤家寡人，不能自己一意孤行。我知道铭基挺喜欢自己的工作，心态轻松，并没有我那么多的"花花肠子"。可是他一直把我的迷茫看在眼里，也理解我的想法，当我第一次向他透露辞职旅行的念头时，他二话不说，立刻无条件支持："走！一起去吧！"——这家伙的语气就像在说一起去看场电影那样轻松。铭基曾经的网名就叫作"游牧人"，我想，游牧人的本性恐怕和野兽也颇有相通之处吧……

忘了在哪里看到过这样一句话：如果有人能够理解你，那么即便与你待在房间里，也会如同在通往世界的道路上旅行。我何其幸运，有一个理解我的人愿意与我一道去真实的世界旅行。

当然，两个人的间隔年旅行需要有一定的积蓄来支撑，作为两个平日花钱大手大脚的"败家玩意儿"，我们无法立即出发，还是得先继续工作来积攒旅费。然而回到伦敦后，虽然我还在如常地开会、加班、抱怨……心态却已完全不同了，因为心里的那头野兽已经彻底苏醒。每天挤在沙丁鱼罐头般的地铁车厢里，或是步行穿过那条地下通道的时候，望着身边几乎清一色穿着黑色西装的人群，我的心中一片澄明——我终于开始相信自己是正常的，而这个世界疯了。虽然身边这些西装人的看法也许刚好相反，可我觉得我知道真相。我的周围是一个已经失去了目的和意义的社会，再远的未来也远不过下一年度的资产负债表。它是一个非自然的社会，在这里长大的孩子永远不会爬树，也无法识别天上的星星；对物质的信仰超过了诗歌，做梦是不切实际的表现；活着的纯粹的快乐早已消失不见，取而代之的是组装宜家家具的快乐，拥有名牌包的快乐，在五星级酒店的泳池边喝鸡尾酒的快乐……不，我可不想让一个公司或一群人的价值观变成我的价值观，我也无法为大房子、职业生涯和退休金而兴奋。我真正想要的，是一串火花，一次远行，一场思考。

四

两年很快就过去了。到了 2011 年初的时候，我和铭基终于决定了一个辞职的日期，在日历上用红笔将它圈了起来，并在旁边画上巨大的惊叹号。铭基还送给我一只用来倒数的橙色闹钟，它每天都会用数字来显示离辞职的日期还有多少天。我把闹钟放在办公桌上，每天光是看着都喜心翻倒。不知情的同事看到总会好奇："那数字是什么意思？""Lucky number."我也总是嬉皮笑脸地说。

我想象过很多次辞职的情景。"我要把辞职信摔到她脸上去！"我陶醉地对 gay 密说，"我要跟她说老子不干了！让她赶紧再找一个消防队员来救急灭火！我要告诉她这个 team 已经半死不活了。我要告诉她其实我们大家有多讨厌那谁谁，还有那谁谁谁……我要跟她说她那些狗屁笑话根本一点都不好笑！我要告诉她这个 team 的办公室政治已经让所有人都无法忍受了，所以别再以为自己的管理能力有多高明了！我要让她明白我们的工资和奖金和 XX 银行比差了多少！按小时算下来又能比麦当劳给的工钱好到哪里去，别动不动就摆出一副恩赐的嘴脸！……"

Gay 密白了我一眼，继续淡定地喝他的酒，"我说你真的要搞得这么戏剧化吗？"

当然不是。我是个孬种，只敢在脑子里过过瘾而已……再说我辞职的目的其实只为旅行，又何必把自己搞得好像负气出走？所以真正辞职的那天，我只是和老板 J 女士说着"今天天气哈哈哈"走进会议室，然后笑着把辞职信双手奉上。老板久经沙场，什么风浪没见过？一听说我并无打算跳槽去另一家投资银行，脸色立刻松弛下来，"旅行？啊旅行很好啊！我表妹去年也辞职去旅行了一年……"没有抱怨，没有讨价还价，宾主尽欢，happy ending。

虽然 J 女士让我"慢慢地"告诉其他同事，然而这种消息永远传播得像绯闻一样快。西方国家的好处是人人见多识广，没人会觉得辞职旅行是疯子的行为。大家只是礼貌地表示羡慕，并开玩笑地说："能不能带上我一起去？"

因为我还有一个月的 notice period（通知期）来移交工作，关系好的同事开始轮流约我午餐或喝酒。一向吝啬的 TK 甚至主动给我买了香槟。然而经历过很多同事的离别，我非常清楚大家很快就会把我忘记——没有人是不可替代的。少了我地球照样运转，说不定运转得更好，风调雨顺，五谷丰登。

阿比大概是同事中最舍不得我走的一个，我也同样舍不得他。我们几乎同时间来到现在这个 team，同甘苦共患难，一起经历了最好和最坏的时光。即便是在他去香港工作的两年中，我们仍坚持每周通电话。在西方国家，同事之间的友谊一般只到下班为止，我们的友谊却延续到了生活中。那天下班以后，我和阿比去酒吧买了啤酒坐在广场的台阶上喝。大概是离别在即，我看到什么都感慨万分。刚来英国的时候一脸幼稚，每次进酒吧都被查身份证件，当时还很窝火，现在的我是多么希望再被查一次啊……可惜岁月沧桑，如今老傅我就算醉倒在酒吧里都没人管了吧……

我一边喝酒一边打量周遭的景物。曾经是多么痛恨 Canary Wharf 这个人工岛——大风、高楼、黑色西装、玻璃森林、冷漠面孔、行色匆匆……连租房的时候我都特地选择看不到那些摩天大楼的地方，然而"客树回看成故乡"，还未动身离开已经有点留恋不舍之意，"舍得"、"舍不得"这两个词在我的舌尖反复流连。佛经里说："舍得"者，实无所舍，亦无所得，是谓"舍得"。佛教是印度的土地上开出的莲花，我相信印地语中一定也有"舍得"这个词汇。我想问问身边的阿比，可是竟无法将它精准地翻译成英文，原来有些东西竟是无法翻译的。

对于这份刚刚辞掉的工作，我的感情很复杂。我当然感激它——在清贫岁月中，它及时出现，救了我一条贱命；它付给我可观的薪水，让我可以满足自己的物质欲望，去喜欢的地方旅行；它提供了一个国际化的工作环境，鼓励宽容多元文化，同事们受过良好教育，拥有正确的价值观，使我免于种族歧视的忧虑，保持自己的尊严；它重视公平和秩序，遵守游戏规则，不同于国内"不管黑猫白猫，能捉老鼠就是好猫"的含混暧昧，这使我觉得可以依靠自己的努力得到公平的对待；它强迫我保持冷静和耐心，学会应对压力的本领，在发生紧急事件时懂得处变不惊；又教我像男人一样思考和行动，在必要时刻简直可以扛着枪上战场。它同时也让我学会了穿高跟鞋，懂得什么时候应当握手，什么时候应当行贴面礼，派发名片时可以像发扑克牌，而不必像在中国那样双手奉上，还有在酒会上交际应酬时，如何自然地加入和离开任何一段对话……

可是我同时也痛恨它。投行的工作强度令我沮丧而衰老，可这还不是最可怕的。过长的工作时间导致了私人生活的贫乏，而我们将这一缺憾变本加厉地投射在对物质的欲望中。我的很多同事已经不能搭乘廉价航空甚至经济舱，也无法入住四星级以下的酒店。金钱的诱惑力如此之大，由奢入俭变得异常困难，我们很难舍弃现有的舒适生活，因此无法轻易离开这份工作。我们越来越胆怯懒惰，因为这份工作使我们丧失了那种使人变得勇猛无畏的生机和活力。我也反复地问过自己，一年的旅行结束后又将如何？我是否会回到这个行当？答案是我不知道，真的不知道。这些年的工作也许已经悄然改变了我，也许我依然无法抵抗丰厚薪酬的诱惑。我不是爱买名牌的女生，可是未来的孩子和家庭或许需要我这份收入来维持体面的生活？我希望能找到自己喜欢的又有意义的工作，可是这样的工作能否满足我的物质欲望？有时真希望自己从来没有进入过这个行业，就像仓央嘉措说的，"第一最好不相见，如此便可不相恋"。如果从来不曾拥有过，舍弃的时候就不会有那么多挣扎吧？

之前过年回家时也和父母谈到这个问题。他们真是伟大的父母，gap year在很多人看来是矫情和疯狂的事情，可是他们竟然支持我和铭基的决定，虽然他们也有作为父母的担心——他们希望我们快乐，但也希望我们生活舒适，在经济上不拮据。有一天晚上老爸带我去湖边看鸭子，散步时也谈起旅行结束回国后要做什么的话题，这时手机忽然响了，我接起来，原来是猎头公司打来的。挂掉电话后我对老爸说："你看，没问题的，最不济我还可以回来做投资银行嘛。"可是这真的是我想要的吗？我的内心可以强大到为了精神追求而放弃别人羡慕的机遇吗？每次想到这个就觉得烦躁且羞愧，对自己充满失望。可是我也得诚实地面对自己的心，不能为摆姿态而故作豪语。铭基安慰我说:"船到桥头自然直,现在想再多也没用,好好享受旅途才是正经事。"阿比也说:"你有一年的时间慢慢思考这些问题呢,急什么?也许旅行结束时你也不是原来的你了,人的想法常常会变化的啊。"

他说得对。人的确是会变化的。刚工作时我也曾被这个行业的表面光鲜所迷惑,心中只知道项目、规则、奖金,全然不曾想到什么自己的宗旨、诚意、志向。如今我已度过了那段只知服从的岁月,gap year 将开启寻找自我的第一步。我想我寻求的并不是什么不可思议的涅槃,我也知道并不会有一张写着神秘经文的纸条隐藏在高山之巅的某个神庙中,只要高声念诵三遍,就可以把自己从那一直折磨着我的精灵手中解放出来。我只希望可以走很长很长的路,看看沿途的人们如何生活,看看他们的建筑、街道、集市、艺术,看看他们如何面对历史和传统,看看他们与自然的关系……我对天地间一切琐碎的日常事物都充满好奇,可是这一切与我又有什么关系?

因为——

"如果你真的睁开眼睛来看,你会从每一个形象中看到你自己的形象。

如果你张开耳朵来听,你会在一切声音里听到你自己的声音。"

听起来真是有点自私吧,走那么远的路,见那么多的人,目的也不过想更多地了解自我。可这是每种生物保持生存的自我执着所必须的,它使我们活着,使根本没有意义的人生变得有意义。斯宾诺莎说,人类所能希望达到的最高极限就是自我满足,而没有对自我的了解,满足又从何谈起。我知道旅行结束时也未必能交出完整的答卷,甚至有可能会更迷茫,然而就像何兆武先生在《上学记》中所说:"幸福是圣洁,是日高日远的觉悟,是不断的拷问与扬弃,是一种'durch Leiden Freude(通过苦恼的欢欣)',而不是简单的信仰。"思考后的迷茫与无知的快乐相比,我宁取前者。

辞职后日子过得飞快,转瞬之间,连 notice period 也快要结束了。临走前一天的晚上我在公司附近的酒吧办了个离别酒会,向所有相熟的同事一一告别。最后一天的下午大家又集体涌到我的桌边做了一次正式的告别仪式,送给我几件礼物。到了下班的时候,我实在不想引起大家的注意再上演一次依依惜别的场面，于是以最小的动作关了电脑，把桌上仅剩的几件东西放进手提包，低着头轻手轻脚地溜过走廊。

"啪。"

"啪、啪。"

"啪、啪、啪、啪、啪、啪、啪……"

是同事们在我身后缓慢而有节奏地鼓掌。

"好啦好啦，我走也不用开心到鼓掌吧！"我笑着回头向他们挥挥手，可是并没有停下脚步。

再次走在那条地下通道里，我感到一阵恍惚——

我终于做到了。我终于停了下来。

在路上的生活却即将开始，有点忐忑，可是也充满期待。这一年是我们送给自己的礼物，尽管预算有限，吃住都需非常俭省，可这毕竟是人生中第一次可以跟随自己的心意而生活。

"他也许听说过那座福山，

它是我们世上最高的山。

一旦登上顶峰，你就只有一个愿望，

那就是往下走入最深的峪谷里，

和那里的人民一同生活，

这就是这座山叫作福山的原因。"

希望有一天能够怀抱着踏实的心情重新回到茫茫人海，那时的我或许已经找到了那座福山。

我们辞掉工作,退掉房子,决绝地斩断过去的生活。

今后的日子充满未知,四海为家,前程未定,

正像是被抛入一个时间的荒原中,回不到过去,也看不见未来。

可我又是如此享受这种感觉,

为着它所带来的珍贵的自由和可能性。

PART 1
归零

我们所有行李都放在这两个分别为 60 和 70 公升容量的大背包里。

直到背上背包走出房门的那一刻，我还是处于神思恍惚的状态中，不明白这一切到底是如何发生的，也不明白为什么出发前的准备会把我们的体力消耗到这种地步。朋友们都好奇地询问我们对即将开始的旅途是否感到紧张或兴奋，说实话，我们甚至没有时间去细细品味自己的心情，因为满脑子只有一个"累"字……

其实说起来也是我们自己犯贱，"拖延症"一再发作，把所有的事情都拖到最后几天来做——将在英国八年积累的大部分书籍衣物打包海运回国，把不要的家具和物品处理掉，购置旅行用品，找医生注射最后几针疫苗，退租前彻底清扫房间，和朋友们告别，甚至还去参加了一次 Secret Cinema 的观影活动……我们每天只睡几个小时，简直比上班还累，脸色惨到不忍卒睹。铭基同学整个人瘦了一圈，每天靠喝红牛来维持体力。我也搬东西搬到手直发抖，觉得自己满身都是垃圾场的臭味。

直到出发的前一天晚上，我们才匆忙开始收拾行囊。背包都是新买的，长途旅行需要频繁更换住处，为了减少每一次收拾东西的麻烦，我们放弃了常见的"水桶包"，而是选择了像箱子一样可以从侧面打开的款式。刚买来的时候何等称心，此刻才发觉这种设计也导致它们的容量比"水桶包"要小了不少……我把想带的东西一股脑儿往背包里塞，可是根本装不下，只好减去几样，重新再试，还是装不下……如此往复几次，每次均以失败告终。瘫倒在地板上，我咬牙切齿地对自己说：这位女同志，你醒醒吧！你是去长途旅行，不可能把所有的家当都带上！

可是我们居然成功了。虽然出发当天的凌晨我们还在疯狂地扔垃圾，虽然屡次因为背包装不下想带的全部行李而濒临崩溃，然而一切最终还是搞定了。2011年5月9日，在伦敦的春日暖阳下，我们像两只乌龟，背着厚重如龟壳般的背包，朝着地铁站，也朝着我们未知的明天，缓慢而固执地一步步挪去。

因为实在累得够呛，铭基同学一直发狠说要在飞机上大睡特睡，可是上了飞机后他却双目炯炯，若有所思。我问他怎么还不睡，他的脸上浮现一丝梦幻般的笑容，"我现在感觉很不真实，很奇妙，好像正在翻开人生中新的一页……"他忽然握紧我的手，"我们又要相依为命了……"

我完全明白他在说什么。同样是搭乘飞机，以往的旅行却从未有过这样的感觉。以前每次出门，无论时间长短，身后总有一个家和一份工作在等待着我们，然而这次我们却辞掉工作，退掉房子，决绝地斩断过去的生活。今后的日子又充满未知，四海为家，前程未定，正像是被抛入一个时间的荒原中，回不到过去，也看不见未来。可我又是如此享受这种感觉，为着它所带来的珍贵的自由和可能性。我之前的人生中有两次重要的转折，一次是去西藏，一次是去英国。可那些都是后知后觉的，出发时的我年轻而懵懂，根本不知道命运之神正于此处埋下伏笔。然而这次不同，机舱内昏暗的灯光下，我甚至能够看到我们的人生从此刻开始转折。

虽然间隔年旅行的确是我们人生中一个重大的决定，可是这段时间收到的无数博客读者来信却实在令我有些不安。很多人在信中热情地称赞我们的"勇气"和"壮举"，好像我们做了一件多么了不起的事一般。然而事实是间隔年在西方国家属于相当稀松平常的事情，我们本身更是平凡至极，只不过比很多人幸运而已——经济较为自由，无须赡养父母，也并不认为买房是头等大事。看到来信中有读者说自己需要赡养父母资助弟妹，因此不得不放弃周游世界的梦想，我甚至感觉羞愧，对他们有很深的敬意，也暗暗提醒自己不要浪费了这份幸运。

回头再看的时候，觉得刚辞职时写的那些东西有点太热情澎湃，而"寻找自我"这个说法也有点太文艺了。其实用通俗一点的话来说，我就是累了，倦了，困惑了，所以想停下来休整一下，看看世界，在路上好好想清楚自己究竟想要什么，顺便抓住青春的尾巴疯狂一把。

两年前刚生出辞职旅行的念头时，有位很了解我的朋友汤姆曾经对我说："我只是不希望你是为了逃避什么才上路的……你知道，逃避工作，逃避社会责任，逃避现实生活，逃避whatever……如果是那样的话，你结束旅行之后可能会更迷惘，因为你会什么也找不到。"

当时我很肯定地告诉他我不是在逃避，之后却越想越心虚。然而经过这段时间的思考，我终于坦然了。无论有没有逃避的成分，我选择暂时的"遁世"，正是想找到重新"入世"的精神力量。经验即是道路，我希望能够由此达到内心的安宁，从而担当起新的建立。虽然并不确定一定能找到，可至少我在年轻的时候尝试过，以后回想起来便不会再有遗憾。

飞行中途我跑去洗手间，被镜子里那张素面朝天、苍白憔悴的脸吓了一大跳。这是你自找的，我恶狠狠地对自己说，眼看快要30岁，还要学人家小朋友去什么gap year……作为一个爱美的女生，准备长途旅行给我带来的巨大挑战绝对是男生们无法想象的。我不得不放弃那些漂亮衣服和护肤品化妆品，以一种最朴素的状态出现在旅途中。而平时最讨厌的登山鞋和冲锋衣之类的"怪物"，眼下也都耀武扬威地躺在我的背包中。真是彼一时，此一时也。有时我真的很佩服铭基同学的勇气——"真的勇士，敢于直面惨淡的脸……"——我指的是我的脸。

带着惨淡的脸、破烂的西班牙语和堪称危险程度的好奇心，我们向拉丁美洲进发。

为什么会选择拉丁美洲？说实话我不大能理解这种问题何以存在。难道"拉丁美洲"这四个字不足以令人兴奋到爆炸吗？难道它不是等同于遥远、神秘、美丽、热辣、魔幻等等让人血脉贲张的字眼吗？我从小就向往拉丁美洲，可这片大陆实在是太遥远太辽阔了，机票又那么贵，千山万水地飞去那里，只待两个星期未免可惜。这回我们的时间不受限制，终于可以将它从北到南好好走一遍了。

被飞机上的一群墨西哥青少年吵到头疼，十一个半小时的飞行中我们几乎都没办法睡觉。快要降落时气流颠簸，随着飞机的每一次俯冲和拉升，他们都恶作剧般集体发出撕心裂肺的尖叫。就在又一个俯冲之后，伴随着小魔鬼们的尖叫声，整个墨西哥城就在舷窗外悄然出现。

这是我们旅途的第一站。Hola 仙人掌，Hola 玛雅金字塔，Hola 弗里达，Hola 玉米卷，Hola tequila（龙舌兰酒），Hola 墨西哥！

Hola，我们的新生。

在墨西哥，现实和梦想被视作是混杂在一起的，奇迹被认为是日常发生的。

墨西哥人老把「死亡」挂在嘴边，他们调侃死亡、与死亡同寝、庆祝死亡。

死亡是墨西哥人最钟爱的玩具之一，是墨西哥人永恒的爱。

PART2
不可能更好的起点

墨西哥，普埃布拉大教堂。

墨西哥城重口味

拉丁美洲的关键词除了"魔幻"和"美丽"之外,还有"危险"。听说过许多游客的惊险遭遇,我和铭基自下飞机起便保持着高度警惕。刚刚走上墨西哥城街头的时候,我俩肩并着肩,双手紧紧按住斜挎的随身小包,警觉的目光来回扫射。天气那么热,神经一绷紧更是汗出如雨。

然而街上却看不见想象中的毒贩和黑帮,反而是一片热热闹闹安居乐业的景象。一开始我们保持着如临大敌的姿势流着汗走了半个小时,最后彻底放弃了,开始轻松散漫地走街串巷,勇敢地操练我们蹩脚的西班牙语。

短短几天我已经爱上了墨西哥城的人们,用"不卑不亢"来形容他们恐怕再合适不过。墨西哥人非常礼貌友善——在街头小摊吃东西,摊主会心血来潮地送给我们饮料喝;在某家店买不到想要的东西,店主会指引我们去别家店买,而且一连几家都是如此,可是又有别于我们在中东、北非和印度常常遭遇的那种别有目的的热情。也许因为墨西哥城是个大城市,人们见多识广,所以虽然街上鲜有亚洲面孔,可我们两个无论走到哪里都不会感觉有指指点点和好奇的目光。墨西哥人身上有种自尊和坦荡,我们几乎没有遇见任何漫天要价、痛宰游客的事情。

即便在拥挤嘈杂的地铁里,人们也会注意保持身体和目光的距离。车厢内有很多流动小贩走来走去,叫卖各种东西——矿泉水、口香糖、零食、化妆品、圆珠笔、唱片CD……令我惊讶的是其中不乏盲人,他们一般由另一个人引导着,一边叫卖,一边慢慢摸索着穿过一节又一节车厢。没有纠缠,没有强买强卖,

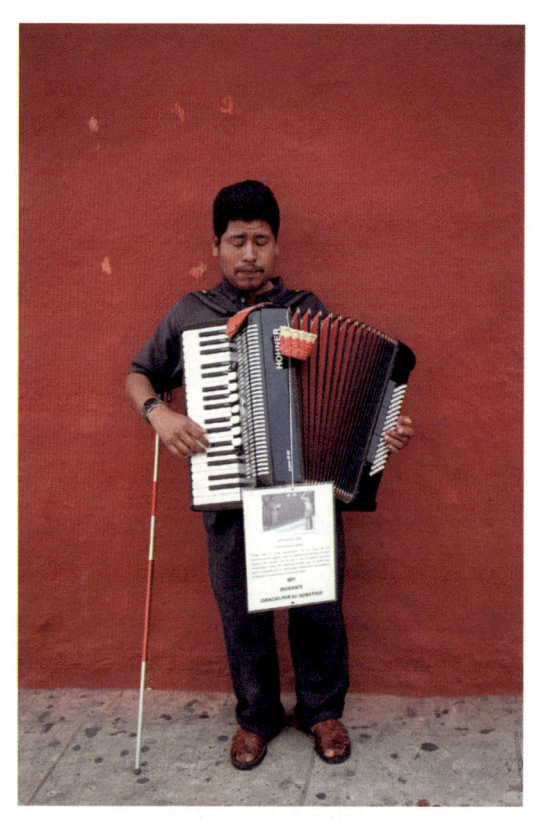

墨西哥，瓦哈卡市街上拉手风琴卖艺为生的盲人。

没有过长的停留，人们只是各行其是，各得其所。车厢内时常有虔诚的天主教徒大声诵读《圣经》，其他乘客也只是礼貌地沉默着，并不露出任何不耐烦的表情。我想所谓文明，有时正体现在对自己和他人的尊重，就这一点来说，墨西哥城人们的教养实在令人敬佩。

在墨西哥城你永远不会饿死。这里的食物辛辣而美味，滚烫却爽口，就像这个国家一样。无论你是否喜欢墨西哥菜浓重的口味，你都不得不承认这里有着全世界最有活力的街头美食。城里每走几步就有一个小摊，售卖各种便宜美味的食物。我在伦敦上班时每周就至少要吃一次墨西哥卷饼当作午餐，来到墨西哥后自然少不了去尝尝真正的原汁原味。记得三毛在《万水千山走遍》里把墨西哥最典型的街头美食tacos（玉米面卷）形容为"好吃的小抹布"，当时就令我神往不已，没想到多年后自己也来到这里，天天吃上几个小抹布。

墨西哥人不但在食物上是重口味，在文化和传统上亦是如此。墨西哥城的人类学博物馆里展出的一些东西如果放在欧洲，很可能会被观众投诉说太过恶心和令人不适。在国家宫殿里，12位独立战争英雄的遗骨就放在半开的盒子里大剌剌地展现在所有来访者面前。墨西哥人对于死亡有他们独特的态度，没有沉重，没有伤感，而是嬉笑相对，甚至拿来作为跳舞玩闹的借口。用诺贝尔文学奖获得者、墨西哥著名作家奥克塔维奥·帕斯的话来说，"对于纽约、巴黎或是伦敦人来说，'死亡'是他们永远不会提起的，因为这个词会灼伤他们的嘴唇。然而墨西哥人却老把'死亡'挂在嘴边，他们调侃死亡、与死亡同寝、庆祝死亡。死亡是墨西哥人最钟爱的玩具之一，是墨西哥人永恒的爱。不可否认，在墨西哥人面对死亡的态度里或许有着与别人一样的恐惧，但是至少墨西哥人从不避讳死亡，他们用耐心、轻蔑和调侃直面死亡。"

我甚至觉得死亡于墨西哥人而言意味着一种艺术创造。他们用骷髅来装饰房屋，在亡灵节吃亡灵面包和写着全家人名字的糖制骷髅头，纵情歌舞，他们爱听表现死的快乐的歌曲和笑话……墨西哥最有才华也最命途多舛的女画家弗里达·卡罗也常用画笔表现死亡，对死亡的迷恋是她的创作之源，她的自画像也往往是一副面露讥诮漠视死亡的神情。

在墨西哥城的"蓝房子"（弗里达出生、生活和去世的地方）和现代美术馆，我们看到很多弗里达的画，令人不安却也美不胜收。除了对自我身份和内心世界的探究以及对社会所怀有的批判意识，弗里达的画还很明显地具有"原生态"的特质。当墨西哥的同行们纷纷对欧洲艺术的最新流派顶礼膜拜时，弗里达却在画作中固守自己民族的血脉。她对印第安人的传统和神话充满兴趣，认为墨西哥有自己的文化传承，不需要来自国外的幻想。在印第安艺术完全不受重视的年代，她和丈夫迭戈·里维拉已经开始收集前西班牙时代的艺术品；在弗里达生活的年代，煤气已经被广泛应用，然而在"蓝房子"的

墨西哥城的蓝房子,弗里达·卡罗出生、生活和去世的地方。

厨房里我们却看到传统墨西哥式的砖灶,餐桌上也尽是土陶烧制而成的炊具餐具……弗里达拒绝承认自己是很多人认为的超现实主义画家,她说自己从不画梦,只画自己的现实,而"在墨西哥,现实和梦想被视作是混杂在一起的,奇迹被认为是日常发生的"。

  这一观点总令我想起作为文学流派的魔幻现实主义。魔幻现实主义发源于拉丁美洲,往往根据印第安人的思想意识,在叙事和描写中插入神奇而怪诞的人物、情节以及各种超自然的现象,借以反映拉丁美洲的现实。据说在印第安人的心目中,客观物质世界与印第安传说中神的世界是相通的,梦幻和现实之间没有不可逾越的鸿沟，因此他们的周围变成一个半梦幻半现实的世界。而在这个意义上，欧洲超现实主义的文学和艺术的确和土著印第安人的思维方式有相通之处，他们的思想方式都是界乎现实与梦幻、现实与想象、现实与虚构之间——这也许就是很多人认为弗里达的画属于超现实主义的原因吧。

"蓝房子"是我在墨西哥城最喜欢的地方，即使没有它大名鼎鼎的主人，这所色彩浓烈的房子本身也是件艺术品。尽管我们都知道弗里达和丈夫里维拉之间爱恨交织、混乱纠葛的关系，作为夫妇二人共同生活过的地方，"蓝房子"里更多展现的还是他们之间野火般炽烈的爱与崇拜。弗里达逝世后，里维拉说"这是我一生中最悲恸的一天……我真正意识到我一生中最美的部分是对弗里达的爱，但这已经太晚了"。而"蓝房子"墙壁上写着的弗里达的话中也有两句令我感慨良多，一句是"和迭戈这样一个男人在一起，恐怕全世界都在等着听我的哭喊'这将意味着多少苦难'，可是我不相信河堤会因为河水流去而伤心……"，另一句是"有生之年我永远不会忘记你的存在。你找到我的时候我已经四分五裂，而你却把我完完整整地带了回来"。

唯有变化才是永恒

站在瓜达卢佩圣母堂前的广场上，导游亚历山大向我们展示了一张几百年前墨西哥城的图片，上面竟是一个巨大的湖泊和几个小岛，实在令人难以置信。现在的墨西哥城是世界上最大的都市之一，然而其前身特诺奇蒂特兰城却是一座建在湖心小岛上的独立王国，进出需要乘独木舟或越过堤坝。而16世纪西班牙征服者占领特诺奇蒂特兰后，不知发了什么神经，竟然锲而不舍地将湖面大部分的区域不断填平，成为今日的墨西哥城。因此如今的墨西哥城绝大部分的市区都是建立在不稳定的回填土之上，不但对于地震之类的天灾特别没有抵抗能力，而且因为近年来地下水的急剧下降（为了满足不断增长的人口的用水需要），这个有2000多万人口居住的城市正面临加速下沉的灾难，在过去100年中已经下沉了9米多！

亚历山大说："看到那座黄色穹顶教堂吗？它是斜的，你们看到了吗？还有旁边那个塔……还有右边那座建筑……统统都是斜的，这就是因为这个城市在不断下沉的缘故。你们没发现吗？就连你们住的青年旅舍都是斜的啊……"

难怪，我一直觉得旅舍的房间和浴室有点不对劲。上次洗完澡出来，差一点就直接一路下坡滑回房间了，我还一度以为是自己出现了幻觉……

曾经是个大湖的墨西哥城正在下沉这件事令我感觉十分奇妙。果然没有什么东西是永恒的，连世界都在不断改变，何况人呢？旅行总会促使你正视你与这个世界的关系。记得电影《摩托日记》有句宣传语："让世界改变你，然后你就能改变这世界。"切·格瓦拉也在日记中说："当我们离开丘吉卡玛塔时，可以感觉到世界在改变——还是我们变了？……在美洲流浪，为我带来意想不到的改变。我已经不再是我，起码不是相同的我。"

年轻的切·格瓦拉和格兰纳多本来只是怀抱着青春的热情在拉丁美洲的土地上流浪，可是那趟旅行却为他们带来意想不到的改变。格瓦拉在旅途中被世界所改变，萌发了革命意识，并从此决定去改变这个世界。想到这里，又想到自己之前大言不惭地说要"在旅途中寻找自我"，实在是有些空泛可笑。世界在变化，"自我"也随之改变，我想我唯一能做的，只能是让自己欣然接受世界赋予我的种种变化，从而发掘出自己身上宽广的潜力和可能性吧。

说起拉丁美洲的变化，最明显的分水岭便是西班牙殖民者对这片土地的征服，墨西哥自然也不例外。几天游览下来，感受最深刻的就是西班牙人对墨西哥的影响——用在旅途上认识的新朋友Nurit和Idor的话来说："西班牙人真是一群混账东西！"

在瓜达卢佩圣母堂里，我们看到圣母玛利亚的画像。据说在1531年12月，一位名叫Juan Diego的印第安人在这一带看到一位身穿镶金蓝斗篷的美女，即是圣母玛利亚。圣母让Diego去带话给教会，说想让人在这里建一座供奉自己的神殿。但主教不相信他的话，Diego于是又跑回去见圣母，让她施展神迹以说服教会。最后圣母不但变出满满一衣襟的玫瑰花给Diego（因为玫瑰不在

12月开花，故视为神迹发生的证据），而且她身体的图像还奇迹般地印到了Diego的斗篷上。于是教会最终相信了他的话，礼拜活动从此在这一带盛行起来。

瓜达卢佩圣母的画像和我们在欧洲看到的相当不同，她身上有很多墨西哥的影子。她是印第安妇女的容貌，有着棕色皮肤；她全身笼罩在太阳的光芒中，而当时的墨西哥人（阿兹特克人）崇拜太阳神；她的斗篷上有星星和几种特殊花朵的装饰，而这些都与阿兹特克人的神话和宗教紧密相连，有着高深的意义，其中一种四瓣的花朵更是墨西哥城的象征；在她的脚下有一弯月亮，而"墨西哥"的原意就是"在月亮湖的中心"；画像最下端的天使有一对鹰的翅膀，而雄鹰在墨西哥人的文化中就象征着这个民族的诞生……因着这些微妙的联系，很多人甚至认为瓜达卢佩圣母其实是阿兹特克人崇拜女神Tonantzin的天主教版本。

Nurit是以色列人，本来就对天主教不太感冒，听了圣母的传说后更是直拽我的衣角，"你看，我就说西班牙人是老狐狸吧？为了向印第安人输出自己的宗教文化，还特地编出这么个故事……多狡猾啊！"

虽然有点不恭，可是我想的其实和Nurit一模一样。1521年西班牙征服了墨西哥，可在此后的整整10年间，西班牙传教士在印第安人中并没有形成多大影响，而自从1531年"出现"了瓜达卢佩圣母后，不到7年时间，竟有800万以上的印第安人改信天主教。如今的墨西哥到处都有圣母像，瓜达卢佩圣母被尊为拉丁美洲的天国守护神，美洲的皇后，可见这个故事是多么成功。亚历山大告诉我，就连墨西哥的独立运动时期，因为没有统一正规的旗帜，很多墨西哥民众都用瓜达卢佩圣母像作为独立运动的旗帜……

我听得张口结舌。望着教堂门口那些一路跪拜的原住民打扮的朝圣者，我觉得这一切简直不可思议。用殖民者施予他们的宗教象征来反抗殖民统治，听起来实在是有点讽刺。可是转念一想，与征服埃及的罗马帝国和伊斯兰大军比起来，西班牙人至少还花了点心思将天主教和阿兹特克的宗教神话融合起来再"推销"给印第安人，罗马人和阿拉伯人可是把古埃及宗教直接打入十八层地狱，使其永不得见天日，也使得古埃及从此灭亡……更何况，从另一个角度来看，殖民征服是如此的血腥残酷，原住民仍然顽强地通过各种手段保存了他们原始宗教的某些成分，这其实也可算是土著居民的一个微小的胜利。

　　这天除了瓜达卢佩圣母堂和特奥蒂瓦坎金字塔之外，我们还去参观了特洛特洛尔科的三文化广场。三种文化的建筑遗产在这里汇合：阿兹特克人的特洛特洛尔科金字塔废墟、17世纪的西班牙圣地亚哥教堂，以及如今的大学文化中心。1521年西班牙人击败了特洛特洛尔科的守卫者，广场上有一段关于这场战斗的铭文："这既非胜利，也非失败，这只是今天墨西哥混血人种惨痛的开端。"三百年的被殖民史使得墨西哥人成为西班牙人和印第安原住民的混血民族，我来到这个城市的第一天便惊讶地注意到街上的人们有着各种各样的面貌，完全有别于我此前想象中千篇一律的棕色皮肤和宽阔前额。

　　西班牙人到来后摧毁了阿兹特克人的金字塔和神庙，并用阿兹特克建筑物的石头在原地建起了圣地亚哥教堂。因为他们意识到这一地点对于当地原住民的重要的宗教意义，希望在同一地点建起的天主教堂也能诱惑他们改变信仰。我看着教堂边发掘出的阿兹特克金字塔废墟，发现一块圆环状的石头不伦不类地矗立在其中的一个金字塔上。"那是什么？"我好奇地询问亚历山大。"一口井，西班牙人在那里打了一口井……"亚历山大双手一摊，露出无奈的笑容。"混账！"Nurit 和 Idor 异口同声地叫喊起来。

　　然而更令人动容的还是三文化广场本身所承载的历史。1968年墨西哥举办奥运会的前夕，学生走上街头公开反对政治腐败和独裁主义。而当时的总统为了向世界展示一种稳定的局面，采用了极其严酷的手段来阻止抗议行为。离奥运会开幕还有一周，学生在三文化广场上举行了和平示威活动，直升机在广场上空盘旋。突然，一架直升机上扔下一颗信号弹，随即枪声大作，几百名学生抗议者被政府军队血腥屠杀。然而屠杀的新闻被封锁了，奥运会却按计划如期举行。

　　相隔40年后，墨西哥现代历史上第一位反对党总统下令对此事进行的调查还是无果而终，没有追究，没有赔偿，特洛特洛尔科屠杀仍然是一代墨西哥人痛苦的记忆。只有一座新的特洛特洛尔科大学文化中心在屠杀现场旁边落成，收集电影胶片、报纸文章、照片、海报和访谈录音进行展览，并在楼

墨西哥，世外桃源似的地下洞状陷穴。

下立起纪念碑来追忆和见证这场令人心痛的悲剧。

　　同伴们都对此事表现出极大的兴趣，围着亚历山大七嘴八舌，问东问西，只有我和铭基呆坐一旁沉默不语。我之前已经从别的书上看到过对这一事件的报道，可再次听到还是内心震荡，苦涩难言。人类的历史何其相似，日光之下并无新事。

　　返回旅舍的途中，同行的美国小孩 Roy 还在兀自对特洛特洛尔科屠杀耿耿于怀，他嘟囔着："杀完人没几天就开奥运会，这也太过分了……"然而其他人的注意力又很快被别的话题所吸引——中东民主革命，英国王室婚礼，本·拉登的死亡……亚历山大好奇地询问我和铭基英国人对王室的看法，一边说"我不能理解为什么英国人仍然保留王室"，一边又表示自己半夜还特地爬起来看婚礼直播……

　　Roy 忽然说："你们有没有发现？最近有很多事情都几乎同时发生了——本·拉登死了，教皇保罗二世被封圣，威廉王子结婚了……太戏剧化了，简直是好莱坞电影嘛——坏人死了，好人去天堂，王子和公主从此幸福地生活在一起……"

　　大家都笑了起来。果真如此！身处这样一个疯狂、戏剧化、高速运转的世界，以至于我们更热衷于谈论热点新闻，而不是自己的生活；我们更爱好成功和传奇，没有兴趣去了解普通人的愿望和心意；我们忙着追逐最新的资讯，根本没有时间去找回被剥夺的记忆。

第一个意外

　　来到墨西哥城的第六天，在旅馆天台吃早饭时遇见两个刚刚入住的男生，一个来自印度，一个来自巴基斯坦（暂且管他们叫小印和小巴吧）。两人都在加州伯克利读 MBA，得空飞来墨西哥度个两周的假期。他们是那种常见的亚洲精英的典型——聪明自信，开朗健谈，名校出身，踌躇满志。听到他们说自己两个月后即将开始在投资银行工作，我忍不住在心中轻叹一声"果然！"——果然在意料之中。学习好——读名校——学金融——去投行，这几乎变成了一条理所当然的"康庄大道"。

听说我之前也做投行，小印和小巴立刻对我兴趣倍增。"你读什么学校？在哪家投行？做什么工作？职位是什么？……"他们不断地抛出各种问题，简直要把我的个人履历挖个水落石出。望着天台上明晃晃的日光和远处教堂红色的穹顶，我忽然感觉时空错乱——这哪里是在旅途中的墨西哥城，分明是以前和同事们、客户们社交场景的重现……

听说我辞职来旅行，小印和小巴显得非常吃惊，"你找好下一份工作了吗？"他们看起来很为我担心。我有点不好意思地回答说"还没有"，他俩对视一眼，目光闪烁，欲言又止，大概心里都觉得我很不靠谱吧。

不过在心底我是很坦然的——我已经准备好用我最真实的那一面去迎接旅途了。作为"旅人"的人格，与"白领"或"ibanker"相比，自然可以添上几分柔软（也许很多人会解读为"不靠谱"）。在我伦敦的办公室里，如果你大谈"感受"或"内心"之类的东西，肯定会招来奇怪的目光。然而对于旅人来说，天性中有一点不过分的敏感或疯狂是完全正常的——你甚至还可以说你热爱诗歌呢！

小印和小巴的言谈举止都令我觉得熟悉和亲切，因为实在像极了我以前的那些同事们。我丝毫不怀疑他们日后也会成为最典型的那类投资银行家，他们有点自我和傲慢，即使来到墨西哥，也压根不打算学西班牙语；他们对古迹和文化毫无兴趣，只打算在墨西哥城待上一天，就直奔海边喝酒享乐晒太阳；关于墨西哥，他们最关心的问题就是："这里的啤酒多少钱一瓶？"……

我和铭基的兴趣与他们简直南辕北辙，奇妙的是我却一点也不讨厌这两个年轻人，也许是因为"同上贼船"的惺惺相惜，也许是因为我在他们身上看到了自己当年那股盲目的热情，也许只是因为年纪越大人变得越宽容……我甚至希望他们能够真心热爱这一行，希望他们对经济和金融的兴趣不会被扼杀在日复一日繁重而单调的工作里；又或者是真心喜欢钱，非常非常非常地喜欢钱,这样才会比较快乐吧。

我们边吃边聊,不知不觉日头都快升到中天了。不知小印和小巴究竟对我们产生了何等样的兴趣,告别前他们仍有点意犹未尽,询问了我们的房间号后非常热情地表示"晚上我们来敲你们的门,大家喝着酒接着聊吧"。

谁知天有不测风云。当我们结束一天的游览,怀着愉悦的心情走回旅店时,噩梦发生了。由于旅店工作人员的低级错误——他们以为我们应该今天早上退房,可其实应该是明天——我们的背包和留在房间里零零碎碎的各种东西被他们统统踢出房间,装进两个巨大的垃圾袋,暂时存放在前台。更糟糕的是,由于是周末,这天晚上房间全部客满,连一张多余的床位都没有,我们瞬间变得无家可归。而且旅舍工作人员一开始还企图不承认自己的错误,直到我们将收据摔到他面前。

可是事已至此,就算吵架也没用。好在工作人员最后还是帮我们在另一家青年旅舍找到床位,我们只好又背着大包吭哧吭哧地穿过几个街区来到新的旅舍。这个地方灯光昏暗,气氛诡异,可是仍然挤满了人。在前台登记的时候,旁边吧台的酒保盯着我们看了好一会儿,然后神神秘秘地凑过来:"你们安顿好以后过来我这儿,有好东西给你们。"

什么嘛?!我们心情不好,当下也懒得搭理他。上楼找到房间,心情顿时更糟了。这个房间里有十张床却没有一扇窗,压抑得像个监狱。吊扇就在日光灯下面哗啦啦地疯狂旋转,转得满屋子电光幻影,明明灭灭得令人头昏。

房间里实在没法待,我们放下包就出去了。经过吧台的时候,那个酒保又叫住了我,"你们俩,"他打着手势,"过来嘛!"

我打量一下他。此人身材瘦小,眼睛却亮得出奇,看上去像个邪恶的儿童,不长不短的黑色头发好似要遮盖什么伤疤似地全部梳到一边。

他拿出一瓶 tequila(墨西哥的特产龙舌兰酒),用 shot 杯(烈酒杯)盛了满满的两杯,又找出两片柠檬放在吧台上,然后向我们勾勾手指。

我笑了,把手伸给他。

他把盐巴倒在我手背的虎口处。我舔一口盐,接着将一杯 tequila 一饮而尽,再咬了一口柠檬。凶烈而辛辣的味道溢满口腔，柠檬的酸味却中和了那一点苦涩。

"请你们的。"酒保牵牵嘴角，脸上却还是那副看似邪恶的表情。

那团火焰从喉咙一直燃烧到胸口，我和铭基相视而笑，适才的坏心情忽然消失得无影无踪。

旅途才刚刚开始，毋庸置疑，前方还会有无数的意外等待着我们。可我已经不再为此困扰了——有时候，意外也是旅行的魅力之一嘛。

墨西哥的大理

你爱一个地方是因为它的风景还是它的人民？我想我大概是爱后者更多。来到瓦哈卡之后，我发觉这里的人们简直比墨西哥城更加热情友善。在街头小摊吃东西，已经坐下来的食客却忽然站起来，坚持要把位子让给我们坐；Zocalo（佐卡拉）广场上，成群结队的女学生们羞涩而友好地向我们打招呼；去看ElTule（一棵有1500年历史的据说是世界上最大的树）的时候，因为没有直达车，本来应该是乘公共汽车在某一站下车，再步行几百米去一个出租车的拼车点，没想到公共汽车司机知道以后，居然越过车站，直接把我们送到了一辆出租车的前面（他还打着手势让那辆出租车停下来）；出租车上已经有三位乘客，可是出租车司机居然也让我们上了车。虽然挤得要命，好在这样一来车费也更便宜。那个出租车司机和我们也很有缘分，当我们看完大树打算回城，居然又上了同一辆车！他很担心我们找不到公车站，于是至少向我们重复了六遍具体的路线。直到我们下了车，还能看到他一边驶过一边不停地朝我们招手……

旅途中最令我感动的就是这些人性之美，温柔宽厚，没有心机也不求回报，甚至让我们这些来自所谓花花世界的人有些无所适从。

我们在瓦哈卡待了三天半，说实话真是有点多了，因为如果不去山村徒步的话，附近可看的景点并没有那么多。可是瓦哈卡这个小城和这里的人们又是如此可爱，简直让人舍不得离开。这里堪称墨西哥的大理，虽然没有大

墨西哥，瓦哈卡市桑托多明戈教堂。

理那么山明水秀，然而无论是面积大小、街道分布，还是那种轻松的氛围都很相似。瓦哈卡城以旅游业为主，街上有很多吸引游客的餐厅、咖啡店和酒吧，推销手工艺品的小贩也络绎不绝，奇怪的是整体的商业气氛却并不浓厚，大概是因为这里的商业场所对自己的传统文化仍然有一份坚持，并不轻易为迎合外国游客而把自己搞得不伦不类。

更令人赞叹的是他们的艺术品位。虽然瓦哈卡州即便在墨西哥也算是非常穷困的地方，可是这里漆成明艳色彩的房屋外表简朴内里却别有洞天；这里的酒吧、餐厅和小店大多极有格调、品位不俗；这里有很多精致的小小美术馆，里面的雕塑和画作惊人的前卫和富有生命力。学校也很重视培养学生的审美情趣，常有穿着校服的中学生们在老师的带领下来参观美术馆……每次看到街上衣着朴素眼神明亮的当地人，我就会从心里生出对他们的爱和敬重。我爱他们淡雅的风度，也敬重他们在物资缺乏的情况下仍能保持对美的追求和丰富的灵魂。

墨西哥，圣克里斯托瓦尔附近玛雅村落的教堂。

因为城市不大，我们每天都在相同的几条街道上走来走去，看到很多熟悉的面孔，看到当地人的各种生活，感觉自己也成了他们的一分子，和这个小城休戚相关。卖手工艺品和刺青的街头浪人每次老远见到我就会用力挥手打招呼，露出大大的笑容，却并不向我推销他的东西，而是街坊邻居日常见面般的亲切；我们也知道了什么时候在哪一间酒吧有半价的啤酒可以享用，推门进去，半个城的人们都聚集在那里；圣多明各教堂忽然来了一个庞大的摄制组拍摄墨西哥旅游宣传片，路人们都好奇地站在一边观望一对欧洲人模样的俊男美女演员（也可能是被拉来当演员的游客）在一家精美的小店里"表演"吃晚餐，我正对铭基说："其实他们也可以找我们来演嘛！虽然没有那一对那么美，至少我们是不一样的亚洲面孔啊……"忽然摄制组的工作人员就朝我们走来，热情地邀请我们当演员，第二天跟他们的车去普埃布拉继续拍片！可惜我们两天前才从普埃布拉来到瓦哈卡，而且已经买了第二天的车票去别的地方……当时我们一定是脑子进了水才会拒绝这大好机会，此后每每想起都后悔得捶胸顿足。

每天下午五六点，圣多明各教堂前会有一位金发白皮肤的女士走过，她穿着好似没有式样却又熨帖无比的连衣裙，肩上背一只大大的篮子，明眸皓齿，美得像是从波提切利的画中走出来。她或许不是我们所见过长得最美丽的女性，却无疑是最梦幻的。梦幻女士既不像当地人也不像游客，似乎只是为了满足人们最美好的梦境而存在，让人想起四月的风，成熟的柠檬，散发着清香的羊齿植物。她出现的那一瞬间，所有的声音和色彩统统消失了，世上唯一的光柱温柔地投射在她身上，街上的人们甚至忘了呼吸。我和铭基连举起相机的动作都无法完成，只能呆呆望着这一滴五月清晨的朝露，一直到她转过街角，世界才又恢复运作，铭基恍然若失："仙女……仙女走了吗？"我四周打量一下，"仙女走了，但是玛丽莲·梦露来了……"他顺着我的目光望去，只见一位身穿艳粉色花朵紧身连衣裙露出大半个胸部脚踩九寸高跟鞋的性感女士正款摆腰肢翩翩走来，巨大的反差惊得他浑身一哆嗦。

这段时间是中美洲的雨季，瓦哈卡连续几天每到晚上就暴雨倾盆。"暴雨"二字其实完全不足以形容它的气势，那也许是我有生以来见过最疯狂的雨，电闪雷鸣，雨水夹着冰雹一起噼里啪啦往下落，街道在短短几分钟内就变成了一条河，街上的垃圾和饮料瓶就顺着河水往下游流去。我们旅舍天井的周围明明有屋檐却仍抵不住雨水的侵袭，原本在屋檐下看书上网自得其乐的众人只好扔下手里的事情，逃到电视机前一起看了部无厘头的美国僵尸电影。

第二天经过Zocalo广场时，见到一棵大树竟然被前夜的雷雨击倒在地，连根都被拔了出来，旁边有很多工程车和工作人员在忙个不停。我们以为他们在锯树，默默地看了一会儿，觉得很痛心。可是过了一天再经过的时候，没想到他们竟然把树重新立了起来——原来他们是在尽力挽救这棵树！这样一来我们却更觉得痛心了，因为对比之下南京的梧桐树是多么可怜可悲，有时我真希望我们还有冯玉祥将军那样爱树如命的人物——"老冯驻徐州，大树绿油油。谁砍我的树，我砍谁的头！"

去当地图书馆的时候遇见一位对我们很有些好奇的工作人员，我们用结结巴巴的西班牙语和他交流了一阵。听说我们是中国人，他一脸的茫然和困惑。他说："我无法想象……瓦哈卡和中国……中国对我们来说实在太遥远了……"其实我完全明白他的心情，曾几何时，"墨西哥"三个字对我来说也只意味着巨大的仙人掌和一个永远无法抵达的远方。大叔又问我们的旅行计划，我们告诉他将用半年的时间从墨西哥一路南下，争取把拉丁美洲走一遍。大叔惊叹一声后又感慨道："那需要很多钱吧？"我们解释说我们的预算其实也很有限，所以住的是便宜的青年旅舍，而且有时一天只吃两顿饭，其中还有一顿是旅舍的免费早餐，如果吃三顿也尽量找最便宜的街头小摊……

可我还是觉得很惭愧。大叔告诉我们他一天要打两份工来维持生计，我们这样的长途旅行对他来说一定是极其奢侈和难以理解的，所以我总是提醒自己要珍惜这奢侈的自由和在路上的日子。目前因为是"旅行蜜月期"，即使生活俭省也觉得非常幸福。几个星期或几个月后，当"旅行倦怠期"到来时，我会时时想起瓦哈卡图书馆里大叔困惑的目光，告诉自己是多么幸运，也提醒自己不要辜负自己的本心。

青柠檬之恋

吃得便宜并不代表吃得不好。墨西哥也许是中美洲拥有最多美食的国家,而且并不像人们想象的只有玉米卷饼而已。我们在瓦哈卡的食品市场里已经尝到了好吃的鸡腿汤饭、蔬菜猪骨汤和玉米粉蒸肉,来到圣克里斯托瓦尔后又在一家朴实的小店里享用了美味无比的牛肚汤以及各种本地泡菜。不过,虽然我们并没有十分想念亚洲的食物,然而在圣克里斯托瓦尔的一条小街上看到"Thai comida"(泰餐)的招牌时,大脑还处在震惊的状态,双脚却已经不由自主地迈入了店里。

我们的吃惊不是没有道理的。自从离开了墨西哥城,一路的亚洲餐馆实在寥寥无几,街上连亚洲面孔都很少见,更别提偏门的泰国菜了。这家泰国餐厅小得只能放进五张小桌,连同那个半开放式的厨房,一共也只有大约二十平方米。店主是一对年轻的"国际couple"——斯文腼腆的墨西哥男生和笑容甜美的泰国女生。墨西哥男主人只负责递菜单端盘子,泰国女主人才是真正的大厨。所有的食物都由能干的她一人烹饪,只见她忙碌地穿梭于灶台和案板之间,一张清秀的脸上密密麻麻都是汗珠。

店很小,菜单更堪称"简朴"——根据当天市场上所能买到的新鲜食材,每天只有三种菜式可供选择。先到先得,卖完即止。尽管如此,烹饪手法却一点也不马虎。泰国女生一定是个偏执的完美主义者,她压根不准备任何"半成品",每一道菜都从头开始细细做来,连酱汁调料都一滴一滴地添加,脸上全神贯注,像在制作精美的艺术品。好处是做出来的菜肴真是鲜美无比,坏处是"慢工出细活",点完菜后要等上至少半个小时才能上桌。

等待的过程中,我和铭基同学百无聊赖地打量四周。店里的墙壁上挂着泰国的佛像和风景画,柜台上摆着泰国旅游书和简易泰语教程,厨房的冰箱上贴着店主夫妇在泰国的亲密合影和女生身穿泰国传统服饰的美丽照片……我们都很好奇:泰国和墨西哥相隔十万八千里,这对夫妇到底是如何走到一起的?铭基同学怂恿我:"你去问问嘛!"我说:"太失礼了吧?怎么好意思……你自己怎么不去问?"他打了个哈哈企图扯开话题:"其实泰国菜和墨西哥菜还是有共同点

墨西哥，奇琴伊察羽蛇神金字塔。

的——都很辣，而且都用很多青柠檬……""青柠檬之恋？"我条件反射地说。

离开小店的时候，我握紧拳头，"明天我们再来吃吧，我要把'青柠檬之恋'问个水落石出！"铭基同学只是不屑地哼了一声，他压根不相信我有那么生猛。但是他真的低估了我的八卦热情，第二天我们再去的时候，还没来得及和男主人客套几句，我就硬生生把问题抛了出去："你们是怎么认识的呀？"我的脸上一定充满了粉丝般的天真和热情，以至于铭基同学频频从桌子对面投来震惊和警告的目光。

害羞的男主人还是回答了我的问题。原来他们俩是三年前在瓦哈卡州北部一个小城的一所学校里认识的，泰国女生在那里当英文老师，墨西哥男生在那里做志愿者之类的工作，一段异国恋情就此萌生。婚后他们去泰国住了三个月，之后又一起来到圣克里斯托瓦尔这个美丽的山城开了这家全 Chiapas（恰帕斯）州唯一的泰国餐馆。

泰国女生也听到了我们的对话，她一边在厨房里挥汗如雨，一边朝我们投来一个大大的笑容。"来这里多久了？"我问她。"墨西哥？三年了！"

她笑着回答。"西班牙语一定说得很利索了吧？"我羡慕地问。"嗯……还可以吧！"她的笑容实在有感染力，完全不同于我以往遇见的那些说话轻声细语的容易害羞的泰国女孩。我忍不住凝视她纤瘦却充满活力的身躯和被墨西哥的日光晒成小麦色的面庞。她稍稍一弯腰，后腰上便露出一个巨大的刺青。我不知道她的身世背景，不知道她是因了什么样的妙缘只身前往墨西哥的小城当英文教师，不知道她为何选择背井离乡和异国的爱人一起在这里开了这间小小餐馆，也不知道他们夫妻俩将来又会选择在哪里以何为生……可我知道一件事——她绝不是一个普通的女生。

世间的际遇多么神奇，而人生又到底有多少种活法？离开餐馆的时候，我一边和他们挥手道别，一边感慨地想。每个人的生命都独一无二又充满未知。以前在英国读研究生时，我也认识一对情侣，是墨西哥男生和台湾女生的组合，毕业后我们失去了联系，也不知道他们现在是天各一方还是仍在一起；2008 年底重游西藏时遇见一位香港男生，当时他辞掉工作在亚洲旅行，看起来穷困潦倒，让人忍不住为他的前程担忧。谁能想到短短两年过去，他不但在泰国清迈住了下来，而且已经是两间青年旅舍的老板，生意成功客似云来；而我们自己的故事又何尝不是一部峰回路转的剧集？八年前的今天我还在痛苦的异地恋中饱受煎熬，成日患得患失"到底能不能和他走到一起"，八年之后我们却共同抛弃以往的人生，携手游历这一片完全陌生的土地……

有时我们选择改变，并非经过深思熟虑，而更像是听见了天地间冥冥中的呼唤，呼唤你前往另一个地方，过上另一种生活。你也许会发现，山那边的世界并没有吃人的野兽，反而开满了在你的家乡随处可见的凤凰花；那里的人们以玉米为主食，可是每一道菜肴都少不了你最熟悉的青柠檬；你在那里遇见了一个人，他的肤色面貌与你完全不同，可是你们却有着惊人的默契和相通的灵魂……你并不一定会从此拥有更美好的人生，可你仍然感谢天地和人世所带来的这些变化和发生。不然，不然你大概会一直好奇和不甘吧——家门前的那条小路，到底通向了什么样的远方呢？

眼见为虚

费德里克35岁,高个子,一双深沉的蓝眼睛,半长的金发飘逸地垂在耳边,薄薄的衬衫只扣了几个扣子,露出大片的胸膛,下面是一条脏兮兮的牛仔裤。他长得实在不像墨西哥人,倒更像是位不羁的意大利帅哥。好像看出了我们的疑问,费德里克笑笑说:"上次我带一个团,团里有个华裔美国女孩对我说'你长得不像墨西哥人',我反问她'你是哪里人',她回答说'美国',于是我告诉她'你长得也不像美国人'。哈哈,她被噎得说不出话来……"

从费德里克的外貌来看,他的家族应该是较为纯正的欧洲白人血统,与本地印第安人混血较少,然而他很明显地为自己是墨西哥人而自豪。我觉得这是在当今拉丁美洲人心中普遍存在的一种可贵的感情——虽然他们已成为混血民族,然而他们从感情上把美洲大陆的受害者印第安人当成自己的祖先,这一点与北美洲的情形完全不同。历史上的压迫,以及当今全球化所带来的新的剥削和困境使得拉丁美洲强化了自身传统中的反对殖民主义立场和文化,而美国即使在其独立后的100多年里也一直继承着殖民主义的意识和行为,这是两个完全不同的美洲。

这天我们参加了一个半日游的旅行团,由导游费德里克领着去参观玛雅人的村庄和宗教圣地。说实话,出发时看见费德里克年轻的外型和潇洒的西式打扮,心里对他没抱什么期望,以为他只是像很多年轻人那样,为了赚钱而投身导游行业,历史典故都靠死记硬背。没想到他给了我们一个巨大的惊喜,他说起玛雅人的历史、宗教和文化简直口若悬河刹不住车,你能明显看出他不是半桶水而是有真功夫在,而且对这个族群有着极其深厚的感情。

如果只是他单方面的感情也就罢了,奇妙的是一路上遇见的所有玛雅人都爱他。是的,他们真的爱他。他在教堂前的广场上给我们做讲解,身边经过的所有族人都和他热情地拥抱握手打招呼,举手投足间竟是兄弟般的友爱;每当有玛雅族的小孩子走过,费德里克会叫出他们的名字,然后蹲下来指指自己的面颊，小朋友们就会羞涩而开心地走过来，给他一记响亮的吻；忽然间一位梳着两条长辫的玛雅族老奶奶朝他身后蹑手蹑脚地步步逼近，佯装要偷他手中的可乐瓶子，费德里克发现后猛地一转身，老奶奶发出快乐的一声轻喊，就一头扎进他的怀里。两人紧紧拥抱，费德里克不停地抚摸老奶奶的头发，老奶奶则把脸深深埋在他的胸前；教堂里一位胸前挂着镜子的祭司走过来和他打招呼，他赶紧弯腰低头，让祭司的手碰触他的额头……所有这一切由他做来都无比自然，毫无作秀的成分，令我们啧啧称奇。按照我们有限的知识和经验，玛雅人有自己的生活方式，不喜欢外人的打扰和眼光，尤其是对欧美人模样的游客非常冷漠，又因为在社会上一直遭受不公平的对待，他们甚至对普通墨西哥人都不怎么理睬。像费德里克这样典型白人长相的年轻小伙子，为什么会令他们另眼相看？

渐渐地我们才有点明白过来。去到一户玛雅人家拜访时，费德里克指着墙上的照片，熟悉地向我们介绍照片上的每一个人，介绍到一个孩子的照片时他笑了："这是他二十多年前的照片了。我们是一起长大的……事实上，刚才在镇上和我打招呼的好多人，我们都是一块儿长大的……"这时一个穿着花裙子的小女孩走过来，费德里克试图把她抱起来，没想到她咯咯笑着逃掉了。费德里克有点沮丧，"她是我的教女……小时候她最喜欢我把她抱起来举到半空，现在长大啦，知道害羞啦……"

后院里我们和另一个旅行团"狭路相逢"，那个团的导游是一位气质非常儒雅的老先生，花白的头发和胡子，衣着朴素，可是头戴礼帽，手里拄一根手杖，一派英国绅士的风度。他微笑着和费德里克握一握手，直到走过之后，费德里克才低声说："他是我的父亲。"

原来他的父亲是一位考古学家，研究的就是玛雅文明。在这样的家庭里熏陶长大，果然是虎父无犬子。费德里克对自己家庭的事情说得不多，我们不太清楚为什么他身为考古学家的父亲现在在当导游，也不太明白为什么说得一口流利英语而且明显受过高等教育的他也选择了这个行当，然而有一点是身为外人的我们也确定无疑的，那就是父子俩对于玛雅人的深厚感情。玛雅人是个不折不扣的弱势族群，能够真正理解和尊重他们，同时又具备跨越两种文化的能力的人实在寥寥无几，费德里克父子便是这个意义上的沟通者和桥梁。我想，之所以开辟这个旅游项目，让游客参观玛雅人的家庭和宗教圣地，除了增进双方的互相了解之外，更重要的是为玛雅人的教堂和他们的家庭带来一些经济收入以改善他们的生活。真心换真心，爱人才能被爱，这就是为什么玛雅人对他们特别友爱的原因吧。

这天费德里克给我们好好上了一课，课程的名字就叫作"眼见为虚"。现在想来，他自己本身就是个好例子："殖民者"的外表下是一颗"被殖民者"的心，不羁的打扮难掩学识上的真材实料。看待玛雅文化时同样如此，你必须摒弃你的先入为主的看法，不能轻易作判断下结论，因为眼睛看到的未必真实。

在玛雅人供奉偶像的神坛上，我们见到三个十字架，十字架的下方是耶稣和瓜达卢佩圣母的小塑像。"哦，原来西班牙人入侵后，玛雅人也被迫改信了基督教。"我们都一厢情愿地这么想。然而事实并非如此，玛雅十字架与基督教中的十字架在形状上有些不同（两端和中心都是圆球形），而且三个"十字架"代表着三个太阳（日出、正午和日落），因为玛雅人和古埃及人一样崇拜太阳。而那两个塑像也未必就一定是耶稣和圣母，他们只代表着男人和女人，或是太阳和月亮，换上任何其他塑像也一样行得通。玛雅人家的墙上贴着前教皇保罗二世的照片，可是你若以为他们疯狂崇拜教皇那就错了。玛雅人完全不认同梵蒂冈，贴教皇照片只是单纯觉得"他人还不错"。事实上，你就是在他们面前诅咒谩骂教皇，他们也一样无动于衷。

由于如今的玛雅宗教中处处透出基督教的元素，很多人认为它已经与基督教相混杂，成为一种新的奇怪的宗教信仰。而按照费德里克的看法，玛雅人一直以来都尽了最大力量保存自己的原始宗教，有些所谓的"与基督教的结合"，其实也只是表面上的让步，目的是为了避免西班牙传教士找他们麻烦，实际上他们对基督教的很多象征和典故都有着自己的理解和传承。玛雅人认为有些让步是无关紧要的，比如当初教会让他们改名字（改成西班牙姓名），为了省却不必要的麻烦，他们很快就都换上了新名字。在玛雅人的文化中，名字并不代表自己，所以随便叫什么都无所谓。不管你是叫我彼得还是胡安，我还是我，这个才是最重要的。

又比如玛雅人的宗教传统中曾经有"活人献祭"这一项。玛雅人认为此事天经地义：为了保护族人不受神的责怪，这个勇敢的人甘愿牺牲自己，把自己的血肉奉献给神，而初次见到这种骇人场面的西班牙传教士自然是大吃一惊。他们告诉玛雅人：这样的牺牲是不对的，是野蛮的行为。谁知玛雅人闻言也大吃一惊，他们反问传教士：可是，当初耶稣不也为世人做出了同样的牺牲吗？

很多旅游书（包括《孤独星球》）都误导读者，说玛雅人大多不喜欢拍照，因为他们认为照相机会夺走他们的灵魂。费德里克对此嗤之以鼻，他说在玛雅人的文化中，灵魂就是生命本身，是不可能被轻易夺走的。玛雅人不喜欢拍照，只是因为他们认为不经允许就拿走东西是一种偷盗行为，而不经允许拍照就是这样的偷盗行为。这种说法在后来得到了证实——我们被邀请去几户人家做客，因为得到了许可，给他们拍照就完全没问题。

两种文化的交流沟通往往比想象中难，只明白某个词语，可是不明白词语背后的含义也同样无济于事。常常听到一些欧美游客以"过来人"的经验指点其他旅游者："不要随便和那些向你推销手工艺品的玛雅女孩子们讲话，她们非常恐怖，会对你纠缠不休……"然而真相是很多游客往往在面对推销时并不明确地表示拒绝，而是采用了在他们的文化中比较委婉的说法："Later."（"等会儿再说吧。"）而在玛雅文化中，一诺千金。是就是，不是就不是。你说"later"，我就真的认为你等一会儿会回来买我的东西。你若不买，你就是言而无信的骗子，令人厌恶。

这让我想起哲学家罗素的观点，他说很遗憾人们非常容易拥有两种紧密相连的情绪——恐惧和厌恶。我们很容易厌恶我们所恐惧的事物，也常常恐惧我们所厌恶的事物。在原始人群中，人们通常会既恐惧又厌恶任何他不熟悉的事物，而"在对待其他外族的问题上，这种原始的机制仍然控制着现代人的本能反应。那些完全没外出旅行过的人会视所有外族为野蛮人。但是那些去外面旅行过的，或是学习过国际政治的人，会发现要使自己的民族强盛，

墨西哥，圣克里斯托瓦尔附近玛雅人家的神坛。

在某种程度上，必须与其他民族联合"。

参观玛雅人的教堂又是一次毕生难忘的"眼见为虚"的体验。从外观上看，这是一座风格优美的教堂，中规中矩，和其他任何教堂并没有什么不同。可是一走进教堂内部，你一定会在心里惊呼一声。这哪里是什么教堂？眼前分明就是一座传统的玛雅神庙！没有椅子，所有人都席地而坐，而地上竟铺着一层薄薄的干草！原来草是山的象征——古代玛雅人的神庙都建在山上，因为山顶是离太阳最近的地方。地上点满了代表液体的蜡烛向神灵献祭，几位玛雅治疗师就在旁边燃烧某种植物给人治病驱魔，搞得满室烟雾缭绕。几位大叔在用简陋的乐器不停地奏乐，其他人则挥动一种沙锤状的物体发出有节奏的"沙沙"声，费德里克说那是在模仿下雨的声音以向雨神示好。神庙内倒是也供奉着一些穿着玛雅服装的耶稣和圣徒像，可是整个气氛实在难以让人把眼前的景象和基督教联系到一起，反而更有巫术的意味。教堂里不许拍照，我们在漫天烟雾和"下雨"声中绕过地上的人们小心地走来走去，心里满满的都是不可思议。玛雅人的坚韧和固执令人感慨万分，当年和他们同时存在的其他部落和族群都纷纷改信了殖民者的宗教，只有他们在做出一定妥协和让步的同时又把自己古老宗教的主要仪式坚守至今。

玛雅人的很多哲学大概会被崇尚科学的人斥为"野蛮无知"，却也很可能会被禅宗爱好者和唯心论者引为知己。比如他们注重心灵超过身体，见面问候"你好吗"的时候，实际上问的是"你的心感觉怎么样"。玛雅人的牧师往往在胸前佩戴镜子，那是"纯净的心"的象征。治疗师给患者治病时常常有中医把脉的动作，然而他并非在观察脉象，而是在探测你心灵的感受。他们相信只要心没有问题，那么身体也自然无恙，如此看来，玛雅治疗师其实更像是心理医生……

虽然对于上面这一点我表示无法理解，可是玛雅人的确有一些从生活中提炼出来的朴素哲学令我十分欣赏：

玛雅祭司从来不需要像基督教的牧师那样滔滔不绝地布道，因为所有的玛雅人都自农业耕种中明白了一个最根本也最朴实的道理：想要收获，必须先付出。而且他们的神也并不完美，可以自私任性不讲道理，因此为了取悦神灵，必须奉上丰富的祭品。同样在生活中他们也从不相信"不劳而获"的可能性，甚至认为不付出就收获是非常危险的，而这一点也造成了玛雅人与众不同的时间观念：他们更重视当下，而不是昨天和明天。

玛雅人不相信女人是男人身上的肋骨做的，他们坚信女人和男人同样重要，所以你若问他们"家里是谁说了算"，他们会认为这是个愚蠢透顶的问题。

玛雅文化中不欣赏指责埋怨和归罪于人，他们认为一件事的发生绝不是偶然的，而是一环接一环（举个粗俗但是直观的例子：你做了坏事←你母亲生了你←你外婆生了你母亲……），所以一味埋怨是毫无意义的。如何解决问题才最重要，而且人是可以靠改过而重新赢回信任的，浪子回头为时未晚。

他们诚实守信，重承诺讲义气，一旦你赢得了他们的信任，他们就会不遗余力地帮助你，哪怕损害到自己的利益……

其实有时候我们被一种朴素的道德和哲学观念所打动，并非因为这些思想本身是多么振聋发聩尽善尽美，而是因为我们实在受够了当今这个"文明"世界所暴露出来的种种文明弊病。托马斯·莫尔的《乌托邦》等作品中常常反映出对理想化的远古文明的追忆和对欧洲自身文明的批判性反思，而西班牙血腥殖民过程中第一个站出来为印第安人说话的西班牙教士巴托洛梅·德拉斯·卡萨斯也经常在他的著作中拿印第安人的品行与古人记载中的人类祖先的优良品质相比较，他恐怕也是在无意识地希望能在理想化的远古文明中找到抵消欧洲文明弊端的精神力量。

到底什么样的文明是"先进"的，什么样的文明又是"落后"的？古印第安人有辉煌的建筑艺术和发达的社会管理机制，他们懂得将数学知识用于天文学研究，能够跟踪金星轨道，推算日蚀的时间，他们的历法比欧洲的还要准确。印加帝国的外科医生已经会用金和银做的刀片实行开颅外科手术，他们还培育了玉米、马铃薯、番茄、烟草、向日葵、可可等40多种农作物奉献给世界。但是印第安人没有马，没有铁，没有火药，因此他们在西班牙殖民者到来时成了被"先进"文明打败的"落后"民族。就连培根和孟德斯鸠这样伟大的哲学家和思想家都称他们为"卑贱的人",拒绝承认他们与自己是同类,当时的西班牙神学家们甚至会为"印第安人是否拥有灵魂"而辩论。然而,就算印第安人是"落后"的民族,可这难道能够成为"先进"文明掠夺、压迫和改造他们的理由吗?说到底,"金子"才是关键词,实际上,印第安人过去和现在都是由于本身的富有而遭到不幸,这是整个拉丁美洲悲剧的缩影。

这次对玛雅村庄的拜访实在令我眼界大开,也提醒我不要因为自己浅薄的见识而随便臆测,信口开河。以前看到玛雅人的资料和图片,听说很多学者都认为他们在几千年前由蒙古迁移到美洲。也许是因着这样的暗示,我总觉得他们无论是外貌还是发型服饰都很像亚洲的蒙古人和西藏人。然而事实上玛雅人的起源至今还是个谜,最新的研究更是提出他们并非来源于一个单一的种族,而是由腓尼基人、古印度人、蒙古人、古埃及人等等混血而成。而提到发型服饰就更是讽刺了,现在大部分印第安妇女的服装都是18世纪末由当时的西班牙国王卡洛斯三世规定的,这些服装是模仿西班牙某些地区劳动妇女的服装式样。而印第安妇女的发式也是由托莱多总督规定的,和亚洲一点关系也没有。

同行的法国夫妇饶有兴致地向费德里克询问玛雅人关于"世界末日"的预言,费德里克只是一笑置之,他说:"你们知道吗?听说今天也是很多人认为的世界末日呢。如果是真的,各位,很荣幸与你们一起度过如此特殊的日子……"我立刻下意识地看了看手表,2011年5月21日。写这篇文章的时候,"末日"已经过去了,我很高兴大家都还活得好好的。果然是耳听为虚,而眼见也不一定为实啊……

伯利兹有着全世界最美丽的海水,是名副其实的潜水天堂。
只是浮潜便能看到那么多那么美丽的海洋生物,
就像爱丽丝漫游奇境,
海面之下的奇异世界令我目眩神迷。

PART 3
最美丽的海水与最危险的城市

从伯利兹边境坐到伯利兹城的"闷罐头"大巴。

酷热、蚊患、晒伤,哪一个最可怕?在经历了前两项之后,我们又在中美洲小国伯利兹迎来了痛苦的新巅峰。伯利兹有着全世界最美丽的海水,是名副其实的潜水天堂,于是我和铭基同学兴高采烈地坐船出海潜了一整天。在船上的时候,同行的美国夫妇不停地往身上狂抹防晒霜,而我们两个愚蠢的家伙就坐在一旁呆呆地看着,我还疑惑地悄悄问铭基:"他们就那么怕晒黑吗?"

直到最后一次从海里出来,我才意识到自己有多傻多天真——晒黑事小,晒伤事大啊!可是后悔已经太迟了,整个脊背和双腿后侧的皮肤都火辣辣的疼痛,而且颜色红得触目惊心,铭基同学说从后面看起来简直像是一只巨大的烤虾(但是他自己也好不了多少……),因为浮潜的时候整个人泡在水里,只觉得凉爽舒适,并没有被阳光灼烧的感觉,可是实际上皮肤在水里更容易吸收光,也更容易被晒伤。唯一值得庆幸的是,因为整个脸大部分时间都背对着太阳埋在水里,所以"灾情"还没那么严重……

我不怕被晒黑,可是晒伤实在太痛苦了!除了头朝下趴在床上一动不动,其他任何一个轻微的姿势和动作都疼得令人想尖叫。背行囊的时候背部受到摩擦痛苦万分,坐车的时候道路颠簸,更是让屁股和大腿受尽折磨……几经辗转后我们买到一瓶看起来有点可疑的"晒后乳液",每次洗完澡就互相帮忙涂抹。这个乳液号称含有芦荟却散发着浓浓的椰奶味,每次铭基帮我涂抹时,我都觉得自己即刻变身为一道南洋名菜——椰汁咖喱大虾。

可是,如果一早知道会被晒伤,我们还会去潜水吗?恐怕还是会呢。就像之前在墨西哥的帕伦克,即便早就预见到会被蚊虫疯狂袭击的后果,我们

在伯利兹浮潜看见的护士鲨。

肯定还是舍不得放弃那么壮观的玛雅遗迹。旅行的魅力之一就是这种"残忍"的蛊惑——眼前是荆棘密布,尽头是绝世美景,你还来不及考虑得失,已经鬼迷心窍地迈出了痛并快乐着的第一步。

　　伯利兹的海水实在令我觉得不虚此行。只是浮潜就能看到那么多那么美丽的海洋生物,这样的海水在全世界至少也能排进前三名。就像爱丽丝漫游奇境,海面之下的奇异世界令我目眩神迷——我们在珊瑚和水草间穿行,五彩斑斓的鱼群就在我们身边游过,海鳗从水草根部伸出头来一探究竟;巨大的海龟慢吞吞地摆动四肢,你甚至可以去摸摸它的脑袋;熟悉我的朋友都知伯利兹小岛上的海滩。

道我有"魔鬼鱼恐惧症",当看到无数巨大的魔鬼鱼朝我游来,我在水下都起了一身鸡皮疙瘩,幸运的是没有当场昏厥过去;在潜水向导的指引下,我们居然还看到了海牛!当年哥伦布航行到加勒比海,看见不计其数的海牛时,他在日记中说他当时立刻惊呆了,然而听说如今加勒比海的海牛只剩千余头,能够亲眼看到它实在令我们深感荣幸。同行的美国人大卫第一个靠近这"美人鱼"的原型,向它打招呼,而它只是慢吞吞地看了大卫一眼,就漠然地转过身去。回到船上以后,大卫委屈地说:"没办法,谁让我长了这么一张不讨人喜欢的脸……"

暴晒一天后,我们遍体鳞伤却又兴高采烈地从小岛坐船回到 Belize City(伯利兹城)。走出码头的瞬间,感觉却有如从天堂回到地狱——六点刚过,街上已经是一片死寂。商店的铁栅栏在暮色中泛着冷冷的光,仅有的几个行人无不低着头健步如飞,整座城市笼罩在一股阴冷肃杀的气氛之中,所有的一切都在发出同一个信息:欢迎回到罪恶之城。

伯利兹,伯利兹。老实说,来到中美洲之前,我甚至从未听说过这个国家的名字。毫无疑问它是个异类——伯利兹是整个中美洲唯一以英语为官方语言的国家。第一次看到伯利兹钞票上印着的英国女王头像时，我简直大吃一惊，因为根本从没想到它也是英联邦成员国。其实最早登陆伯利兹的英国人基本都是海盗之流，可是如今的伯利兹国民中却有很多人因自己拥有盎格鲁·撒克逊血统而颇感自豪。不过无论如何，来到说英语的国家旅行于我们而言肯定方便多了，出发时我们便是这么天真地想。

墨西哥给了我们非常愉快的旅行体验，特别是那里无处不在的豪华空调大巴 ADO 更是把我们彻底宠坏了。我们乘坐 ADO 从墨西哥的海滨小城 Cancun（坎昆）来到边境城市 Chetumal（切图乌尔），打算从 Chetumal 换车一路坐到伯利兹城。谁知这一换便是水准上的天差地别——车厢拥挤狭窄，没有空调，座椅很不舒服。更没想到的是这样的长途客车居然是 chicken bus，一路走走停停，简直就是一辆公交车嘛……车掌就挂在车门上一路拉客上车，几乎是每隔几分钟就有人上下车，原定的车程被足足拉长了两个小时。后来连车上的乘客都怒了，一位老伯每当停车时便不停地轮番用英语和西班牙语大声吼叫："开车！走人！"

更奇异的是一路的风景。自从驶进伯利兹国境，一路上车的乘客几乎都是黑人（几百年前英国人从非洲贩卖奴隶到此的结果）。说实话墨西哥人长得不能算好看，而眼前这些伯利兹的黑人却个个身材高大，面貌俊美。靠近边境的地方有一连串的商店和民居，令人惊讶的是几乎每一间的大门两侧都贴着中国春联，很多招牌上都有中文或是中文拼音，看来有相当多的同胞们在此安家置业。

窗外的景色渐渐变得非常单调，只有一条漫长的土路，两旁是千篇一律的森林和草场，可是并不丰茂，反而显得有点荒凉，伴随着树木被烧焦的味道。按照我有限的经验，人们往往群聚而居，因此每隔一段荒凉的道路，应该会有不同规模的村庄或城镇。然而伯利兹的情形却完全不同，一路上只见到一个小得可怜的"小镇"，其他所有的房屋都是一幢一幢零零散散地分布在道路两旁或是树林深处，好像根本不希望有邻居的陪伴。这些房屋简陋得可怜，像是用最基本的木材胡乱搭建而成。木栏杆上晾着衣服,证明有人在此居住。乘客们往往在最不像是有人住的地方下车,让我好生疑惑。更古怪的是每隔一段就有一个孤零零的广告牌竖在地上或是挂在树上,一个牌子上写着大大的"DHL"(敦豪快递公司),可是四周只有黑暗的树丛……我盯着那个牌子直发呆——难道 DHL 的业务就在树丛之中进行吗?

夕阳西下的时候,一个年轻的黑人拎着包下了车,他穿着破洞的背心和山寨版 Adidas 球鞋,沿着一条小路走向森林深处。金色的阳光洒在他高大而健壮的身上,可是不知怎的却显得有些凄凉。他一个人要走去哪里呢?树林中的某一处是否有属于他的房屋?望着他渐渐变小的身影,我的脑海里有个声音念起了里尔克的诗句:

"谁此时没有房屋,就不必建造,

谁此时孤独,就永远孤独……"

夜幕降临,我们终于抵达传说中的伯利兹城。然而城市也完全没有城市的样子,房屋低矮,破败不堪。没有一幢建筑有"设计"可言,所有的房子都是用最廉价的材料建成,像是只为应付一时之需,而屋主随时准备离去。除了刚下车的乘客,昏暗的街道上几乎空无一人。早就听说这里治安奇差,我们自然不敢久留,找到一辆出租车,赶紧向提前订好的旅店驶去。

旅店门口落着重重铁闸,像是再次提醒我们这座城市危机四伏。老板打开铁闸放我们进去,给我们的房间和事先订好的很不一样,然而我们也没有十分在意。坐了一天的车,饥肠辘辘的我们问老板哪里有东西可以吃。老板笑眯眯地说:"这个时候大部分的餐厅都已经关门了……哦,过一条街的转角有一家还开着,饭菜做得很不错。"

我们放下背包就打算出门。刚走到门口,铭基同学仿佛触电般地整个僵住了。我推推他,他如梦初醒地伸出一只手,指向街对面的那家旅店,"那个……那个才是我们订的旅店啊,出租车司机搞错了!"

后来我们想想,其实大概不是出租车司机搞错了,他恐怕是有意为之,听说在此地,旅店老板和出租车司机相互"照应"也是常事。无论如何,因为不想"屈从"于被安排的"命运",我们俩非常勇敢地背起包逃走了。逃到对面那家旅店,放下包正准备出去吃饭,就被在前台工作的克里斯叫住了:"你们这是要去哪里?"

"去吃饭啊,听说那边还有一家店开着……"

克里斯皱起眉头,"太危险了!我建议你们最好别出去。"

"只隔一条街也危险吗?"我们面面相觑。

"这里可是伯利兹城!晚上去哪里都不安全。白天的话,从旅店往右拐还是安全的,可是往左拐的话,即便是白天也不安全……"

"我的老天!真的啊?"

"当然,好几个客人去那儿吃饭都被抢劫了。"

既然连当地人都这么说,我们两个胆小鬼自然不敢冒这个险。可是吃饭问题怎么解决呢?克里斯想了想,递过来一张中餐馆的外卖菜单,"只有这个了。"

又是中餐!"一路上我们看到好多中国商店,这里有很多中国人吗?"我们好奇地问。

"哈,整个城市都在他们治下呀!"克里斯笑起来。

这话听起来实在有点古怪,我和铭基再次面面相觑。铭基小心翼翼地问:"那个……他们不是黑社会什么的吧?"

克里斯连连摆手,"哦,不是不是。你知道,伯利兹人懒嘛,可是中国人特别勤劳能吃苦,而且很会互相扶持。不过中国人有自己的圈子,很少和外人打交道的……"

可是,我的勤劳勇敢的同胞们,你们为什么纷纷来到这个"罪恶之城"?这里的生活真的比你们的家乡好吗?即便在这里能赚到钱,可你们不怕危险吗?第二天在小岛上等待渡轮时又看到同胞们辛苦地送货上船,我有满腹的疑惑,可是不敢贸然上前,只能远远地看着他们。他们之间说福建口音的普通话(也可能是台湾人),衣着得体,脸上笑容明朗,毫无寒酸忧郁之气,看来生活并不似我想象中艰难苦闷。

伯利兹城住的旅馆与外面隔着铁网。

从小岛回到伯利兹城后，因为身上晒伤灼痛难忍，我们到处寻找晒后乳液或是药膏，然而街上水尽鹅飞，几乎所有的商店都重门深锁。好一会儿才找到一间还开着门的中国店铺，可是里面情形诡异，犹如监狱——一整面铁栅栏将货架和顾客隔开，交钱递货都需从铁栅缝中进行。老板娘和她儿子在铁栅后面用广东话谈笑风生，身边有一台电视机，屏幕上赫然正放映着香港电视剧！中国人果然不论身在何方都有自己的一个小小世界，刀枪不入。

这些年来，走过这么多地方，发现全世界每个角落都有中国人的身影，其中又以粤人闽人为主力。自古以来，无数粤人闽人背井离乡飘洋过海讨生活打天下，生长在海边的他们血液中似乎天生有冒险因子，头脑灵活，又兼勤劳肯干，是海外华人的中坚力量。《明史》里不是也说吗——"闽、粤人以其地近，且富饶，商贩至者万人。往往久居不返，至长子孙……"

因为不想再吃中餐，我们决定在附近找个最近的餐馆解决晚饭。遵照克里斯的警告，我们只带了有限的现金，而且只敢在街道的右半段活动。最后终于在桥边找到一家简陋的本地餐馆，可是没有菜单，我们问老板娘有什么可以吃。她想了半天才犹犹豫豫地说："我有……鱼……还有一点沙拉和米饭可以做配菜……"我们赶紧说要两份。本来想着伯利兹的海产肯定丰富无比，谁知端上来的鱼肉真是小得可怜，而且做法也相当粗糙。我和铭基的配菜还很不一样，看起来像是老板娘把冰箱里的最后一点东西都捣腾给我们了。唯一的亮点是伯利兹的本地啤酒 Belikin，入口清冽甘甜。我喝着啤酒，望着眼前流淌的河水和河两岸乱七八糟的房屋，心里有点伤感。伯利兹城有河有海，自然风景得天独厚，如果有良好的城市规划和治安，它本来可以是一座非常有魅力的城市。事实上，听说伯利兹城的确有过它辉煌的岁月，可是时间、飓风、火灾、金融危机以及频发的罪案对它造成了令人心碎的破坏，使得以往的春天无法复原，而回忆也变成了一条没有归途的路。

吃完晚饭，我们不得不鼓起勇气再次面对黑暗的街道。我们俩互相打气："一、二、三，跑！"几乎是一路小跑回到旅店。街上有种无形的低气压，像是"山雨欲来"的警告。我甚至能感到罪恶正在某个拐角和后巷发生，也能感到角落里、车子中和窗帘后正在注视我们这两个异乡人的冷漠目光……这次旅行实在创造了很多的"个人纪录"，我去过不少地方，大概不能算是孤陋寡闻，可这真的是我目前到过的最危险的城市。

回到旅店，电视上正在播放伯利兹城的当日新闻。一位年轻姑娘正对着镜头讲述她的被抢遭遇："……他们用枪抵住我的脖子，让我不许出声，把背包交出来……我怕得要命，还能怎么办？他们有枪啊！……和他们一样，我也失去了工作，但是我至少没有像他们一样去抢劫别人……我想在这里对他们说，你们可以拿走其他所有东西，但是能不能把我的身份证件还给我？……"

我和铭基不由得对视一眼。明天，明天就离开吧。平安是福，再美的海水也无法阻止我们逃离的脚步……

我和铭基在危地马拉一所专门教授西班牙语的学校上了两星期全封闭式课程,这所山里的学校相当与世隔绝,没有网络,连电话都不能打,不仅一点也不浪漫,在这里每天看到的现实和听到的故事简直需要一颗巨大而坚硬的心才能承受。

PART 4
山中日记

危地马拉，傅真和西班牙语老师 Lupita 合影。

在拉丁美洲的大多数地方，英语普及率仍是非常之低，因此若是一点西班牙语都不会，在这片大陆上旅行肯定会遇到很多麻烦。出发旅行前，我和铭基都在伦敦参加了西班牙语学习班，他学了一年多，我只学了几个月。由于是周末班，平时练习的时间又少，我们俩(尤其是我)的西班牙语水平之差可想而知。

刚从伯利兹来到危地马拉的时候，同事 TK 发邮件问候我，当然也不忘调侃我的西班牙语："怎么样？西班牙语是不是已经很流利了？"

"当然，"我回复他，"我现在能用流利的西班牙语问路、点菜、打电话订旅馆……And guess what？有的时候，我甚至还听得懂对方的回答呢！"

我完全能够想象 TK 在电脑屏幕前笑昏过去的样子，所以又心有不甘地在信尾加上一句："但是过几天我就要去一个学校上两个星期的全封闭式西班牙语强化课程了，所以你要当心！出关以后，我的西班牙语可能会比你说得还要好！"

学校的名字叫作 Escuela de la Montana，是出发前铭基无意间在一位英国人的博客上看到的。它是危地马拉一所专门教授西班牙语的学校，规模很小，教学的同时也包吃住。但它是一个非营利机构，课程收入全部用于改善当地的社区。学校还常常举办面向居民的各种文化活动，并提供奖学金让当地孩子有机会继续升学。在网上搜索后发现它口碑极好，于是铭基早早就发邮件给他们订下了两个星期的课程。

学校的总部在 Xela（希拉）城里，然而还有一所小小的分校坐落在距离 Xela 大约两小时车程的一座山中，铭基同学毫不犹豫地选择了后者。"山里的学校才特别嘛！"他一脸憧憬。

的确很特别——山里的学校相当与世隔绝，没有网络，连电话都不能打……

我尊重铭基的选择，可是也有点怀疑他把整件事想得过于浪漫了。

住进学校开始上课后我才意识到：何止是过于浪漫，在那里每天看到的现实和听到的故事简直需要一颗巨大而坚硬的心才能承受。课程结束回到 Xela 以后，我在旅店的镜子前站了许久，仔细检查自己的面容有什么改变的迹象。贫穷、不公、战争、酷刑……这些可怕事物的阴影无可避免地使我老去。就算脸上没有明显的变化，我想，身体内部也一定有什么东西被损坏了——心脏或是灵魂悄悄地长出了皱纹……

上学的十几天里我每天都记日记，也想过重新将日记整理成文，可是看来看去还是觉得，尽管不够精细，最原始的日记形式才是最为真实有力的。

6月5日 星期日

说实话我不知道去山里的学校学西班牙语是不是个好主意。我们住在学校里，可是每日三餐都在当地农民家里解决。听说那一带的农民很穷，主要的食物是豆子和玉米饼，很少能够吃到肉。我既不喜欢吃豆子，又是个肉食动物，因此深深为我将面临的命运担忧。出发前我和铭基在 Xela 城里饱餐了一顿有肉的午饭，还去超市采购了巧克力和饼干准备带上山去以备不时之需。

背着两个大包上巴士绝对是痛苦的经验。座椅之间非常狭窄，勉强塞下了我们两个和我们的行李，虽然我的胸口被大包挤得喘不过气来，铭基更是半个身子连背包都被挤出了座椅外，无数推销的小贩居然还不断地走上车来，在人和货物的缝隙中穿行，用冗长的演讲滔滔不绝地推销你所能想象的各种东西：果仁、炸香蕉片、口香糖、圆珠笔、笔记本……他们的口才、体力以及心理素质都极其强大，我简直疑心这个国家有一些专门培训巴士推销员的学校，而且他们会在报纸上登广告——"学了 XX 巴士推销技术，你也可以日赚 XX 格查尔（危地马拉货币单位）。立刻行动，无效退款。"社会上肯定不乏贫困失业的危地马拉人，绝望地渴求着一条谋生之路。

过道的两旁各有一个两人座位，所以我本以为巴士的每一排是坐四个乘客，谁知这巴士沿途不断载客，每一排由四个人增加到八个人！可是没有人抱怨，大家都很自觉地把身体缩成最小状态，以便让更多的人挤上车来。在这种情况下，我们的两个大背包看起来实在很碍眼。最后车掌终于看不下去了，不由分说就把铭基的背包强行拎走，转移到车顶上。一位瘦弱的大叔立刻坐在了背包空出来的地方上，口里不停地说着"不好意思"和"谢谢"。大叔对我们怀有善意的兴趣，很想和我们聊天，无奈他的口音实在浓重，加上我们的西班牙语也很糟糕，双方有点鸡同鸭讲，最后大叔居然靠在铭基的肩膀上甜蜜地睡着了。

就这样挤了大概两个小时之后，巴士把我们扔在一个前不着村后不着店的地方，就轰隆隆地开走了。我们沿着唯一可见的一条鹅卵石道走了好一会儿，终于看到了学校的大门。负责人 Mike 出来迎接我们，他和女朋友 Julia 都是英国人，一起在这个学校工作。

学校的三条狗也争先恐后地冲出来迎接我们，其中一条名叫 Compa 的公狗相对矜持一些，那两条母狗 Buster 和 Cabi 简直"厚颜无耻"。大家还不那么熟，它们已经不断用前掌拍打你，然后整个翻倒在地上，四脚朝天，露出肚皮要求抚摸。

学校看起来更像是民居，有几个房间（一共可以住十四个学生）、一个厨房、三个厕所和一个小小图书室。外面有一个很大的花园，还有几个用茅草搭成的凉亭，里面有桌椅以供学习之用。连我们在内暂时有五个学生，听说其他六个学生明天才到。大家互相之间开始用西班牙语交流，她们的西班牙语听起来都很流利，也不知为什么还要跑来学习……我的心情忽然变得很糟——我大概是所有人中水平最烂的一个，连铭基的西班牙语都比我说得好……

五点半，Julia 带我们去各自的接待家庭吃晚饭（学校付钱给这些家庭，让他们为学生们提供晚饭），此时才意识到我和铭基原来不在同一家吃饭。接待我的女主人叫 Elvia，是这家的长媳。房子里灯光昏暗，看不太清楚里面的家具摆设。我吃饭的房间是最外间，有一张桌子和好几张床，还有一个小小的电视机。房间里有长长的晾衣绳，上面晾满了衣服。很多人挤在床上看电视，女人和孩子特别多。我不好意思盯着他们看，又紧张得说不出完整的句子来，只

危地马拉，西班牙语学校的大门。

好结结巴巴地说："我只会说一点点西班牙语，实在对不起……"

　　Elvia 拿出一个厚厚的本子让我签名，上面已经有无数他们家接待过的学生名字和联系方式，她说她已经接待了八年了。八年！她说没有见过中国学生，日本人倒是接待过。不过看见我这个中国人也并不令她惊讶，反正我们都是来自对他们来说非常非常遥远的地方。他们还在为一日三餐发愁，我们这些年轻人却已经跑到那么远的地方旅行。我们的世界对他们来说实在太陌生了，陌生到他们连想象的热情都丧失殆尽。

　　今天最令我吃惊的事情发生了，我的晚餐居然是鸡腿汤饭！鸡腿，我的心头放下一块大石——原来是有肉吃的！铭基回来后我们热切地交流信息，原来他们家也有肉吃！我们俩开心死了，几乎要弹冠相庆。

从 Elvia 家走回学校的羊肠土路上，有很多当地的孩子和年轻人在聊天和玩耍，所有人都很热情地和我们打招呼。我知道本地居民的生活都因这个学校的存在有了或多或少的改善，这大概也是他们对我们这些学生特别友善的原因吧。

晚上学生们坐在厨房里轮番作自我介绍。Alana 和 Cyrena 都是加州伯克利的学生，趁假期专门来这里学西班牙语。Christina 是美籍菲律宾裔，她说她以前是天主教的修女（但是好像现在"还俗"了），因为要搬去迈阿密居住，而那里通行西班牙语，所以特地来此学习以做好准备。

Mike 和 Julia 也向我们介绍了学校和住宿的情况，说刷牙要用纯净水，因为自来水不干净。他们还说最好不要送礼物给我们的接待家庭，因为这样会使各家开始攀比而产生不平衡，而且会间接鼓励他们将学生看成一种"收入来源"。Julia 说如果我们有礼物想送给当地居民的话，可以放在学校，由学校在圣诞节或其他节日发送到各家。我觉得他们考虑实在周到，这种做法也非常健康合理，种种迹象都表明这个学校经营有方。我们的确带来了一些糖果打算送给这里的孩子，不过看来他们要过一阵子才能收到了。

洗澡居然有热水！虽然水量很小，我已经很满足了。

6月6日 星期一

昨天的鸡腿汤饭完全是个幻象。今天一整天都没有肉吃，早饭是炒鸡蛋加玉米饼，午饭是通心粉汤（是的，只有通心粉，没有其他任何蔬菜或肉）加玉米饼，晚饭是煮胡萝卜丝加玉米饼。我本来也不是那么能吃玉米饼，可是光吃那些"菜"真的吃不饱，所以晚饭我一连吃了三个玉米饼！即便如此，还是常常觉得不满足，不知到底是饿还是馋。我和铭基都很庆幸在 Xela 补充了食品，我们今天已经吃了很多巧克力和饼干，我想如果这样吃下去，课程结束时我们大概反而会长胖吧……

　　这个星期我都是上午一对一上课。今天早晨见到我的老师 Lupita，她是个可爱的有点婴儿肥的年轻女生。Lupita 家住 Xela，每周一到周四住在学校里，周五到周日回 Xela 住。我因为自己西班牙语不好而感到万分抱歉，教我这样初级水平的学生一定很无聊吧。不过 Lupita 教得不错，一个上午下来，我对自己也多了些自信。学语言真的没有诀窍，唯有多说多背才能进步吧。Lupita 不会说英文，这对我学习西班牙语可能反而是好事情。

　　其他的六个学生都来了，所以现在除了我和铭基，剩下的全都是美国人。我和铭基大概是所有人中最老的，其他人大多是学生。哦，Katy 不是学生，她是木匠兼园丁，但是打算转行当作家。她看起来也的确一脸知性，她的男朋友 Tristen 今天也来到学校看望她。Tristen 在写关于危地马拉农民运动的论文，为了收集资料，已经在这一带待了很久。

　　这里所有的人学习都很用功，很多人是特地花两三个月的时间在这里一心一意地学习西班牙语，不学到滚瓜烂熟誓不罢休。我真的从来没见过那么用功的美国人，或许因为他们很多人都在名校念书的缘故吧？搞得我压力很大，连上厕所都带着笔记本狂背单词。

　　今天白天我终于把 Elvia 家看了个清楚，一共只有两间房，房外有一个小厨房和露天厕所，可是一共住了 12 个人！家具实在非常简陋，除了那台小小的电视机，简直可以说是家徒四壁。家里可见的成年男人只有 40 来岁的 Jose 一个人而已，他每天要和村里的其他男人一起去找当日的零工（搬运工之类的），如果当天没有工作，反而要贴上交通费。今天他很幸运，有工作可以做。可是我无法想象这样的生活，他们没有土地，没有庄稼可以种，全家都依赖着 Jose 这点不稳定的收入和学校给他们用以接待学生的补贴。这一带全都是咖啡园，可是咖啡采摘季节只有三个月，而且也都只要临时工而已。我想起《摩托日记》里切·格瓦拉和格兰纳多在丘吉卡玛塔遇见当地原住民时的情形，当时那些原住民也同样需要每天去一个地方等待被挑选去做工，令看到这一切的年轻的格瓦拉感伤而愤怒。可是这么多年过去了，现在的我看见的也几

山里的西班牙语学校，教室就在户外的小茅屋。

乎还是同样的情形。

　　家里的小孩子中，Blanca 和 Edo 已经开始非常黏我。特别是四岁的 Blanca，简直恨不得随时都跳到我的背上，三岁的 Edo 则成天拉着我陪他一起玩弹珠。Edo 每天背着书包去上学，可是 Blanca 不用，不知是不是重男轻女，我也不好意思问 Elvia。这里家家户户都有那么多的孩子，有时挤满了整条小路。今天我告诉 Elvia 我是独生子女，她非常惊讶。我向她讲述中国的独生子女政策，本以为她会皱眉头，没想到她大声称赞叫好。她说她也不想养那么多孩子，那么多张嘴要吃饭，压力太大了。看看他们家的情况，我也完全理解 Elvia 的心情。

　　晚上学校安排了一个当地的助产士（接生婆）来做演讲。其实不算演讲，主要还是我们问她问题。这里的女人生孩子大多还是不去医院，而是找助产士来接生。看得出来她非常为自己的职业自豪，也认为自己的确有这方面的天赋。她回答了我们很多千奇百怪的问题，然而市侩的我最关心的还是她的收入。每接生一次收费 200 格查尔（包括整个怀孕到生产的检查和接生），近三十年来她一共接生过 500~600 个婴儿，那么这么多年她一共收入 10 万 ~12 万格查尔（1 格查尔约等于 1 港币）。其实根本不算多，但在当地大概已是颇为可观的了。

这几天我和铭基之前在伯利兹被晒伤的地方开始脱皮，痒得让人抓狂，情形也非常恐怖。铭基的背上已经呈现一块中国地图，而我的背上还是一个个"小岛"……我们每次洗完澡，都以闪电般的速度包着毛巾从公共浴室冲回房间，生怕背上的惨状吓坏其他同学。

6月7日 星期二

今天还是没有肉吃，早饭是土豆糊糊加玉米饼，午饭是两个煎蛋加玉米饼，晚饭是炸土豆加玉米饼。我吃了一肚子淀粉，感觉自己也成了一团糨糊。可即便这样也还是不太饱，我们带来的巧克力和饼干已经吃掉了大半，不知剩下的日子怎么挨过去，我也没有心思去考虑是否会发胖的问题。

可是铭基那家居然有肉吃！他中午吃了有一点点肉碎的意大利面，晚上是鸡腿蔬菜米饭。他家好像比我家富裕，只有一个孩子，男人在 Xela 的工厂做工，家里有两台小电视，还开了一间小店铺。他家的小孩有不少玩具，每天拉着铭基陪他玩汽车模型。相比之下我家真是可怜死了，Jose 今天一早出门，可是中午前就回来了，看样子是没有找到工作。Elvia 告诉我她每天凌晨三点起床，为 Jose 准备早饭，晚上九点左右睡觉，而且她一天只吃两顿饭（不吃晚饭）。我觉得女人真是太辛苦了。Elvia 只有四十来岁，可是看起来要比实际年龄老得多。

今天和我家 11 岁的小姑娘 Andi 聊了一会儿。Andi 一看就是那种早熟的孩子，聪明稳重，总是主动帮忙做家务和照顾弟妹。她的眼神忧郁敏感，常常令我不敢直视。她非常认真地看我的笔记本，严肃地问我各种问题。她很喜欢上学，虽然每天只上四个小时。她还喜欢看书，虽然这里并没有什么书可看。我相信她肯定是那种成绩特别好的学生。Andi指着我的手机和外套问"多少钱",我把实际的价钱压低好几倍再告诉她,她眼神中流露出来的不可置信还是令我的心狠狠颤了一下。

上课的时候地震了。一开始我还以为是我玉米饼吃多了导致头晕,但是Lupita立刻停止了讲课,拉着我逃出了茅草亭。这里可真是什么事儿都有啊!!好在只是小小震了十秒钟。今天上午有一个讲座,所以上课时间缩短为两个小时,可是Lupita扔给我一大堆生词,背得我头痛欲裂。今天我还感冒了,我怀疑是被学校里的狗传染的,这些黏人的家伙成天大打喷嚏。

上午讲座的主角Pedro是一个曾经在内战中有过特殊经历的前难民。他说自己只读到小学三年级,70年代中后期农村兴起合作社时他受到思想启蒙,开始对历史和政治产生了巨大的兴趣,学习之后也渐渐开始向其他人宣讲历史和人权,但是并没有直接参与农民运动或游击队。没想到后来被人出卖,终于在1982年4月被军队抓进监狱,严刑逼供,让他说出同伙的名字和下落。

Pedro用了很长时间讲述他受到的各种酷刑和折磨,简直令人发指,很难想象他最后居然能挣扎着活下来。可是他真的很勇敢,始终没有供出任何人的名字。支撑他的并非什么革命信念,而是朴素的道德观——不希望别人也遭到自己所受的痛苦。此外,因为已经被折磨得太厉害,他当时一心只求速死,故意不招供以激怒对方。因此当军人拿来汽油威胁他说"说出你同伴的名字,不然就烧死你"的时候,他回答说:"烧死我吧,反正我也不想活了。"

奄奄一息地出狱之后,大难不死的他逃去了墨西哥。可在那边生活也很艰难,因为是难民身份,不能在那里工作。1996年签署和平条约之后,Pedro和其他难民一起于1998年回到危地马拉。我问他现在生活如何,他说还可以,回来以后学了草药课程,家也重建了,身心都恢复健康了,只是身上还有当年受刑留下的伤痕。现在他并不直接参与政治活动,而是负责社区的管理工作。他说很高兴看到左翼政党如今都团结起来,不再各自为政,虽然不一定能赢得竞选,但是已经使这个国家产生很多有益的改变。

晚上去Elvia家吃饭,一进门我就惊呆了。全家人围坐在电视机前看一部香港电影，西班牙语配音，口型对得出神入化，屏幕上赫然是比现在年轻很多的李连杰、郑少秋、李嘉欣等明星。孩子们看得聚精会神，嘴张得老大。18 岁的长孙 Fernando 指着李连杰："Jet Li！"电视真是个好东西，身处这么贫穷的地方，屏幕上的一切离他们都那么遥远，可是因为有了电视，他们不出门也能知天下事。Fernando 穿牛仔裤时也学西方年轻人，故意露出里面的内裤边，当然上面的英文字母并不是"Calvin Klein"……

晚饭回来后在图书室与同学 Lisa 聊天。Lisa 也是加州伯克利的大二学生，与 Alana 和 Cyrena 是同学。Lisa 是个天真烂漫的姑娘，她在村里找到一个妇女愿意给她缝补破掉的牛仔裤，只收两个格查尔。她觉得太少了，就给了五个格查尔。她还说她很想给当地人普及避孕知识，因为这里的孩子实在是太多了，是导致贫困的重要原因。我说这件事对我来说是个巨大的谜团——这里每一家都是大家庭，房间又都那么少，总是几个人一同挤在一张床上。在如此缺乏隐私的情况下，孩子们到底是怎么跑出来的呢？听完我的疑问，大家共同陷入了沉思……

说实话，这里的生活真的好无聊。附近都是树木泥土，没有任何娱乐场所。别提上网了，我们俩的手机连信号都没有。我想我妈妈大概会喜欢和自然如此"亲近"的地方，可我真的是个庸俗的城市人，每天早晚都被附近那些激烈的狗吠和鸟叫吵到抓狂，更别提无数的蚊子和昆虫了。上课的时候 Lupita 总是忽然停止讲课，指着我的脖子说："蚊子！"可是等到我去疯狂拍打的时候，已经太晚了。我们房间的墙壁和床上常常有这些混账东西的踪影，所有女生的小腿上也都有一片片的大红包。这里附近有很多活火山，每天不停地乱喷，我的头发上总沾满一片片的火山灰，看起来好像头皮屑。

6 月 8 日 星期三

这里的天气每天都一模一样，上午阳光普照，中午开始下雨，一直下到傍晚，洗了的衣服几天都晾不干。今天的雨特别大，学校里的狗狗都被雷声

危地马拉，西班牙语学校附近村里的小孩子。

吓得够呛。特别是 Compa，它已经 14 岁了，几乎和这个学校一样大，可还是害怕打雷下雨，一个劲儿地往我们怀里钻，像个小小婴儿。铭基抱着它的脑袋安慰它，结果其他的狗又吃醋了，也摇头摆尾地跑过来要求同等待遇。真的，我从来没见过那么会发嗲的狗。

今天还是没有肉吃。我已经不抱希望了，打算明天搭车去离得最近的小镇好好吃一顿。早饭我吃了一种奇怪的东西，像是炒碎的鸡蛋，但又肯定不是鸡蛋。午饭是放了一点点菜叶碎屑的面团，蘸着豆子酱吃，晚饭是土豆加米饭。当然，每一顿都少不了超级无敌玉米饼。铭基他们家果然阔绰，他中午吃了香肠意大利面，令我好生羡慕。

今天我和老师提起昨天大家讨论的避孕问题。Lupita 说这里的人从来都不用安全套，而且在危地马拉，堕胎是违法的。她认为 Lisa 说的避孕讲座在这里肯定完全没有市场，因为这里的人对宗教非常虔诚，认为孩子是上帝赐予的礼物，尤其是男人们都认为孩子越多越好。

Lupita 问我信不信这世上有鬼。我说理论上是不信的，可实际上还是会害怕。

村里的小孩子都非常喜欢拍照片，每一次我们拿着相机时，他们都对我们喊："照片！照片！"

她说她小时候亲眼见过鬼，可是那时不害怕，现在这么多年过去了，反而害怕起来。她告诉我她小时候起来上厕所，看见穿白衣服的女人抱着孩子站在厕所里……她还给我讲了一个很长的危地马拉著名的鬼故事，听得我毛骨悚然。

我能感觉我今天的西班牙语有了比较大的进步，因此能够和 Lupita 做深入一些的交流。聊到最喜欢的书，我们俩几乎握着手尖叫——加西亚·马尔克斯的《百年孤独》！然后又聊到拉美文学，特别是危地马拉作家 Miguel Angel Asturias 的《玉米人》和《总统先生》……Lupita 周一到周五在这个学校教外国学生西班牙文，周日在 Xela 的一间高中教社会学。我问她一周工作六天不会很辛苦吗，她说她在大学学的就是教育，她很喜欢教书，很享受与学生互动的过程。

整个下午都在学习，晚上学校有个活动叫"Noche Cultural"（晚间文化），其实就是附近的孩子们跑来学校玩。他们轻车熟路地自己在厨房煮兑了很多水的热巧克力，然后用带来的杯子轮流发给所有人。其实我们和他们之间也没有太多互动，反而是他们自己之间玩得不亦乐乎。喝完热巧克力之后，他们就一哄而散，不知道跑去哪里。

今天吃饭的时候和家里另一个媳妇聊了一会儿。Blanca 是她的女儿，出生的时候个头太大，接生婆都处理不来，最后只好去医院。我称赞 Blanca 漂亮，她骄傲地说："当然啊！她是在医院出生的嘛！"

床上摆着一些教会刚刚分给家里孩子们的旧衣服，大概是某个发达国家的孩子们穿旧不要的。Blanca, Edo 和 Andi 都忙着把衣服往自己身上套，脸上是欣喜若狂的神情。我看了很有点心酸，我们家的孩子们大概从来没有穿过新衣服。在伦敦时我隔三差五就把不要的旧衣服捐给慈善机构，不知在地球的某一个角落，是否也有个女孩子在试穿我的旧衣服？

今天铭基带了相机来给村里的孩子们拍照。这里的孩子们对照相这件事简直痴迷到疯狂，他们不需要看照片，只是纯粹地享受被拍的过程。连我家的奶奶也喜欢拍照，特地摆出姿势让铭基拍。她是家里最权威的长辈，因为爷爷已经去世了。可是她其实也只有 50 多岁而已，比我妈妈还年轻。这里人的外貌和实际年龄大多不成比例，他们的脸上明明白白地写着生活之苦。

6月9日 星期四

我家大概是整个村子最穷的一家。今天我才意识到整条街只有我家的窗户没有玻璃，只用几块布胡乱遮挡一下了事。今天早饭是昨天中午吃剩的面团，我居然一口气吃了四个！最近我终于意识到为什么总是感觉吃不饱的原因了：虽然淀粉摄入量很大，可是饭菜几乎完全没有油水。

吃完早饭出来，没想到铭基居然端着一个一次性的纸盘子在外面等我，盘子里赫然是一个上面撒着一点点肉末和蔬菜的小小炸玉米饼！原来这是他的早餐，知道我好几天没有肉吃，他居然厚着脸皮帮我"打包"了一个！我感动死了，有种"嫁对了人"的感觉……

不过我们今天本来就打算上完课后去附近的小镇 Columba 好好吃一顿大餐，Columba 离我们这个村大概有二十分钟车程，需要在路口搭乘"picop"

（英文应该是"pick-up"），即是拦下一辆有敞篷后车厢的过路车，人和货物都挤在后车厢。听起来有点寒碜，但是乘坐起来感觉真不赖，眼前风光无限，耳边是呼呼的风声，很有点流浪的情怀，只是头发上立刻沾上了很多火山灰。道路两旁有无数村庄和房屋，很多看起来比我们村的条件还要恶劣，连水和电都没有，可是听说这里已经高于危地马拉农村的平均水平了。我总忍不住把这里的情况和中国农村比较，我觉得中国最穷的农村也许比这里还要穷，可平均水平还是比危地马拉高得多。

在山村待了几天，来到 Columba 简直有"乡下人进城"的感觉。其实 Columba 真的小得可怜，五分钟就可以转完整个镇，但是看着那些小摊和商店，我还是忍不住两眼放光，感觉似乎重返文明。这里已经是山下，气温陡然升高，已经习惯了山上凉爽气候的我们浑身冒汗。这里一共只有三家餐馆，而且阴差阳错，我们进的那家居然是中餐馆，桌上放着招财猫，墙上挂着小小的春联。我们很惊讶在这么偏僻的地方居然也有中餐馆，一问服务员，原来并不是中国人开的，可是端上来的菜味道居然相当可以。我吃了蔬菜牛肉饭，铭基吃了什锦炒面。厨师有点不好意思地出来和我们打招呼，眼睛里有好奇，我猜我们大概是第一个来这家"伪"中餐馆吃饭的中国人吧。我们闲聊了几句，他说他之前在首都危地马拉市的一间中餐馆学过厨，难怪……

连吃了两个冰激凌，又采购了很多零食水果之后，我依依不舍地离开了"文明"，重返那与世隔绝雨水不断的"田园风光"。到了吃晚饭的时候，我更庆幸我们之前在 Columba 饱餐了一顿。晚饭只有一小盘发黑的水煮菜叶，大概是从屋后地里现采现煮的。菜叶没有煮烂，而且几乎没有味道，好像连盐都没放。我好像牛一样慢慢地咀嚼着那些菜叶，感觉真是有点凄凉。家人还不断地问我："好吃吗？你喜欢吗？"

今天我们家的 Fernando 问我会不会"功夫"，这大概是他对中国的唯一印象。Fernando 还问我香港是不是中国的首都，还有泰国是不是中国的一部分。一开始我觉得不可思议，可是想想也并不奇怪。又有多少中国人知道危地马拉这个国家呢？知道危地马拉在中美洲，知道危地马拉痛苦的内战，知道危地马拉最

危地马拉，西班牙语学校星期四晚上的烹饪课程，学做一种危地马拉的特色菜 Empanado，用玉米饼包上剁碎的各种菜馅肉末。

近这些年的"咖啡危机"，知道危地马拉作家 Miguel Angel Asturias 早在 20 世纪 60 年代就获得了诺贝尔文学奖，比哥伦比亚作家加西亚·马尔克斯还要早？

我很后悔告诉 Fernando 我今天在 Columba 吃了冰激凌，因为他详细地问我到底吃了哪一种冰激凌，什么形状，什么口味。当我告诉他之后，他马上说："我知道了！是五个格查尔的那种。"他的眼神里有羡慕和向往，我看了觉得很心酸。我怎么那么蠢！哪壶不开提哪壶。

晚上学校有个"厨房课程"，教我们做一种危地马拉的特色菜 empanado。其实就是用玉米饼包上剁碎的各种菜馅肉末，包成跟中国饺子差不多的形状，然后放进锅里用油炸。大家一起动手，气氛很是热闹。铭基把这"危地马拉饺子"包得无比精致，还在边缘捏出漂亮的花纹，令所有人震惊不已。Alana 完全被铭基的饺子迷住了，她立刻拜铭基为师，很快也包得像模像样。

吃饺子的时候和 Katy 聊天，很意外地得知她在 19 岁就结了婚，不过两年后离婚了。后来认识了现在的男友 Tristen，两个人在一起已经六年了。然而还有更意外的消息，就是 Tristen 今天在 Xela 的医院做了绝育手术，看来他们是不打算要孩子了。至于为什么要在危地马拉做绝育手术，Katy 解释说是因为偶然听说这里有很好的医生可以做这种手术，而且价钱只是美国的五分之一……大家都有点被惊到，Cyrena 更是不停地问："小孩子多可爱啊！你们为什么不喜欢小孩子呢？" Katy 说："我喜欢小孩子啊，可是这个世界上已经有太多小孩子了呀……" 无论如何，我想既然做出了这么大的决定，那他们应该是真的已经考虑得很清楚了。

6月10日 星期五

早饭的时候和 Elvia 聊天，她告诉我他们家有三个病人，现在还在住院，而她的先生 Jose 是家里唯一工作的人。水电、医药、孩子的学费……样样都需要钱，所以家里的生活极其困难。以前每年还有几个月可以去附近的咖啡园帮工，现在因为危地马拉的咖啡危机，连这样的工作也没有了。这个村大多数家庭好几年前就通上水电了，可是他们家两年前才通电。她对我说很抱歉不能给我吃像样的食物，因为家里实在太穷了。我听了觉得非常难过。

Elvia 家的收入有一部分来自我们这个学校，算作招待学生在他们家吃饭的报酬。可是附近两个村庄的几十家人是轮流招待学生的，不一定每家每周都能轮上。因此 Elvia 特别在意学校里学生的数目，希望越多越好。我告诉她下周有 12 个学生，她听了有点欣慰。我决定周末去 Xela 住一个晚上，一来我们自己可以改善一下生活，二来也可以给 Elvia 省几顿饭钱。

今天上午没怎么上课，几个学生和老师们一起去了附近的咖啡园，学校里的两只狗 Compa 和 Buster 也陪我们一起去。我还是第一次见到咖啡树，就更别提咖啡园了。咖啡园在山上，树木葱茏，空气清新，真是非常美丽，可是现在已经是半废弃的状态了。老师带我们转了一圈，介绍了处理咖啡豆的机器设备和过程。我们还看到一间以前主人的大房子，已经有一百年的历史了，据当地人说常常闹鬼。后来吃午饭时我问Elvia，她说他们家以前就住在咖啡园，她也亲眼见到过鬼。不知怎么搞的，这里的人个个都说自己见过鬼。

下午和Julia聊天。我问她多久回一次英国，她说来这里三年半，只回过一次国。因为机票太贵了，她和Mike无法承受。西方国家很多在NGO工作的人都像Julia一样，不虚浮，不在乎名利，耐得住寂寞吃得了苦，一切只为了自己内心那点小小的理想主义。我真心地敬佩她和Mike，因为我自己可能做不到。来到这里的第二个晚上我就感觉生活无聊，在学校附近散步的时候，望着满天星斗，我扪心自问："你可以像Julia一样，过这样有意义可是清苦无聊的日子吗？"我可能真的做不到。可我和铭基都觉得这个学校的模式是极有借鉴价值的。中国的贫困乡村或许也可以考虑这样的模式，和附近的城市互相合作，一起建立可供外国人学习中文的语言学校。学生们可以选择在城市或是乡村的学校学习，在当地居民的家里吃饭，学校的收益用以改善当地人民的生活。

Julia说除了华裔美国人之外，以前从来没有中国人来过这个学校。我想也许我可以把日记贴到博客上，这样或许可以为这个学校做一点宣传。尤其是那些在美国读书或工作的中国人，来危地马拉比较方便。如果想学西班牙语的话，这个学校真的是很好的选择。更重要的是，多一个学生就多一份收入，当地的居民就多几顿饭吃。

Katy的男朋友Tristen今天又来学校看望她。他昨天刚做完绝育手术，我开玩笑地称呼他为"全新的男人"。他说手术一个小时内就完成，马上就可以走动，不需要在医院留宿。他感觉也挺好，并没有什么不适，虽然明天不能和大家一起踢足球。Tristen说他没有把这件事告诉他妈妈，因为他妈妈知道以后肯定会很伤心。他问我们在中国人一般如何避孕，我说反正男人做绝育手术的还是少数。

Tristen是那种对政治、公共事业、弱势群体和第三世界有狂热兴趣的人，我们聊了一会儿关于中国政治的话题，很有意思。很多事情连我这个中国人都闻所未闻，然而他却偏偏找得到途径可以获得信息。Tristen 的整个精神生活都集中在政治和公共事业上，不理解的人大概会觉得他有些"傻"或是偏执，可是我觉得像他这么"傻"的人在一个健康的社会里绝对是必不可少的。

感谢老天，今天 Jose 有零工可以做。不过我不明白为什么 18 岁的 Fernando 既不上学也不出去找工作。Jose 也上年纪了，我看他一个人支撑一个家，实在很辛苦。家里的女人们每顿饭后都会对 Jose 说"谢谢"，他是名副其实的 bread winner（挣钱养家的人）。这整件事令我觉得非常悲哀。中国农村也贫困，可是人们如果愿意离乡进城，也大多可以找到基本的工作，尽管收入微薄。可是危地马拉这个国家的经济究竟差到了什么地步，才会使得这么多人都没有工作可以做？

我们这些学生每周要换去不同的当地家庭吃饭，所以下周我就不在 Elvia 家吃饭了。晚饭时 Elvia 告诉我本来下周轮不到他们家再招待学生的，但是因为家里情况实在太糟糕了，学校特别关照他们家，所以下周他们还会继续招待一个学生，这真是好消息。

6 月 11 日 星期六

今天是足球比赛的大日子。比赛在我们山上的学校和 Xela 城里的学校之间进行，老师学生一起上阵，还拉了几个"外援"。Mike 一早就挥舞着拳头说："We have to win（我们必须赢）！"一早起来学校里就异常热闹，老师们都拖家带口地来看比赛。有个叫 Tito 的老师带着他小小的儿子 Diego，两个人都长头发，穿着球衣，长得也几乎是一个模子刻出来似的，特别可爱。听说 Tito 以前是职业球员，后来因为受伤才不得不中止职业生涯，实在可惜。他一眼看上去像年轻时的马拉多纳，据说球踢得也极好，难怪穿的是 10 号球衣。

球场在一个咖啡园内。我们十来个人搭乘 picop 去，把小小后车厢挤得满满的。而 Xela 城里的学校有 25 个人，直接开了一辆黄色的校车，比我们阔绰多了。校车司机直接拿了一把猎枪走下车来，我完全惊呆了。他拿着枪一直走到球场的一个角落，然后停下来站在那里不动了，大概是为了保护我们的安全吧，可是看着真是相当瘆人。

后来我有点理解了，因为附近的很多农民都跑来看球赛，他们刚干完农活，每个人手里拿一把明晃晃的大砍刀，就站在我们旁边，这情景也实在是有些恐怖。

城里学校虽然比我们有钱，可是他们的球队阵容一看就很不专业，比我们山里的学校差多了，最后我们果然以六比四胜出。至于他们进的那四个球，实在是因为我们的守门员个子太矮了……Tito 一个人进了三个球，他的过人技术一看就是专业的，太牛了。更惊人的是我们队里的两员女将 Sarah 和 Meredith 踢得比男人还要好，而且跑足 90 分钟，体力超群。后来我才想起来，美国女足的确是很厉害的。

踢完球后两队人都到我们学校来吃午饭，结果又是吃豆子。我昨天晚饭和今天早饭吃的都是豆子，吃到我真的恶心了。城里学校的学生们也全部都是美国人，他们很小心地坐在我们的厨房和前院里，眼神里带点恐惧，大概是被我们这里的各种虫子和简陋的生活条件惊到了。

下午我和铭基简单地收拾了两个小包就下山进城了。进城还有个很重要的原因就是想把我们这周拍的一些照片洗出来，送给 Elvia 一家以及学校里的老师们。我敢担保 Tito 一定会爱死那张照片，拍摄的是他进球后欣喜若狂地拥抱向他奔来的小小的 Diego。

6 月 12 日　星期日

今天是个很特别的日子——我和铭基结婚七周年纪念日。因为人在旅途，我们既没有互赠礼物，也没怎么庆祝，可我还是有点感慨：居然一眨眼就七年了！我现在总算知道了，"七年之痒"是真的存在的！我们身上晒伤的地方正在一块块地脱皮，痒得不得了……

危地马拉,参与足球友谊赛的老师和同学们。

    午饭后我们又乘坐那种一排可以挤八个人的大巴回到了这个与世隔绝的地方。新的一周马上又要开始了,走了几个人,又来了几个新面孔,可是也全都是美国人。晚上大家坐在厨房里自我介绍姓名、来历以及来这里学习西班牙语的原因,很多都是出于帮助说西班牙语的移民或是病人的目的,相比之下我和铭基真是惭愧,因为我们学西班牙语只是单纯为了旅行。Katy 介绍自己的时候故意装出一副沉痛的样子,"我来这里是因为……我酗酒……"大家都差点笑昏过去——学校这么偏远封闭,的确与戒酒所、戒毒所颇有相似之处……

    我换了一个接待家庭,女主人名叫 Victoria,非常热情友善。Victoria 四十出头,已经有八个孩子! Victoria 家条件虽然也不怎么样,但是女主人持家有方,屋子里井井有条,孩子们的衣服都很干净。晚饭我吃了一种"假肉",就是吃起来口感有点像肉的豆制品。

写日记时总是有无数虫子疯狂地飞来，以一种自杀式的孤勇狠狠撞在笔记本电脑的屏幕上。Sarah 问我在写什么，我说写日记，她用一种不可思议的眼神看着我。

6月13日 星期一

这周我换了老师，她叫 Flor，是我上周的老师 Lupita 的姐姐，但是我不太喜欢她。她看起来总是很累的样子，总是让我朗读大段的文章，然后自己在一旁走神或发呆。当然我可以理解：她住在 Xela，每天六点就要出门乘车来山上的学校，家里有个六个月大的女儿需要照顾，周末还要去大学上学，每天晚上写作业写到半夜……

老师和我活在不一样的世界。就在这次旅行之前，我还重读了那本畅销书《世界是平的》，可是我想这是彻头彻尾的谎言，世界根本就不是平的。我的老师在危地马拉应该已经算是知识分子了，可是她从来没有去过危地马拉以外的世界，不知道中国的首都在哪里，不知道股市到底是什么东西，老师甚至从来都不知道这世上还有佛教这种宗教。佛教和无神论，不知道哪一个更令她难以接受。老师也不能理解为什么我们在伦敦时每天要工作那么长时间。话说回来，我也说不清为什么，责任、交易、欲望、野心……不外如此。可是仅仅就这些词语，我和老师已经有着不同的定义。

新来的美国人中有一个小团体，是一个大学教授带着四个女大学生来危地马拉进行暑期社会实践。他们已经在 Xela 待了几个星期，上午学西班牙语，下午去当地的小学教小朋友学英文。现在在这里也差不多，课余要去旁边的小学教书。听起来自然是很有意义，可是我总觉得他们身上有点什么不对劲。教授已经在危地马拉做了两三年项目了，可是西班牙语水平居然还不如我。很难想象一个研究中美洲历史政治的教授居然几乎不懂西班牙语，在我看来这已经近乎一种傲慢了。而那四个女大学生更是对任何事物都毫无热情，满脸无精打采，像是被人胁迫着才来到这里。课余也不学习，总是看英文小说，讨论去哪里买东西和上网。路上有小朋友热情地和她们打招呼,她们也爱搭不理的,非常没有礼貌。

一开始我很疑惑:既然对这种志愿者性质的项目毫无兴趣,为什么还要跑到这穷乡僻壤来?可是后来我忽然有点明白了——大概又是把这种经历当成了简历的"装饰品"(CV decoration)。西方国家非常重视社会实践和志愿者工作,如果有这种经历(特别是在第三世界国家),找工作时肯定大加分。我在英国工作时认识不少有类似经历的人,可是背后的真正动机就因人而异了。不过话虽如此,无论动机如何,有行动总比没行动强,何况当地的小学生们的确也有受益。

这里每天都是上午出太阳,然后下一个下午的暴雨。今天又是电闪雷鸣,暴雨倾盆,以至于窗户上的棚子都掉了一大块下来,"砰"的一声,学校里的狗狗吓得够呛。然后不出所料地,又停电了。

晚饭后有一个社区诊所的工作人员 Florencia 来做 Salud en la Comunidad(社区健康)的专题讲座,有些内容很有意思,比如他们最初学习注射的时候,没有实践对象,就给橘子注射;这里的小孩子对一种廉价而不健康的零食"Chicharrones"(炸猪皮)有疯狂的迷恋,吃起来没完没了。诊所花了很多时间和精力向大家解释这种零食的危害性,甚至当众进行"烧chicharrones"的活动,好像林则徐虎门销烟;因为西药价格昂贵,诊所鼓励大家在房屋周围种植草药,一些简单常见的病症都可以靠这些草药解决;我们问她这里的人们如何避孕,她说因为这里的男人从来不用安全套,所以不想再生孩子的女人们往往偷偷去诊所打避孕针或做手术。

另一个美国男生 Robert 今天下午才到。晚上讲座时他一问问题,我就忍不住笑了,问问题的角度实在太熟悉了。我悄悄对铭基说:"他肯定是学经济或者金融之类的。"讲座结束后一问,果然是学经济学的。令我们大跌眼镜的是他居然对我们说了几句中文!原来他学过四年中文。Robert 说他最近和他的香港朋友一同旅行,他们试图在途中寻找东方面孔,可总是遍寻不着。我说我们何尝不是如此,在一群欧美游客中,我们常常觉得非常孤独。

今天一整天还是素食,不过我已经不像上周那样疯狂地想吃肉了,我似乎已经适应了山上的生活——素食、蚊虫、暴雨、没有网络、频繁停电……

之前听起来觉得可怕，可是事实上也没什么大不了。人的弹性和潜力都是无限的，现在我觉得其实就是在这里待上一年也不坏。

对了，我们把周末踢球的照片冲洗出来送给了老师们，他们非常惊喜。

6月14日 星期二

学习西班牙语最初只是为了这次旅行，不过经过这段日子的学习，我竟然真的对西班牙语产生了兴趣。在这个与世隔绝的地方学习语言的确很有帮助，因为没有任何娱乐活动，甚至没有人喝酒，所有人都只好一心一意地学习。我能感觉自己在西班牙语上的每一点进步，而每一点进步都令我欣喜万分，我想旅行结束回国以后我还是会继续学习西班牙语的。

今天和老师聊天，聊到为什么这里的村民总是找不到工作的问题。我说上个星期在 Elvia 家见到 18 岁的 Fernando 成天无所事事，问他为什么不去找工作，他说根本没有工作可以做。老师说没有工作只是其中一个原因，更大的原因是懒惰。她说其实国内还是有很多工程项目，在乡下找不到工作，完全可以去其他城市寻找建筑工之类的工作，可是很多人根本就懒得去。我觉得大概也是。Victoria 的大儿子就在首都危地马拉城工作，每个月寄钱回家。铭基那家的儿子就更勤奋了，因为学习好，他得到了我们这个学校资助的奖学金，可以在周末两天继续上学。可是周一到周五他每天都去 Xela 的工地工作，每天光是交通就要耗费三四个小时，不过像他们这样的在这里还是少数。我想到在中国农村，大部分年轻人都去城里打工了，可是这里的年轻人却总是无所事事地待在村里。

晚上又有讲座，题目是"Fatima 的故事"。Fatima 是上周接待我的家庭所在的那个村，和这周所在的 Nuevo San Jose 不同，Fatima 是比较新的一个村庄，村民们 10 年前才来到这里定居。周末在学校做保安工作的 Ruben 向我们讲述了 Fatima 的故事，在这里听到的故事总是如此沉重，简直不像是 21 世纪发生的事，我又不禁想到了《摩托日记》里的段落。时光荏苒，这片土地上

危地马拉，来往 Xela 和西班牙语学校的大巴 Xelaju。

人们的生活却好像从未改变过。

  Fatima 的村民们以前都在同一个咖啡园工作。因为老板（德国人和西班牙人的后代）还拥有大片的芒果园，于是在收获的季节，咖啡园的工人们被迫去芒果园帮忙采摘芒果。工作量大得惊人，工人们的妻子们需要在凌晨1点起床为他们准备一天的食物，他们则凌晨3点就要上工，一直工作到晚上10点或11点，有时甚至是凌晨1点才回来。工钱是17格查尔一天（1格查尔约等于1港币）。1996年，因为常常超时工作，工人们要求老板付给他们超时工作的工资（增加到22格查尔一天），可是交涉多次无果，工人罢工后，老板居然拿出猎枪来扫射芒果树的树干以恐吓他们。

  后来工人中的15个人组织起来成立了工会，并写了诉状寄到法庭。老板接到法院传单后，决定和这15个人做笔交易。因为聘请律师的费用是15000格查尔，老板说他可以把这15000格查尔给这15个人平分。工人们没有同意，于是矛盾进一步激化。

  老板辞退了这15个人，并诬陷他们是游击队员，还写信给附近的咖啡园主说不要雇用这些人。不仅如此，老板还不让这些人的小孩去咖啡园的学校上学。他还关闭了道路不让生病的人去医院，这直接导致了其中一个工人的去世。咖啡园工人的家庭都共用一个公共水池，可是老板不让工会成员的妻子们去公共水池取水，还关闭教堂不让他们去祷告，老板甚至砍掉了工人们家门口种的果树。工会曾经一度壮大到 45 个人，可是因为老板私下交易和害怕被指控为游击队员，很多人陆续退出，最后剩下 25 个人。

到了 1999 年，问题不但没有解决，反而变得更加严重了。1999 年底，300 个士兵出现在咖啡园里，带着搜查令，要求搜查工会成员的房间，说他们是游击队员，藏有枪支。还好那天工会的领导骑车去 Columba 上班（被咖啡园辞退的他们都不得不另找工作），路上看到了士兵，于是立刻去 Columba 的天主教堂告知此事。在教堂和人权机构的干涉下，搜查中途而止。人权机构进一步调查是谁批准了搜查令，发现批准人是一个法官，而她正是老板的亲戚，而且老板付了两百万格查尔（！）以调动士兵。

到了 2001 年，老板终于提出解决方案：给 4 个工会领导每人 24000 格查尔，其他人每人 10000 格查尔。因为工会成员的孩子们已经整整 5 年没有上学，他们被迫接受了这个交易，然而老板的条件之一是他们必须离开咖啡园。在教会的帮助下，他们花 10 万格查尔买下了现在 Fatima 所在的这片土地，又以五折的价格建起了 18 幢房屋（每幢 16000 格查尔）。因为 Fatima 就在我们学校的旁边，学校的学生们帮了他们很多忙，比如搬运建筑材料什么的。当时他们没有水，于是学校供给他们水，而且持续了很多年。2007 年他们终于自己通了水和电，挖了渠，建了小学、教堂以及一个简单的诊所。可是他们现在的生活也并不如意，大多数人没有固定工作，需要去高地寻找当日零工。

我很好奇这些工会成员们在被辞退的五年中如何维持生计。Ruben 说大部分人都靠亲友支援，少数人去了墨西哥的咖啡园工作。他说现在还留在咖啡园的那些人生活更加艰难，4 个人一共每天才能赚到 30 格查尔，所以大家都很后悔当初没有跟他们一起坚持下去。

我真没想到，平日在 Fatima 看到的朴实的村民们竟都是这么勇敢的斗士。

特别是 Elvia 的丈夫，看起来老实胆小的 Jose 竟然也是工会的一员。

危地马拉的腐败现象严重得惊人，连军队都为富人服务。所以工会其实也拿老板没办法，只因他有大把的钞票可以打通关系，逃避法律责任。只是天网恢恢，疏而不漏，工会成员们搬出咖啡园的两个月后，老板在游泳时淹死了。而老板的姐姐，就是出主意砍掉工人们的果树的那个，也在不久之后因病去世。

记下这些谈话内容的时候，我意识到自己的职业病又犯了。是的，骨子里我大概可以算是"文青"，可是经过这些年工作的"浸淫"，变得对数字极其在意和敏感。所以每次和当地人聊天，我都忍不住详细询问他们各种数字——收入、房租、各种费用……还把这些记在自己的小本子上，简直像个变态。

6月15日 星期三

所有新来学校的人们都很快发现在这里根本吃不饱，美国小孩们立刻去 Columba 买了面包、巧克力酱、花生酱、意大利面和各种零食以备不时之需。很多学生每天都要吃六顿饭，即是每次在当地人家吃完饭之后，还要回到学校自己做一顿饭。我想当地人大概也吃不饱，所以才做很多玉米饼来打发辘辘饥肠。听说这里的男人们每天上工也只带玉米饼和水当作午餐，然而干的却是非常繁重的体力活。

我很喜欢和 Victoria 一家聊天。不过说是一家，其实我常见到的也只有她和四个女儿。女儿们的家教都非常好，特别是 19 岁的大女儿 Suma 完全就是做老师的材料。她发音非常标准，语速也慢，还常常纠正我的语法错误。她们给我吃的食物其实也都非常简单，可是至少不时有些蔬菜，不是只有面食。她们家的孩子们也都坐在桌前用碗吃饭，不像 Elvia 家的 Blanca 和 Edo，总是把玉米饼咬了几口就扔在床上，过一会儿又捡起来再吃。我在这个家里感觉自在多了，大概是因为这家人虽然贫穷，可是仍然保持着尊严，不像 Elvia 家，一切邋遢混乱，好像已经什么都放弃了。

今天老师告诉我令我吃惊的事情：原来她没有结婚！可是她有孩子，而且和伴侣住在一起。原因就太复杂了。我问她："这在危地马拉不是普遍现象吧？"她说："当然不是。可是，我爸爸妈妈也从来没有结婚呢。"我都不知该如何反应，这种事在英国相当普遍，可在危地马拉这绝对是前卫的一家人。

下午又是暴雨如注，而且又停电了，到晚上快 10 点才来。那之前大家都点蜡烛或是用头灯照明，继续学习——这里个个都是学习狂。

没有电的时候是没有热水可以洗澡的，好在山上天气凉爽，不怎么出汗。我想起刚到危地马拉后去蒂卡尔神庙的那天，凌晨四点半就要出发，结果就在前一晚，我们所住的那个小岛停电停水。天气闷热得要命，没有风扇，还没有水可以洗澡，我们俩还得戴着头灯在凌晨四点收拾背包。日本自行车骑士石田裕辅在《不去会死》中把蒂卡尔神庙列为遗迹的世界第一，可是对我来说，蒂卡尔之行印象最深的却是来回途中整整一车人都散发的可怕臭味，真是不堪回首……

今天我牙疼了一天。不是曾经在纽约经历过的那种撕心裂肺的牙疼，但是也挺难受的。我吃了止痛片，可也没什么用。不知道是上火还是蛀牙，我希望是前者，可是心里有点不祥的预感。旅行中最怕的就是各种病痛，如果是蛀牙的话，在这鸟不拉屎的地方上哪儿去找靠谱的牙医？

6 月 16 日 星期四

昨天晚上牙疼到受不了，翻来覆去睡不着。好不容易睡着了一会儿，又被脚踝处的奇痒活活"痒"醒了——原来是那种毒蚊子在我脚踝上叮了几个奇丑无比的大包……

我确定自己需要去 Xela 城里看牙医，可是整件事很令人纠结，不知道是否应该今天就去。因为我们明天就将结束两个星期的课程，反正也要回

Xela，要不要咬牙忍一忍，等到明天上完课回 Xela 后再去看牙医呢？可是后来因为担心明天下午到 Xela 时诊所已经关门，我和铭基商量后决定今天上午只上两个小时的课，然后马上乘车去 Xela。

校长好心地给了我一个据说很靠谱的牙医的地址。牙医名叫 Carlos，是个爱说爱笑的小个子中年男人。上门前我顾虑重重——那么多专业术语，我有限的西班牙语如何应付？和 Carlos 握过手后，我很忧虑地说：“对不起，我的西班牙语不好⋯⋯”没想到 Carlos 马上笑了，他忽然转用英语说：“没关系，我会说英语呀！”我心头一块大石终于放下，简直想要拥抱他。

然而照完 X 光片后，最坏的结果还是来临了——牙虫已经蛀到了神经（所以才会那么疼），需要进行我最害怕的 root canal（根管治疗）手术。手术需要一个小时，可是我们没有那么多时间，因为要赶末班车返回山里。和 Carlos 商量后，决定今天先做一部分手术，剩下的留待明天再完成。

我的牙齿从外面看真的非常整齐美观，一点问题也没有，可完全是金玉其外，败絮其中。我也不知道为什么自己那么容易蛀牙，这两个星期我们吃零食的确比以前多，可是我和铭基吃的都是一样的东西，为什么他连一颗蛀牙也没有？！Carlos 说这个世界就是很不公平的，有些人天生就是比别人更容易蛀牙，这是由 DNA 决定的。他说：“没办法，你只能怪你的父母⋯⋯”

虽然在旅行中牙齿出问题是件很倒霉的事（而且是在这么不发达的危地马拉！），但我觉得自己很幸运能够遇见 Carlos。他不但手艺不错，能说英语，人也风趣健谈。手术中他不停地和我们聊天开玩笑，真的使我放松不少。他也毫不避讳地谈论自己的私事。Carlos 今年 42 岁，有两个孩子，两年前离婚了。一年前再婚，现在的妻子是他去古巴旅行时认识的，也是个医生。可是因为古巴的对外政策很严格，他们至今还两地分居，需要再过一年才能团聚。而且这期间他的妻子不能来危地马拉，所以他只好频频往古巴跑，过去的一年中一共去了 12 次！

在危地马拉做根管治疗的手术费用虽然还不到欧美国家的三分之一，但是还是数字不菲。我觉得有点抱歉，可是铭基安慰我说牙齿的问题反正总归都要解决，这个钱总是要付的，在哪里都一样。我想想也的确如此。回学校后我大概可以和 Tristen 交流一下在危地马拉看医生的经验——他在这里做了绝育手术,我在这里做了牙齿手术,听起来真是有点匪夷所思……

回程我们还是乘坐那辆古老的拥挤的狭窄的一排可以挤八个人的巴士"Xelaju"。其实经过这些日子乘坐 Xelaju 往返于 Xela 和山里之间,我已经习惯了这样的拥挤,而且反而对当地人有了更深的敬重。大部分乘客都是当天在 Xela 打工结束回到山村的家中,因为自己也很疲累,更能理解别人的苦处,所以大家都很自觉地尽量缩小身体,以便让别人也能坐下休息一会儿,彼此之间都很友好,完全没有抱怨。车掌也很勤劳地帮助乘客上下车,辛苦地爬上爬下,把货物放上车顶或是拿下来。因为常常下雨,他们往往是一身的雨水和泥浆。眼前的一切有点古风盎然,是在现代城市里很难见到的景象。

明天是我们在学校的最后一天,按照惯例会举行一个小小的毕业典礼,而我们需要在毕业典礼上讲话和表演节目,以展示这些日子西班牙语学习的成果。这事儿真让人头疼,尤其是因为去城里看牙耽搁了很多时间,没办法准备得那么充分。可我们也不愿意马虎了事,所以晚上一直在练习演讲和唱歌。我们打算唱一首著名的西班牙语老歌"La historia de un amor"(《爱的故事》),铭基弹吉他,我唱歌。说起来还要感谢李宇春同学,如果不是她当年在超女舞台上唱过这首歌的中文版《我的眼里只有你没有他》,孤陋寡闻的我们也不会有兴趣去寻找这首歌的西班牙原唱。

牙已经不疼了,但是我觉得上面的一颗牙好像也有点问题,真是悲剧。我打算明天去让 Carlos 再照个 X 光。

6月17日 星期五

为了赶回 Xela 城里做手术,我们决定上午课程结束后不吃午饭就收拾东西回城,所以今天的早饭是我在 Victoria 家里吃的最后一顿饭。大女儿 Suma 告诉我今天是危地马拉的父亲节,我问她:"那你们怎么庆祝呢?"她很不好意思地说因为没有钱,所以没办法好好庆祝,只能在清晨时分爸爸上工之前,所有的孩子们聚在一起为爸爸唱一首歌。我听了很感动也很心酸。

上课的时候和老师聊天,我问她来这里当老师之前是从事什么职业。她的回答令我吃惊,原来她以前是在鞋店卖鞋的!现在当老师其实收入也不多,但比起卖鞋来还是好一些。她说这个学校只有在五月到八月之间才常常满员,其他的时间里学生都不多。尤其是金融危机之后,学生人数急剧减少,有时一个星期也只有一个学生。老师们只好轮流来上课,没有学生的时候他们是没有收入的。而没有生源这件事对当地村民的影响就更大了:学校付给当地家庭用以招待学生的费用是每个学生每顿饭15格查尔,招待学生一个星期的收入够一个家庭的十几个人生活两个星期。可是当地的几十家本来就是轮流招待学生的,每个家庭每隔三个星期才能轮到一次……

毕业典礼于课间在学校前廊进行。这个星期只有我和铭基两个人毕业,可是观众却相当不少。我们感谢了学校的老师和工作人员,也谈到中国人和危地马拉人之间的缺乏了解,告诉大家我们会让更多中国人了解危地马拉,也希望更多人能够来到这个学校,在学习西班牙语的同时也了解和帮助当地的人民。如果不同地方的人们之间能够多一点交流和沟通,这个世界会变得更美好。之后的唱歌也还凑合,尤其是在没有什么时间练习的情况下。我因为紧张声音有点发颤,不过铭基的吉他好像没有弹错音……

收拾行囊的时候我心情复杂,既觉得轻松又有些不舍。这里没有任何娱乐场所,连散步都因为频繁的大雨而无法进行;被蚊虫咬得满身都是包;早晚天气很冷,洗澡又只有一点点热水,以至于我自暴自弃,三天没有用肥皂。此刻我最想做的事情就是找一家像样的旅店好好洗个热水澡……可是我也知道自己以后一定会常常怀念这里,怀念和这里的人们共度的两个星期,怀念人与人之间朴素而真挚的情谊,怀念和村里的孩子们一起赛跑的情景,怀念学校里温馨的小厨房,怀念同学们在停电的夜里点着蜡烛一起学习的执着,怀念 Tristen、Katy 和 Sarah 的吉他与歌声,怀念 picop 卡车,甚至怀念那些粗糙的面团和玉米饼……

我们肯定还会怀念学校里不知廉耻的三只狗:Compa、Cabi 和 Buster。

临走前我们抱着它们的头"狠狠"地"揉搓"了一番。它们很久没有洗澡，又总爱去外面草地泥地里打滚，全身都散发着臭味，可是我想哪里都找不到像它们那么黏人那么友好又那么不要脸的狗了。

我知道，有些当时看来不起眼的小事，也许反而会长久扎根在记忆里。

回到 Xela，在旅店放下行李，我们马上就去 Carlos 的诊所做手术。照了 X 光之后，Carlos 告诉了我一个坏消息和一个好消息。坏消息是我上面那颗牙也需要做手术，好消息是这个手术比下面那颗牙的小得多，也便宜得多。唉……可是又有什么办法呢？旅行前几个月我已经去伦敦的牙医处洗过牙，可是当时那个牙医居然没有发现任何问题，简直是玩忽职守。

两个手术一共进行了两个半小时，途中 Carlos 也累得够呛，不时停下来擦擦汗，休息一会儿。Carlos 的医疗设备和技术在危地马拉肯定算是相当先进的，可是我几年前在纽约工作时也接受过根管治疗手术，相比之下前者就太寒酸了。尤其是当 Carlos 让我"深吸一口气"，然后忽然把一根燃烧着的火柴放进我口里的时候，我的确有些惊恐——这真的不是什么原始巫术吗？

到底为什么会来到危地马拉做牙齿手术啊？！我像案板上的肉一样躺在那里，心中惊疑不定，又觉得自己的处境实在搞笑，竟忍不住笑出声来——Carlos 诧异地看了我一眼。

在危地马拉有那么多的穷人，牙齿出问题时怎么办呢？我问他："如果当地人没有钱来私人诊所做这么贵的根管治疗手术，有什么别的解决办法吗？比如去公立医院的牙科什么的……"Carlos 摇着头做了个决绝的手势，"没办法，只能拔掉。"

通过 Carlos，我依稀看到了危地马拉的另一面，与我在过去两周内看到的情形完全不同。牙医是高收入的行业，Carlos 在此地绝对至少是中产阶层。他不用为一日三餐发愁，不用像 Fatima 的村民们那样背着柴火在大雨中走长长的山路，不用给孩子们穿别人不要的旧衣服……他的诊所里摆满了他收藏的玩具汽车模型，他可以一年去古巴 12 次看望妻子，他在诊所里用笔记本电脑上 facebook 和 skype，他受过很好的教育，见多识广，视野开阔，可以用英文和我们聊关于美国、法国、古巴、中国、日本甚至朝鲜的各种话题……

和 Carlos 聊天的时候，我觉得世界是平的。可是我也知道，就在这个诊所的百米之外，世界已然出现了断层。那些有趣的对话，那些别致的爱好，那些丰富的感情，全都一一坠落到深邃的谷底。在这个世界的另一个平面上，只有贫穷的街道，绝望的日落和破败郊区的月亮。如果此刻有一只鸟在空中俯瞰下面的人类，它是否也能看清命运的构造？我的确相信人可以改变自己的命运，可是既然能做到的只有极少数的人，你不得不承认这也还是需要某种运气。我想所谓命运，对于大多数的人来说，大概就是杯子是什么形状，水就是什么形状。这种说法太悲观太不励志，可这才是事实。

记得在《看不见的城市》中，卡尔维诺借马可之口说：别的地方是一块反面的镜子，旅行者能够看到他自己拥有的是何等的少，而他所未曾拥有和永远不会拥有的是何等的多。我想这里所说的"少"和"多"并非专指物质，更确切地说是指哲学意义上的人生的可能性。在山里的两周我看到他们生活的一个瞬间，或者是一生，而这一生或是一瞬间本来完全可能是属于我的。如果不是命运的操纵，那个背着柴火在雨中行走的女人很可能就是我自己。这是我不曾拥有也大概永远不会拥有的人生，可是我情愿不要这样的可能性。

作家史铁生曾经写过一篇很有意思的文章《好运设计》，大意是说要是今生遗憾太多，在背运的当儿，不妨随心所欲地设计一下自己的来世。生在穷乡僻壤，有孤陋寡闻之虞，不好；生在贵府名门，又有骄狂愚妄之险，也不好。最好是既知晓人类文明的丰富璀璨，又懂得生命路途的坎坷艰难；既了解达官显贵奢华而危惧的生活，又体会平民百姓清贫而深情的岁月；既能在关键时刻得良师指点如有神助，又时时事事都要靠自己努力奋斗绝非平步青云；既饱尝过人情友爱的美好，又深知了世态炎凉的正常，故而能如罗曼·罗兰所说"看清了这个世界，而后爱它"……这样的位置好吗？当然好！可是这么好的位置在哪儿呢？

在下辈子，在来世。

我喜欢历史、文化和民俗多过自然风光,因此玛雅人占全国人口 60%(为美洲之最)的危地马拉比中美洲的其他国家更吸引我——那里的玛雅文化是活的!

PART 5
这么近那么远

危地马拉，古城安提瓜的石板路上。

一

　　选择旅店就像赌博，仿佛老天故意测试你的运气，有时连旅行指南书的推荐都不能相信。我们从山上的学校出来以后，在 Xela 的一间环境非常雅致的旅馆住了两个晚上。没想到铭基在第一晚就被房间里的蚊子和跳蚤疯狂袭击，至少被叮了五十个包……蚊虫容易传染疾病，一天以后，我们乘车从 Xela 来到阿蒂特兰湖畔的小镇 Panajachel，刚到旅店放下行李，铭基就立刻发起了高烧，整整两天不退，而且上吐下泻，痛苦万分。

　　幸运的是这次我们运气不错，住进了一间非常靠谱的旅店 Hotel el Sol（太阳旅店）。太阳旅店的特别之处在于老板是日本人，他厌倦了日本都市的喧嚣，于是来到这个安静的小镇定居开店，还娶了当地女子为妻。更妙的是老板竟然把自己的父母也从日本接来危地马拉的这个小镇，老板的妈妈做得一手纯正美妙的日本料理，太阳旅店的住客们因此得以享受整个中美洲最地道的日本菜。铭基因为生病几乎吃不下什么东西，老太太非常贴心地特地为他熬了白粥，做了小菜，我们感动得热泪盈眶。

　　日本人出了名的爱干净，太阳旅店是我们一路上住过的最干净的旅店，无论是窗户还是地板都纤尘不染闪闪发光。房间宽敞明亮，更没有蚊虫之患。在良好的卫生环境和老板一家的亲切招待下，铭基同学的病在第三天就好得差不多了。我们原计划在这里住三个晚上，结果住了整整五天！我也因祸得福地享受了整整五天的美食，每一顿都换着花样让老太太做不同的日本料理，然而代价也是惨重的——五天结束后，我差不多胖了一圈……

老板已经说得一口流利的西班牙语，然而学语言这事儿对于老人来说却不那么容易。老板的爸爸是个一脸慈祥的日本老头，倒是学会了几个西班牙语单词，成天开着一辆小摩托乐呵呵地在小镇上穿梭，完全是漫画里的卡通老爷爷形象，老太太却一句西班牙语也不会说。不同于日本电视剧里那种频频鞠躬一脸温柔的主妇形象，她的脸上鲜有笑容，话语不多，言行举止干脆利落，时不时就点上一根烟坐在院子里静静享受。旅店里挂着禁烟标志，可是老太太享有特权，可以叼着烟四处走动。旅店里的一些住客甚至有点怕她，说"从没见过这么酷的老太太"……

　　然而"冷酷老太"的外表下却是一副真正温柔细腻的心肠。一开始她没搞清楚，以为是我生病了，二话不说就扑过来摸我的额头，又翻箱倒柜找出一堆药丸来一颗颗数给我看，告诉我一天吃几次，每次吃几颗……铭基吃了几顿流食之后，嘴馋想吃点正常的食物，结果老太太只是板着脸端上一盘蔬菜，因为觉得他病没全好，自作主张地不给他肉吃……病好之后我们特地去谢谢她，她一边抽着烟一边用她一贯冰冷的语调说：「在外面吃东西要当心，不要吃咖喱，不要吃街头小摊，吃水果一定要洗干净，喝水也要注意，要在店里买正规的矿泉水，不要在街头买那些乱七八糟的水和果汁……」老太太浑身有种强大的气场，我们站在一边不停地点头称是。她真的是个与众不同的老人，直到现在我还常常想念她。有一晚我梦见了她，可是烟雾模糊了她的五官，只有眉间的皱纹清晰可辨。

二

　　铭基病好之后，我们继续旅行。一路走走停停，走过湖畔的村庄，穿梭于玛雅人的集市，登上宛如月球表面的火山，手持蜡烛在黑暗的洞穴中游泳探险，荡秋千荡到河中心再跳入水中……从出发到现在差不多快两个月了，我们一直在等待着"旅途疲惫综合征"的到来，奇怪的是经过蚊患、晒伤和牙疼，我们居然从未有过丝毫倦意，我们的心依然为每一种新鲜颜色、新鲜声音和新鲜气

危地马拉，仿如仙境的 Semuc Champey。

味而跳，这令我们自己也有点惊讶。也许一来因为长途旅行是难得的体验，我们时时提醒自己要加倍珍惜在路上的时光，二来大概是我们俩"底线"太低的缘故，不知是"人穷志短"还是年岁渐长的关系，我们好像越来越宽容，看什么都觉得挺好。而且真正抵达一个地方之前，我们很少对那里抱有过多的期待和幻想，因此失望虽然偶尔不可避免，更多的时候遭遇的却是惊喜。

因为家乡有很多湖泊，自小在湖边长大的我从不觉得别处的湖泊有特别吸引之处（除了西藏的纳木错）。出发去阿蒂特兰湖前，听说它被誉为"世界上最美的湖泊之一"，我还在心里嘀咕：你们就吹吧……可是真正泛舟湖上的时候，我被震撼得一句话也说不出来。碧波如大匹的软缎舒展荡漾，湖上水汽氤氲，如梦如幻。本身已经是画境般极致的美景了，而湖泊的周围更环绕着三座火山，山色苍翠，倒映在水中又是闪烁鲜活。水光潋艳晴方好，山色空濛雨亦奇。你说这是仙境吧，可湖的周围有很多玛雅村庄，玛雅人世世代代在这里"你耕田来我织布"，过着再世俗不过的生活。可你要说这是现实吧——这现实又美丽得太不真实……一般见到宁静美丽的湖泊，人们往往用"烟波浩渺"、"一碧万顷"这些成语来形容，可是阿蒂特兰湖实在美得过分，我只觉得自己活在了形容词的荒年。

Semuc Champey 也是个不可思议的地方，一连串的水潭和瀑布宛如九寨沟的黄龙。虽然没有黄龙那么美，可是试想一下在黄龙游泳的感受？铭基同学直说要给它"六颗星好评"。我们实在太享受这里的景色，以至于临时决定多待一天，再去那里好好畅游一番。"水皆缥碧，千丈见底。游鱼细石，直视无碍。"眼前的美景让你只愿长醉不复醒，泡在水潭中直到天荒地老。那里的探险项目也是一流的——黑暗的洞穴全长足足 11 公里，而我们仅仅走了 100 米就已经险象环生刺激万分，又要游泳又要爬梯子又要穿越瀑布，全程都凭借手中微弱烛光进行，出得洞来，身上或多或少都破了皮挂了彩。可是完全值得，比什么游乐场的项目都要刺激。

就连罪恶之都危地马拉城都给了我们不一样的体验。这个巨大的首都城市是不折不扣的"万恶之源"，治安差得令人发指，持枪抢劫是家常便饭，连公交车司机都常常被劫匪杀死，旅途中遇见的一对美国夫妇就曾在危地马拉城亲眼见到犯罪团伙在街头持枪扫射，我之前认为非常恐怖的伯利兹城和危地马拉城比起来只能算是小巫见大巫。大部分游客来危地马旅行都会尽量避免在首都停留，我们上次由于要在首都等待换车去 Xela，足足三个小时都只敢待在车站，不敢踏出外面半步。从 Semuc Champey 回来后却因为大巴时间的关系，不得不在这里住上一夜，真是令人提心吊胆。

幸亏我们提前订好的一家家庭旅馆非常靠谱，由于旅馆位于中产住宅区，小区门口有警卫 24 小时把守。我们在城内活动也全都打车往返，而且尽量避免罪案频发的第一区和第二区，所幸一切平安。更幸运的是老板娘非常热心，事事为我们考虑周全。我们要赶凌晨四点的跨境大巴从危地马拉城坐 18 个小时的车到尼加拉瓜首都马拉瓜，所以三点就要出发去车站。时间太早很难叫到出租车，我们正在发愁，老板娘却发话说如果没有出租车，她就自己在凌晨三点开车送我们去车站，而她本来可以根本不用管我们的……还好后来老板娘成功帮我们叫到出租车，深更半夜她还特地起床，陪着我们一起在楼下的寒风中等车，我们过意不去之余，也从此对这个罪恶之都生出了一点奇异的情感，为着居住在其中的这些善良热心的人们。

整个危地马拉唯一令我有稍稍失望的反而是很多人都赞不绝口的国宝级小城安提瓜（Antigua）。它的美自然毋庸置疑——典型的西班牙殖民风格城市，街道都以鹅卵石铺就，建筑风格大气，色彩喧闹明亮。最特别的是小城被附近的三座火山环抱，在人文色彩之外又多一份自然之美。可是也许正因为它如此美丽，整个城市都写着"旅游"二字。比较中心的区域几乎做的都是游客生意，街上熙熙攘攘尽是外国游客，到处都是为游客开设的旅店、餐厅、咖啡馆、酒吧、语言学校……一切看起来都是那么商业化，有些外表朴素的老式木门后面竟是十分华丽考究的美容Spa会所，而且大部分旅店的价钱都贵得离谱，和危地马拉其他地方完全不可同日而语。

我自己也是游客，也喜欢享受，喜欢"文明"所带来的种种便利，可是我不喜欢这样过度的商业化。在一个如此贫穷的国度里，安提瓜的西方做派和各种享受看起来是那么刺眼。我也曾想过，发展旅游业可以创造就业机会，改善当地人民的生活，可是再想一想我又觉得事情没有这么简单。来这里开店投资的大多是西方人和海外的危地马拉人，这里的房价和物价被他们越炒越高，使得很多当地人无法负担，不得不离开城市的中心区域，被迫越搬越远。游客们在这里消费，看起来好像是为当地旅游业做了贡献，结果不但钱都进了西方投资者的荷包，还对本地人的生活造成了负面的影响。

除了游客，这里当然也有很多本地人常常出入各种高档消费场所，不过他们都是能够负担得起此地高昂物价的富人。我那时刚从山里的学校出来不久，对那里人们生活之贫苦仍然记忆犹新，当下在一间咖啡店里看到满脸娇纵的小孩子只吃了小半块巧克力蛋糕就撅着嘴把它扔到一边，想到我之前山中家里的孩子们，心里顿时非常难过。Andi、Blanca、Edo……他们全都从来没有吃过巧克力蛋糕。我并不是仇富，我也知道自己这样很不客观，可是从那一刻起，我忽然就更不喜欢这个城市了。

其实这大概是旅行的另一种魅力，取决于兴趣、心情和个人的经历，旅人们对于相同的地方往往有着完全不同的感受。有时我看到别人游记中对某地的描述，和我记忆中的仿佛是迥然相异的两个世界。可是这样其实也不错——设想如果所有人看到的都是同样的场景，又生发出相同的感受，旅行也就不再是一件私人的事情，那该有多可怕。

三

我喜欢历史、文化和民俗多过自然风光，因此玛雅人占全国人口60%（为美洲之最）的危地马拉比中美洲的其他国家更吸引我—那里的玛雅文化是活的！从小看的书里都把玛雅人描绘成智慧、神秘且人口稀少的民族，所以此前在我的主观印象里，玛雅人和古埃及人非常相似，遥远而不可及，像是从外星特地组团飞来羞辱地球人的智商。墨西哥的玛雅人也不多，而且参观玛雅村庄变成了一种旅游项目，更显出这个古老民族与主流人口的格格不入。可在危地马拉，穿着鲜艳刺绣传统服饰的玛雅人就在我面前活生生地走来走去，他们也进餐馆，逛超市，做生意，他们也会大笑，调情，生气，吵架……他们是社会中最普通最常见的人群。

在阿蒂特兰湖畔的一个叫作 San Antonio 的小村庄，我们坐在教堂前看风景，一位中年玛雅妇女在我们周围徘徊良久，不断劝说我们购买她的手工艺品。后来看我们态度坚决，她大概也累了，干脆一屁股坐下和我们攀谈起来。她问了我们的名字，并自我介绍说自己名叫玛利亚。玛利亚虽然人到中年，可是言行举止不知怎的竟有点无知少女的疯癫。得知我和铭基是夫妻之后，她咋咋呼呼地惊叫起来：

"哎呀！你们已经结婚了啊！那你们肯定接过吻了咯！来嘛，你们来打个啵儿给我看嘛！"

我和铭基惊恐地对视一眼，不知眼前这个玛利亚是真疯还是装疯。玛利亚自己却还沉浸在自己的幻想之中，一边咯咯大笑，一边故作羞涩地用手捂

危地马拉，阿蒂特兰湖附近的玛雅人村落信奉的一位当地圣人。传说这位圣人喜欢抽烟，当地居民会在祭坛供奉当地名烟。

住自己的眼睛，口里直嚷着"唉哟，唉哟"，像是看见了什么不该看的场景。

她自顾自地大笑了好一阵子，终于停下来问我们一些比较正常的问题：你们有没有小孩？你们的爸爸妈妈住在哪儿？你们多久回去看一次爸爸妈妈？……

我们正为谈话恢复正常而感到欣慰，谁知她忽然又扔出一个"炸弹"："你们爸爸妈妈看过你们接吻吗？"

我们瞬间石化了……玛利亚却再一次神经兮兮地大笑起来，捂住自己的眼睛，口里又直嚷着"来嘛，打个啵儿给我看嘛"我有点哭笑不得——这真的是传说中既神秘又保守的玛雅人吗？

离开的时候，玛利亚终于停止了她各种奇怪的问题和要求。她用手肘碰一碰我，脸上笑嘻嘻地说："好啦，你没有生气吧？你没有生气对不对……"

我当然不生她的气，可是对于玛雅人我真的常常生出矛盾的情感。确切地说，我对他们又爱又恨。作为东方人，我对他们与我们非常相似的面庞五官有种强烈的迷恋。以我的审美观看来，玛雅人中美女极多。一般所见的东方美女往往知道自己的美，行为举止不免带了矜持的骄傲或是刻意的媚态，她们的眼睛里也因此多了些复杂的内容。可是玛雅美女大多美而不自知，无论美得像一团烈火还是一潭清水，她们的眼睛都清澈无比，不含任何诱惑和做作，我可以光看她们的脸就看上一天。

我对玛雅人的感情还来自审美观的相近。我自己非常喜欢浓烈的色彩，所以对藏族人和玛雅人这些擅用色彩的民族有天然的亲近感。逛玛雅人的市集对我来说完全是审美上的至高享受——那些色彩浓丽的刺绣服饰，那些五彩缤纷的布匹和壁挂……如果不是背包实在装不下，我真想把它们统统买下来。

那么我不喜欢玛雅人的什么呢？他们做生意时非常强势，很多人也爱漫天要价敲游客竹杠，和世界上其他地方的商人并没有什么不同。而不做生意的时候，大部分玛雅人是冷漠且不大友好的，而且很反感被游客拍照，戒备心理非常严重，玛利亚的亢奋和疯癫只是极个别的情况。而危地马拉除玛雅人以外的其他民族大多非常礼貌友好，走在街上会有无数陌生人对你微笑问候，因此玛雅人的冷漠更加显得格格不入。

然而世上的事情往往事出有因。如果一个民族在最近的几百年内不断地被政府和其他族群歧视和摧残，你让他们如何热情友好得起来？无论是严重的戒心、冷漠的神情，还是做生意时的咄咄逼人，不过都是为了活下去所必需的手段和保护色。

我看过相关的书籍，对几百年来玛雅民族的苦难遭遇略有所知。早在 16 世纪西班牙殖民者入侵美洲时，玛雅文化就被大肆摧毁，玛雅人更面临灭顶之灾。即便到了当代，他们也是被歧视被欺凌的族群，占全国人口 60% 的玛雅人却只能使用 20% 的土地，还被禁止公开庆祝玛雅文化的节日以及举行相关文化活动。1982 年是玛雅人近代历史上最黑暗的一年，当时的危地马拉总统里奥斯将军与美国关系密切，他打出反共和反左翼游击叛乱的旗帜，在毫无证据的情况下污蔑每一位原住民都是叛乱分子，必须进行"清洗"。大屠杀的结果是：超过四百个玛雅裔原住民村落遭到清洗，二十万玛雅人遇害或失踪，十万难民逃往墨西哥。

那天我们在一个玛雅村庄的小餐馆遇到一位从事导游行业的玛雅男子，本来只是因为同桌吃饭而随意攀谈，我问他是哪里人，他回答说家乡在Chichicastenango。Chichicastenango是以每周四和周日举行盛大玛雅市集而闻名的小城，我们第二天就要去那里，因此听到这个名字格外兴奋。可是眼前的他言谈间不但没有一般人提到家乡时的眉飞色舞，眉宇间反而有丝忧郁挥之不去。我留意到了，可是并没有多想，接着东拉西扯，问他现在住在哪里，结婚了没有，有几个孩子，在哪里学得这么一口好英语……

"学英语"这个话题似乎触到了他某根隐秘的神经。他的视线忽然投向我们身后远方的某一点，可是眼神却一片空蒙。"墨西哥，"过了好几秒，他才回过神来，苦笑了一下，"我在墨西哥的坎昆待了14年。"

我顿时意识到眼前又是一位曾经的难民，可是他身上所承载的故事却比我想象的还要沉重得多。"那一年我6岁，"他缓缓地说，"军队来到Chichicastenango，当着所有人的面强奸了我的姐姐。你能想象吗？而我当时就在现场……我的父亲叔伯也统统被杀了……后来爷爷带着我逃到了墨西哥……"

在墨西哥著名的海滨度假小城坎昆，他在一家旅馆当起了非法童工，打扫房间、洗床单、洗盘子……什么都干。店主非常富有，除了旅馆还拥有餐厅和夜店，所以他也常常去这些场所帮工。一开始的整整5年间，他没有领到一分钱薪水，店主只是找人教他英文作为打工的报酬。1996年签署和平条约后，20岁的他重新回到阔别14年的祖国危地马拉，可是并没有回到故乡。因为会说英语，他在阿蒂特兰湖畔的小镇找到了一份导游的工作。薪水少得可怜，可是总比没有工作强。只是他常常对妻子和两个孩子感到抱歉，因为每天的饭桌上都没有像样的菜色。即便如此，他认为如今的生活怎么说也比他去墨西哥以前在家乡时强得多。"Chichicastenango？是的，那是我的家乡，可是我再也不想回去了。"他的语调如此坚决，可是眼睛里分明有一层雾气。

我在心中默默推算着时间。6岁去墨西哥，1996年20岁……那么惨剧正是发生在1982年，即是前面所提到的玛雅人被疯狂屠杀的那一年。我在山中的学校参加过一个关于危地马拉内战的讲座，演讲人Pedro被抓进监狱严刑拷打时也正是 1982 年。我出生的这一年，同时也是对危地马拉的玛雅人来说最黑暗最邪恶的一年。

一个人的被害是一桩悲剧，一群人的被害却只变成了一个数字。此前我听说过被屠杀的数字，心中并未有太多震撼。可是眼前的这个受害者就活生生地站在我面前，他的愤怒和他的伤痛都那么真实，也并不随时间的流逝而有丝毫褪色。我想起了 1992 年诺贝尔和平奖得主，如今正在竞选危地马拉总统的玛雅女性门楚。他们的遭遇何其相似，门楚的父亲和弟弟也都在那段时间被军方残杀，她的妈妈被军人强奸，凌辱至死……我看着眼前的这个男人，想象着当时的所有场景，觉得自己的心像是一张纸被揉成一团，直想为自己的无知而痛哭。

四

在路上走了快两个月，除了在山里学校的两个星期，最常聊天的对象还是和我们一样的旅人。说实话，我对这样的聊天已经由一开始的兴奋好奇转为有些麻木厌倦。我们相遇、打招呼、自我介绍，然后很快就各奔东西。我们不得不把自己的来历和故事浓缩为几句话重复无数次，重复到连自己都厌恶自己——因为终于意识到自己此前的人生竟然如此苍白……

刻薄一点说，其他人的自我介绍也好不到哪里去："我 9 月开始念法学院研究生，所以趁着还没开课来走走中美洲"；"我 9 月开始念医学院研究生，所以趁着……"；"我是中学老师，每年有几个月的假期可以出来玩"；"我一直向往拉丁美洲，所以辞掉工作来这里旅行"；"我反正就是个嬉皮，一边流浪一边嗑药是我最擅长的事"（好吧这个是我臆测的）……不外如此。也许很多人确有自己精彩的经历和故事，比如在太阳旅店遇到的在玛雅村庄向当地大妈学织布的日本男生，小巴上遇见的住在洪都拉斯的小岛上写书探讨"女人与性"的美国阿姨，在 Semuc Champey 的旅店里认识的收养了韩裔孤儿的美国

最好金龟换酒

危地马拉，阿蒂特兰湖附近玛雅集市教堂前卖艺的小孩和老师。

夫妇……也许是我们走的路还太少，或者相遇的时间太短，又或许是缘分未到，直到目前为止，和我们有过深入交流而且发现对方很有意思的旅人不超过三个。

我们以往所目睹的世界实在太小，内心又不安分，想要见识本人生活以外的生活。其他旅人的故事并不能使我们满足，而从当地人那里听来的更残酷的故事又令我们战栗不安。然而中美洲就是一片这样的土地，绝世美景背后隐藏了那么多的贫穷、不公和罪恶，到处都是令人不安的故事，颠覆了我们两个井底之蛙以往的所有经历和认知。

有一次在长途车站换车的时候，我忽然内急却又找不到厕所，幸好遇到一位好心的当地人给我指路。他是个瘦小的中年男人，容颜憔悴，衣衫褴褛，以推销广告小册子谋生，令我惊讶的是他竟说得一口极其地道的美式英语。我忍不住问他原因，他却轻描淡写地说："哦，我是在美国长大的。"

"为什么回来呢？"我很好奇。

他还是那么轻描淡写的语气，"哦，因为后来我得了艾滋病，美国政府就把我遣返回来了……"

也许你能想象我当时的惊讶？非法移民、艾滋病……随随便便一个路人，轻轻松松几句话，就勾勒出一个我完全无法想象的世界。

他一直把我送上车，潇洒地伸出手臂和我碰一碰拳头，然后郑重地告诉我："小心骗子和小偷，别让任何家伙碰你的背包……"

他挥挥手离开了。我这才意识到他的一只手臂呈现极其怪异的形状，像是被打断了骨头重新拼接起来，可是又接错了方向，无法恢复原状。我更意识到，不论是从前还是现在，我所看到的世界都只是极小极小的一部分，真正的世界更宽广、更隐秘、更幽深。我得时时提醒自己不要把这一点忘了，我得学会用这方面得到的知识证明那方面的疑问，我得避免将残缺不全认作真实，我得找到一个超越了愤怒和悲哀的完整世界。

尼加拉瓜的这个海边小镇改变了我。我开始不急着赶路,而是学会了享受旅途中缓慢的节奏所带来的全新视野。我开始明白不是只有古迹、教堂、博物馆和原住民才能算作「人文」,在沙滩上挖牡蛎的小孩子和躺在屋外吊床里的老大爷也同样是美妙的风景。

PART 6
反正现在是
夏天嘛

在海边小镇，坐船出海钓鱼。

大巴到达尼加拉瓜首都马拉瓜时已经是晚上10点。车站外有不计其数的手臂朝我们狂热地挥舞："喂！喂！你！中国人！要不要出租车？"

　　那是我第一次看见尼国人——他们皮肤比危地马拉人黑，五官轮廓多了些黑人的特征，身材也更高大健壮。

　　我们背着行囊站在原地，心里有点犹豫不决。打车还是走路？中美洲的首都城市治安都很差，现在已经这么晚了，街道又那么黑……可从地图上看，我们提前订好的旅店和车站之间只有600米的距离，走过去应该也很快吧？想到《孤独星球》的作者信誓旦旦地说"尼加拉瓜是中美洲最安全的国家"，我们俩又感到了一丝安慰。

　　刚走出去50米就后悔了。街道实在黑得可怕，周围的任何人影都令我们心惊肉跳，路上遇见的所有人都以一种复杂的目光紧紧盯着我们看，成群结队在外面闲逛的本地青少年一见到我们就放慢脚步窃窃私语（我敢保证他们是在商量要不要来抢劫我们）。我们就在这种压抑得几乎要崩溃的空气中背着沉重的背包尽量走得飞快，一边找路还要一边提防任何企图朝我们靠近的人影。铭基居然还不小心摔了一跤，巨大的背包把他整个人压倒在地动弹不得，手掌和膝盖都擦破了皮。我一边手忙脚乱地去扶他，一边紧张沮丧得快要哭出来——为什么旅店还没到？为什么周围的气氛那么恐怖？为什么我们蠢到为了省那一点点钱而不打车？……直到此刻我才想起，有位曾到中美洲采访的香港女记者，在传闻中更加恐怖的危地马拉和萨尔瓦多都平安无事，偏偏是在这号称"最安全"的尼加拉瓜首都被劫匪持枪抢劫，失去了身上大部分财物……

终于找到旅店的时候，我整个人已经濒临崩溃的边缘，一颗心还在怦怦乱跳。再看铭基，他也吓得不轻。真的，这是我有生以来第一次那么强烈地感觉到危险，如果不是我们走得够快和莫名其妙的幸运，这一路我们至少已经被打劫了十次！那一夜我都没睡好，当时的情境像恐怖片般一幕幕回放，越想越后怕。我在床上辗转反侧，一边痛骂自己的愚蠢，一边感谢老天的保佑……

危险——这就是尼加拉瓜给我的第一印象。而这种危险并非我们凭空臆想，我后来上网搜索时也发现了很多人在这个国家被抢的惨痛经历。尼加拉瓜的黑社会和贩毒集团有组织犯罪的确不如中美洲其他国家多，可是作为中美洲第二穷国（仅好于海地），小偷小摸和打劫游客的案例也确实屡见不鲜。所以后来即便是到了游人较多的殖民小城 Leon 和 Granada，我们也不敢放松警惕，相机只敢在人多热闹的地方拿出来，拍完照又赶快放回包里，晚上出门吃饭的时候更是除了晚饭钱之外什么也不敢带。

饶是这样，有一天吃完饭回旅店的路上还是被一群青少年围住要钱，可是他们身上没有武器，态度也并不十分凶狠，所以大概不构成"抢劫"。而我们身上又的确没钱，双方大眼瞪小眼，最后也算是有惊无险地又逃过一劫。

除了青少年，这里的小孩子要起钱来也同样嚣张。他们总是跟在游客身后，不停拍打游客的手臂，然后指着自己的嘴或是肚子表示饥饿，又伸出手来，口里直嚷着："One dollar！ One dollar！"他们个子那么瘦小，身上穿的却是大人的T恤，几乎长到膝盖，走起路来磕磕绊绊的。最可怕的还是他们的眼睛，那么稚嫩的五官却搭配上成人的眼神——愤怒、不甘，充满欲望，看了令人心惊。

走在街头我们总觉得浑身不自在。和墨西哥人或是危地马拉人比起来，大部分的尼加拉瓜人可以说是不那么友善的，至少不会主动表现友善。我们主动和他们打招呼，他们也总是毫无反应。街上"闲人"特别多，他们什么也不做，只是死死地盯住过往游人看，很明显并非出于好奇。我总是被那种古怪的目光盯得心里发毛，可是又不知道是不是自己"杯弓蛇影"，很怕错怪了他们。"他们看我们怎么好像看猎物一样……"我忍不住小声嘀咕。没想到铭基立刻如释重负地抓住我的手臂，"是吧？好像别有目的似的对不对？

你也这样觉得？我还以为是我自己神经过敏……"

所以当在青年旅舍认识的美国男生 Justin 告诉我们"目前为止的旅途中我最喜欢尼加拉瓜"的时候，我真是吃了一惊。

"尼加拉瓜？你喜欢尼加拉瓜的什么？"我有点困惑。

"人文，我很喜欢这里的人文。"

我还是不太明白。毫无疑问尼加拉瓜有着极其美丽的火山、湖水和热带雨林，可是人文？Leon 和 Granada 的大教堂固然气势磅礴美不胜收，然而除了教堂之外，这个国家还有什么别的堪称"人文"的东西吗？

后来我才渐渐反应过来。Justin 是从中美洲最南端的巴拿马一路北上，和我们的方向恰好相反。来到尼加拉瓜之前，他刚刚游历了经济水平更发达，可是历史和文化也都更加单薄的巴拿马和哥斯达黎加，因此来到尼加拉瓜算是"渐入佳境"。而我们则是从更加精彩的墨西哥和危地马拉南下，这些国家不但拥有灿烂辉煌的古代文化遗产，如今的民情风俗也同样丰富动人。相比之下，尼加拉瓜就显得逊色多了。

第一晚的阴影实在巨大，加上可看的人文景观也不太多，又要时时提防着街上各色"闲杂人等"……在尼加拉瓜的日子里我总觉得累，精神也不能放松，甚至有点盼望着快快离开这个国家。

直到我们来到了 San Juan del Sur。

这是一个极其普通的海边小镇，十几分钟就可以绕镇一圈，这里有一片不太适合穿着比基尼躺在上面凹造型的"泥沙滩"和一片停泊了很多渔船的朴素的海。

朴素的地方总是和我们十分相衬，于是我们在这里停下来，住了两天，然后忍不住又住了一天，然后又住了一天……

竟然在这个小镇住了整整一个星期。

我们住在一对老夫妇开的干净便宜的小旅馆里，每天漫无目的地在小镇上和海岸边走来走去，或者租冲浪板坐半小时的车去附近的小海滩冲浪。黄昏时乘船出海看夕阳，有时可以钓到很大的鱼。

下大雨的夜里我们蹲在沙滩上屏住呼吸看海龟上岸产卵，淋得浑身透湿。

海边小镇 San Juan del Sur 的日落。

那巨大的海龟先全力以赴地用后肢挖出一个沙坑，然后才不紧不慢地在沙坑中产下一颗又一颗洁白晶莹的龟蛋。产完卵后它又迅速用后肢将沙坑掩埋起来，以防止龟蛋被其他动物吃掉。它干得非常卖力，以至于累得够呛，时不时发出轻轻的喘气声。待到沙坑的痕迹一点也没有了，它才沿原路慢慢爬回大海里，整个过程就像在看"国家地理"或是"探索"频道，真是非常动人的情景。

不下雨的晚上我们在海边散步。棕榈叶沙沙作响，天上是弯钩月，海上有大浪，就像世界的心脉在悸跳。我感到秘密的喜悦，像是分享了千年以前诗人的心绪，在有着同样月色的夜里——"何夜无月，何处无竹柏，但少闲人如吾两人耳"。

有时候我们干脆什么都懒得做。早晨起来就坐在房间外面的椅子上，一边流着汗一边喝咖啡，看书、发呆、打蚊子……一天也就这样过去了。我在重读 Treasure Island（《金银岛》），读到里面的海盗歌词"Fifteen men on the dead man's chest-- Yo-ho-ho, and a bottle of rum"（"十五个人争夺死人箱，呦呵呵，朗姆酒一瓶，快来尝"），忽然觉得喉头异常干渴，忍不住去小店买回一瓶尼加拉瓜本地产的朗姆酒"Flor de Caña"，兑着可乐和冰块一起喝。长夜，好书，还有应景的美酒，夫复何求。

坐船出海钓鱼、观赏日落。

　　San Juan del Sur 这个海边小镇的生活深深地迷惑了我。事实上，我的家乡没有大海，我从来没有也从未想过在海边生活，可是这里竟给我一种回家般的安宁感，一种即使什么都不做也不觉得羞愧的理直气壮。如果不是时间有限，我大概可以在这里住上很久很久。以前也去过各种海滨度假胜地，然而这种感觉在我来说还是第一次。我想 San Juan del Sur 是不一样的，可我又说不出它的特别之处。作为一个以旅游业为主的小镇，它并不"清高脱俗"，镇上到处都是餐厅、酒吧、旅馆和冲浪店。然而游客并不太多，而且大多都是"冲浪客"，因此商业气氛不浓，也没有奢侈的场所。民宅和酒吧往往比邻而居，各行其是却互不影响。民宅和酒吧一样总是敞开大门，游客们在酒吧里喝酒聊天的时候，隔壁的老爷爷就坐在摇椅上聚精会神地看他心爱的电视剧。小镇上的人们神色坦荡，态度爽朗，眼睛里也完全没有我们在尼国其他地方感觉到的"别有目的"的神情。

你有没有看过90年代末期的一部日剧《沙滩小子》？中学时代的我曾经深深为它着迷，因为它把青春、自由和友情演绎得那么温暖又清淡。而在San Juan del Sur 的一个星期，我好像活在了这部电视剧里。尼加拉瓜的这个海边小镇有着和剧中的日本乡下小镇极其相似的淳朴氛围，就连我们住的小旅店的老板也和剧中那间民宿的老板很有些共同之处：都是留着长发不肯变老的老人，年轻时都是冲浪好手。我们旅店的爷爷简直比剧中的爷爷还酷，整天骑着辆自行车忙进忙出，脸上很少有笑容，两道浓眉总是拧在一起，像是为自己不再年轻而生气。

《沙滩小子》里的男主角樱井广海有句很无厘头却很经典的口头禅，每当说不出什么像样的理由时，他就会"耍无赖"地大叫："反正现在是夏天嘛！"现在的我想到这句话就会忍不住地微笑，因为它有种奇异的抚慰人心的作用。以往的我身处高速运转的大都市，无论做什么都需要一个"正当"的理由，一犯懒就觉得自己在虚度人生。就连旅途之初的那几个星期，一想到别人正在努力工作赚钱，而自己成天都在游山玩水，心里就有点惴惴不安。可是来到这里之后，看到小镇上的人们每天懒洋洋地在海边晒着太阳，既不需要什么理由，也没有非做不可的事，忽然间自己也觉得一身轻松，很想像樱井广海似的大吼一声：有什么关系，反正现在是夏天嘛！夏天有着夏天才有的生活方式啊。

这个地方改变了我，或者说是治愈了我。我开始不急着赶路，不再像有强迫症似的参观这个参观那个，而是学会了享受旅途中缓慢的节奏所带来的全新视野。我开始明白不是只有古迹、教堂、博物馆和原住民才能算作"人文"，在沙滩上挖牡蛎的小孩子和躺在屋外吊床里的老大爷也同样是美妙的风景。

甚至在当我听说前一天有犯罪团伙在小镇附近的海滩持枪抢劫了四个美国女生的时候，我也不再像刚到尼国时那么神经紧张，而只是平静地跟铭基说："有人抢劫啊……下次去那边冲浪就只带一块毛巾好了……"

还有，来到这里以后，我居然也开始冲浪了。在此之前，尽管我一向觉得冲浪是很酷的运动,可是这件事离我那么遥远,遥远得就像跑到月球背面去打乒乓球。如果不是海边小店的煮饭阿姨一直鼓励我去试试,我永远也不会知道这世上还有这么好玩的运动。不了解的人大概会以为冲浪的乐趣在于对大海的"征服感",其实喜欢跟自然亲近的人永远不会想去征服自然,冲浪的乐趣于我个人而言,是一种亲身感受大海"脉搏"的喜悦——人与海浪共同进退,就像是听到了大海的心跳声。铭基的冲浪教练一见到巨大的海浪就无比开心地一个猛子往里扎,那场景几乎令人感动——他的姿势完全是拥抱海水的姿势,他是真心真意地爱着这片海。

冲浪累了,我就坐在海边,望着这片永远也看不厌倦的海。旁边正在看书的美国作曲家 Sam 忽然抬起头来,神情有些沉醉:"我觉得我可以在这儿待上一个月,天天就这么看着海。"我默默地点头。中美洲的国家大多有美丽的加勒比海岸,然而眼前的这片海却属于太平洋。和水清沙幼的加勒比海相比,太平洋过于粗犷豪放,比不上前者有如明信片一般的风景,因此大多数游客都会选择去加勒比海度假,可是我却更喜欢不羁的太平洋。

有时我明白为什么人们常把大海比作故乡,又或者在大海面前放下心防湿了眼眶。作家史铁生曾经写道:"人的故乡,并不止于一块特定的土地,而是一种辽阔无比的心情,不受空间和时间的限制;这心情一经唤起,就是你已经回到了故乡。"我之所以对这个小镇和这片海恋恋不舍,大概也就是因为这种"辽阔无比的心情"吧。

在这里的日子像是坐在流星上度过的,没想到尼加拉瓜的最后一站竟然给了我们如此难忘的体验。我舍不得爷爷奶奶开的小旅店,也舍不得已经被我们当作"食堂"的小小咖啡馆。两家店的店主都是欧洲人,因为和我们一样爱上了这个地方,特地从千里之外的故乡来到地球的另一端定居开店。爷爷奶奶决定在此终老,他们将生命的最后时光都交付给这个海边的小镇。咖啡店的老板娘已经怀孕七个月,她的孩子很快也将成为冲浪的少年。我常常想象他们的心情:他们怎样在日复一日的小镇生活中找到乐趣?他们如何面对客人的来来往往?《沙滩小子》里的民宿老板曾经严肃地对舍不得客人离

在海边小镇 San Juan del Sur 坐上去海滩冲浪的吉普车。

开的孙女说："我们在海边开店，这是我们的生活。可是前来民宿的人，都是为了回去才来的。客人来到这里休养生息，是为了回去更好地生活。"

虽然不舍，可我并不害怕离开。心里的冰块已经被夏天的阳光融化，而且离开这里也并不代表着夏天的终结。正如《沙滩小子》中所说，季节的变换是由自己决定的，只要心里面的夏天还在，夏天就没有结束。只要夏天没有结束，在远方也能找得到故乡。

所以——有什么关系，反正现在是夏天嘛！

中美洲注定是一个疯狂的地方,如果说高空滑索、探索溶洞的挑战仍是可以想象的,那么尼加拉瓜的这项运动则完全超越了我所能够理解的范畴。

火山滑板?!

仅靠一块滑板从一座高达728米的活火山上滑下来,光是想一想就够了!

PART 7
Pura Vida！

准备从火山顶滑下。

飞鸟与泰山

每个刚到哥斯达黎加的人都会很快学会"pura vida"这一表达。在这个国家,没有比它更为神奇的词语了——它不但在街头涂鸦中频繁出现,更是哥国所有人的口头禅。"pura vida"的字面意思是"pure life"(纯粹的生活),然而实际生活中的应用却远远不止于此,它还可以被翻译为"放轻松"、"没什么大不了"、"享受生活"、"一切都好"、"你好"、"谢谢"、"再见"、"这就是人生",等等,无穷无尽。

基本上,"pura vida"代表着哥斯达黎加人那种简单轻松地享受生活和永远保持开心的人生态度,和《狮子王》中反复出现的那句源自斯瓦西里语的"hakuna matata"非常相似。

一路说着"pura vida",我们轻松愉快地抵达了位于高山之上的Monteverde——一个有着雨林、咖啡园、猴子、蜂鸟和终年不散的云雾的地方。不过,这里出名的canopy tour(又叫"zip lining",中文大概译作"高空滑索")才是我们此行的真正目的——整个人悬挂在高空滑索之上呼啸着飞越雨林,光是想想就叫人心神荡漾。

真实的体验却比想象中还要精彩和刺激。穿好安全设备,我双手抓住钢索的滑轮,"嗖"的一声飞了出去,像一只鸟儿般在树冠间穿行。我兴奋极了——还有比这更棒的体验雨林的方式吗?我们参加的这个canopy tour一共有十几条滑索,我飞了一段又一段,渐渐习惯了悬在高空的奇异感受,一颗心也从喉咙口慢慢回到它应该待的位置。

在哥斯达黎加的 Monteverde 进行 "人猿泰山"。参与者需要抓住树藤般的绳索从高台上跳下，一段自由落体之后，绳索的钟摆式摆动会将你高高荡起，一直送往远处的雨林之巅。

可是，当我们来到疯狂的 "Tarzan"（人猿泰山）环节时，我还是被吓到了——做一只飞鸟不是挺好的吗？为什么还要模仿泰山抓着"树藤"荡过深渊？

参与者需要抓住树藤般的绳索从高台上跳下，一段自由落体之后，绳索的钟摆式摆动会将你高高荡起，一直送往远处的雨林之巅，充分体会人猿泰山那 "一览众山小" 的视角。这整个过程我都觉得极其恐怖，然而最恐怖的还是抓住绳索纵身跃下的那一刻，看起来真与跳楼无异……

行前听说不少人会选择放弃"泰山"环节,可是我们那个团的团员们个个都很生猛,虽然也会发抖也会尖叫,却一个接一个地统统跳了下去。铭基同学就别提了,他本来就是玩过山车时还要把双手举起来的那种变态。此刻他干脆利落地纵身一跃——我怀疑他跳下去的时候一定露出了变态的笑容。

我本身就有点畏高,排队的时候更是一边看着他们一边浑身哆嗦。要不要退出要不要退出?心里纠结万分,一双脚却不知怎的,仍是牢牢钉在地上。

然后,莫名其妙的,就轮到我了。

"Pura vida!"帮我系安全带的工作人员一脸灿烂地说。

直到这一刻之前,我都觉得它是个美妙的词语,然而此时的我满心都是恐惧,没办法放轻松,没办法享受生活,没办法"pura vida"。

"好了,你可以跳了。"工作人员说。

我没动,根本没办法挪动脚步,连往前一步走到高台的边缘都做不到。

后面的德国女生好心地帮忙出主意:"不如你闭上眼睛,让他们推你下去?"

那样更恐怖吧?!我发着抖,拼命地摇头。

"你往前一点,我帮你把这条带子弄一下。"工作人员温柔地说。

我知道他在骗我,他想把我引到边缘,然后忽然从背后推我一把……

我警惕地摇着头。

可我知道自己终究还是会主动跳下去的,因为……我的血液里除了有那么一丝追求刺激的成分之外,还有一种非常幼稚的好胜心——别人都敢跳,为什么我就不行?

Pura vida!

我深吸一口气,抖抖索索地往前一步,双脚踩在跳台的边缘。偷偷看了一眼脚下的无底深渊,心脏又立刻狂跳起来,头脑里有限的东西也全都变成一团糨糊……

天哪,我为什么又一次把自己"逼"到了这个境地?纵身跃下的那一瞬间,我用仅存的一丝清醒问出这个问题。

溶洞里的印第安纳·琼斯

之所以说"又一次",是因为此前在危地马拉和尼加拉瓜的时候,我已经体会过这种肾上腺素汹涌狂飙的感觉了。

我在危地马拉的游记中简略地提到过 Semuc Champey 这个人间仙境般的地方,它其实是一条长 300 米的天然石灰岩桥,桥下有河水流过,桥上的钙华阶梯便形成了一级级的水潭和瀑布。Semuc Champey 在玛雅语中意为"神圣的水",可是因为实在美丽,称它为"天堂"也不过分。

然而通往 Semuc Champey 的道路却是地狱。好似被地震摧残过一般,路上布满大大小小的岩石,我们每隔几秒钟就被颠簸得从座位上弹起来,个子高的人脑袋都被车顶撞得咚咚作响。车子以龟速前进,终点似乎遥不可及,某几个瞬间我真的怀疑我们要这样在车里弹跳到地老天荒。真的,要想抵达仙境,我想,除了必不可少的四轮驱动车,还得具备印第安纳·琼斯的心态才行啊!

当天晚上,我们在距离 Semuc Champey 还有近一小时车程的村子里住下来,可是无法立刻放松,还得继续扮演印第安纳·琼斯,因为第二天的挑战更为严峻——由于一路上很多背包客的推荐,我和铭基报名参加了 Semuc Champey 附近的"溶洞探险游"。

开往溶洞的 45 分钟车程本身就是一种冒险,我们得站在一辆卡车的后车厢里,沿着悬崖边缘的狭窄山路九曲十八弯地行进。终于到达溶洞的入口处,导游路易斯指示我们脱到只剩泳衣,把相机留在外面的箱子里,然后开始讲解简单的安全须知,其中包括了"你会游泳吗"这种问题——我对溶洞探险的具体内容一无所知,此刻却忽然感到了一丝轻微的不安。多年前我也在桂林参观过溶洞,在那里游客们走在专门辟出的游览路径上,穿过一个个有灯光照明的洞室。我知道探索 Semuc Champey 的溶洞绝不可能会这般轻松,可又觉得既然是一个面向大众的旅游项目,应该不大可能真的威胁到人身安全吧?

路易斯接下来的举动更加深了我的疑虑,他蹲下来,用几根长长的红色细绳将我们的人字拖紧紧绑在脚上。"里面水流很急,这样拖鞋就不会被冲走了。"他解释道。好吧,听起来溶洞里似乎并不是百分之百的安全……那么,我们的安全设备在哪里?

路易斯分给我们每人一支白色蜡烛,并将它们一一点燃。是的,蜡烛就是我们唯一的"安全设备"——在它燃尽之前。

没有头盔、雨衣、手电筒……只有裸露的皮肤、裸露的脚面和一根蜡烛!当我们进入第一个溶洞,几只蝙蝠落荒而逃,在我们头上扇动着翅膀。溶洞的入口渐渐消失在身后,我们被笼罩在一片令人毛骨悚然的黑暗之中,唯一的光源便是手上微弱的烛光。

溶洞里有一条地下河流,因此我们一直在涉水前进。脚下有许多尖利的岩石,我举着蜡烛小心翼翼地摸索向前。水流比想象中还要激烈,水面也在不停地上升,从小腿渐渐涨到腰间,眼看着快要没过我的脖子,而路易斯就在此刻发出了指令:"游泳!"

他的头带上插着两支点燃的蜡烛,一边一支,看上去好像犄角。可是……我们该怎么游?"举着蜡烛游啊,"路易斯轻松地说,"或者你可以把蜡烛含在嘴里。"

也罢也罢!一只手笨拙地划着水,另一只手拼命地高举着点燃的蜡烛,我手忙脚乱地对抗着湍急的水流。水很冷,我的体温也随之下降。终于,我很高兴地发现前方有一个可以爬上去的梯子!因为要挨个儿地爬上去,在等待的时候为了防止被激流冲走,我们只能死死抓住身边棱角尖利却又滑溜溜的岩石。

爬上梯子后,我们蜷缩着身体钻过一个狭窄的裂缝,展现在眼前的是另一个巨大无比的溶洞。这个地方就像一个迷宫,一个洞室接着一个洞室,似乎可以朝四面八方无止境地延伸下去,一路上都有无数钟乳石和石笋从各种意想不到的地方冒出来。每个角落都有一项新的挑战——一些洞室里有小型的地下瀑布,路易斯爬上瀑布后的一块岩石,从上面一个猛子扎下来,落入下面漆黑一片的水潭中。铭基同学经不住这种冒险的诱惑,也跟着路易斯在黑暗中爬上爬下乱蹦乱跳,我在一旁看得心惊胆战,生怕他会在岩石上着陆……

在某个时刻我们好像钻进了一个死胡同,看不到任何出口。路易斯却忽

危地马拉的 Semuc Champey，溶洞探险和秋千跳水之后的轮胎漂流活动。

然潜入水下，在岩壁上摸索着什么。他很快冒出水面，脸上带着胜利者的微笑，告诉我们水下岩壁和地面相接的地方有个小洞，我们可以从那里钻过去，到达另一个洞室。他说："当你摸索到了另一端的时候，先继续在水下游一会儿，别急着冒头，小心头上还有岩石。"嗯……我心情复杂地瞪着他。这位先生，"一会儿"到底是多长时间呢？是 10 秒钟还是 1 分钟？

恐惧在所难免，可是别无选择。我深呼吸一下，硬着头皮准备迎接挑战。下水……扑通……呼吸——我成功了！水下穿行这件事做起来比听上去要容易得多，不过我想，克服初始的恐惧本身便已经是成功了。

对于路易斯来说，溶洞就像他的家一样熟悉。他在钟乳石之间如跳舞般穿行，在黑暗中从一块岩石跳到另一块岩石。忽然之间，他从一块巨石上跳了下来，消失在漆黑的水潭中。

那是漫长的三十秒，我们呆呆地站在那里，在微弱的烛光中寻找路易斯的身影，但是根本看不清楚，也听不到任何声音。我开始担心：如果他摔破了头，沉在池底，那该如何是好？我们又该怎么办？没有了路易斯，我们自己可能永远也找不到回去的路，而蜡烛只剩下小半根了。

就像他的消失一样突然，路易斯宛如魂灵般再次出现，他居然从另一个洞室的水潭中冒出头来，一脸得意地嘻嘻笑着。

进入溶洞的一个多小时后，我终于看到了穿过岩石缝隙的第一缕阳光。一分钟之后，我们出来了，在刺眼的阳光下眨着眼，舒展着身体，满心都是感恩——尽管手臂擦破了皮，膝盖流着血，而蜡烛也已烧到只剩一个底桩。

我以前的同事布拉德每次在完成一个麻烦的项目后，总会瘫在椅子上对周围的人说："给我来杯威士忌！"而这也正是我此时此刻的心情。"要双份的。"我喃喃自语。

回味起来，其实我还挺享受这种冒险的快感，可我也确定这项活动相当危险，绝对不适合心脏不好或是有幽闭恐惧症的人，然而报名的时候工作人员却对此只字不提。

"这个溶洞探险肯定有出过意外吧？"我问路易斯。

"当然，"他耸耸肩，"每年都有人死在里面，还有好多人摔断了胳膊啊腿啊什么的。"

他看着怔住的我，笑了起来，"好啦！现在，你们准备好迎接下一个挑战了吗？"

唉……来吧来吧！还有什么花样，统统使出来吧！

跟在路易斯身后，我鼓起勇气向"下一个挑战"走去。路易斯将我们领到河畔的一个小山丘上，我抬头一看，勇气顿时跑掉大半——

高高的树上垂下一个大约有15米长的秋千，我们要坐在上面大幅度地荡出去，荡到河中心的上空再跳进水中！

这一次，实际的情况比听上去要恐怖得多。因为一切都由自己操控，尽管导游会在岸上喊指令，可荡到半空时如果自己心慌害怕，很容易错过跳下去的最佳时机，后果可能相当严重——在秋千上等太久，跳下去的高度太高，落水有可能受伤；太早跳下去也不行，河畔的累累岩石可不是你的好朋友。

"昨天有个女生跳下去的时候摔破了头，"路易斯轻描淡写地说，"不过其实真的很容易。"

我更紧张了——什么很容易？是荡秋千容易？还是摔破头容易？

铭基跳了一次，虽然落水姿势奇丑无比，可是整个过程一气呵成，完全没有犹豫。他游上岸后非常兴奋："很好玩！你也去玩嘛！"

其实我内心也很想玩，可是真的坐到秋千上时，全身发软，一颗心好像要从口里跳出来似的。而铭基偏偏还在用相机拍视频，我骑虎难下，只得对着镜头挤出一个无力的笑容。

"加油！"铭基说。

不能被他看扁了！我再次坐稳，抓紧绳索，路易斯从后面抓住秋千，猛地往前一推，我立刻飞了出去。

该怎么形容飞到半空的感觉？有点像喝醉了似的晕晕乎乎，时间也在那一刻忽然停顿了。我在半空中俯瞰着脚下奔流的河水，有一丝愉悦悄悄在心中升起，像一滴墨汁溶入水中，然后渐渐晕染开来……

"跳！"路易斯在岸上大喊。

我迟疑了一下下——还好只有一秒钟，然后张牙舞爪地从秋千上跳了下去。

我重重地落入水中，可是并不觉得疼。整个人如秤砣般径直沉入很深的水底，不过很快又不受自己控制似的往上浮起……

再次浮出水面的时候，我正被河水挟裹着往下游而去。"游回来！游回来！"铭基在岸上紧张地大叫。我拼命摆脱水流向岸边游去，虽然身体在用力，心中却感到一股前所未有的轻松。

经历了溶洞探险和秋千跳水，后面的挑战都变成小菜一碟。最后，当我终于泡在 Semuc Champey 那平静而清澈的水中，在一个个颜色宛如祖母绿或宝石蓝般的水潭和小瀑布间流连忘返的时候，心中感到的不是"值得"而是"庆幸"——无论是一路上的恐惧和辛苦，还是冒险所带来的乐趣以及终点的绝世美景，都是令人震撼的全新体验，也是伦敦的那份工作或一幢大房子绝对无法带给我的东西。

我一定是疯了才会来玩这个

中美洲注定是一个疯狂的地方，如果说 Semuc Champey 的挑战仍是可以想象的，那么尼加拉瓜的这项运动则完全超越了我所能够理解的范畴。Volcano boarding——火山……滑板？！ What the hell is that?!

一辆卡车载着一群精力旺盛到无处发泄的二十岁左右的年轻人和有着一颗青春不老少男心的铭基同学，以及一直在怀疑自己无论身还是心都没法应对这项挑战的我，来到了 Cerro Negro 的脚下。

遍体黑色的 Cerro Negro 就是我们将要滑下的火山。"诞生"于1850年的它是中美洲最年轻的火山，也是最活跃的火山之一。迄今为止它一共喷发了23次，每次喷发的熔岩和岩浆都会增加这座火山的高度。最近的一次喷发是在1999年，当地人都说它已经等得太久了，是时候再次发出怒吼了。

导游发给大家一人一个背包，里面装着一套黄色和绿色相间的连身衣、护目镜和半指手套。每个人还分到一块很大的"滑板"（其实真的只是一块木板而已），除了一位年仅16岁的英国男生——他本来就是滑板爱好者，这次特地带来了自己的专业滑板。

仅靠一块滑板从一座高达728米的活火山上滑下来，光是想一想就够了，然而这就是我们将要完成的挑战。我曾在敦煌的沙漠里玩过滑沙，形式大概相似，可是沙漠毕竟不是火山，而且是一座不稳定的活火山！我真担心自己会掉进冒着烟的火山口里……导游试图鼓舞我们的士气："这可是项独一无二的运动！想想吧！在世界上其他地方，你根本没机会从一座活火山上滑下来！"

可是，在滑下来之前，我们首先要做的是登上这座火山……导游指引我们走上一条布满嶙峋岩石的道路，没想到第一个挑战来得那么快——我们需要在40度的高温下爬上一座很陡的火山，还要全程扛着一块那么大那么重的滑板！我虽然不能算是"弱质女流"，可是这种运动量连男生都不大吃得消吧……汗出如雨，气喘如牛，我几乎对自己的智力产生了一丝怀疑——自己掏钱来做苦力，这真的是正常人会做的事情吗？

近一个小时的登山时间感觉上更像是三个小时，到达山顶的时候女生们都快哭了。导游指给我们看旧的和新的火山口，但是大家都心不在焉，而是紧张地盯着那陡峭的山坡。我们穿上不合身的连身衣裤，戴上护目镜，背景又是黑色的火山表面，感觉好像一群变态科学家或航天员，正在某个完全不同的星球上进行一项古怪的实验。我在"航天服"里热到快要中暑，可是这种防护服装又是必不可少的，因为火山表面虽然看似平滑，实际上却极为粗糙，布满了火山喷出的黑色砂砾和岩石碎屑，与裸露的皮肤来一点最轻微的接触也很可能会擦伤流血。

导游给我们做了火山滑板的简短讲解，听起来似乎也不需要什么特别的技巧。滑板前端有一条短短的绳索，我们只需坐在滑板上紧紧抓住它，双脚悬在空中或踩在滑板上，身体挺直，若想减速或停下来的话则可以把双脚插进地面的砂石里。据说滑下时，女性的最高时速可以达到每小时75公里，男性则是每小时85公里。

当我站在起点俯瞰陡峭的坡面时，脑子里只有一个念头：天啊，我一定是疯了才会来玩这个！坡度比在山脚下看时要陡得多！对于传说中的最高时速，我现在完全没有任何怀疑，但是我一点也不想要达到这个速度……

两两一组，大家开始准备出发。当导游问谁想第一个下去的时候，每个人都沉默不语。一阵僵持之后，终于有两个勇敢的家伙举起了手。他们出发了，极速向下，身后卷起黑色的沙尘……又下去两个人……再下去两个……有的人很快，有的人很慢，有的人不停地摔倒，滑板不断地被砂石掩埋……

铭基先下去了，他滑得又快又顺，我有预感自己一定不会如此顺利，心中不免泛起一丝嫉妒。终于轮到我了，导游在一旁倒数，我的心怦怦直跳，极度的紧张和不服输的倔强相互较劲，又一次造成了这种骑虎难下的场面。山坡表面很滑，滑板好像有生命似的跃跃欲试，如果不是我双手拉住绳子，

Cerro Negro 火山顶上腾空跳跃。

双脚用力扒住地面，它肯定早已一路狂奔而下。

"Go！"导游吼道。我听到自己紧张的喘气声，大脑却强迫身体往前一倾！我慌忙抬起双脚离开地面，脑子里转过的最后一个念头是：如果 Cerro Negro 刚好在这一刻发生第 24 次喷发，滚滚的火山熔岩肯定在几秒之内就会将我完全吞没……

我下去了，失重的感觉令心脏猛地缩紧，风在耳边疯狂地咆哮，黑色的砂砾和碎石在我的头上呼啸而过，发出响亮的摩擦声。我既紧张又兴奋，真想张口尖叫，但是导游在山顶时已经警告过我们不可以这么做，否则嘴里立刻就会填满砂石！

忽然之间，情况开始失控——滑板倾斜了，碎石渐渐堆积上来。我试着回忆导游的指示，努力将滑板拉直，可是已经太迟了——

我飞了出去！

我实在无法描述究竟发生了什么。总之，我以脸朝下的姿势在山腰的某处着陆，身体好像完全散架了。几秒钟后，我挣扎着爬起来，对自己发出指令："去！去找你的滑板。然后继续！"我在不远处找到了滑板，坐在上面，抓紧绳子，抬起双脚——我感到自己再次加速，我又下去了！砂石比刚才更快更猛地打着我的脸，也填满了我的鼻孔和耳朵。我几乎不能呼吸，心跳得更快了。

可是碎石再次占了上风，它们把我的滑板推到一边，于是我又再次飞出去了！这一次我比上次更重地砸在山坡上，还一连翻了好几个跟头，吃了满嘴的砂，头晕眼花。我摇摇晃晃地站起来，一边大吐口水一边再次寻找我的滑板。它在我身后几米处"搁浅"，因此我不得不艰难地重新爬上去把它"挖掘"出来，然后再次坐上去……

我一路下滑到了山脚下。在终点摔倒是无可避免的，好在这一次要轻得多。我站起来，拼命吐着砂砾，挖着鼻孔和耳朵。大腿的一侧有点刺痛，可能是被碎石刮伤了，还好穿的是牛仔裤……

可是——多酷啊！我刚刚从一座728米高的活火山上滑了下来！

环顾四周，每个人的脸上都蒙着一层黑色的火山灰，衣服也肮脏不堪，看起来像是刚从某个煤窑里干完活出来。英国男生的眼睛在尘土后面闪闪发亮，"真过瘾！好想再玩一次！"

后生可畏，我佩服地看着他。不不不，身为一个胆小鬼，我可不想再来一次，这一次我已经觉得很幸运了——滑下来后身体各部位居然还能保持完整……我也完全不觉得自己"征服"了火山，正相反，是火山"征服"了我——我在它上面丑态百出，摔得七荤八素，而即便这样恐怕还是它"手下留情"的结果呢……

就在那一刻，我忽然觉得变老这件事可能也没那么糟。之前我常为自己比其他背包客年长而耿耿于怀，觉得自己不如他们勇敢无畏有活力，可是现在想想，除了有足够的经验把在生活中学到的东西付诸实践，"成熟"的我还可以比以往任何时候都更轻松地嘲笑自己，同时也像那些小年轻一样尽可能多地享受乐趣。虽然难免会被"火山滑板"之类的东西打败，可是，被一座活火山或者一个黑暗的溶洞打败，总比被一张办公桌打败要好得多吧！

《飞屋环游记》里老爷爷乘坐「飞屋」来到的地方正是以委内瑞拉的天使瀑布和罗赖马山为原型创造的,我们用六天时间一步一个脚印地登上罗赖马山。这是除了乘坐直升机之外探访罗赖马的唯一方式,也是我人生中第一次在这件事上达到了体力的极限。

PART 8
Up！

委内瑞拉的天使瀑布，落差 979 米，为世界最高瀑布。

除了对委内瑞拉政治的兴趣，《飞屋环游记》这部动画片也是我们来到委内瑞拉的重要原因。片中老爷爷乘坐"飞屋"来到的地方正是以委内瑞拉的 Salto Angel（天使瀑布）和 Roraima（罗赖马山）为原型创造的，甚至柯南道尔的作品《失落的世界》也是受了神秘的罗赖马山的启发。我们一共在委内瑞拉待了十四天，除去交通停留之外，其他所有的时间都几乎交付给了这两个景点。

委内瑞拉是个不可思议的国度，通货膨胀严重，社会治安极差；拥有宝贵的石油资源，底层老百姓却民不聊生；总统查韦斯像是个企图与风车拼个你死我活的堂吉诃德，你不知他到底是个拥有真正理想打算改造世界的英雄，还是在玩弄民粹主义，打着革命的旗帜大搞独裁；旅游业极不受重视，旅游资源和交通都未得到最大的开发，像是坐拥珍宝却视如敝屣。自助旅行非常困难，一切都要依靠当地旅行社的安排……

然而与此同时，这个国家也美得不可思议。看《飞屋环游记》时，我不能相信这世上存在着如此美丽而特别的地方，直到自己真的来到这里，在小型飞机上俯瞰委国独有的一座座平顶山（又叫"桌子山"），在天使瀑布脚下的水潭里游泳，在如可口可乐一般颜色的河流上激流勇进，从青蛙瀑布的水帘后面穿行，还有一步一个脚印地登上罗赖马山……

天使瀑布是世界上高度落差最大的瀑布，从一座平顶山上飞流直下，那场面如诗如画。雨季因为水量增多而更加壮观，然而瀑布的最顶端也往往隐没在云雾之中，犹抱琵琶半遮面。我们于黄昏和凌晨两度上山，来回折腾一共四个多小时，这才得见真颜。虽然经历了大雨中下山的艰难和凌晨四点半起床登山的痛苦，还有在石头上跌破膝盖以及夜宿营地的吊床里睡歪了脖子的"插曲",一切都在看到天使瀑布上那道彩虹的一瞬间得到了补偿。

不过,天使瀑布之行所带来的震撼还是远远不及为期六天的罗赖马山徒步之旅。这是除了乘坐直升机之外探访罗赖马的唯一方式,也是我人生中第一次在"徒步"这件事上达到了体力的极限,更是我第一次在野外夜宿帐篷(以前在沙漠中睡的永久性大帐篷不算),第一次在塑料袋里大便,第一次在齐腰深的湍急水流中过河,第一次真真正正地"爬"一座山……无论是风景还是经历,罗赖马之行都注定令我毕生难忘。

我爸常说"细节才是最有意思的",为了不遗失那些细节,我把罗赖马之行以日记的形式记述了下来。

7月26日 (第0天)

直到现在我还不能接受明天就要去爬罗赖马山这个现实。这整件事都太疯狂了,铭基好像被那个旅行社的老板利兰洗脑了一般。我们今天下午3点多才从天使瀑布回到玻利瓦尔城,三个小时之后就要坐晚上6点多的夜车去离罗赖马最近的小镇 San Francisco de Yuruani,明天清晨大巴到站后马上就开始徒步……

最疯狂的是——在天使瀑布的过去三天里我们只背了两个小背包,大背囊都寄存在位于车站的旅行社办公室。因此在这三个小时之内,我们需要去办公室重新收拾行李,把小背包里的脏衣服扔出来,换上罗赖马之行的全部装备。这还不算,因为之前行程匆忙准备不足,我们还有很多东西需要上街去买,比如雨衣、帽子、卫生纸、防蚊喷雾、密封袋、洗发水、湿纸巾、零食……除此之外,还要在旅行社的办公室给手机和相机充电,还要打电话和上网——改签去古巴的机票,预订在委内瑞拉最后两天的住宿,银行转账……所有的一切都要在三个小时内完成,简直是不可能的任务!

利兰把我们扔在玻利瓦尔城的某条商业街,自己开车溜了,我们拿着购物清单像没头苍蝇一样在街上绝望地走来走去。玻利瓦尔城物资并不丰富,这时还偏偏停电了,所有的店铺都一片漆黑。四十分钟之内,除了给我自己买到一顶便宜的山寨 Adidas 帽子之外,我们没有买到清单上的其他任何东西。眼看着时间一分一秒过去,在濒临崩溃的边缘,忽然阴差阳错地走进了一间很大的杂货店!更令我们惊喜的是,收款处坐着的俨然是个中国姑娘!店里的其他伙计也都是中国面孔——这肯定是一家中国人开的店!我和铭基瞬间有如找到救命稻草,这下好办了!

"说中文吗?"我满怀希望地问。可是那姑娘看看我们,一脸茫然。听到她和其他人互相之间以西班牙语交流,我们刚刚升起的希望之火又瞬间熄灭了。正打算自己慢慢去各个货架寻找的时候,那姑娘忽然开口了:"你地揾咩野呀?"

广东话!我和铭基对视一眼,脸上不约而同地流露出狂喜的神情。

这些广东江门来的同胞无疑救了我们一命,在他们超高效率的热心帮助下,十分钟内我们已经买齐了清单上的所有东西。

带着东西乘出租车回到旅行社办公室,已经是五点多了,只剩下一个小时!利兰不在办公室,是一位拿着吉他的日本老伯给我们开的门。他和办公室里的另一位英国大叔都是旅行社的客人,在这里等待晚间的大巴。可是来不及和他寒暄,也来不及去想他为什么带着吉他,我俩立即一头扑向躺在办公室一角的行李,开始疯狂地收拾起来。

可那日本老伯偏偏很热情,他拿着吉他跟在我们身后,不屈不挠地试图吸引我们的注意力,"你们是哪里人?……啊中国人!太好了,我最近刚去了中国旅行!我会弹两首中文歌,是旅行的时候当地人教我的,你看你看……"他递过来一张打印好的歌曲名单,上面满满的都是各个国家的歌曲。"中国"那一栏下有两首歌:《月亮代表我的心》和《海角七号》。

还没等我们反应过来,老伯已经开始摇头晃脑地弹奏《月亮代表我的心》了。我们此时还在疯狂地收拾行李,衣服、塑料袋、充电器、药品……铺得满地都是。可是出于礼貌,我们在收拾的同时也不得不跟着音乐大声合唱:"你问我爱你有多深,我爱你有几分……"

办公室一角的英国大叔默默地看着这一切,整个人好像凝固了。我想如果有人此刻推门进来看到眼前的这一切，一定也会瞬间石化的。在委内瑞拉的一间小小办公室里，满地狼藉中，一个日本人陶醉地弹着吉他，两个中国人一边蹲在地上收拾行李一边大声唱着中文歌，这场景实在是太好笑太超现实了。我自己唱着唱着就忍不住想狂笑，觉得太失礼，又只好拼命克制自己……

日本老伯绝非凡人，60岁的他有一天早上醒来，忽然觉得工作了那么多年，是时候给自己放个长假出去看看这世界了。于是他带着心爱的吉他开始环游世界，走到哪里都尽量学几首当地的歌曲。出发前他邀请妻子同去，妻子说"我心理上还没准备好"，老伯说："那你慢慢准备吧。对不起，我先走了。"

办公室里又来了一对波兰年轻情侣，气氛变得更热闹了。我记得昨天在青蛙瀑布下也曾见到过他们，他们今晚也和我们一起乘夜车去罗赖马，是我们今后六天的旅伴。男生名叫库巴，女生名叫卡莎，都是学医科的大学生，很漂亮的一对，人也活泼开朗。

英国大叔昨天刚刚从罗赖马回来。我们纷纷询问他的感受，他说："很好，很值得去……辛不辛苦？哎呀挺轻松的，不辛苦……"真不知道该不该相信他的话。不过我最担心的倒不是辛苦，而是那里的蚊虫。除了各种蚊子之外，罗赖马还以"盛产"一种当地人称为"puri puri"的虫子而著称，这种虫子小得几乎看不见，可是叮起人来比蚊子还厉害。英国大叔的腿上密密麻麻全都是 puri puri 叮出来的红包，看着就十分可怖。我问他痒不痒，他苦笑道："痒？我的老天，痒死人了！痒得我恨不得拿把刀把这层皮刮掉！"我听了都快哭了。我决定今后的六天里每天都结结实实地全身喷满防蚊喷雾，还要擦上防蚊药膏，绝不能让那些混账东西毁了我的罗赖马之旅。

出发之前，我们居然奇迹般地完成了所有计划要做的事，我还在最后一刻用 Skype 给家里打了个一分钟的电话报告行踪。上车前见到此趟罗赖马之行的向导弗兰克，他矮矮壮壮的，年纪大概有四五十岁，背着高过他头一大截的背囊，还有好几个装着食物的巨大口袋。看到食物我才蓦然意识到，弗兰克和挑夫需要背着足够十个人吃六天的食物徒步，还有炊具、帐篷和个人物品……我无法想象他们如何背着这么沉重的东西在艰险的山路上迈开脚步。

委内瑞拉的罗赖马山，好莱坞动画片《飞屋环游记》的原型之一。

7月27日（第1天）

在大巴上一夜几乎没怎么睡，清晨5点就到了小镇 San Francisco de Yuruani。没法清洁自己，只能用湿纸巾胡乱擦一把脸了事。同伴们还没全到，我们只得耐心地在镇上等待。弗兰克还在忙着到处采购食品，他扛着几打鸡蛋向我走来，口里不间断地咒骂着总统查韦斯："操他大爷的查韦斯！关闭私有市场，搞得我们什么东西都买不到！"我马上想起上个月刚看过的那本讲北朝鲜的英文书 Nothing to Envy（中文版书名为《我们最幸福》）。不管你有没有石油，难道一搞社会主义都变得殊途同归？

人终于到齐了，两辆车载着我们驶向徒步路线的出发点 Paraitepui。在一间简陋的棚屋里，我们分配了睡袋和地垫，还吃了简单的三明治作为午饭。山中天气多变，下雨是家常便饭，人被淋湿倒是无所谓，最重要的是要保住睡袋、地垫和其他换洗衣服的干爽。很多同伴本身就背了大背囊，将背囊附带的防水套往上一套就解决了。可是我们背了两个小得可怜的背包，还要在上面用绳子系上睡袋和地垫，只能采取 DIY 方式，用黑色垃圾袋将它们统统包裹起来，再把出口紧紧扎好。不知防水功能如何，背在背上倒是十分可笑，活像是一袋巨大的垃圾在行走。

同行的旅伴中除了波兰来的库巴和卡莎之外，还有一对西班牙情侣（胡安和斯尔维娅）、一对捷克情侣（托马斯和叶娜）、一位马来西亚女生（云）和一位阿根廷男生（亚历山大）。其中捷克情侣不跟我们一起吃饭，他们是经验丰富的登山者，此行只付了交通和向导费，自己携带帐篷设备和六天的食物，实在令人佩服。我留神观察每个人，大家看起来都很斯文友善，不是那种疯狂的嬉皮士。

一路走来很少看见亚洲人，因此见到会说中文的马来西亚女生令我们倍感亲切，我们私底下称呼她为"大姐"。大姐是个医生，和我们一样也住在英国，和她先生一起用五个月的停薪留职假期在南美洲旅行和做义工。他们在厄瓜多尔做了三个月的义工，现在已经趋近假期的尾声。她先生觉得罗赖马六天徒步太长，不愿意来，于是她只好一个人出行。

"怎么会想到去厄瓜多尔做义工呢？"我很好奇。大姐叹了一口气，"其实我本来是想来委内瑞拉做义工的，可是这边没有机会，只好去了厄瓜多尔……我是医生嘛，对委内瑞拉现在的免费医疗制度很有兴趣。我知道很多人都讨厌查韦斯，可是你不得不承认他在这方面搞得真不错。"

天气很好，午饭后徒步四个半小时便来到了今天的宿营地，远处的罗赖马山和旁边的库坎南山看着又近了一些。途中没有下雨，而且只是翻越几座小山丘而已，算不上辛苦。我本身就是非常喜欢走路的人，一边走路一边看风景真是绝佳的享受。只是途中看到一位挑夫的墓碑令我有点难过和不安，那是去年12月的事，他走在这条路上时忽然被闪电击中，当场身亡。卡莎听了这个简直吓坏了，大家都笑说一打雷闪电就赶紧卧倒吧，虽然是开玩笑，可是气氛顿时变得怪怪的。

向导和挑夫忙着扎营和准备晚饭的时候，我们去附近的河里洗了个澡，顺便把今天的脏T恤也洗了。

晚上的营地特别热闹，不知为什么有好几个徒步团都选择在今天出发。

还有一个团今天刚刚从山上下来，每个人看起来都又脏又累狼狈不堪，而且都饿得嗷嗷乱叫，看样子像是能活活吞下一头猪。见我们吃惊地盯着他们看，他们解释道："等你们到了第五天下山的时候，就明白我们现在的感受了。"

晚饭是番茄肉酱意大利面，意料之外的好味道。我发现那个小个子的阿根廷人亚历山大原来是个大胃王，他吃饭速度奇快，而且好像永远也吃不饱，总是用一种执着的眼神死死盯着锅里剩下的东西。向导弗兰克不知在哪里喝了酒，醉醺醺地向大家发表了演说，主题还是"操他大爷的查韦斯"。他说自己今年五十岁，本是英属圭亚那人，二十多年前因为不满意国家当时的社会主义制度，特地逃来当时还算是个不错的国家的委内瑞拉，为此还进过监狱。没想到造化弄人，委内瑞拉每况愈下，并且在查韦斯上台以后，逐渐开始了"21世纪社会主义革命"。"委内瑞拉也变成社会主义，如今我都不知道该逃去哪里了……"他哀怨地说。

演说很快又从政治话题转为"个人英雄史"："我喜欢女人，我承认。"弗兰克的感情经历相当丰富多彩，两段婚姻一共生了八个孩子，"所以我得拼命赚钱养家。"他呵呵笑着说。想到他50岁的年纪还要做这么辛苦的体力活，我觉得有点不忍。可是正是因为他的拼命，三个成年孩子全都上了大学，一说到这个他就非常骄傲。

晚饭后和库巴、卡莎一起喝了点他们特地带来的朗姆酒，大家相谈甚欢。他们对我们辞职旅行这件事很有兴趣，直说毕业工作几年后也想效仿为之。可令他们担心的是无法存到足够的积蓄用来旅行，这让我有点惊讶——他们都是学医的，这点旅费应该不成问题吧？库巴解释说尽管同属欧盟，东欧和西欧的收入差别是巨大的。不过他又握紧拳头说："我们会想办法解决的。"对这一点我完全没有疑问，他们两个一看就是那种前途无量的大好青年。我总觉得卡莎面熟，此刻忽然反应过来——她长得很像中国演员袁泉！我告诉了他们，库巴指着卡莎大笑，"原来你是中国人！我怎么都不知道！"说来也怪，她们一中一西，可是真的很像。

夜宿帐篷令我觉得新鲜有趣。虽然地垫已经被别人用过无数次了，脏得要命之外，还散发出阵阵臭味，但反正是睡在黑暗中，眼不见为净，还好睡袋没有那么臭。不过第一次的新奇感很快就被腰部和背部的不适感所取代：地面太硬了，而且凹凸不平，地垫质量又奇差，我们好像直接睡在了石头上。我的腰不知出了什么问题，好像扭了一根筋，连屈腿和翻身都痛苦万分。

7月28日 （第2天）

昨晚睡得不好，地面硬得我久久不能入睡。夜里又醒来无数次，腰酸背痛，翻身都翻不动。唉，我这个娇生惯养的城市人！

今天又是非常美好的天气，清晨的阳光下，山谷、河流和草地都显得那么静谧，可是我很快又开始被另一个问题所困扰。

弗兰克说在这个营地有铁锹可以用，先在附近的山坡上找个地方挖个坑，大便完后再将粪便和卫生纸一同埋起来。可是我和铭基拿着铁锹在山上转了一大圈，到处都惨不忍睹，简直没有下脚之处。太多游客根本不守规矩，到处排泄，既不挖坑也不掩埋，活活把大自然变成了垃圾场。来这里旅行的大多是来自发达国家的所谓"文明人"，可没想到很多人还是人前人后各一套。

好不容易找到一个地方挖了个坑，然而我蹲下不到一分钟又重新站起来——我的妈呀！不行！虽然有强烈的便意，可是蚊虫实在太多了！我真的没办法……提上裤子以后我马上觉得屁股和大腿都痒得撕心裂肺。我不停地抖动裤子，因为怀疑还有虫子在里面！真是太大意了，没有喷上防蚊喷雾就敢暴露自己的皮肤！后来我数了数，这短短一分钟之内，屁股、大腿甚至大腿根上总共被叮了超过十个包！那个痒啊！

出来后遇见西班牙人胡安，两个人互相交流大便经验，都无奈地摇着头表示难度太高。胡安拍拍自己的肚子："你看，好像怀孕了一样……可是那些虫子！根本没法好好大便……"他也对山坡上乱七八糟的现象感到非常生气，他告诉我他还在垃圾中看到了注射用的针管——居然有人在这里吸毒。

在罗赖马山雨中徒步。

　　早饭后继续拔营前进。今天的徒步任务也比较轻松，四个多小时后就来到了罗赖马山下的大本营。途中唯一有点难度的就是两度过河，因为没有下雨，水并不深，弗兰克让大家脱掉鞋子，穿着袜子踩着河底的石头慢慢走过去。我们依言而行，果然比光脚要稳当得多。

　　我越来越发现阿根廷人亚历山大是个很妙的人。他一个人旅行，可又特别爱拍照，相机的自拍模式于是成了他最好的朋友。他话语不多，笑容也少，可是冷静的面容和语调中自有一种不动声色的黑色幽默。现在想来，我以前在伦敦认识的阿根廷朋友们也都有这一特征。亚历山大自拍时酷爱摆出种种令人匪夷所思的 pose，就算十连拍也不会有重复。他的相机只是个入门级的普通器材，却绝对是他最宝贵的珍藏。因为怕下雨弄湿相机，亚历山大用简陋的塑料袋自制了方便拆卸的"防水相机套"，时时刻刻都像怀抱婴儿一样爱怜地把它抱在怀里。他行李不少却走得飞快，常常是我们队伍的"领头羊"，脚上只穿了一双只适合逛街用的普通球鞋，再加上他瘦削身体下那个大得惊人的胃……亚历山大给我们带来了无穷的欢乐。

到达大本营后大家都很高兴。虽然这里比上个营地条件更差，唯一的一间吃饭用的泥屋还没有墙壁，屋顶也漏水，然而在这里仰望罗赖马真是绝佳的角度。它像一张巨大的桌子横亘在云间，顶部平坦得令我怀疑可以在上面溜冰或打桌球。夕阳西下的时候，那份柔和的金色光晕更是会让人屏住呼吸。我非常喜欢山，以前总觉得每一座山都是一个巨大的佛，永恒地在云间打坐，默默为众生祷告。可罗赖马山是个异数，它完全不给人以慈悲的感觉，反而像个天外来客一般冷冷地打量着世间万物。也许是因为它古怪的形状世间罕见？反正我从来没有见过这样的山，它的气质完全不属于这个世界。

今天还是可以洗澡，不过不再是像昨天那样舒服的河水了。我们步行十五分钟来到一个很小的水潭，水冰冷刺骨，我们一边洗一边冷得鬼哭狼嚎。更可怕的是路途泥泞，两边都是极深的黄泥坑，简直是一步一滑。我本来已经把自己洗得干干净净，路上一不小心又溅了满腿黄泥——得，这澡等于白洗……这条路是我们明天上山和第五天下山的必经之路，我简直没法想象到时候会有多狼狈。

好消息是今天下午我和铭基终于在这个营地附近的山坡上大便成功。因为海拔较高，这里的蚊虫比上个营地少多了。而且我早有准备，全身涂满了防蚊药膏。可是这个营地不再有铁锹，我们大便完后需要把粪便用草和泥土掩埋起来，用过的卫生纸要装在塑料袋里带回来。其实我小时候家里也是用蹲坑的，那时似乎并不觉得痛苦，甚至可以一边蹲一边看书，可是现在觉得简直是一种酷刑！我差点站不起来，起来以后腿肚子还在不停地哆嗦……我研究着附近的景物和地形，试图找出一块可以坐在上面大便的石头，最后居然给我找到一块形似马桶的石头，有着绝佳的形状，我当即给它命名为"马

罗赖马山山顶仿似月球表面,像迷宫一样的地形,没有向导带领绝对会迷路。

桶石",决定明天早上再来实地试验一番。

下午没事,大家互相聊天。发现捷克来的托马斯和叶娜跟我算是同行。他们都是有特别爱好的旅行者,一有假期就满世界寻找理想的地方登山,他们去过的很多地方我根本闻所未闻。托马斯听说我们辞职旅行也显得颇受冲击,露出极其向往的神情,果然人人都有个"辞职旅行梦"啊。

说来也怪,自从来到委内瑞拉,之前在中美洲随处可见的美国人统统消失了,只有疯狂的欧洲人才会特地不远万里来这个危险的国家旅行。其实他们中的很多人也会害怕,旅行者见面聊天时总会好奇地询问对方:"你怎么会来委内瑞拉?"语气中有不可思议,好像忘了自己也身在此地。答案往往惊人的一致——特价机票。库巴和卡莎说他们当时也挣扎了好久,出发前也怕得要命,但最后还是决定赌上一把。其实我现在倒觉得来委内瑞拉旅游是可行的,关键词在于"避开首都"、"参加当地旅行团"和"一定要在黑市换钱"。

我们聊天的时候,亚历山大还在后面的山坡上疯狂自拍,永远不知疲倦。

晚饭时下雨了,把之前愉快的气氛一扫而光。铭基冲回去抢救我们晾在木牌上的衣服,库巴用头灯指引我回自己的帐篷。坐在帐篷里,感觉更糟糕了——

无论是帐篷还是地垫都毫无疑问的更脏更臭了。听着外面的雨声，我坐在地上久久地发呆，心里非常茫然，忽然不知道自己为什么要来到这里自找苦吃。

我好羡慕托马斯和叶娜的帐篷和地垫。他们用的全都是自己的设备，质量好得没话说。托马斯说他们的地垫是充气型的，躺上去非常舒服。

因为地势的关系，睡觉时我们两个都不停地往下滑。夜里仍然醒来无数次，尽管每次都一点点地把身体挪了上去，可再次醒来仍然发现自己又滑了下去。

7月29日 （第3天）

我醒得很早，可是懒得动，骨头也酸痛得无法动弹。我躺在那里听着外面的雨声，好像越来越小了，心里稍稍觉得安慰。可是起来以后看见马来西亚大姐满脸沮丧，原来她和亚历山大的帐篷（单独旅行的人不得不共用一个帐篷）夜里漏水，把她的睡袋都淋湿了。我很为她难过，今天晚上会在山顶宿营，海拔2800米，听说夜里冷得要命，真是"屋漏偏逢连夜雨"。

早饭后我试图坐在昨天发现的"马桶石"上大便，不幸没有成功。石头太粗糙了，磨得屁股痛，而且角度也不对，想象和现实果然是有差距的，我还是乖乖使用了"蹲姿"。我真的有点佩服自己，新陈代谢运转太好了，肠胃完全不"认生"，在这种环境下居然还可以每天大便。

我们在蒙蒙细雨中开始登山。这是迄今为止最艰难的一天，山路简直不能称其为"路"，泥泞难行，而且高度落差极大，常常要借助旁边树木和岩石的支撑。这是真真正正的"爬"山，我们正是像动物一样四脚并用地一步一步"爬"上山去。没有力气说话，甚至没有力气去思考，全身肌肉都在机械地运作。爬山时简直连自我都丧失了，所有的思想都只汇集成一个字的指令：Up！

我觉得自己变成了动物，是山间的一只野兽。也没有了羞耻之心，只要周围两米之内没人，想尿尿时脱了裤子就蹲下去，完全不像以前的我。

上一秒还只是蒙蒙细雨，下一秒我忽然已经被淋成了落汤鸡。我这才从浑浑噩噩的状态中暂时游离出来，惊恐地打量着四周——发生了什么事？下暴雨了吗？可是四周都是白茫茫的水汽，什么也看不见，只能加速往前。我全身已然湿透，水还不停地从头顶流下来，冷得牙齿都在打颤。我伸手去摸身后用垃圾袋包扎成一团的背包和地垫，不知道里面湿了没有。

忽然间我又安全了，尽管还是冷得发抖，但已经没有巨大的水流了，旁边的景物又变得清晰起来。我停下来，惊魂未定地连连喘气。看起来同样惊魂未定的铭基从后面追上来，声音里犹有余怖："刚才那是什么？！"

后来我们才知道，那是个瀑布……我们居然刚刚经过一座瀑布……

就这样机械地手脚并用地往上爬了五个小时之后，眼前豁然开朗。头顶的一堆乱石上赫然坐着几个其他队伍的人，他们向我们挥手，"马上就到了，欢迎光临！"

转了几个弯，攀上那堆岩石，我们忽然来到了月球表面。

这是不折不扣的月球表面。我曾以为山顶是一片平原，真是大错特错。这里没有一条平路，或者说根本没有路。到处都是凹凸不平的被风化的黑色岩石，像是一个个挨得很近却又彼此孤立的岛屿，行走时需要在这些岩石"岛"上跳来跳去。有的岩石之间有缓慢的溪流、粉色的河滩、晶莹的水潭和一些我从来没有见过的奇特的开花植物，再加上山顶上那些变幻莫测的神秘雾气……我好像来到了柯南道尔笔下的"失落的世界"。

可是来不及去想附近是否会有恐龙出没，我已经累得一屁股坐在了巨大的岩石上。累还是其次，我全身都还在滴水，很担心被风一吹会感冒。好在此刻天公作美，云间终于露出了几缕阳光。我把湿透了的T恤脱下来，换上了昨天穿过的脏T恤——至少它是干的。自从开始了罗赖马之旅，铭基就不停地向有轻微洁癖的我灌输一个理论：在罗赖马，没有干净和脏的区别，只有干和湿的区别……

我真的已经没有羞耻心了。当众换衣服这种事情，以前打死我也做不出来，罗赖马真是一个可以改变人生观的地方啊！我看见其他女生也和我一样当众更衣，大家都变得好像动物一样。

所有人的鞋子都湿了，大家都把鞋袜脱下来晾在石头上晒，虽然明知道这点阳光肯定没什么用。向导弗兰克姗姗来迟，他总是死要面子充好汉，每次自己累了想休息的时候都说："你们先走，我在这儿等一等后面那些慢的人。"事实是他年纪真的大了，不再适合带这么辛苦的团。

弗兰克一来就和每个人热烈握手，"欢迎来到我的第二个家。"他领我们去"旅馆"，也就是今明两晚的宿营地。此前就听说山上有好几个"旅馆"，都是永久性的，我一直以为大概是大的公用帐篷之类，谁知弗兰克把我们领到一个狭长的岩石山洞，说这就是"旅馆"了。我简直无法掩饰失望的神情——山洞的地面凹凸不平，顶上还在滴水，最糟糕的是从外界通向山洞的那条小路，狭窄且不说，它完全是一条烂泥道，一踩一脚烂泥，就算是干的鞋子也会被弄湿。

寒气太重，弗兰克和挑夫马上开始在山洞里煮热巧克力。库巴还在每个人的热巧克力里加了一点朗姆酒，喝下去果然热乎多了。午饭是简单的面包夹熏香肠。

今天的营地对粪便的处理要求又升了一级：因为不能污染山顶的环境，连掩埋粪便都不被允许。我们必须直接大便在一个塑料袋里，把它放在某个地方，后天下山的时候弗兰克会统一收集，把塑料袋都带下山去。

亚历山大大概是误会了，午饭后他默默地从外面回来，手里拎着一个塑料袋，当着所有人的面，就要交给弗兰克。

弗兰克吓了一大跳，连连摇手，"这是你的大便？不要现在给我！先随便放在外面的什么地方好了！"

大家都忍笑忍得好辛苦。我和铭基正打算去山洞外面小解，传奇的亚历山大又眉飞色舞地走过来说："你们去大便吗？哈，我告诉你们，我刚发现了一个超好的地方可以当厕所！就在旁边，是个很小的山洞，三面都是封闭的哦……"

弗兰克气急败坏地冲过来打断了他："那是我的屋子！"

原来弗兰克不和我们一起在大山洞里扎营。他在旁边的小山洞里系上一张简单的吊床，便可以入睡了，虽然我无法想象这么冷的夜里他如何在一张吊床上入睡。

下午大家去外面随便走走，眼前的一切还是令我感到不可思议。土耳其

罗赖马山山顶上的"旅馆"。

的 Cappadocia 和这里有点相似，可是感觉还是不同。虽然是"平顶"山，山顶却仍然有岩石"山峰"、峡谷和溪流。最不可思议的是遍地皆是水晶，大大小小各种形状都有。上午我经过河滩的时候，以为沉在沙里的那些东西是白色的碎石，可它们其实都是水晶，大片大片的水晶。听说下山的时候会有人检查背包，以防有人偷带水晶回去。

那些"山峰"其实就是巨大的岩石，被几百万年的风雨侵蚀成了不同的形状，可以依随你的想象力任意发挥。有的像正在飞行的乌龟，有的像古巴领袖卡斯特罗，有的像飞行员的驾驶舱，有的像宫殿里的罗马柱……从地质学上说，平顶山本是沙质的高原，是地质沉积的遗留物，后来逐渐被腐蚀，只留下了最有抵抗力的岩石"岛"。由于与山下的世界都相隔了几百万年，因此平顶山上的动植物都是独立进化的。虽然这里没有恐龙，但是大约两千多种植物种类中约一半是某些山峰所特有的。我们看见一些黄色的奇异花朵，有昆虫飞过就会收紧花瓣"吃掉"昆虫。山上还有一些世间独一无二的动物，比如一种黑色的微型蛙，非常有趣。弗兰克说他曾经在山顶上见到一种有点像狗的动物，"我的老天，那是我有生以来见过最美丽的动物！"他陶醉地说。可是连他也不知道那到底是什么动物，很可能是罗赖马独有的。

这种神奇的感觉一直持续到傍晚回到山洞。外面是美丽新世界，山洞里却是冰冷的现实。我们的小小帐篷里地面都是湿的，因为寒气从外面的地上直接渗透进来。我下午本来就开始打喷嚏，此刻更担心会感冒了。

吃过晚饭大家就忙着漱口睡觉了。每天都睡得那么早，完全颠覆了我们两个"夜猫子"的作息。我穿着抓绒衣钻进睡袋，一开始倒不觉得冷，半个小时后忍不住爬起来穿上厚袜子。铭基躺在一旁幽幽地说："我妈说睡觉穿袜子，脚趾会长胡萝卜。"可是后来他也冷得不行，只好冒着长胡萝卜的危险穿上了厚袜子。

7月30日 （第4天）

醒来的时候，脚趾并没有长胡萝卜，但是仍然是冰冷的。有一点感冒，好在不算严重。更痛苦的是鞋袜都还是湿的，重新穿上它们的时候，真的有万念俱灰的感觉。

早饭后我和铭基再次打起精神面对大便问题。自从开始了罗赖马之行，每一次大便都是全新的挑战，每一次大便完后都觉得人生到达了一个全新的境界。这一次我们两人只有一个塑料袋，所以只能轮流如厕。在一个小小塑料袋里大便是非常非常非常非常非常困难的！至少我是这么认为……起来的时候我觉得快要虚脱了。看着铭基继续蹲在我用过的塑料袋上面，我简直被感动了——这TM是真爱啊！

大便的时候看到西班牙情侣也蹲在不远处。大家一边蹲着一边挥手打招呼，我再次感到罗赖马把大家统统变成了野兽。回去的时候我问胡安大便是否顺利，他满脸掩饰不住的喜悦："哦，简直好极了！你要知道我已经三天没有大便了，今天终于，噼里啪啦砰！"

上午仍然由弗兰克领着出去暴走，观赏罗赖马奇特的地貌。罗赖马山顶大得惊人，某一处可以看到巴西、委内瑞拉和圭亚那这三国的交界之处，可是徒步来回需要八个小时，我们还是放弃了。大家仍然在黑色的岩石"岛"上跳来跳去，像是在演练"梅花桩"。不知不觉越走越远，一路上见到无数大得惊人的水晶。来到两道瀑布下面的时候，尽管天气寒冷，可是自从胡安第一个勇敢地脱掉衣服冲去淋浴并大呼痛快之后，大家实在忍不住诱惑，一个接一个地跑去洗"瀑布浴"。痛快是真痛快，我只是暗暗祈祷这不要加重我的感冒。

弗兰克带我们去看一个被称为"ventana"（窗户）的地方，据说天气晴好的时候可以看到下面圭亚那的风景。可惜那些神秘的雾气仍然如影随形，我们只能看到悬崖边的巨石，却完全看不见下面的景色。别的队友都觉得可惜，只有我完全无所谓。对我来说，目前为止所看到的东西已经远远超过了我的期待，很难再奢求什么了。更何况，那些雾气本身也是美的。

罗赖马山山顶，几缕阳光倾泻下来，将重重云海暂时拨开。

下午我们登上罗赖马的最高峰看日落。攀登的过程中铭基给了我错误的信息，导致我一脚踏进深深的烂泥，连鞋带袜甚至裤子都变成一团黑色，而且臭不可闻，非常恶心。我非常郁闷地继续登上顶端，却意外地发现上面竟有一个个的水潭。来不及看风景，我马上脱下鞋袜开始清洗起来——反正从昨天开始它们就一直是湿的。

鞋袜太湿了暂时不能穿，我索性光着脚在山顶上散步，最后走到悬崖边坐了下来。

我该如何形容眼前的景色？几缕阳光倾泻下来，将重重云海暂时拨开，罗赖马旁边的库坎南山忽然毫无预兆地出现在我面前。两座山宛如两艘大船在云海中航行，眼看快要相撞，阳光却瞬间隐去，库坎南即刻消失不见，一切好像从未发生过，罗赖马继续孤独地在海上乘风破浪。

天地造化之神奇实在无穷无尽。我坐在那里，久久地望着这一套阳光、山峰和云海的把戏，一遍又一遍周而复始，看的人却永远不感到厌倦。心里变得非常沉静，宛如坐在湖底。我肯定是在另一个世界吧？我对自己说。山下的那个世界感觉已经非常遥远了。

"我今晨坐在窗前,

世界如一个路人似的,

停留了一会儿,

向我点点头又走过去了。"

泰戈尔的诗正是我此刻的心情,可我却写不出这样精彩的句子。黄庭坚看到天柱山时也说"哀怀抱绝景,更觉落笔难",直到此刻我才真正感到一切辛苦都是值得的。

库巴和卡莎没有参加今天下午的最高峰之行,大概是觉得外面太冷了。回到营地后他们问起上面风景究竟如何,我们都不好意思说实话,怕他们懊悔。只说不错不错,其实那真是毕生难忘的绝景。

几天来我们其实都吃得不错,今天的晚餐却颇为寒酸,每个人只分到一小碗汤,里面只有一点点通心粉和南瓜。弗兰克说背上山的食物已几乎告罄,明天早上也只能再喝一点稀粥,到了山下的营地才会再有食物补充,我都不忍心去看亚历山大的眼神。

7月31日 (第5天)

昨晚真是冷得可怕!我和铭基都冷到久久不能入睡。天亮以后我甚至有点高兴——终于可以下山了!山下的营地毕竟暖和多了。我对罗赖马有崇拜和敬畏,享受且震撼于在山顶所看到的另一个世界,可我终究还是个俗人,必须回到我本来属于的那个世界去,重拾人间烟火,重温人世的喧嚣,无论是快乐还是烦恼。

罗赖马的山顶完全是一座迷宫,如果没有向导的指引,仅凭我们个人之力无论如何也无法找到下山的路。弗兰克说曾经有位英国游客因为太冷,连一个小时也不愿意多等,非要自己先下山去,怎么也劝不住。结果等到弗兰克带着其他队友全都下了山,还是不见这位英国女生的踪影。弗兰克只好又原路返回上山去找她,一路走一路大喊她的名字,幸好最后赶在夜幕降临前在山顶找到她。原来她一直没有找到下山的路，一个人在山顶乱走了12个小时！我常常忍不住瞎想：如果我是博尔赫斯笔下的"永生人"，又能够在罗赖马山顶以某种方式存活下来，若干年后，会不会也像山顶的那些动植物一样，进化成一种完全不同的物种？

本以为第三天上山是最大的挑战，没想到好戏还在后头，我都不知该如何描述今天的痛苦。从山顶一直走下山去，再一直走到第一天晚上宿营的营地，总共走了八个多小时！如果只是走路，八个小时对我来说还可以承受。可是那些恐怖的下山路！再加上瀑布和一直不间断的雨……中途我滑倒过无数次，裤子已经脏得看不出原来的颜色。还好擦伤和扭伤都不算严重，只是觉得双腿都快要废了，每下一步膝盖都抖个不停。

到了后来，两条腿都好像已经不属于自己的身体了，它们有了独立的生命，一个劲地只管自己往前走。队友们互相之间已经完全不说话了，也没有人想停下来休息，尽管已经超越了体力的极限。每个人都只想尽快地走到营地，结束这令人疯狂的一切。

在瀑布附近，我看到别的队里有一个因为被德国游客雇作翻译而来到罗赖马的委内瑞拉本地姑娘，很明显已经体力不支，她拄着登山杖彷徨地站在那里，满脸都是快要哭出来的表情。弗兰克说以前有游客经过瀑布时摔倒，被冲下山去，最后不得不派直升机来救人。可是我也没有心情去为她担心，如果不想看到直升机的话，我也只能全心全意地走自己的路。

眼看还有不到一个小时就能到达营地，居然又遇到了过河的麻烦。因为连日下雨，河水比来时汹涌了无数倍，而且水深齐腰，已经不是之前趟水过河那么简单了。一个站立不稳，很可能连人带包一起被湍急的水流冲走。幸好几个队的挑夫们经验丰富，他们在河里拉起了一根粗麻绳作为"扶手"，又轮流把我们的背包先背过河去，再回头来牵着我们的手一个个领过河。我们连鞋都懒得脱，一个个直接走进齐腰深的水里——反正浑身上下早就湿透了……

终于到了营地。我和铭基算到得早的，可是来不及松一口气，马上就得把睡袋拿出来晾在吃饭用的泥屋里。尽管有塑料袋的保护，无奈一路上太多"劫难"，睡袋还是被弄湿了。连地垫也不小心掉在地上，沾了很多湿泥。好在这已经是最后一个晚上，只要熬过今晚，明天就是六天徒步之旅的终结，我们也将乘坐夜车回去玻利瓦尔城，重返有枕头、床垫、热水、抽水马桶和网络的那个世界。

今天终于可以去附近的河里好好洗个澡。可是这条河也同样因为水量增多而变得汹涌无比，洗澡的时候连肥皂都被河水冲走了。这还不算，因为水流太急，我的手指和铭基的脚踝都撞到岩石被割出血来。

洗完澡后，我坐在帐篷里，拿出镜子仔细打量自己。这是几天来我第一次勇于直视自己惨淡的脸，我真的不想承认镜子里的人是我——除了意料之中的糟糕的皮肤状况，脸上居然有六个 puri puri 叮的包！有些包我完全不知道它们是什么时候叮的，这些可恶的东西连眼角都不放过……

还有腿上的擦伤、膝盖的疼痛、脚上的水泡和伤口，身上蚊虫叮咬的痕迹……罗赖马慷慨地赠予我这么多礼物。

不只是我，其他人也都一样。可是我们这一队已经算是幸运了，至少没有被瀑布冲下山去，没有被雷电击中，没有遭遇严重的扭伤，又或者是别的什么意外。另一个队中有几个疯狂的波兰女生不用挑夫，自己带了食物和设备上山，结果煮食用的炉子在第二天就坏了，她们不得不一直忍饥挨饿直到明天。

为了庆祝这最最痛苦的一天的终结，晚上我们把那瓶朗姆酒一扫而光。

8月1日 （第6天）

昨天走得太狠，今天大家都废了，包括经验丰富的登山者托马斯和叶娜。早晨出帐篷打招呼，每个人都一瘸一拐龇牙咧嘴。今天最后的四个半小时山路本来可算轻松，可是大家再也拿不出第一天的速度，走上坡还凑合，一走下坡路膝盖就打颤，呻吟声此起彼伏。

中午时分，终于回到了旅途的起始点，小村庄 Paraitepui。视角是如此奇妙的事情，在经历了几天与世隔绝的生活之后再回到小村庄，我觉得它简直像城市一样大而繁华。村里有可口可乐卖，几乎每个人都立刻来了一罐。大家一屁股坐在草地上，也顾不得满天飞的蚊子和 puri puri，一边喝着可乐，一边把鞋袜脱了放在阳光下晒——自从第三天起它们就一直是湿的……

想到六天前出发时的情景，简直恍若一梦。那时我自信满满，完全没料到六天后会累得像狗一样。回想以前在国内爬山，脚下的路平整光洁，一路小贩叫卖不绝于耳，餐厅旅馆也任君选择……一切都那么轻松方便。罗赖马若是"身"在中国，恐怕早就有缆车直接通到山顶了，而且我敢打赌一定会有三个中文大字刻在山顶的某块岩石上：罗——赖——马！

可是如果要我选择，我还是更喜欢过去六天的徒步之旅。尽管那份辛苦真不是开玩笑的，可是面对天地造化，还是不应该轻慢浮华，恭敬和辛苦都是应该的。

有时会想到中国的古代文人，他们中的很多人也爱登山。当时的山，道路依稀，食物匮乏，如果山上没有民居或寺庙，根本无处过夜，他们是怎样做到的？尤其是，还能在艰苦的环境下开着文绉绉的玩笑，还能写出那么好的诗？

以前看《文化苦旅》，余秋雨先生引了清代嘉庆年间一位叫舒白香的文人游庐山的日记：

"朝晴凉适，可着小棉。瓶中米尚支数日，而菜已竭，所谓馑也。西辅戏采南瓜叶及野苋，煮食甚甘，予乃饭两碗，且笑谓与南瓜相识半生矣，不知其叶中乃有至味。"

"冷，而竟日。晨餐时菜羹亦竭，唯食炒乌豆下饭，宗慧仍以汤匙进。问安用此，曰，勺豆入口逸于箸。予不禁喷饭而笑，谓此匙自赋形受役以来但知其才以不漏汁水为长耳，孰谓其遭际之穷至于如此。"

"宗慧试采荞麦叶煮作菜羹，竟可食，柔美过匏叶，但微苦耳。苟非入山既深，又断蔬经旬，岂能识此种风味。"

相比起来，我们行程不过短短六天，设备充足，又无断炊之忧，实在算是非常幸运了。

进山不过短短六天，为何感觉已经与世隔绝了六个月之久？我对库巴说："不知这六天里世界上发生了什么大事没有？政变、暴动、恐怖袭击……或许美国总统忽然死了也说不定……"可是我们什么也不知道。这里像是地球的一个死角，外界的一切都与此处无关。之前在山顶时我有一瞬间的心惊，担心我们进入了一个时间黑洞，下山时会否发现时间已经流逝了几百年？可是还好，下山后看到小村庄 Paraitepui 一如既往，村民的面孔依然熟悉，发现可口可乐时，我更是无缘无故地松了一口气。

下午我们回到 San Francisco de Yuruani 等待夜间巴士。等待的过程中大家聊起过去几天最愉快和最沮丧的种种，忍不住又大笑了一场。我真的很喜欢这个团队，大家都是正经人（用英文的"decent"更贴切），谦虚友善不浮夸，而且深具幽默感。患难与共了几天，临别在即，不禁有点依依不舍，每个人都留下了联络方式，约好以后保持联系。

托马斯忽然小心翼翼地说："刚才你不是问，对我们来说这次旅行的高潮是什么吗？"

他停顿一下，忽然露出腼腆的笑容，"那天下午，在山顶爬上最高峰以后，我向叶娜求婚了。"

他伸手揽过叶娜的肩膀，两个人相视一笑，满脸幸福。

我们过了两秒才反应过来，轰一声炸开了锅。

"什么？！你们在罗赖马山顶订婚了？！"

"恭喜！哎呀，哎呀！恭喜恭喜！"

"好家伙！你们俩居然瞒着我们——"

"叶娜你当时哭了没有？"

"戒指呢？我们要看戒指！"

"啤酒！啤酒！再叫一轮啤酒！"

大家又笑又叫，纷纷跟托马斯和叶娜碰杯，开心得好像自己订婚了一样。

我回想着那天下午的山顶，阳光，云海，悬崖边时隐时现的库坎南。一想到托马斯在那样的仙境中拿出戒指向叶娜求婚，我竟然也震撼得头皮发麻。

托马斯说："叶娜她什么也不知道……在顶峰时我一直在寻找合适的时机开口，可是叶娜却一直在说关于塑料袋和大便的话题，我快要疯了，只好不停地把话题往浪漫的方向转,跟她说我觉得这里有多美,我多么开心和她一起看到这么美的风景……"

我们都笑趴下了,我想大家肯定都想起了在塑料袋里大便的难忘经历……

罗赖马,罗赖马。你给人类的世界带来了那么多的东西:小说,电影,白日梦,还有数不尽的珍贵回忆……可是人的世界是否也曾给你留下些许回忆?我只知道,当时光把所有人生大事包括我们的生命统统消磨殆尽,它仍然会坚定不移地固守在那里。

补记

那天晚上,我们并没有如愿以偿地坐上开往玻利瓦尔城的夜车——旅途中就是这样充满着意外。之前旅行社信誓旦旦地保证说一定会帮我们买到车票,结果到了晚上六点,弗兰克气喘吁吁地跑来说车票已经全都卖光了,我们只好搭卡车去附近与巴西临界的小城 Santa Elena,找了一家旅店住下来,等待第二天的夜车。

晚些时候,弗兰克的钱包还被偷了,丢失了游客们交给他买车票的钱……反正一切都是乱七八糟。

六天的旅程忽然被迫延长了一天,很多人之后的旅行计划都被打乱了,可是事已至此,又能怎样?这一变动在时间安排上对我们并无太大影响,问题是我们手头上没有多余的钱可以应付这额外一天的食宿开销,因为之前低估了委内瑞拉的消费水平,带来的美元数目本来就不够。用银行卡取现金本来也可行,虽然会因为官方的汇率损失一大笔,可是银行卡偏偏又锁在大背囊里,放在玻利瓦尔城的旅行社办公室,所以也没办法取现金。我们从来没有这么狼狈过,最后还是马来西亚大姐慷慨地借钱给我们,这才又逃过一劫。

在 Santa Elena 住的旅馆里有无线网络,可是我们的 iPhone 都没电了,充电器又同样放在玻利瓦尔城……结果第二天下午在旅馆里居然戏剧性地重逢

委内瑞拉，罗赖马山徒步涉水过河。

之前在危地马拉的太阳旅店遇见的日本男生，铭基立刻厚着脸皮扑上去向人家借 iPhone 充电器。充电后我们立刻抓紧那一点点时间如饥似渴地上网看新闻，想知道这几天内世界上到底发生了什么大事，因为自从去天使瀑布开始，我们已经有整整十几天没有看过新闻了……不看则已，一看心都凉了——满屏都是触目惊心的中国温州动车事故。卡莎给她爸爸打电话，连她远在波兰的爸爸都在电话中向她描述了这一中国式"奇迹"。

　　我坐在旅馆的图书角，沉默地读着一篇又一篇新闻和评论，心里充满了愤怒和悲哀，久久说不出一句话来。在委内瑞拉的十几天里，我们常说的一句话就是"这个变态的国家"——居高不下的犯罪率，高居世界前列的通货膨胀率，官方和黑市汇率的双倍差价，极度对立的社会阶层，持续上升的失业率，遭到多方质疑的政府"灭贫计划"统计数字……此前机场和加拉加斯之间大桥的坍塌事件，也使得人们纷纷谴责总统查韦斯只顾着将油元浪费在拉拢与拉美地区关系以对抗美国的"政治项目"中，而忽视了委内瑞拉国内的基础建设……可是现在看看我自己"伟大的祖国"，我有什么底气居高临下地对别的国家指手画脚？

委内瑞拉虽然拥有广大的贫困人口，可是现在人人享有免费医疗和免费教育；委内瑞拉虽然仍处于革命的阵痛中，但新闻和言论都享有充分的自由……可是我们呢？一时间我心里生出巨大的悲凉，不知道哪一个才是"更糟糕的国家"。

活在这个奇迹年代，愿人人都能拥有不为他人所愚弄的智慧，愿我们不因周遭的扭曲而失去理智和善意，更愿我们身在阴沟仍能看到天上的星星。

我喜欢去过的每一个国家,除了古巴。

我生古巴的气,更生自己的气——那么多人爱它、赞美它,我怎么竟完全没有同感?

我热爱海明威,仰慕切·格瓦拉,欣赏哈瓦那的建筑,甚至沉醉于特里尼达破败凄凉的美,可是我真的不怎么喜欢古巴。

PART 9
旧梦

古巴，哈瓦那的黄昏。

动笔写这篇文章的时候，我们身在哥伦比亚著名的殖民城卡特赫那。尽管旅游书上以极其煽情的口吻说"这是个美如仙境的城市"，我们却并没有预期的沉醉和感动。拉丁美洲最不缺的就是殖民城，美是真的美，可是一路过来看得太过饱和，审美神经已经接近麻木了。

　　我问铭基："看了这么多殖民城，你觉得哪里最美？"

　　他想了想："Havana（哈瓦那），你呢？"

　　"Trinidad（特里尼达）。"我不假思索地说。

　　居然两座城市都在古巴。

　　我这才意识到我终究还是无法避开那短短七天的经历。

　　有些经历就像记忆的原材料，仿佛记忆正在制造将来回忆的剧集。小吃摊的油烟，路边翻倒的垃圾桶，公车里乘客搭在窗上的一只手臂，晾衣绳上的衣服，的士司机指向某个方向的手指……我们都见过，可是究竟在哪里呢？遗忘，并不是一块被消灭的空白，而是记忆决定将它们排除在剧情之外，因为它不太愿意储存一些特定的经历，尽管它仍然留下了它经过的痕迹。

　　古巴便是那种"特定的经历"，走在哥伦比亚熙来攘往的街道上，我和铭基常常会忍不住感慨：

　　"这才是真正的食物嘛，你还记得我们在古巴吃过的那个——"

　　"不知道古巴人看到这个会怎么想？"

　　"资本主义就是浪费啊，如果是在古巴——"

　　"这个已经很不错了，想想古巴人民吧……"

　　和很多人一样，我对古巴的感情始于海明威，这位曾经发出"人不是为了失败而生"的美国硬汉一生中超过三分之一的时间是在古巴哈瓦那度过的。他曾经这样描述古巴:"我热爱这个国家,感觉像在家里一样。一个使人感觉像家一样的地方,除了出生的故乡,就是命运归宿的地方。"海明威在这个对他来说"像家一样的地方"写出了两本伟大的著作:《老人与海》和《丧钟为谁而鸣》,令所有人都记住了那个古巴老渔夫桑提亚哥,也记住了美国战后一代的迷茫。

海明威热爱古巴,古巴也将海明威"利用"到了极致。美国大作家竟然成了这个与美国势不两立的国家的最大文化名片:老城区的"两个世界"饭店的 511 房间至今依然属于海明威,餐厅里也保留着海明威曾经喜欢的菜肴。这所谓的"四星级饭店"名不副实,可是游客们偏偏就买海明威的账;哈瓦那大教堂广场附近的街中小酒馆(也译作"五分钱小酒馆")和小佛罗里达餐馆里至今仍然骄傲地悬挂着海明威留下的字句:"My mojito in La Bodeguita, my daiquiri in El Floridita."("我的莫希托在街中小酒馆,我的达依基里在小佛罗里达餐馆。")于是我和所有人一起一拥而上,迫不及待要品尝大作家最喜欢的鸡尾酒,却发现这所谓的"原汁原味"实在不怎么样,我在英国尝过的都比这个强;渔村的老渔夫格雷戈里奥·富恩特斯据说是《老人与海》的原型,老人在 2002 年逝世,他活到 104 岁,生前常在海边小屋中接待世界各地的来访者,每次与游客聊天都要计时收费……

在哈瓦那,到处都是海明威,海明威,海明威……作为他的粉丝,我以为我会欣喜若狂,可是我没有。我走来走去,环顾四周,心里越来越疑惑。走过快要坍塌的房子,走过街边的一条条长队,走过塞着惨不忍睹的汉堡和比萨的玻璃柜,走过拼命向我们推销雪茄、餐厅、民宿和所有你想象的到和想象不到的东西的人们……我越来越不明白,为什么大多数人只在古巴游记里大谈海明威、雪茄、Salsa 和海滩之美?为什么还有人赞美古巴的"纯天然食物"是多么原汁原味?为什么时间自五十多年前就静止了,我仿佛活在了一个既繁华又荒凉的旧梦?

微风涌起旧梦,拾起一片回忆如叶落。英国作家格雷厄姆·格林曾在《哈瓦那特派员》中这样形容哈瓦那:

"这个长长的城市沿着广阔的大西洋而建，浪潮翻飞至玛索大道上，模糊了车辆的挡风玻璃。一度是贵族豪门的廊柱如今已斑斑驳驳，黄的、灰的、红的，有如饱受侵蚀的礁岩。一面形体模糊、脏污褪色的古纹章，立在一家寒碜的旅馆门口；夜总会的百叶窗漆着俗丽鲜艳的颜色，以免受到盐分与温度的摧残。往西看，新市镇的钢筋骨架摩天大楼比灯塔还高，直入晴朗的二月天空。这城市适于游览而不宜久居，但它是伍尔摩初恋的城市。他的爱是一出悲剧，他却坚守不渝。时间为那场战役添加了诗意，而梅莉宛如悠悠古垒上的一朵小花，见证着当年惨烈的历史。"

这些描述时至今日仍然贴切。哈瓦那市区可分成三个区域：旧城区、中央区和新城区。被联合国教科文组织列为"人类文化遗产"的旧城区以及稍微年轻一点的中央区都是西班牙殖民时期的旧梦——安达卢西亚式的露天中庭，复杂鲜艳的色彩，满世界的雕梁画栋；新城区是一场美国式的旧梦——几何与直线打造的高楼简洁方正，现代主义实用至上，那是"昂首阔步走向现代化"的底气。

还有游离于建筑和色彩之外的另一场旧梦，那是几十年前的中国梦。

即便是没有真正经历过那个计划经济年代的我，也能从古巴的街头巷尾发现令人惊讶却倍感熟悉的影像和气息，那是长辈的回忆，书本上读到过的信息，以及属于童年时代的模模糊糊的影子。

第一个冲击是排队。到处都在排队，所有人都在耐心地排队。机场出关处，从美国回来探亲的古巴侨民排成令人叹为观止的长队等待报关税，他们几乎无一例外地从美国带来了全新的各种电器送给古巴的亲戚朋友们；电信局外面是等待交电费的一条条长龙；供销社、银行、以本地比索标价的餐厅、甚至是卖热狗和冰激凌的小摊……所有的地方好像都有一大群人在排队——头顶着烈日，可是毫无怨言地排着队。

刚到古巴的人们大概都会心存疑惑吧——同样是商店和餐厅，为什么有些地方大排长龙，有些地方却门可罗雀？过一阵子你才会恍然大悟，紧随而来的却是黯然心酸。古巴政府实施"一国两币"的制度，市面上流通着两种货币：本地比索和CUC（可兑换比索）。本地比索是政府向民众发放的国家货币，CUC则是

古巴的"一国两币"制度导致各国营店出现排长队的奇怪现象。

以外汇兑换的新货币，国内一切进口和高档商品，都要以 CUC 购买，包括出租车、旅游业相关的消费以及一切被认为是奢侈品的消费活动。古巴的大街小巷也因此充斥着两种截然不同的商店：有些以 CUC 标价，有些以本地比索标价。

两种货币把一个古巴分成了两个截然不同的世界。1 个 CUC 约等于 1 美元，24 个本地比索才相当于 1 个 CUC。在本地比索店吃一个三明治大约花费 7~10 比索不等，而在 CUC 店则至少需要 3~4 个 CUC；本地比索店的冰激凌甜筒售价 1~2 比索，而在 CUC 店买一个进口雀巢冰激凌至少也要花费 1~2CUC，价格相差整整 24 倍；在 CUC 餐厅吃一顿普通饭菜至少需要花费十几个 CUC，这是很多古巴人整整一个月的工资，就连一个资深医生的月薪也仅有二十几个 CUC 而已。

CUC 这种货币的存在总令我想起二三十年前中国的"外汇券"。在市场供应还非常紧张的那个年代，国人只有使用外汇券这种特权货币，才能买到进口的"高档货"和紧俏商品。然而和古巴的 CUC 比起来，中国的外汇券能够被使用的场所还是比较有限，大多是宾馆、友谊商店、免税店之类，不像古巴的 CUC 店那样遍布大街小巷。尤其是在外国游客最多的哈瓦那老城区内，

古巴国旗与后面哈瓦那老城衰败的建筑。

几乎每走几步就会有一个 CUC 店，出售包括饮料、食物、烟酒、手工艺品，甚至衣帽鞋袜在内的各种东西。

对于中国当年的外汇券，我的脑海中只有一点点童年时代模糊的印象，可是在古巴见到的"一国两币"现象却是此行最大的震撼。哈瓦那建筑美观繁花似锦，本来应该是美好的旅行体验，可是手持这特权货币，我的心情却一落千丈，整趟旅程都笼罩在一层阴影之中。我讨厌这种货币，讨厌这种特权，讨厌这种不公平。

如果是在一个国营 CUC 餐厅吃饭，我们两个一顿饭就要吃掉至少二十几美元，是一个古巴人一到两个月的工资。一想到这里，简直让人连饭都吃不下去。连旅行指南书都苦口婆心地恳请游客"尽量付小费，这对于改善当地人的生活至关重要"。CUC 餐厅的顾客主要是外国游客，因此服务员往往能赚到以当地标准来说相当不菲的小费，难怪这已成为当地人眼中的"肥差"，连医生和老师都想当服务员。古巴人天生热情浪漫，音乐家极多，为了多赚一点钱，音乐家们也纷纷将目光瞄准了 CUC 餐厅这块"肥肉"，几乎每间餐厅都会有各种各样的当地乐队轮番进驻表演。他们才华横溢，唱功远超大多数明星，只是我一边吃饭一边看他们表演，心里却总是惴惴不安——该给多少小费才合适呢？

以我们两个背包客的眼光看来，古巴并不能算是一个便宜的国家，尤其是当你要以 CUC 来消费的时候。而且大多数 CUC 餐厅的食物不但水准平庸，连分量也对不起那个价钱，那么不如"转战"便宜的本地比索餐厅？我们瞄上了那家看起来不错的"La Luz"餐厅，可是门前的队伍之长令人马上心生退意。我们混在当地人中排了十五分钟，那条队却几乎没有移动过。天气又热得叫人发狂，我们最终还是放弃了。铭基一边流着汗一边说："算了，这家店这么受欢迎，我们两个外国人，还是不要跟当地人争了。"

最后我们只好去了一间以 CUC 标价的咖啡店，因为卖的是汉堡、三明治、比萨和意大利面这样的快餐食物，价钱比正规的餐厅要低一些。我们选了感觉比较保险的意大利面，结果端上来一看真是惨不忍睹。我从来没有吃过这样的意大利面——面条不但完全没有面的味道，而且吃到口里软得像一团糨糊。面条上堆满了我平生所见最劣质的奶酪，切碎的香肠尝起来全是化学添加剂的味道。我们两个相对无言，只好默默地吃了下去，可是吃完以后也完全没有饱的感觉。一向最爱美食的铭基同学吃得非常痛苦，直说这是他尝过最烂的食物。

在古巴吃本地比索的食物，没有最烂，只有更烂。他们的汉堡和三明治看起来一模一样，都是两块皱巴巴的面包夹着一块干瘪的没有肉汁也没有酱料的肉，最多加一块奶酪，连一片多余的菜叶都没有。本地人吃的比萨多半是没有肉的，一个个圆形的小奶酪撒在一块铺了番茄酱的面饼上便是全部了。我尝过一次，那滋味叫人永生难忘——奶酪完全没有奶的味道，面饼好像是空心的，轻飘飘，软塌塌，吃完两个小时之内肯定又饿了……可即便是这样的东西也有很多人排队去买。就像古巴本地产的冰激凌，奶味不足又甜得过分，然而价格便宜，又因为古巴人的"冰激凌情结"，最有名的国营雪糕店 Coppelia 门口的队伍长得可以绕过几个街口，令外国游客瞠目结舌。等待在古巴变成了一种文化，人们早已习惯了等待，等待的过程中和陌生人搭话，和熟人八卦家长里短，结识新朋友……几个小时就这样过去了。

以前我总觉得，作为一个贫穷的国家，就算你把外国游客当肥羊宰，但假

在古巴哈瓦那的老城区街道上行走。

如我们带来的旅游收入有助于改善古巴当地人的生活水平，那我也心甘情愿。可是古巴政府大力推广旅游业以及这随之而来的"一国两币"制度，却似乎并没有给普通民众带来什么好处。政府仍然维持粮食分配的制度，每人每月可以分配到基本的粮食，比如大米、豆子、面包、糖、油之类，可是分量实在太少，绝对不足以应付一个月，比如大米和食用油，大概不到一周就见底了。粮食不够便需要在市场上购买，然而使用本地比索的市场所供应的物资少得可怜，使用 CUC 的市场倒是物资充足，普通民众唯有兑换 CUC 来购买进口货品。可是一般人的工资只有十几个 CUC，又怎能负担得起这样的高消费？若是有海外亲友的外汇接济，生活尚可维持，可若仅靠工资度日，便会捉襟见肘了。

"一国两币"使得古巴社会阶层分化，贫富差距进一步扩大。谁拥有外汇，谁便拥有特权，可以享用更多的物资。本来就比别人享有更多特权的人，能够与领导层搭上关系的人，便有更多的门路可以赚取更多的外汇。如此看来，CUC 的存在实在与社会主义精神相悖。

来到古巴前我总以"这是个社会主义国家"来为自己做心理建设，可是短短几天里我却接触到了那么多的"资产阶级"。因为住不起那些国营的星级酒店，我们在古巴的日子里都住在一种相对便宜的叫作"Casa Paticular"的民宿——为了让民众从旅游业中获得一点好处，古巴政府特许民众向外国游客出租自己屋子里的房间。当然，屋主必须向政府申请成为合法民宿，每个月还要向政府缴纳不菲的税金。政府还会不定期检查这些民宿，确保其干净安全。在古巴期间我们先后住过四个不同的民宿，每一个都非常像样——大床、冰箱、空调、热水、抽水马桶……有的房子是有几百年历史的殖民风格老宅，有巨大的后花园；有的是货真价实的顶层公寓，屋顶的天台是一般都市人可望而不可及的奢侈；有的是三层楼的独立宅邸，女主人还在拼命装修扩建，想多弄几个房间争取更多的游客……这些屋主在革命前就属于富裕的"资产阶级"，革命后尽管什么都被收归国有了，可他们还拥有房屋的居住权，现在还可以把多余的房间出租出去，赚取更多的外汇。

单看这些民宿，我会以为古巴人民早已过上了小康生活。民宿的主人衣着时髦,家里有各种进口电器,冰箱里的食物种类丰富分量充足。我们在哈瓦那住的第一家民宿的主人是艺术家,家里装修得极有品位。第二天刚好是他生日,夜里大家在屋顶天台上吃着烤肉喝着朗姆酒吹着晚风,俯瞰整个老城区的灯火。客人们不是建筑师就是著名的舞蹈家,英语法语西班牙语转换自如,好一副国际化的场面,令我恍然觉得又回到了欧洲……可是我也知道,就在他家楼下的小巷里,就在那盏昏暗的路灯旁边,就住着买不起电器也吃不起肉的普通古巴家庭。不管是革命以前还是革命之后,他们居住的空间一直都是那么狭窄拥挤,根本没有多余的房间可以出租。我想起那天对面二楼的两位古巴老太隔着马路不停地向我打手势,闹了半天是在问我有没有香皂可以送给她们。原来自从古巴政府今年开始取消香皂、牙膏等个人清洁用品的配给之后,香皂在市场上的价格已经涨了20倍……我站在天台上,久久地注视着那些没有灯光的街道和房屋,感觉像是在罗赖马山顶眺望山下的世界,遥远得像是另一个星球——我不知道哪一个才更真实。

刚到古巴的那几天里,我觉得一切都是假的——如果把那些掩盖了古巴人民真实生活水平的CUC商店统统关闭,物质匮乏的哈瓦那还会如此受旅人喜爱吗?那些欧洲游客还会如此沉醉于海明威和切·格瓦拉的世界吗?可是随着时间的推移,我反而渐渐地意识到:CUC的世界不只是个繁华的布景,恰恰相反,它本身就是残酷的真相。一直以来,古巴政府都将本国的贫穷落后归罪于美国严厉的经济制裁,我也从来没有怀疑过这一点。可是来到古巴之后我不禁失笑——制裁?在这里,只要手中有CUC,你可以买到你想要的任何东西。市场里的古巴商人手里拿着iPhone,美术馆的咖啡厅里人人都在喝可口可乐,民宿的走廊里晾着刚刚洗净的崭新的Nike球鞋,我们每天早餐吃的大鸡蛋是百分之百的美国力康蛋,甚至商店里的鸡肉、苹果、罐头食品……统统都是美国货色,美国的"制裁"反而使得美国和古巴两边的一些商人获益。他们将货品倒卖,价钱翻了几番,自己赚得盆满钵满,可真正受害的还是贫穷的古巴老百姓。

我喜欢去过的每一个国家,除了古巴。这话说出来真需要勇气,可这的确是

在哈瓦那的雪茄博物馆品尝古巴雪茄。

我最诚实的个人感受。写这篇文章用了很长的时间，因为我根本就不想写，往往写着写着就忍不住把电脑扔到一旁。我生古巴的气，更生自己的气——那么多人爱它，赞美它，我怎么竟完全没有同感？我热爱海明威，仰慕切·格瓦拉，欣赏哈瓦那的建筑，甚至沉醉于特里尼达破败凄凉的美，可是我真的不怎么喜欢古巴。

　　古巴人民活泼幽默，能歌善舞，热爱阅读，受教育程度极高，他们的医疗、音乐、艺术都是全球一流水准。生活在一个物资匮乏且没有自由的国度，他们用音乐、幽默感、野麦般的顽强和很多很多的乐观来面对生活。无论是官方还是民间，他们总是重复着这几句话：

"我们穷，但我们有笑容。"

"我们穷，但我们有尊严。"

"我们穷，但没有一个人会饿死。"

我和铭基常常讨论这个问题：如果一定要选择的话，你是愿意生活在古巴，还是那个我们曾在那里学习西班牙语的贫穷的危地马拉小山村？思来想去，两个人还是把票投给古巴。我们都对危地马拉山村更有感情，可那里实在是毫无底线的贫穷，是真的有"吃了上顿没下顿"的危机感和饿死人的可能性。相比起来，自从度过了90年代的"特殊时期"，如今的古巴的确"没有一个人会饿死"。可是我不明白为什么它能成为官方的宣传口号？一口一个"我们穷，但……"，贫穷本身根本不是什么值得引以为豪的事情啊！

更何况，因为贫穷，连尊严也在慢慢消失。微薄的工资早已令古巴人失去工作的动力，所有国营场所都严重缺乏效率，服务态度更是差得一塌糊涂。连农民都失去了种地的积极性，因为连自家养的鸡鸭鱼和种的蔬菜都要上交集体生产队，否则就要"割资本主义尾巴"。如今人人都在绞尽脑汁找门路赚外汇，或者偷公家的东西，揩公家的油水。

哈瓦那老城区里到处都是"热心人"，他们无所不知，从吃饭住宿到乘车购物，他们统统都有"好地方"可以推荐，当然，推荐完了也绝对不会忘记讨要"推荐费"；从哈瓦那去特立尼达的那天，我们刚到长途汽车站，就有穿着制服的工作人员迎上来说"今天去特立尼达的车票已经全都卖完了"。我注意到她穿着出租车公司的制服，就怀疑她是想骗我们改乘出租车去特立尼达（当然费用也高得多），后来进了车站一问，果然证实了我的猜想，车票根本就没有卖完；去本地比索店吃东西，服务员总是故意少找钱给我们，要经过反复"提醒"和抗议后才不情不愿地找回正确的差额；在哈瓦那参观烟草博物馆，我们只不过想从博物馆的一个窗口拍摄外面的街景，工作人员竟然向我们索要拍照费，而且很显然这不是博物馆的规定，而是她自己想赚点零花钱；所有人都把游客当肥羊宰，政府更是起了带头作用。很多地方古巴人支付本地比索，我们则要支付24倍价钱的CUC，我们也从来没有遇到过不敲游客竹杠的出租车司机……

到达哈瓦那的第二天，我们去银行取款机取钱。本以为只是几秒钟的事，谁知跑了几个地方都取不出来。不只是我们，所有的外国信用卡都在当天遭遇了同样的问题。很多外国游客都快急疯了——他们当晚要乘飞机离开古巴，需要现金来缴纳机场税。银行工作人员给出的解释是"数据线坏了"，他们面无表情，态度冷淡中有点不耐烦，好像对这一切都司空见惯。我和铭基则在烈日下跑来跑去，一边流着汗叹着气一边哀叹我们的人品——刚刚在委内瑞拉经历了现金短缺之窘迫和官方汇率之变态，本以为来到古巴可以松一口气，没想到还是逃不脱这"社会主义国家"的魔咒。

满街都是一脸焦急的外国游客，大家纷纷询问工作人员那条该死的数据线什么时候能修好，那中年男人只是耸耸肩，"下午再来试试呗。"

我们只好闷闷不乐地先去吃午饭，和餐厅的服务员聊起取不出钱这件事，他看起来毫不吃惊，"你要知道，这里是古巴……"

下午又跑了几次银行，每一次都是令人失望的回应："数据线还没修好。"

"什么时候修好呢？"

那柜台里的工作人员有气无力地举起双手，无声地做了个"天知道"的手势，"哈，这是个永远的谜！"

我绝望地盯着他，那一刻真有冲进柜台把他揪出来痛打的冲动。

可是与此同时我也知道，他们本身也是受害者——贫穷、陈腐和低效的受害者。尽管劳尔上任后推出了多项改革措施，放松了涉外管制，也表达了对官僚主义的不满，认为有必要提高生产力，改善物质生活，然而在社会主义框架内进行的自上而下的改革模式究竟有没有效果？用政治手段来处理经济问题可是长久之计？

然而出乎我意料的是，尽管古巴民众渴望改善物质生活，也会因缺乏民主自由而发发牢骚（虽然依旧不敢非议卡斯特罗），而且近几十年来接近五分之一的古巴人口逃亡美国是个不争的事实，然而我们此行所接触到的古巴人似乎都不愿意放弃和否定社会主义。

在特立尼达的民宿，我们和男主人聊天。老爷爷说他和妻子安娜本来都

哈瓦那老城区常常找到旧时代的感觉。

是蔗糖厂的职工,后来因为工厂效益不好,他们俩双双下岗,可是仍能按月领取工资。再加上他家祖传的殖民风格老房子虽然在革命后收归国有,但他们一家仍然拥有居住权,还可以出租房间给外国游客赚取外汇,经济不成问题,日子过得颇为滋润。他说:"社会主义……当然我们现在的制度有很多问题,我们都知道……可是我们同时也享受免费教育和免费医疗,连看牙医都不用自己掏钱。总的说来,生活比革命前还是好得多了……"

得知我们接下来会去 Santa Clara,老爷爷咧开没牙的嘴笑了,"你们去看切?"拉丁美洲几乎所有人都亲切地称呼切·格瓦拉为"切"。而 Santa Clara 正是 1958 年底古巴革命最后一战的现场,也是切·格瓦拉长眠的地方。老爷爷从摇椅上起身,去房间里摸索了半天,终于找出他珍藏的印有切·格瓦拉头像的旧版纸币郑重地送给我们,令我们十分感动。

在哈瓦那民宿主人的生日 party 上,我们遇见一位长住古巴的阿美尼亚裔建筑师。望着老城区美丽的万家灯火,他徐徐吐出一口烟:"我真的爱死这个国家了……是的,社会主义国家,贫穷,没有自由,没有网络,可是治安多好,多么安全!孩子们多么天真无邪!和西方国家不同,这里的孩子们不会接触到暴力和毒品,他们在和平安乐的环境里长大。你有没有留意过他们的眼睛?……"

去机场的路上,出租车司机大叔非常健谈。得知我们是中国人,大叔热烈地表示自己也想学中文,因为"这是大势所趋",而且他本身甚至有八分之一的中国血统,可是他同时也诚实地表态:"如果可以移民的话,我大概不会想移民去中国。"我很有兴趣地问他为什么?迟疑了一下,大叔说:"你们……你们背叛了社会主义……你们的国家现在是很有钱,可是我听说贫富差距也大得吓死人……"我觉得这话题很有意思,于是又继续追问他是否支持社会主义。大叔忽然有点警惕,他从反光镜里偷看了我一眼,开始谨慎地选择着词语:"我还是觉得社会主义比较好……当然我们不像你们这么自由,可以出国旅游,可是我们生活得开心,我们有笑容,我们有免费教育和免费医疗,我们虽然穷,可是没有人会饿死……"

我默默地听着,心里泛起一种奇异的感觉。如此这般的官方宣传语,古巴人到底是主动选择还是被动接受？我不知道古巴到底有没有饿死过人，可是90年代古巴严重油荒，农业一度衰竭，饥饿和粮食短缺是普遍现象，无数饥饿的古巴人抱着轮胎漂去对岸的迈阿密；特立尼达民宿主人的儿子接受免费教育，上了很好的大学学习工程，毕业工作几年后还是下岗了，只好转而投身时下最火可是与专业毫无关系的旅游业；医疗的确是免费，可是医院和诊所常常会出现药品短缺的情况，导致免费却无法得到治疗；至于"我们有笑容"，我想有的时候，没有烦恼和不去烦恼是不一样的。我也不知道出租车司机是否真的"贫穷但是有笑容"，他递给我们的名片上有无数的头衔，包括与司机这一职业风马牛不相及的会计师、厨师等，很显然他做这么多不同的工作是为了谋生，而非单纯出于兴趣……

可是话说回来，虽然不排除当地人对外国游客说话特别小心的可能，我仍能从他们的话语和眼神中看出，他们对于社会主义的信心是真实的。当你了解到古巴痛苦的被殖民历史，以及独立后依然被美国介入内政和操纵经济的耻辱，就会明白为什么古巴人时时刻刻都在提防美国的颠覆，尤其是对美式资本主义特别反感。老一辈的古巴人都是从资本主义走过来的，他们并不认为资本主义是理想的出路。而对于没有经历过那段历史的古巴年轻人来说，他们在社会主义体系里长大，只熟悉这个制度，对其他的制度都不太了解。

我常提醒自己不要把自己愚蠢的主观想法和经验强加到别人身上，尤其是不要因为在资本主义国家生活多年，就选择站在强者和征服者那一边轻易做出评判。古巴早已不再是拉丁美洲孤独的社会主义实验者，拉美很多国家都在近几年集体"向左转"，左派政党在各国连连得胜，纷纷开始社会主义新革命。这自然有其背后的原因，并不只是巧合和偶然，但其中一个最大的原因恐怕是——拉美人实在受够了。

在西班牙殖民统治时期，拉美原住民被杀戮和掠夺，沦为农奴。当拉美成为美国的后院，他们又沦为血汗工厂的最底层廉价劳工。21世纪的拉美原住民依然领着和奴隶差不多的薪金在矿井、田地和工厂里劳作，本质上一切都没有改变。拉丁美洲并非世界上最贫困的地区，然而却是世界上最不平等的地区。

更何况，自从1989年出现了以新自由主义为理论基础的"华盛顿共识"，不少拉美国家纷纷开始尝试这一剂美国开出的药方，结果却导致贫富差距越来越大，经济主权不断弱化，政局动荡不稳，最终陷入了严重的经济和社会危机。

如今，切·格瓦拉又回来了。古巴随着拉丁美洲的社会主义革命而重登国际舞台。由委内瑞拉带头的拉美左翼联盟与古巴渐行渐近，委内瑞拉向古巴供应大量石油和卫星等高科技产品，古巴则向委内瑞拉派出免费医疗人员，驻守委国最为贫穷的社区。

很久以来，人们以为社会主义只存在着一种模式，而如今的很多拉美国家却正在以自己的方式建设本国的社会主义。委内瑞拉正在建设"21世纪社会主义"，玻利维亚奉行的是"印第安社会主义"，巴西则并不公开讲社会主义，而是温和地推行具有社会主义性质的政策……可是，对于正处在改革的重要过渡期的古巴而言，真正的问题在于：能否在社会主义的框架内提高生产力？可否实现民主社会主义？怎样重新分配权力？如何汲取经验和教训去寻找新的可能性？

我坐在出租车上，一边想着这一切，一边将目光投向窗外荒凉的公路。只要出了市区，古巴的公路上就很少见到车辆。切·格瓦拉的经典头像偶尔出现在路边的宣传牌上，他戴着贝雷帽，目光炯炯，旁边写着他给卡斯特罗信中的最后一句话——"革命永远胜利"。公路两边到处都是一种名叫荆草的热带植物，繁殖能力极强。劳尔曾发动全国打一场"消灭荆草"的"战役"，可惜最后并没有取得胜利。道路旁边偶尔有零零落落的房屋，出租车司机热心地指给我们看："看，这是护士学校，非常好的学校……看那边，那个是温室。你们知道温室吗？就是可以保温的房子，里面用来栽培植物，很好的东西！你们国家也有吗？……"

我忽然感到一种巨大的不真实，像是北岛笔下的"八月的梦游者"，看到了夜里的太阳。

直到下车，司机还在不停地叨叨："你们飞去哪里？委内瑞拉？天哪！千万小心，委内瑞拉可不是古巴！古巴可安全了，委内瑞拉简直……哦，你们只是在委内瑞拉转机？去哪里？哥伦比亚？！我的老天！那里全都是毒

古巴，旅馆天台上可以俯瞰哈瓦那老城区。

品！黑帮！那里可不是古巴……"

是的，在很多古巴人眼里，所有的地方都不如古巴。

我们背着行囊走进机场，才发现司机送我们去了错误的航站楼。哈瓦那机场没有航站楼之间的摆渡车，距离又非步行所能抵达，我们只好再下楼去叫出租车。可是没有车愿意载我们，一听到我们只是去另一个航站楼，所有的出租车司机都不耐烦地摇头。他们都是来钓大鱼的，根本不屑于浪费时间在我们这些"小虾米"身上。我们绝望地背着包到处向司机哀求，很久以后才有一个好心的司机愿意载我们。

买机场税的时候，柜台的工作人员忽然一脸的鬼鬼祟祟，"你们可以在我这里把 CUC 换回美元。"

我们一时没反应过来。换钱？这里难道不是买机场税的地方吗？

她拎起自己的皮包，轻轻打开，露出里面的美元钞票，"1 比 1 哦，这个汇率比那边的国营兑换点更优惠哦……"

我和铭基面面相觑，那种梦游般的不真实感又汹涌而来，将我整个都吞没了。

是的，这里是古巴。

原来我还在这场旧梦之中吗？

"微微风涌起旧梦，

月光洒满了你的行踪，

再也想不起要忘记是什么，

不能不愿，

不再多说。"

我就是那个躲在岩洞里的人。

可是这世上也总有一些人会选择在悬崖的边缘摸索,

他们选择直面恐惧,有可能会跌落悬崖粉身碎骨,但是也有可能,

他们会获得我们永远也无法拥有的某种体验或智慧。

PART 10
寻找边缘的人

我是在排队办理登机手续的时候注意到那个女生的。她把护照交给值机柜台的工作人员，然后转过身来朝着远处门外的什么人拼命挥手，又跳又笑，看那样子像是正在和朋友告别。

她的托运行李是一个不怎么大的旅行背包，脏得已经看不出原来的颜色。背包上了输送带后，她忽然一个箭步跳上了柜台旁边的行李称重器。

工作人员和所有正在等待的乘客都被她吓了一跳，大家还沉浸在惊愕中没有反应过来，她已经高高地站在那里，自顾自地爆发出一阵大笑：

"两公斤！哈哈哈哈哈！两公斤！"

她的目光接触到前面的一对好像已经石化了的中年夫妇，大概是觉得大家没懂她的意思，又手舞足蹈地做了进一步的说明：

"一顿比萨而已！哈哈！我刚刚吃了一顿比萨，好饱！马上重了两公斤！哈哈哈哈哈！"

还是没有人做出配合的反应。大家只是看着她，沉默中带点惊疑，不知这疯疯癫癫的女孩究竟是何方神圣。

"嬉皮啊……"铭基同学轻声说。

她看起来的确是那种典型的云游四海的嬉皮女孩，一头长发编成无数小辫子，松松垮垮的洗得发白的桃红色小背心，里面没穿内衣，皮手镯、银足链、穿孔的鼻子，一大堆银戒指，古怪的文身。她的眼窝深陷，颧骨高高凸出，肩膀和膝盖的骨头都那么突兀，整个人瘦得有点脱形，我猜这得"归功"于拮据的旅行、太差的食物和太好的毒品。

当然，"嬉皮"这个词已经被用滥了。现在这个时代，就算是想反抗，必须反抗的东西也所剩无几,因此如今的所谓"嬉皮"不过是形式相似而已。一路上见过形形色色的旅人,包括很多正在进行间隔年之旅的高中或大学毕业生,已经在路上行走多年、几乎忘了家在何方的老驴,热衷瑜伽的 New Age 新纪元神秘主义者,吸食大麻或可卡因的 party animal……打扮气质其实都跟眼前的这个女孩差不多。

过了安检以后,我们发现自己与那嬉皮女孩在同一个候机室等待同一班飞机。周围的人群中只有我们三个人看起来是外国游客,她态度很热情地走过来搭话:"Hi!我刚刚吃了一顿比萨,我……"

"我知道我知道,"我有点无奈,"我听到了,你重了两公斤嘛。"

"对!"她很高兴,"你们从哪儿来?"

经过一番自我介绍,我们得知她的名字叫萨莎,来自俄罗斯——真是出乎意料……俄罗斯姑娘给人的普遍印象是个高貌美,前凸后翘,可是萨莎的个子比我还要矮一点,身材也扁平得像小女孩一般。也许是因为太瘦,额头上有好几条刺眼的抬头纹,给她增添了几分年龄感。她的相貌并不出众,肩背也永远挺不直,可是整个人在吊儿郎当的懒散气质中又透出一种疯狂——那种好像蜡烛一样用力燃烧自己的疯狂,这使得她仍能成为一个引人注目的女生。

萨莎是念法律的大学生,利用假期来到拉丁美洲旅行。"那是不是九月开学就要回去了?"我问她。"不用啊,"她一脸的无所谓,"我常常在外面旅行,本来就很少去上课的。"看见我不解的眼神,她笑得有些得意,"只要按时回去参加考试就行了。相信我,我成绩一向很好的。这儿——"她指指自己的脑袋,"我这儿挺好使的。"

我们正在等待的这班飞机是从古巴的哈瓦那飞回委内瑞拉的加拉加斯。一问之下,原来萨莎和我们一样,之前也是从委内瑞拉飞来古巴的。"所以你也已经在委内瑞拉待过一阵了?"我问她,心想真的都是些不怕死的旅人哪!她的眼睛顿时一亮,"是啊!你们也一样?"

事实上,我们不一样。我和铭基只在加拉加斯待了一晚,其他时间都在委国的其他地方。而萨莎除了去过天使瀑布之外,其余时间都待在"罪恶之城"

加拉加斯。"你们去了罗赖马徒步?"萨莎一只手捶着自己的后腰,"我不行,我的腰不好,去趟天使瀑布已经够呛了……"而我们也对于她在加拉加斯待了几个星期之久感到惊讶——每天做什么呢?难道不危险吗?而且加拉加斯的旅馆价格也不便宜啊。

"我没住旅馆,"萨莎懒懒地说,"我住在朋友家里。啊不对,是朋友的朋友,到加拉加斯以后认识的朋友……都是好人,真的,非常好的人……我们每天一起玩,一起抽点大麻啊可卡因啊什么的……"她说到"抽可卡因"的时候就像在说"吃巧克力"一样自然。

我注视着她的瞳孔,果然——第一眼看见她,我就知道这姑娘嗑了太多药。

萨莎本来是和弟弟一起来到拉丁美洲旅行的,没想到弟弟在旅途中结识了一位奥地利姑娘,两人迅速坠入情网,很快便如胶似漆,姐弟俩于是分开旅行各走各路。"你知道吗?那女的比他大整整十岁!"萨莎做出夸张的表情,随即又耸耸肩,"不过反正那是他自己的事。"

和我们一样,因为发现了从委内瑞拉飞古巴的便宜机票,萨莎来到了古巴。不过,与我对古巴的纠结感受相反,萨莎"简直爱死了这个国家"。她觉得合法民宿(Casa Paticular)每晚25到30美元的定价太贵,于是——"我跑到大街上随便拦下一个人,问他家里有没有床可以给我睡,他说他家没有,不过他知道哪儿有。然后他就把我带到他朋友的家里,我就在那儿住下来了……合法?当然不合法!可是真的便宜得不得了!"她得意地说。

通过这间"非法民宿",萨莎很快就认识了一大帮古巴朋友,每天一同到处闲逛,喝朗姆酒,跳 salsa……"都是好人,非常好的人。噢我真的太喜欢古巴了!"她不断地重复着这句话。新认识的朋友们还带她去了一个游客罕至的郊野地方——"是一个山上的小瀑布,当然没有委内瑞拉的那么厉害,不过真的很可爱,而且旁边还有一些山洞……我们在那里住了几天,每天从瀑布后面跳水,让自己被瀑布冲下去,冲到下面的水潭里游泳,累的时候就在山洞里休息,聊聊天,喝喝酒,看看书,抽抽大麻……"

"古巴不是禁毒很严吗?也有大麻?"我有点好奇。

"我的朋友，他们有办法搞得到。"她懒洋洋地眨着眼。

"对了，我还在古巴弄了个新文身，"萨莎的情绪可以在一秒之内大幅变动，此刻她又忽然变回了刚见面时的兴高采烈，"你们看你们看！"

她动作很大地撩起自己那件小背心，转过身来要给我们看她背上的新刺青。那是东洋风格的红色锦鲤图案，纹在肩胛骨的位置，而她的小背心里面又什么都没穿，铭基同学尴尬得简直不知道该往哪儿看，我不用抬眼也能感觉到人们从四面八方射来的目光。"好了好了，"我也被他们搞得尴尬起来，"看到了，很好看。"这倒不是敷衍，那文身的确好看。

快要登机的时候，萨莎问起我们今晚飞抵加拉加斯后的打算，"有没有人去机场接你们？或者你们会打车去市区？我可不可以蹭你们的车一起走？"

我在心里笑了一下——原来蹭车并不只是中国"驴友圈"的独有现象，外国的"嬉皮"也会这一招啊……

可是我和铭基压根不打算踏出加拉加斯机场半步。飞机到达时已近午夜，而我们又已经买了第二天早晨的机票飞去哥伦比亚的首都波哥大，对于害怕危险又不想浪费钱的我们来说，在机场凑合着熬过一晚是最好的选择——至少机场内一些区域有军人走动巡逻，比起外面要安全得多了……

"这样啊……"萨莎看起来有些失望，"其实我也可以自己坐公共汽车去我朋友那儿，但是夜里的加拉加斯的确是有点危险……"

"危险"这个词从她嘴里说出来，不知怎的竟有点搞笑——我一直觉得她是天不怕地不怕的。事实上，单从她刚刚告诉我们的这些经历来看，如果不是她足够幸运，遇见的都是"好人"，她很可能早就被抢劫被伤害甚至遭遇不测了。实在很难想象她父母的感受啊——年纪这么小的女儿一个人在犯罪率高得离谱的拉美国家跑来跑去，性格本身就有点疯狂，还有嗑药的爱好，而各种毒品在这里又几乎唾手可得……

上飞机后，萨莎的座位和我们之间隔了几排。起飞后还有很多空位，萨莎便跑去和一个男生坐在一起。我回头看了一眼，惊讶地发现那是一位年轻的亚洲男生，听英文口音应该是中国人，很奇怪之前在候机室居然没看见他。

他英语不太好，衣着比较正式，看气质也不像背包客，后来听到他们聊天的只言片语，原来他是中国企业派驻委内瑞拉的员工，但不知去古巴是公干还是旅行。

中国男生起初还相当拘谨，可是萨莎身上那种自燃式的疯狂绝对是有传染性的，何况她还不知从哪里变出了一瓶朗姆酒！两人你一口我一口地直接对着瓶子喝，很快中国男生就 High 到不行了，整个机舱里都回荡着他们俩的笑声。我隐约听见男生说公司会派车来接他，很豪气地让萨莎跟他的车一起走……

听着后面的欢声笑语，我的心脏好像忽然中了一枪。我似乎从未如此刻骨地感受到自己的怯懦与平庸——与萨莎相比。萨莎并不是一个特例，正相反，她完全可以代表我和铭基在旅途上遇见的某一类人群。这类人往往拥有自己特殊的才智或好奇心，生活狂放不羁，对平凡的事物不屑一顾，却愿意用生命来交换那些真正吸引他们的东西。他们的人生好像一直在用力地燃烧，我猜他们渴望爆炸——像行星相互撞击那样爆炸。是的，在旁人看来，他们在莫名其妙地消耗自己，他们总是离危险那么近，毫无必要的近，可是我也知道，他们一定在那个过程中得到了我们这些"正常人"永远无法获得的东西。比如，和萨莎那精彩又深入的古巴之行相比，我和铭基的旅程平淡乏味得就像一块嚼了两个小时的口香糖，这其实很公平——它是我们的"正常"所交换来的东西。

不不，别误会我，我并不是在鼓励毫无底线的冒险和滥用毒品，我只是试着去理解他们的想法，尽量不轻易做出评判。

我曾经读到过这么一个场景的设定——与柏拉图著名的"洞穴比喻"颇为相似：一片漆黑的世界里有一个巨大的悬崖，悬崖上的岩洞里生活着一个部落。他们在岩洞里生起一堆火，火光照亮了洞穴，却也同时遮蔽了外面的一切。部落居民很想知道外面到底有些什么，可又不敢离开安全的岩洞，于是渐渐的，他们忘了外面还有另一番天地，却把岩洞当成整个世界。

但是，也有少数几个人从岩洞里爬了出来，爬到黑暗的悬崖上，一边缓慢地前进，一边伸出手来碰触着，感受着悬崖的边缘。

因为只有边缘才能界定，只有感知到边缘，我们对一件事物的了解和定义才有可能完整。

还记得在英国读研究生时，大麻在校园里几乎是一种半合法的东西，很多学生都会时不时地抽两口。除了去阿姆斯特丹旅行的时候，其他时间我从来没有主动买过大麻，但是开 party 时舍友们常会互相传着抽，我也很少拒绝。不知为什么，大麻在我身上好像不起作用，我从来都没有什么特别的感觉，直到有一次，巴基斯坦的同学从家乡带来一小袋大麻，神秘地说"给你们点儿真正的好东西尝尝"。我只抽了几口就觉得头晕目眩，心脏狂跳，意识开始不受自己控制，觉得房间在不停地打转，而自己的身体正在漂浮……

我害怕了。我能感到 ego（自我）在渐渐变弱，而那个一直被压抑的代表着危险和原始冲动的"本我"却开始浮现出来……我非常惊恐慌乱，无法接受不能自我控制这件事，担心自己会做出什么疯狂的举动，于是我用残存的一丝清醒命令自己离开现场，上楼回到自己的房间……后来据舍友们说，我离开的姿态可以用"落荒而逃"来形容，但我的脚步却已不受大脑控制了——我是跟跟跄跄走着"Z"字回到房间的……我一头栽倒在床上，听着自己急促而响亮的心跳声，拼命地大口喘气，连眼泪都流了出来……

是的，我就是那个躲在岩洞里的人。

可是这世上也总有一些人会选择在悬崖的边缘摸索，甚至越过边界。神秘主义者、巫师、灵修者、科学家、艺术家、极限运动爱好者、受虐狂、变态……而我们也不得不承认，他们选择直面恐惧，有可能会跌落悬崖粉身碎骨，但是也有可能，他们会获得我们永远也无法拥有的某种体验或智慧。有些人把这种感受称作——"无限接近上帝"。

当然，我不知道等待着萨莎的会是什么。

下了飞机，我们和萨莎分道扬镳。她跟在中国男生身后，吊儿郎当地走向加拉加斯的黑夜，随时准备着开启另一段奇缘，或是另一场冒险。如果，如果她真的有所谓"人生目标"这种东西的话，我想那恐怕就是——

寻找边缘。

这里是哥伦比亚——加西亚·马尔克斯的国家,拉丁天后夏奇拉的国家,可卡因、朗姆酒、绿宝石、咖啡、salsa和足球的国家。在这里,疯狂的事情随时都在发生,可似乎根本没有人意识到它们的疯狂。

PART 11
疯狂的哥伦比亚

哥伦比亚卡塔赫纳的街头热舞女郎。

无法告别的武器

哥伦比亚的名声很坏，对于很多人来说，它只意味着毒品和凶杀。这个国家控制着全世界 80% 以上的毒品贸易，凶杀案犯罪率也高居世界第一。密林深处还活跃着好多支反政府游击队，他们不仅涉及毒品交易，还不断地绑架人质换取赎金，爆炸恐吓无恶不作。就在我们来到哥伦比亚的时候，一个多月前被游击队绑架的四个中国人依然下落不明。

早在伦敦时我就听过这么一个故事——是真人真事：A 在哥伦比亚旅行时认识了一位本地人 B，有一天 A 和几个朋友去 B 家里玩，大家坐在客厅里喝着啤酒嗑着药听着音乐聊着天，玩得非常之 High。到了后半夜，突然有人疯狂地敲门，一边敲一边大喊大叫。B 不知从哪里抓起一把砍刀就冲去应门，A 也立刻随手抄起一把砍刀跟着冲了出去（别问我，我也不知道为什么好端端的屋子里到处都是砍刀）！门外站着两个喝得烂醉的小伙子，原来他们是 B 的朋友。两个人之前在酒吧喝酒，大概是喝醉了做了什么荒唐事刚刚被赶了出来。他们知道 B 的家里有一个手榴弹，想向他借来把那个酒吧炸掉（！）。B 断然拒绝，于是他们三个人激烈地争吵了起来。A 一个人站在那里，嗑了太多药脑子还不大清醒，手里拿着一把砍刀，听着旁边几个人在争执要不要扔手榴弹炸掉一间酒吧，当下他就在想：我 X！果然，这就是哥伦比亚啊！

我们在旅途上遇见的另一位爱尔兰背包客则正是在哥伦比亚遭到了抢劫。几个劫匪用枪指着他的头，把他掳上车，抢走了他所有的财物，包括身上的衣服，最后把他扔在一片黑暗的树林里，临走前还"体贴"地丢给他一包烟，让他可以抽着烟打发时间等待天亮……

此外还有各种各样的江湖传闻，比如，和委内瑞拉一样，哥伦比亚的一些"假出租车"司机会在中途抢劫乘客，并逼迫乘客去各个ATM取钱；街头小贩会向背包客兜售毒品，交易之后却突然变身为警察；一些小贼并不使用暴力，而是把一种无色无味的药物注射进糖果和香烟，然后卖给游客，在游客昏迷之后实施抢劫；据说有的受害者醒来之后，发现自己少了一个肾……

从一个危险的国家飞到另一个危险的国家，再加上在机场熬了一整夜，我和铭基虽然已经有点麻木了，但还是强打精神，不敢掉以轻心。飞机抵达哥伦比亚首都波哥大，出了机场大门，我们提心吊胆地钻进一辆出租车，一路手心冒汗胡思乱想，可是什么也没有发生。我们顺利地到达了提前订好的青年旅舍，安排给我们的房间也好得出乎意料。我和铭基对视一眼，可是仍然不敢放松警惕。我们放下行李出去吃饭，还是什么都没有发生。我们在附近转了转，吃完晚饭回去睡觉，醒来的时候欣慰地发现所有身体器官都完好无损。第二天我们在城里暴走，参观各个景点，甚至晚上也在外面活动，依然什么都没有发生。没有人拔出枪来指着我们的头，没有人向我们兜售毒品，也没有人用任何东西把我们迷晕。

我这才开始换上一种较为轻松的心情打量波哥大这个城市。由于海拔较高，和刚刚去过的古巴相比，波哥大凉爽的气候实在是太舒服了。整座城市都被绿色的山丘包围，道路高低起伏，优雅的教堂前停着满地的鸽子，老人们坐在小广场上悠闲地聊着天。城里虽然也有不少高层住宅和办公大楼，却并不给人以繁忙嘈杂的都会之感，反倒像是个宁静可爱的欧洲小城。无论从哪个角度来看，它都完全不像传说中那么罪恶和危险。

"那是因为我们投入了大量警力来进行整顿，现在波哥大的安全状况比以前要好得多了。当然，晚上你最好还是不要在超过这个范围的地方活动——"胡安用手指在我们的波哥大地图上画了一个正方形。

胡安是一名警察，同时也是一位导游——警察历史博物馆的导游。我个人觉得波哥大的警察历史博物馆是一个绝对不能错过的景点——想想吧，不用花一分钱，你就可以进入前波哥大警察总部参观，看到哥伦比亚警察部门这些年来收集的无数文物和具有历史意义的东西，而最最有趣的是，所有的工作人员和导游都是身着正式制服的警察！

那是一种非常奇妙的感觉，有一瞬间我怀疑自己走进了同志酒吧的"制服之夜"party，因为到处都是英姿飒爽的制服帅哥，看起来简直像是《GQ》杂志的模特……

"你们好！"入口处的一位警察帅哥用迷人的微笑招呼着我们，绿色的眼睛闪闪发亮，"请问你们想要英语导游还是西班牙语导游？"我选了英语，心想"就你吧帅哥"，谁知他马上转头朝房间里大喊一声，另一位警察小伙跑了出来。Shit！选错了……我暗暗地掐着自己的大腿。

胡安不是帅哥或型男，相对来说，他是偏向"正太"那一款的——而且是个原住民正太。棕色皮肤，矮矮壮壮，虎头虎脑，圆圆的脸上稚气未脱，大眼睛里流露出一种青少年特有的天真的自尊。我看着他，心头简直涌上一股母性——你就是个小孩嘛！干嘛学人家当警察？

胡安说得一口语法稍嫌粗糙但绝对流利的美式英语，口音里浓浓的美国味儿简直令我的耳朵为之颤抖。我问他在哪里学得这么一口好英文，他有点骄傲又有点腼腆："全都是我自学的。"怎么自学呢？"看美国电影啊！"他一副理所当然的样子，好像很奇怪居然有人看美国电影都学不会英文……唉，"天赋"这件事，当真是人比人气死人。

我们先被领到楼上的一个大房间，里面到处都是哥伦比亚警方与贩毒集团和游击队交战的各种"战争文物"。枪柜里摆满了各式各样的武器，有从敌人手中收缴的，也有警察们自己用的，连一个游击队的导弹发射器都赫然在列，简直不像是真实生活中会出现的东西。另一个展厅里则挂满了已逝警察英雄的肖像，他们大多在80年代和90年代的剿毒战争中殉职，足可想见当年令人毛骨悚然的恐怖和暴力。

然而真正的"好东西"却在楼下。第一眼看到那台超级拉风的镶了真金的Harley-Davidson摩托车，我便知道开始进入重点了。摩托车是从"可卡因之王"巴勃罗·埃斯科瓦尔（Pablo Escobar）那里缴获的，事实上，这一整层楼的展厅都专门"献给"了埃斯科瓦尔和他那个时代的贩毒集团。

"你们听说过巴勃罗·埃斯科瓦尔吗？"胡安问我们。我笑了，这个问题纯属多余。人们一提起哥伦比亚就会联想到毒品，而一提到毒品便会想起埃斯科瓦尔。作为哥伦比亚的"毒品教父"和世界头号大毒枭，埃斯科瓦尔靠出口可卡因成为世界上最富有的人之一，而他留给自己祖国的遗产却是一段极端残酷野蛮的暴力史，也为哥伦比亚警方带来他们最大的悲剧和最知名的胜利。

在埃斯科瓦尔的家乡和"领地"麦德林，他被很多人奉若神明。穷人们将他视为罗宾汉式的人物，挑战体制，劫富济贫。埃斯科瓦尔常以金钱和礼物扶助贫民，为他们建造房屋和体育场，兴办福利事业，他的产业为无数人提供了就业机会，他本人甚至在1982年以自由党候选人的身份当选为候补国会议员。

然而，麦德林的父老乡亲没有看到的，是埃斯科瓦尔那狰狞的一面。他所领导的麦德林贩毒集团被称为"世界上有史以来最凶恶、最危险、最残暴、最大胆，但也是最有钱的犯罪组织"，"与这个集团相比，美国的黑手党就像小学生，日本的山口组就像教堂里的唱诗班……"埃斯科瓦尔和麦德林集团在哥伦比亚制造了整整十年的爆炸、谋杀和绑架，他们一面重金贿赂法官、政府官员和军队高官，一面豢养了数以万计的武装人员和职业杀手来绑架和杀害所有敢于揭露他们罪行的人。埃斯科瓦尔心狠手辣，他会为了惩处告密者而指使手下在商业航班上安装定时炸弹，也会在母亲节时炸掉一个购物中心，还会悬赏1亿美元捉拿曾公然缉他的哥伦比亚总检察长并最终令其横尸街头，他手下的反政府武装甚至公然袭击司法大厦，在光天化日之下枪杀自由党总统候选人。巨大的恐怖气氛笼罩着哥伦比亚，社会动荡，人人自危。

哥伦比亚警方在与贩毒集团的战争中牺牲惨烈，麦德林集团曾在短短两年间就杀死了5000名警察，埃斯科瓦尔曾公开悬赏灭警，每干掉一个警察就奖励1000美元。连受雇于贩毒集团的儿童杀手都杀死了600多名警察，其中光是一位16岁少年就身负32条人命。

在警察历史博物馆里，我们看到了埃斯科瓦尔个人拥有的枪支——足够

哥伦比亚，小镇圣奥古斯丁的广场上挤满了看热闹的村民。

武装一整个特警队了。墙上挂着当年警方对他的巨额悬赏通缉书以及他中弹死去后血淋淋的头部照片（拉美人一向重口味），下面的柜子里则展示着他的一些个人物品——Ray-Ban 太阳镜、染血的皮夹克、瑞士手表、索尼摄像机等等。最夸张的是一具埃斯科瓦尔的尸体模型，曾经的毒王孤零零地躺在玻璃柜子里，就像被关在一个很小的监狱。

而最特别的纪念品当属一块屋顶的瓦片——它直接"见证"了一代毒王的陨落。1993 年 12 月 2 日，埃斯科瓦尔正是在他的家乡麦德林的一个屋顶上被击毙的。如果你凑近看的话，还能看见瓦片上已经干涸的斑斑血迹。

同样的话大概已经重复过无数遍，胡安有些机械地向我们讲述了这位大毒枭被追捕乃至被击毙的过程。自从 1992 年 7 月埃斯科瓦尔传奇般地越狱潜逃之后，哥伦比亚当局进行了多次全国性搜捕，甚至连美国"海豹"突击队都前来支援，可他每次都能提前一步逃脱。直到 1993 年的 12 月 2 日，埃斯科瓦尔与他的家人通了 5 分钟的电话，终于暴露了自己的藏身之处。搜捕队立刻将埃斯科瓦尔及其保镖团团包围在大楼内，双方展开了激烈的枪战。埃斯科瓦尔从后窗爬上屋顶企图逃跑，结果被搜捕队员打死在屋顶上。

埃斯科瓦尔之死绝对是哥伦比亚历史上一个重要的时刻，虽然警察历史博物馆里并没有提供他死亡现场的照片，然而几天之后，我却在他的家乡麦德林看到了几张关于这一主题的油画，它们出自哥伦比亚最著名的画家、埃斯科瓦尔的同乡费尔南多·波特罗（Fernando Botero）之手。一张是埃斯科瓦尔站在屋顶上，衬衫扣子全部敞开，赤着脚，手里举着一把枪。无数子弹从他脸上身上飞过，他已经身中数枪，弹孔还在渗血，看起来即将倒下；另一张画的则是已经倒下的埃斯科瓦尔，他侧躺在屋顶上，手里还拿着那把枪，屋檐下站着一个女人和一个警察，后者正伸手指向他的尸体。

这两幅画似乎并不包含任何政治观点，而更像是一篇简单的证词，证明哥伦比亚曾经存在过如此疯狂荒谬的暴力。我猜想画家波特罗与大多数哥伦比亚人一样，将埃斯科瓦尔之死视为一个全新的和平时代的潜在开端，一个从贩毒集团手中夺回麦德林的机会。

20 年后，这个梦想似乎正在实现。当我们在麦德林城中游览的时候，只觉得市容美观秩序井然，公共设施现代便捷，很难相信它曾经是世界上最恐怖的城市。

"那么，埃斯科瓦尔的麦德林集团后来怎么样了？"我问胡安。

"差不多完蛋了，其他几个大帮派也都被干掉了，"胡安的脸上掠过一丝不屑，"只剩下些小打小闹的。"

即便是"小打小闹"，哥伦比亚却依然是世界领先的可卡因生产国。毒品大鳄们虽然遭受了重创，如今分散的小毒贩们却从前者的经验中汲取了教训，懂得如何在赚钱的同时保持低调。尽管埃斯科瓦尔式的浮夸嚣张的毒品暴力已经从哥伦比亚转移到了墨西哥北部，然而毒品本身却无法被彻底消灭。事实上，自从美国总统尼克松 1971 年向毒品宣战以来，全球每年的毒品产量竟一直保持稳定，但剿毒战争的成本却已经增加了超过 30 倍（即便扣除了通货膨胀的因素）！

从经济学的角度来看，我觉得这再正常不过了——供给是由需求决定的。只有当毒品的消费停止，毒品的生产才会停止。只要毒品还能赚钱，剿毒战争就永远无法取得胜利，而世界上没有任何产品的利润空间会比可卡因或海洛因更大。为什么？就因为它是非法的。所以我想，也许是时候换一换思维方式了：如果你注定无法赢得这场战争，而敌人40年来都一直立于不败之地，或许……或许可以换用一种更为和平的手段？比如说，在一定范围和条件下，将毒品的生产和消费合法化？当然，我知道这种提议在大多数国家仍是禁忌，肯定会有人指责我没有考虑少年儿童的身心健康……也罢也罢。

对于年仅18岁的警察胡安来说，他虽不曾亲历哥伦比亚当年惨烈的剿毒战争，却仍需要与同样恐怖的敌人作斗争。麦德林集团和卡利集团的位置如今已被那些带有政治色彩的游击队和准军事武装所取代，而哥伦比亚警察也必须发挥军事作用，与这些"恐怖分子"进行殊死搏斗。仅在2010年，就有近200名哥伦比亚警察殉职。

在哥伦比亚的众多游击队和准军事组织中，实力最强大的当属FARC（"哥伦比亚革命武装力量"）。它原先是哥伦比亚共产党的一个武装分支，对抗哥国社会的不平等，在左派中相当具有象征地位。后来却因为涉及毒品走私交易，以及不断绑架人质换取赎金，名声转趋恶劣，甚至被哥伦比亚政府、美国、欧盟等认为是恐怖组织。无可否认，若要购买武器维持战争，就不得不这么做，就像阿富汗的塔利班组织也得靠毒品生产和贸易来获取资金一样。

"那你觉得他们是真的有政治理想吗？为贫苦民众争取利益，挑战社会不公之类的？"铭基问胡安。

"屁！"胡安愤愤不平，如果不是身在博物馆内，他很可能已经往地上啐了一口，"早期还有可能，可是现在？哼！现在他们还不是为了钱！！"

站在一名警察的立场，我自然能够理解胡安的愤怒和不屑。他加入警队还不到一年，却已经在深山老林里经历过游击队的枪林弹雨了。刚才我们在展厅里遇见一位年纪稍长的型男警察，胡安用非常尊敬的语气向他问好，擦肩而过之后，胡安郑重地对我们说："他是我的救命恩人。"

他们是同一个警队的战友，半年前与游击队的一次交战中，胡安受了伤，如果不是这位战友及时赶到，把他扛在肩上带离现场，胡安很有可能性命不保。

这份义气只能用在战友身上，对待敌人则要像秋风扫落叶般无情。胡安告诉我们，警队为了训练他们的冷酷和决绝，每个人要经历的第一关考验便是亲手杀死一只警犬——一只他们亲手喂养朝夕相处的警犬……

我听得目瞪口呆，随便一个小警察的身上都有如此惊心动魄的故事，足可想见哥伦比亚警方所承载的压力。

可是，假如我们换个角度，站在他们的敌人FARC的立场来看，就会发现事情还有另一面。

在1984年，FARC曾与政府签署停火协议，随后创建了政党"爱国联盟"（Unión Patriótica，简称"UP"），并在国会中赢得14个席位，然而这14位国会议员在当选后的第一年就有4人被暗杀。到目前为止，已经有超过2500名的"UP"成员被暗杀（有些分析家说是5000多名），其中包括一些总统候选人。整个政党遭受重创，最终不得不从哥伦比亚政坛上消失。

在哥伦比亚政府指称FARC为恐怖组织的同时，"UP"的消失则是一个赤裸裸的证据，证明了国家恐怖主义的存在——哥伦比亚政府和军队派出的杀手和敢死队，犯下了同样骇人听闻的罪行。而这些谋杀案竟大多悬而未决，幕后的指使者依然逍遥法外，"司法正义"依然只是纸上谈兵。

在来到拉丁美洲之前，我已经知道它是世界上最不公平、贫富差距最大的地区，大多数的拉美国家仍然是由少数统治阶层控制国家政权。可在我的心中一直有个疑团：既然大多数拉美国家都是"民主"国家，原住民和贫穷的大多数为什么不投票给那些能够代表他们的党派呢？

听说过"UP"的遭遇之后，我觉得自己找到了答案——试图通过投票箱来挑战统治阶层的行为必然会遭遇暴力。只有真正无所畏惧的人才敢站出来代表像"UP"这样的政党，就连投票给他们都需要极大的勇气，因为很少有人相信他们的投票真的是秘密的。暴力仍在支撑着拉丁美洲的权力结构，自500年前的殖民征服以来就从未改变过。

参观已近尾声，我们和胡安站在博物馆的屋顶上俯瞰着波哥大的街景，话题终于开始变得轻松起来。"你为什么会选择当警察？"我一直很好奇，此刻终于有机会问出这个问题。哥伦比亚警察可真不是好当的哇！

"哦，我是来服兵役的，"看到我们恍然大悟的样子，胡安笑了起来，"你们不知道吗？哥伦比亚实行义务兵役制，16岁以上的男性公民都要在军队或警队服务一到两年。不过，很多人都不想服兵役，那也没问题——"他做了个数钱的动作，"交钱就行了。"

空气又变得凝重起来，我有点不知说什么才好，如果胡安所说的是事实，那么这意味着——只有穷人家的孩子才不得不在深山密林里出生入死。

"不过我是自愿的，"胡安话锋一转，"我是印第安原住民嘛，国家有政策规定，只要我们服完兵役就可以免费上大学。"

说到"上大学"的时候，他棕色的圆脸上浮现出一丝孩子气的笑容，眼睛也因为憧憬而显得光彩熠熠，这一秒的他一点都不像个警察。

胡安问起我和铭基的长途旅行。"那得要花多少钱啊！"他惊讶得几乎喊出了声，却又随即陷入了自己的幻想之中，"也许……也许有一天，我也会去哥伦比亚以外的地方看看……"

我和铭基不约而同地给他一个鼓励的微笑。

"中国……中国好玩吗？"胡安忽然问。

"地方超大，好玩极了！你要不要去看看？"

他看着我，眼睛里再次透出孩子般天真的好奇和兴奋，然而神情中却似乎还夹杂着一丝不可置信，好像不能相信自己居然在讨论"中国"这么遥远的话题。

我们走下楼梯，在博物馆的大门口和胡安握手道别。值班室里几位帅哥警察正在聊天，一眼瞟到我们，立刻热情地招招手，递过来一个糖果盒子："来，吃糖吃糖！"

我拿了颗橙子口味的，胡安认真挑选糖果的样子简直像个三岁的小男孩。我的目光再次落在博物馆里的那条标语上：

"想要快乐一天，喝醉就行了；

想要快乐一年，结婚就行了；

想要快乐一辈子，那就来当警察吧！"

帅哥警察们吃着糖果谈笑风生，像是在为这条标语现身说法。我深深震

哥伦比亚，麦德林城的广场上放满了著名艺术家波特罗的雕像作品。

撼于它所透出的积极乐观的精神，可是不，我在心中默默地摇着头——它也许适用于瑞典的警察，或者芬兰，或者加拿大，却绝对不可能是哥伦比亚。

　　早就听说哥伦比亚人常把他们国家的名字 Colombia 改写为 Loco-mbia，因为"loco"在西班牙语中是"疯狂"的意思。站在波哥大的警察历史博物馆里，我觉得我开始感受到这种疯狂了——同归于尽的暴力，无处安放的正义，不可思议的乐观。哥伦比亚摆脱了西班牙人的统治，却从未摆脱疯狂。难怪魔幻现实主义的代表人物、哥伦比亚作家加西亚·马尔克斯曾经在诺贝尔文学奖颁奖典礼上说：

　　"我斗胆认为，是拉丁美洲异乎寻常的现实，而不仅仅是文学上的表现形式，引起了瑞典文学院的极大关注……现实是如此匪夷所思，生活在其中的我们，无论诗人或乞丐，战士或歹徒，都无需太多想象力，最大的挑战是无法用常规之法使别人相信我们真实的生活……"

寻找黄金国

波哥大的长途汽车站里,我听见身后急促的脚步声由远而近,警惕地转过身来,却发现那是一个大约四五岁的当地小男孩。他气喘吁吁地停下脚步,仰起头看着我,小脸上满满的都是激动。他用稚嫩却响亮的西班牙语问我:"你从哪儿来?"

我蹲下来看着他,一颗心都要化开了,"中国。"

"中国?!"小男孩兴奋地睁大了眼,同时张大的鼻孔也瞬间吹出了一个硕大的鼻涕泡,"中国……中国……"他好像有太多的问题想问,又一时间不知该从何问起,激动了半天只憋出一句:"中国……好吗?"

我边笑边点头。小家伙身上那种毫不掩饰的热情和自来熟,还有不知该如何表达的好奇心,实在可爱得令人想绑架他。

小小的他其实正是哥伦比亚人的缩影,自从来到哥伦比亚,我才真正开始感受到了"热血"的拉丁美洲。当然,墨西哥人也热情,但在热血和疯狂的程度上仍然略逊一筹。哥伦比亚人会毫无顾忌地大笑、大叫、争吵、打架、狂欢、恋爱……有时看到他们在路边下国际象棋,我会惊讶于他们居然可以把如此沉稳而智慧的事情搞得好像一场男子气概的比拼——每一步都走得毫不犹豫,棋子重重地砸在棋盘上,对弈的两个人像战士一样夸奖着彼此。他们天性活泼,极其健谈,餐馆里陌生人之间也可以聊个不停,据说连讨价还价都往往是聊天的借口……

毕竟这里是哥伦比亚——加西亚·马尔克斯的国家,拉丁天后夏奇拉的国家,可卡因、朗姆酒、绿宝石、咖啡、salsa 和足球的国家。在这里,疯狂的事情随时都在发生,可似乎根本没有人意识到它们的疯狂:

这个国家会因为选美比赛而忽略所有其他事情,学校停课,公司停业,生活暂时陷入停顿,美女崇拜已经成为一种文化。我们遇见的背包客一致公认:在哥伦比亚看到的超级大美女比号称"世界小姐之乡"的邻国委内瑞拉还要多得多。

一位年轻的女市长曾先后遭遇过三次暗杀和几十次死亡威胁，12名保镖24小时不离她的左右，并在她家四周布设起战壕和沙袋。即便如此，她仍然坚持每个周末去波哥大与未婚夫相会。

一位来自波哥大的裁缝以十美元和一件皮夹克起家，仅靠制作时髦的防弹衣而成为年收入逾300万美元的富商。委内瑞拉总统查韦斯、哥伦比亚总统乌里韦、美国驻哥国外交官、西班牙王子……统统都是他的顾客。

大作家加西亚·马尔克斯居然曾经担当起使在职总统与大毒枭巴勃罗·埃斯科瓦尔接近的重任，而埃斯科瓦尔更提议要和大师直接接触，让马尔克斯去毒枭的老巢跟他们会谈。

还有著名的前哥伦比亚国家足球队的疯子守门员雷内·伊基塔，充满表演欲的他总是弃门而出，跑到禁区外助攻。在1990年的世界杯上，他在禁区前和对方球员玩带球过人，结果把哥伦比亚提早送回了家。他错过了下一次世界杯，因为当时他卷入绑架案丑闻正在坐牢，另一位哥伦比亚球员则因在这次世界杯中倒摆乌龙而在回国后被枪杀。真正令伊基塔名声大噪的还是他在对阵英格兰队时那惊世骇俗的"蝎子摆尾"——当足球快要入网之时，他不是用手去接球，而是身体鱼跃前倾，用两个脚后跟将球反踢出大门——堪称百年足球史上的绝唱。而到了2005年，这个一向狂傲不羁的疯子居然接受了一次整容手术，将自己彻底改头换面……

Colombia，Loco-mbia，我早就知道，哥伦比亚绝不是个可以用常理来推度的国家。比如，其实与其他拉美国家相比，它的旅游资源并不能算丰富，首都波哥大也只是个有着诸多殖民建筑的平淡城市而已，然而旅人们又无法舍去这一站，只因这平淡城市里竟隐藏着一个堪称天下一绝的黄金博物馆！

这个世界上最大的黄金博物馆里收藏了三万多件金器，它们来自于西班牙殖民统治之前的所有哥伦比亚主要文明。尽管它们只是已经发掘出来的印第安文物的很少一部分，却足以反映当年这片土地上居民的智慧和艺术水平。

在低沉而悠扬的印第安音乐声中，我漫步于这神话般的黄金世界，隔着玻璃柜欣赏着一件件精美绝伦的金器。小时候看三毛的《万水千山走遍》，她在讲哥伦比亚的文章中也提到了这个黄金博物馆，尤其引起三毛注意的是一群群金子打造的有若鼻烟壶大小的小人——"这些金人，肩上绕着电线，身后背着好似翅膀的东西，两耳边胖胖的，有些用着耳机，有些头顶上干脆顶了一支天线般的针尖，完全科学造型。看见这些造型，一直在细想，是不是当年这片土地上的居民，的确看过这样长相和装备的人，才仿着做出他们的形象来呢？"

这本书我看了不知道有多少遍，而当我亲眼看到这些宛若来自外星球的小金人时，根本没有心思去赞叹造型之奇特或工艺之精细，只是忽然觉得鼻子有点发酸，心中泛起一阵怅然的幸福感。我相信人们总会将自己的一部分遗留在他们所经过的世界里，我便是在这个场所与三毛的生命发生了关联。

哥伦比亚因盛产黄金而被世人誉为"黄金之国"。事实上，早在哥伦布到达美洲大陆之前，这片土地上的土著居民之间就流传着"黄金国"（El Dorado）的传说。位于波哥大附近的瓜达维塔湖是当地古老的奇布查部族的圣湖，也被很多人认为是传说中"黄金国"的中心。这是哥伦比亚的又一个不同寻常之处。

黄金博物馆的"镇馆之宝"黄金船极其传神地再现了奇布查族的故事。传说奇布查族的酋长（El Dorado 本是他的名字，后来竟以讹传讹变成了黄金国的名字）每到祭天拜神的庆典时，总会全身涂满金粉，戴上黄金饰物，乘坐木筏前往神圣的瓜达维塔湖，然后跳入湖中，将全身的金粉和金饰统统洗落，而站在湖边观礼的族人们也会同时将全身的黄金饰品纷纷投进湖里向神致祭。久而久之，瓜达维塔湖底堆满了贵重的黄金——这便是黄金国传说的起源。

贪婪的西班牙殖民者本来就嗜金如命，大肆掠夺印第安人的财富，甚至不惜挖开坟墓盗走陪葬金器，还将很多精美的艺术品熔炼成金锭运回本国。黄金国的故事经过无数人的传播和演绎之后，更是吸引了不计其数的欧洲淘金者和探险家，一批又一批人前仆后继，在南美洲的崇山峻岭和原始森林间疯狂地寻找着黄金国。

然而从来没有人找到过黄金国。有位西班牙探险家甚至为了寻找它而成为了全程航行亚马孙河的史上第一人，可他也同样一无所获。当人们根据各种传说终于将瓜达维塔湖与黄金国联系起来时，又掀起了新一轮的"潜湖热"：1580年，一位来自波哥大的商人怀抱着寻找湖底黄金的梦想，在瓜达维塔湖岸边切了一个很深的口子，将水位降低了20米。他最终绝望地放弃了——一共只发现了大约10克的黄金，他死去的时候一无所有。19世纪末，一家英国公司进行了另一次尝试，这次他们投入重金购买了最先进的设备，几乎抽干了湖水，可是最后也只找到大约价值500英镑的黄金，而这家公司也最终破产了。

加西亚·马尔克斯则认为，黄金国的传说是印第安人反抗殖民侵略者的一种方式。印第安人故意编造了一幅梦幻般的图景——在那个神奇的国度里，国王浑身涂满金粉，在翡翠湖中洗浴……"侵略者问怎么走，他们五指张开，随手一指：'从这儿，转那儿，再往那儿。'路越指越多，混乱一团，错误不堪，永远都要再往前一点点，再往那儿一点点，再过去一点点，没有办法记认。贪婪的探险者们迷失了回程的路，黄金国没人找到过，没人见到过，因为它就没存在过。"的确，许多寻找黄金国的探险者不是死于饥饿或疾病，就是葬身于印第安人的乱箭之下。

黄金国是拉丁美洲送给世人的又一份"礼物"。正因为有无数人对它梦寐以求，这个名字渐渐变成了一个概念，就像"圣杯"或"香格里拉"一样，常用来比喻人们可能会花一生来追求的东西，比如真爱、天堂、成功或幸福。"法兰西思想之父"伏尔泰就在小说《老实人》中将黄金国描绘成一个乌托邦式的理想国度，那里政通人和，科学昌明，没有宗教裁判所，没有战争和罪行，没有议会和监狱，人人都爱读书，视黄金白玉为砖石泥土；而有时"黄金国"又像一个魔咒，代表着人们虽然苦苦追寻，但实际上很可能并不存在或根本找不到的东西。正如美国作家爱伦·坡在《黄金国》一诗中所写的那样——"骑士逐渐老去/虽然仍在继续/心间阴影斑驳/他的唯一发现/是根本找不见/传说的黄金国……"

此刻我站在波哥大的黄金博物馆内，被无数金光灿烂的黄金珍品所包围，感觉如同来到了一个小小的黄金国。我在这个小小的黄金国里想象着那个可能藏在拉丁美洲某处的真正的黄金国——我希望它是真的。事实上，黄金国的传说之所以能长盛不衰，正因为人们都希望它是真的。我又想起了自己出发旅行前所写的那篇《福山》，文末说希望能找到那座"福山"，它的象征意义其实与"黄金国"也并无二致。在路上已经三个多月了，有时我觉得自己活得更明白了一些，有时却依然会陷入迷茫——到底什么地方、什么东西，才是我的黄金国？

Pink Floyd 式咖啡与火山口里的泥浆浴

哥伦比亚盛产美女是有原因的，第一次乘坐这个国家的长途巴士时我就意识到了这一点。从巴士的窗口望出去，我发现这里的安第斯山脉是柔软的，土地肥沃，绿草茵茵，丘陵连绵不绝。路过的村庄尽是西班牙风格的红瓦白墙，鲜花盛开在每一个露台和篱笆旁边，美好得就像旅行社墙上常贴着的那种风景画。哥伦比亚温和的气候和肥沃的土地吸引了大量的欧洲移民（比厄瓜多尔、秘鲁和玻利维亚等安第斯高原地区多得多），他们在这里耕种、养殖、通婚，渐渐形成了如今这个以印欧混血人种为主的社会。姑娘们五官明艳，肤色健康，身材性感，睫毛又长又翘，浓密的深棕色长发风情万种——拉丁美女果真名不虚传。

车窗外的景色如此宁静美好，车内的电视屏幕上却仍在延续哥伦比亚式的疯狂——哥伦比亚的长途巴士上总会播放超级热血的动作片，车厢里永远回荡着搏斗的声音和爆炸的轰然巨响，两个小时已经足以干掉几百人了。出于无聊的好奇心，有一次我忍不住数了数，电影开场不到五分钟，至少已有五六十人命丧黄泉。

有的时候，正当我已经习惯了屏幕上的血腥暴力，开始对剧情发生兴趣的时候，那辆号称"直达××地"的大巴却会忽然停下，把我们扔在前不着村后不着店的公路旁边，等待另一辆路过的大巴前来"接力"。我和铭基坐在路边的几块石头上，一边望眼欲穿地等待，一边紧张地看守着背包。每一辆经过的摩托车都令我们惴惴不安，生怕会在这种地方遇上劫匪……这一等就是45分钟。

或许是先入为主的印象吧，我总觉得哥伦比亚的每个地方都暗藏着疯狂——那种不动声色的疯狂。在某些安静沉闷的乡下小镇，比如依偎在群山怀抱之中的圣阿古斯丁，正当你提不起精神昏昏欲睡的时候，却忽然会有当地人骑着马如一团旋风般疾驰而过，将你的瞌睡彻底赶跑。他们身披斗篷，头戴牛仔帽，手握马鞭，姿态比西部片里的牛仔们还要潇洒和自然。这些骑士们有时会在镇上的某间酒吧门外停下，将马拴在柱子上，雄赳赳地走进酒吧，简直和电影里的画面一模一样，以至于我常觉得下一秒他们就会在一阵枪林弹雨中飞出来，飞到他们的马背上展开新一轮的搏斗。

来到哥伦比亚当然不能错过咖啡区，尽管这个国家到处都能喝到一流的咖啡，我们还是决定去位于咖啡区中心的小镇Salento尝尝全哥伦比亚最好的咖啡。出发前根据网上的信息预订了一家广受好评的农场旅店，虽然离小镇很远，但据说值得体验。

可是，当我们坐在一辆由一位两眼精光四射的小伙子驾驶的三轮摩托车上，在黑暗的山路上和森林中疯狂颠簸，被飞扬的黄土罩满一头一身的时候，我开始意识到哥伦比亚的疯狂是一个无法摆脱的魔咒。望着周围令人毛骨悚然的黑暗和那条似乎永远也开不到尽头的路，我和铭基同时陷入了沉默。我们知道对方都在想着同一件事：如果司机起了歹意，在这种地方干掉我们两个简直易如反掌，而且尸体恐怕永远也无法被找到……

一路疑神疑鬼心惊肉跳，终于看到农场旅店的灯光时，简直想跪谢司机小伙的"不杀之恩"。可是旅店里头却是另一场噩梦，具体细节我也无意多说了，总之我和铭基在那里胡乱和衣睡了一夜，第二天一早马上拦下一辆吉普车逃回镇上。

这一次我们搬进了一家离镇中心不远的背包客旅舍，它位于一座已有120年历史、经过修复的咖啡种植园内，巨大的花园里还种着咖啡树和橘子树，

在哥伦比亚的咖啡区小镇 Salento 参观咖啡园，图为已晒干的咖啡豆。

几只公鸡常常趾高气扬地在早餐桌上走来走去。旅舍的老板提姆大叔来自英国，年轻时背包旅行路过此地，因为热爱咖啡留下定居，还娶了哥伦比亚女子为妻。

"不回英国了吗？"我问提姆。

"我喜欢 Salento，它够小，够美，够原汁原味，还没被西方文化污染，"他推了推鼻梁上的眼镜，一脸矜持地看着我，"如果有一天麦当劳也进驻了 Salento，那就是我打起背包离开的时候了。"

提姆身上兼具了英国人和哥伦比亚人的性格特点，鲜明无比却又毫不冲突。他带我们去参观他的咖啡种植园，手里像模像样地拄一根手杖，一顶宽檐草帽戴得宛若绅士礼帽般神气。看到天色阴沉，我问提姆一会儿会不会下雨，他抬头看了看天，依然用那副一本正经的口吻说："现在不是雨季，所以不可能会下雨。如果真的下了雨……那对咖啡是件好事。"我真的为之绝倒——一句话就将英国人的严谨和龟毛暴露得淋漓尽致！

可是一提到咖啡，提姆就会陡然变身为疯狂而健谈的哥伦比亚人。他滔滔不绝地向我们介绍着与咖啡有关的各种知识：咖啡豆的品种，种植的方法，收获的过程……与邻居们相比，他的种植园规模很小，可是里面除了咖啡树之外，还种植着几乎所有你能想到的可以与咖啡树共享土壤的果树——香蕉、牛油果、桃子、草莓、菠萝……甚至还有一小片竹林！哥伦比亚的安第斯山麓气候温和，空气潮湿，在这里几乎想种什么都可以，实在是老天爷赏饭吃。

开旅馆只是贴补收入的一种方式，提姆真正的梦想是进入"精品咖啡"的领域。"我想做的是定制咖啡，"对咖啡的激情在他的眼中燃起了炽焰，"顾客可以提前预订我园子里的咖啡豆，他们不但可以选择特定的品种，甚至还可以精确到某一棵咖啡树上的咖啡豆……"提姆继续解释道：当某位顾客的咖啡豆准备好了，他可以选择自己来烘焙，也可以委托提姆在当地找一个专业烘焙师按照哥伦比亚特有的方式来进行烘焙，"总之，一切都可以定制，什么都可以！"提姆狂热地挥舞着双手，"顾客想要什么，我就给他什么！就算你说你想要那种适合一边听 Pink Floyd（平克·佛洛依德，英国摇滚乐队）一边喝的咖啡，我也有办法做得到！"

我呆呆地看着他——这真是个疯狂的想法，很难想象哪一种咖啡会与 Pink Floyd 的风格相称……不过，我衷心希望提姆的"定制咖啡"能够梦想成真。住在这个旅舍的客人都可以免费享用他自家种植的咖啡，我觉得那是我所尝过最好的咖啡——口感如丝一般柔滑，味道惊人的浓郁和复杂，而且你绝不会想用糖或奶油来"侮辱"它……这样的咖啡简直会让人忍不住想多住几天。

很可惜，因为已经提前订好了秘鲁的印加古道徒步行，我们在那之前的日程比较紧张，只好"忍痛"告别了可爱的咖啡区。游览过时髦的麦德林之后，我和铭基来到了热情的加勒比海滨城市卡塔赫纳。加勒比地区总令人感觉活力四射，不仅仅是阳光和海水的缘故，还因为这里有更多的黑人（当年欧洲殖民者把无数黑人当作奴隶贩卖到此的结果）。黑人与拉丁人的组合足以令一切忧郁烦恼都化为泡沫，一接近他们你就能感受到那种热情澎湃的生命力——在身体里，在音乐里，在舞蹈里，在生活里。

旅途中无论是殖民城还是海滨度假圣地都看了不少，卡塔赫纳虽然美丽却并未超出想象的范畴。我对鹅卵石路、教堂、殖民风格的老房子和生长着

卡塔赫纳附近的泥火山 El Totumo 只有 15 米高，大家来"爬"这个火山的唯一目的就是泡泥浆浴。

九重葛的大阳台都已心生倦意，却只是一味地着迷于水果摊上那些我从未见过的热带水果——紫色的"高尔夫球"、大鸡蛋形状的"西红柿"、绿色心形的"荔枝"、里面黏糊糊一团的"枇杷"……以及无数神秘的东西。我在小摊上流连忘返，根本提不起精神去参观景点，直到铭基向我提起卡塔赫纳附近的一座泥火山。

泥……火山？

是啊，铭基说，你还可以跳进火山口，在里面泡个泥浆浴呢！

疯狂的哥伦比亚！这件事听起来和尼加拉瓜的"火山滑板"同样荒谬，可是人在旅途总是什么都想试试，我和铭基第二天就混在一堆哥伦比亚游客中出发了。

坐了大约 40 分钟的车，司机开进了一条砂石路，很快我们的前方就出现了一个灰色的土堆。

我不可置信地望着它。这就是……火山？

没错，周围的人纷纷点头。这个五层楼高的土堆就是哥伦比亚最高的泥火山 Volcán de Lodo El Totumo，虽然它只高于地面 15 米，但据说我们即将跳进的火山口里面却有几百米深——我尽量不去细想这件事。这座微型火山的特别之处在于：它并不像其他火山那样喷出火热的熔岩之类足以置人于死地的东西，而是温柔地咕嘟咕嘟地吐出泥浆——地下腐烂的有机物散发的气体压力导致了这种现象。

大家纷纷脱到只剩泳衣，从火山一侧的木梯爬上顶端的火山口。从山顶能看到辽阔的湖泊和绿色的山丘，可我根本没空欣赏美景，注意力全都集中在了那个翻腾着灰色浓稠泥浆的火山口——以及无数被泥浆所覆盖的身体。

"呃……看起来有点恶心，我不太确定我想下去……"身后的一位美国女游客轻声对她的同伴说。

虽然知道肯定有成千上万的身体在这滩泥浆里泡过，我还是迫不及待地跳了下去。

第一感觉是奇怪，却也挺舒服的。厚厚的泥浆温柔地将我包裹住，它不冷不热，黏稠度好似酸奶，又或者是融化的棉花糖。泥浆有着新鲜水泥的那种颜色，散发出轻微的硫磺气味。据说它含有多种矿物质，有护肤和治疗的功效——虽然好像所有地方的泥都这么自诩。

我的双腿漂了起来。泥浆自然地托举着我的身体，令我无法下沉，和当年在死海的体验一模一样，只是感觉更为超现实——我无法相信自己正泡在一座火山里！

由于泥浆的浮力和阻力（也因为周围摩肩接踵的身体们），移动比想象中困难，而且一不留神整个人就会脸朝上或者朝下地漂浮起来，我和铭基常常要互相帮忙，把对方"扳"回到站立的姿势。有位哥伦比亚阿姨简直吓坏了，她拼命地抓住我来保持平衡，我觉得她该剪剪指甲了……我试图让自己沉得更深，可是泥浆的力量又再次将我推了上去，所以淹死在里面几乎是不可能的事情。

虽然并没有那时的记忆，可在某几个瞬间，我感觉像是回到了母亲的子宫里——当然，子宫里可没这么多人。

当地村民围在火山口外面帮我们这些游客拍照，每个人的脖子上都挂着好几部相机。此时我和铭基已经从头到脚都裹满泥浆，活像两个泥人儿一般朝着镜头露出傻笑。这些村民还向游客们提供按摩服务来赚取小费，我和铭基也享受了十分钟的全身按摩。虽然那个"按摩师"一副百无聊赖的样子，干起活来也偷工减料，可这仍是不同寻常的体验。因为一直处于漂浮状态，我们的肚子和背部可以被同时按摩到，身体有种古怪的失重感。泥浆灌满了我的耳朵，世界上所有的声音好像都从水下发出。"按摩师"更像是"搓泥师"，从我的头皮一直搓到脚趾。他的结束动作是将我整个推到泥浆下面浸一个来回，我屏住呼吸，努力憋住笑，以免泥浆灌进嘴里。漂在火山口里接受全身按摩——听起来简直和在热带雨林中打高尔夫球一样荒诞不经。

然而奇妙的历程远未结束——现在是时候去洗澡了。我们俩抹着眼皮掏着耳朵，泥浆四溅地走下木梯，走到附近的一个湖里准备清洗自己，而几个提着大塑料桶的当地女人立刻朝我们扑了上来。在意识到发生了什么事之前，我已经被重重地推了一把。"蹲下！"一位大妈大声对我吼道。我赶紧顺从地蹲在湖里，水面刚刚浸到脖子。铭基同学也已经被另一个女人领走，正同样狼狈不堪地蹲在不远处的湖水中。

与"摄影师"和"按摩师"一样，"洗澡工"也是当地村民为了增加收入而发明的"工种"。不过它的确有存在的必要，因为糊满全身的泥浆真的很难凭一己之力洗掉。很快我就几乎无法喘息了，因为一桶接一桶的湖水正从我的头顶直浇而下。大妈大力地揉搓着我的头发，手指插进我的耳朵里，泥浆和细碎的泥块如雨点般落入水中。

根本来不及反应，我身上比基尼的上下部分又突然被大妈粗鲁地拽下，对着水面猛甩狂抽，用力地搓掉上面的淤泥。还沉浸在震惊中的我呆若木鸡地蹲在湖水里，全身赤裸，而周围的水域里还蹲着好几个陌生的男生。天哪！我从未想到泥火山之行还包括了被当地人脱光衣服洗来洗去这个部分，还好湖水是浑浊的……大家都心照不宣地低着头，避免眼神接触。我没转头去看

在哥伦比亚的边境小镇 Ipiales 附近，有一座名为 Las Lajas Sanctuary 的教堂横跨着山谷依山而建。据说是因为圣母曾在河边悬崖的一块大石头山上显灵，而那一块石头已经现在成为教堂内的主祭坛。

铭基，但我希望他的泳裤是他自己脱的……

正如被脱下时一般突兀，我的泳衣又被大妈穿回原处。我终于松了一口气，从水中站起来——嗯，感觉的确比来的时候干净多了。正当我跟跟跄跄神思恍惚地朝岸边走去，准备走回大巴的时候，不经意间一低头，最后的"惊喜"再次令我浑身一哆嗦，立刻扑入水中——

我的比基尼……被她穿反了……

还是栽在你手里

世界上所有的边境城市都有种特别的气氛，像是将两个国家的空气倒在一起搅拌之后形成的味道。来到哥伦比亚的边陲小城伊皮亚莱斯后，真的能从空气中感觉到近在咫尺的厄瓜多尔。这里的人们肤色更深，个子更矮，西式的服装中也开始掺杂了毡帽和羊毛斗篷。城市本身平淡无奇，城郊却偏偏有座壮观无比的峡谷大教堂。

Santuario de las Lajas 是世界上唯一的峡谷教堂，横跨着一个险峻的峡谷依山而建，哥特式的尖塔直插云霄，光是外观就宏伟神秘震撼人心，是不折不扣的建筑奇迹，更何况传说中更伟大的奇迹就在此地发生——据说圣母玛利亚曾在河边悬崖的一块巨石上显灵，而这块石头如今便成了教堂的主祭坛。都说科学是人类社会进步的动力，我却觉得宗教的力量也同样不容小觑。

听说哥伦比亚和厄瓜多尔交界的地区局势不稳，反政府武装常在这片地区的丛林地带安营扎寨，政府也鞭长莫及。然而伊皮亚莱斯一派平静，根本看不出危险的迹象。可是城里一家"中华酒家"的华人老板娘却连连摇头，觉得我太傻太天真，"危险不危险是看不出来的，你们还是在白天过境然后坐车去基多吧，一路千万小心哪！"

听从她的建议，我们在白天到达了边境的办事处。此地是彻底的无组织无纪律，很多黑市贩子就公然在大厅里走来走去，手中甩动着一沓厚厚的钞票，向每位经过的游客招揽生意。一位戴着棒球帽的黄牛径直朝我们走来，铭基犹豫了一下，还是停住了脚步。

旅行至今，只要官方汇率和黑市汇率相差不大，我们一般都用英国的银行卡从取款机直接取出当地货币，离开一个国家前再将多余的本地货币换回美元或下个国家的货币。边境之地黑市一向活跃，我们已经和各国黄牛做过无数次交易了，只要自己谨慎一点，一般都不会有什么问题。

现在我们手里的确有些多余的哥伦比亚比索，而下一站厄瓜多尔又使用美元，铭基于是和那黄牛商议起汇率来。黄牛掏出计算器按了一个数字，铭基摇头，拉起我就走。过了一会儿却又被那黄牛叫住，他走过来拍拍我们的肩膀，又在计算器上按了一个新的汇率数字，这次我们接受了。

黄牛在计算器上熟稔地演算着我们的比索能换到的美元金额，手指灵活地上下翻飞。他把计算器递过来，让我们看屏幕上的数字。

其实我本来知道大概能换多少美元的，可是不知怎的，那一瞬间脑子忽然空白一片，什么都想不起来！我呆呆地盯着那个数字——它对吗？多了还是少了？我发觉自己居然无法作出判断，大脑好像暂时停止了运作……

我把希望寄托在对面的铭基身上，希望他知道自己在干什么，然而奇怪的事情发生了——他的目光也忽然变得呆滞，眼皮耷拉着，眼珠就像蒙上了一层灰色的薄雾。

看到一向警觉机敏的铭基露出这副表情，我的心不由微微抽动了一下。可是，仍然不知出于什么原因，我没有上前提醒他，而是眼睁睁地看着他木然地点头，又木然地把一小沓比索交出去，换回一些美元钞票……

黄牛走了。我们俩失魂落魄地站在原地。不知道过了多久，就像封住的穴道忽然被解开，我浑身一激灵，脑子里一道闪电闪过——

不对！

铭基手里的美元倒不是假的，可是数额不对——我飞快地心算了一下——不是几美元的损失，而是少了至少 60 美元！

铭基脸上的表情意味着他也已经清醒过来了，怎么会这样呢？我们俩面面相觑。60 美元！怎么会这样呢？！

60 美元说多也不算多，可对我们来说这真是奇耻大辱。数学一向是我和铭基的强项，两个人在工作中成天和数字打交道，旅途中换钱也从未失过手，更何况铭基心思细密，我反应也挺快，怎么竟会栽在这个黄牛手里，还栽了个这么大个跟头？

我拼命地回忆着刚才的每一个细节。他对我们说了什么？做了什么？我们为什么会在换钱时不约而同地陷入恍惚？是自己放松了警惕，还是被人施了诡计？……

可是一切都已无从追寻了。

带着既懊恼又困惑的心情，我们步行走过边境，走向厄瓜多尔开阔的大地。哥伦比亚已在身后了，我回头再看它一眼，又想起了流传在背包客间的种种传说。Colombia，Loco-mbia，我在心里苦笑着，最终我还是没能逃脱你的魔咒啊……

坐落在高山之巅，曾经失落数百年的马丘比丘如今却并不难抵达。尽管如此，每年还是有成千上万名背包客放着舒服的火车不坐，偏要不辞辛苦地跋涉四天，沿着著名的「Inca Trail」（印加古道）徒步走到马丘比丘。

PART 12
古道西风草泥马

在印加古道上徒步。

一

此趟拉美之旅，不管我怎样反复给自己打"没有期望就不会失望"的心理预防针，还是有一个地方是无法免疫也刀枪不入的。

我从小就在书本和电视中看到无数关于它的图片和故事，所有去过和没去过那里的人谈起它时都会露出恋爱般的神情，它点燃了我对南美这片神秘土地最初的兴趣。

它是马丘比丘，南美大陆上最壮观的考古遗迹。

坐落在高山之巅，曾经失落数百年的马丘比丘如今却并不难抵达，便利的火车和汽车使得住在附近古印加帝国首都库斯科城的游客们可以轻松地来个"马丘比丘一日游"。尽管如此，每年还是有成千上万名背包客放着舒服的火车不坐，偏要不辞辛苦地跋涉四天，沿着著名的"Inca Trail"（印加古道）徒步走到马丘比丘。

印加古道是南美洲最著名的徒步旅游路线。印加帝国从15世纪开始沿着安第斯山脉修建了这条山路，它不仅是当时统治者传达政令和印加人进行贸易的交通动脉，更是供人们前往圣城马丘比丘的朝圣之路。正是因为承载着如此丰厚的历史和人文背景，许多来瞻仰印加古文明的人都相信，跋涉印加古道是最能体验这个古文明本质的一种旅行方式。

由于秘鲁政府一直在尽力阻止对古道的破坏，经营这条路线的旅行社每年必须缴纳高额的年费和税金，因此旅行团的价格也在节节攀升。再加上政府对每天进入古道的人数有严格的限制，游客们往往需要提前几个月预订。于是我们五月便上网预订，总算保住了九月一日徒步团的名额。

几年前我在一位公司同事的家里看到他和女朋友徒步印加古道的照片,当时印象最深的倒不是照片中的风景,而是他女朋友拄着登山杖坐在石头台阶上哭泣的情景。同事指着那张照片哈哈大笑,语气一点也不怜玉惜香,"这里就是那个'dead woman's pass'(死女人山口),海拔四千多,是整条路线中的最高点,很多人到了这里都有高原反应,喘不过气来……你看她多没用,居然累到哭了……我赶紧拍了一张她坐在那里流眼泪的照片,哈哈哈哈哈……"

出发去印加古道的前几天,我总是想起同事幸灾乐祸的脸,心里忽然有点不安。其实我并不害怕高海拔——我自认是个非常适合在高海拔地区生活的人,从未有过任何高原反应。可是……一个月前在委内瑞拉的罗赖马之行着实震撼了我的弱小心灵——超出体力极限的徒步,下山时发抖的膝盖,永远在滴水的衣裤鞋袜,艰苦的露营条件,满天飞的蚊虫,令人抓狂的如厕场所……导致我现在一听到"徒步"或者"露营"这几个字,都会下意识地倒吸一口冷气。

而更令我担心的是:罗赖马虽然艰苦,景色之奇崛壮美却是举世罕见,会不会因此产生"五岳归来不看山"的心理效应?我对马丘比丘充满期待,可是通往马丘比丘的印加古道是否也同样精彩?

出发前我们去旅行社看团友名单,一看之下,我和铭基都默默地叹了口气——美国人。又是美国人。除了我们和两个澳大利亚人之外,其余的八个团友竟然都是美国人。

出发前一天晚上,旅行社要求所有团员到办公室开会讨论行程和注意事项,结果十二个人只来了七个。团员中有三对夫妇:我和铭基,美国人 Brian 和他的美籍波兰裔妻子 Johanna,澳大利亚人 Brenden 和 Lisa。剩下的六个美国人是个小团体,他们是一起报名的。可是那天晚上我们只见到了"六人团"中的 Laura,其他五个人不知正在哪里 high 呢。

二

正式出发的时候天都没亮,只睡了几个小时的众人全都困得要死,一上车

秘鲁，库斯科到圣谷的路上。

就昏睡过去。直到车停在路边餐厅，大家坐下来吃早饭的时候，才纷纷打起精神互相作自我介绍。坐在我旁边的 Matt 是"六人团"的一员，他一坐下来就把双手撑在桌子上大呼小叫："嗯？怎么回事？为什么我坐得比你们都低呢？"

"是你的椅子特别低吧？……"大家纷纷低头弯腰去检查他的椅子。

Matt 忽然笑了，"其实……是因为我个子矮……哈哈哈！"

我正在默默地忍笑，Matt 又忽然凑过来扯我的袖子，"哎呀，我喜欢你的外套！"

我还没来得及说谢谢，他又自顾自地揪住我的外套仔细鉴定，"这个是不是特别防水？Diana 也有一件这个牌子的……哦，Diana 就是坐你对面那个女生，我们几个一起来的……我这次居然没带防水外套，你说我是不是疯了？还有你看我的鞋……我大概是咱们团里准备最不充分的人了……对了，你有没有登山杖……"

我忽然开始喜欢起这个极其话痨的自来熟的长得酷似喜剧演员 Ben Stiller 的美国男生，更令我倍感亲切的是，他的语气举止都像极了我在英国的 gay 蜜。

"六人团"——Matt, Diana, Laura, Rusty, Ethan, Kayden, 都是读法学院研究生时的同学兼好友，最近刚刚毕业，几个人约好在上班之前来南美洲进行一次最后的"毕业旅行"。六个人一看就是那种关系好到可以同穿一条裤子的死党，总令我想起那部经典美剧《老友记》。互相关心的时候温馨得要命，无论是食物还是牙膏、肥皂、毛巾、防晒霜……统统可以共享。可是互相挖苦的时候也毫不留情：Rusty 常常提到自己的 iPad，Ethan 于是挖苦他："好啦，我们都知道你有一个 iPad，你到底要说多少次？"Rusty 也马上还击："你呢？你到底要说多少次你在日本工作过这件事？"看到他们，我忽然疯狂地想念我在英国时的那一群好友们。曾经我们也一起去过那么多的地方——普罗旺斯、希腊、马耳他、土耳其、意大利、约旦、以色列……如今大家天各一方，何时才能再次一起旅行？

相比起"六人团"的活泼闹腾，其余两对夫妇则安静得多。澳大利亚夫妇简直可以用"沉默寡言"来形容，一点也不像背包客。可是他们已经在路上走了一年多，并且还准备"无限期"地走下去，这令我和铭基不无嫉妒地疑心他们是不是中了六合彩……另一对夫妇 Brian 和 Johanna 也很有意思：Brian 是个"非典型美国人"，眼神敏感，说话轻声细语，身为品牌经理却梦想着成为作家，整个人谦虚温柔得如同一潭静水。而在波兰出生长大的 Johanna 却完全是一副美国做派，而且给人感觉有点做作和虚假。她在一家投资银行做后台工作，可是和别人说起来却以 investment banker（投资银行家）自居，令我想起以前在伦敦工作时遇到的"大话精"们。几天相处下来，我和铭基已经达成了一致的意见：我们都喜欢 Brian，可是不怎么喜欢 Johanna。我们也因此感叹，天下夫妻的相处之道真是有千千万万种，性格如此不同的两个人居然也相处融洽恩爱甚笃，爱情实在是世上最难解的谜题。

三

印加古道之行在第一天的午饭时分就给了我一个巨大的震撼——蓝色的大帐篷里摆上了桌椅，桌子上是整整齐齐的全套餐具和纸巾。我和铭基都惊得倒退三步，面面相觑。在罗赖马时，我们不是在山洞中就是在没有墙壁屋顶漏水的棚屋中吃饭，碗碟餐具都直接放在泥地上。吃饭的时候，大家要么猥琐地蹲在地上，要么找块石头坐下来，哪有如此奢侈的桌椅可以享受？！

铭基忽然用力抓住我的胳膊，声音都激动得结巴了起来："你……你看！那是什么？"

我顺着他的目光望去——

帐篷外赫然是十二个盛满水的小水盆，旁边还放着一块大香皂，一个挑夫正在打手势让我们过去洗手。

我们好像梦游一般慢慢走过去洗手，洗完了站起来，挑夫笑眯眯地递上一块毛巾给我们擦手。

我轻轻地抚摸着那块毛巾，感觉奢侈得近乎不真实。热水！香皂！毛巾！我努力地回忆着——在罗赖马徒步的那六天里，我们有没有在任何一餐饭前洗过手？

没有，真的没有……

大家坐在帐篷里，端上来的饭菜又令我的心脏都漏跳一拍。先是美味的热汤，然后是源源不断的各种蔬菜、沙拉、肉类、主食……午餐是自助的形式，分量大得根本吃不完，我这才信了导游出发前说的那句话："我们会让你们吃得非常好。四天辛苦的徒步结束后，你们反而都会长胖……"

这饭菜的好味道一尝便知出自专业厨师之手，可是直到那个穿着厨师制服、戴着厨师帽的腼腆小伙子站在我们面前，我才终于确信这是真的——他们真的随团配备了专业厨师！

这趟印加古道之旅，厨师还特别作了新尝试。第二天的午饭中有一道菜居然是 ceviche！Ceviche 是秘鲁人非常喜欢的柠檬汁腌海鲜，做法并不复杂，只要将海鲜或生鱼片腌泡在加了橄榄油和香料的柠檬汁中再加以搅拌便是人间美味了。可是……海拔 4000 多米的 ceviche！这得要怎样的决心和手段，才能把生鱼片一路背上安第斯山？我也无法想象"印加古道的厨师"这份工作，每天他要和我们一起辛苦爬山，走得比我们更快。到达营地后我们可以休息了，他的工作却才正式开始，做的还不是简单的饭菜，而是精美的大餐。

我们这个团一共有十四个挑夫，他们全都长得黝黑瘦小，个子比我还要矮上一截。可是走起路来脚底生风，背着几十公斤的东西也照样身手敏捷，

秘鲁，在普诺路上遇见的小女孩和小羊驼。

而且脚上不过是一双拖鞋而已！不过他们之中有一个年轻的挑夫走得比其他人慢得多，攀登全程最具挑战性的"死女人山口"时，他一直与我和铭基同行，我们保持匀速可是基本上不休息，他却总是先快速走一段超过我们，然后停下来休息，等到我们赶上他，他又再次发力加速，然后又坐下来休息……他面色涨红，脸上全是汗水，喘得比我们还厉害。每次看到他我俩都心生疑惑——是新手吗？为什么他看起来比所有人都累的样子？

到了营地我们才恍然大悟——那小伙子解开随身背的大包裹，露出一个巨大的煤气罐……是的，煤气罐……

我很喜欢我们的挑夫。他们大多是来自库斯科附近小镇Ollantaytmbo的原住民，脸型五官一看便知是不折不扣的印加帝国的后代。他们不善言辞，可举止风度都是一派淳朴。虽然从事的是整天和游客打交道的工作，却一点也没沾上那股旅游业人士常有的圆滑和江湖气。挑夫们工作量极大，从早到晚都忙个不停。他们天不亮就要起床，帮助厨师准备早饭，然后摇帐篷叫我们起床，并端来新泡的古柯茶，打好一盆热水放在帐篷外面供我们洗漱。我们吃完早饭便可以轻松上路了，他们却还要洗碗，收拾帐篷地垫，整理各种物资设备……然后又要每人背着几十公斤的东西匆匆赶路超越我们，赶往下一个营地扎营和准备餐饮……晚上我们躺在帐篷里,因为吃得太饱而睡不着的时候,往往还能听见挑夫们在洗碗碟的声音,背景还有小收音机传出的细碎的音乐声。除了嚼古柯叶之外,这大概就是他们一天中唯一的娱乐时间了。

每次看到挑夫们忙前忙后地"服侍"我们,我都感觉特别不安。虽说是以金钱交换劳力的交易,可是我知道旅行社才是大赢家,挑夫们最终拿到的报酬实在少得可怜。而且游客们在途中受伤的话会有旅游医疗保险,可挑夫们若是受伤则毫无保障,只能自己承担一切后果……这总令我有一种正在剥削贫苦劳动力的"地主大爷"的感觉。可是话说回来,任何人在生活中都逃不过被剥削的命运——被企业和资本家剥削,被虚荣、嫉妒、愤怒和无望剥削,连先知和圣徒都被他们的上帝剥削。

在委内瑞拉爬罗赖马山的时候,六天行程八个游客,只用了一个导游和一个挑夫;可是印加古道的四天行程十二个游客,却足足配备了两个导游、一个厨师加十四位挑夫……这惊人的对比足以凸显这印加古道徒步之旅的"奢侈"。帐篷又新又宽敞,地垫厚实有弹性,羽绒睡袋(每天起来都沾了一身鸭毛)暖和得让人在零度以下的夜里都流汗……我们再也不用担心帐篷漏水,也再也不会被凹凸不平的坚硬地面硌得腰酸背痛,更不会穿着抓绒衣和厚袜子还冷得无法入睡……

罗赖马最令我抓狂的就是上厕所这件事,尤其是在塑料袋里大便更是难倒英雄好汉。记得当时到了最后,在塑料袋全都用光了的情况下,导游弗兰克只好退让一步,"好吧,你们可以找个不会污染水源的地方大便,完了用草叶和泥土把它掩盖起来,但是记得把纸带回来!"我们在一旁听得几乎要昏厥过去——把纸带回来?!怎么"带回来"?没有塑料袋怎么带回来?!

一朝被蛇咬,十年怕井绳,我这次特地准备了很多很多的塑料袋和卫生纸。然而出乎我意料的是,这里的每一个宿营地都有永久性的厕所。Laura去完厕所之后我问她里面怎么样,她皱皱眉头说:"嗯……干净肯定是谈不上了,凑合着用呗。"我自己去到里面一看——这和罗赖马比起来根本就是天堂啊天堂!虽然是蹲坑,但已经算是非常干净了,而且还可以冲水!我呆呆地站在厕所里,听着那冲水的声音,忍不住仰天长啸,壮怀激烈……

事实证明罗赖马在饮食起居方面给我们留下了巨大的心理阴影,导致我们为印加古道行准备得有点充分过头了。我们带了无数的零食,可是旅行社除了一日三餐之外还另外分配了各种饼干、水果、能量棒和巧克力,搞得我们像两只松鼠一样成天窸窸窣窣地狂吃东西;因为害怕再次被淋成落汤鸡,我们每天都用大大小小的塑料袋仔细包扎好包括睡袋和地垫在内的每一件东西,结果四天之内只在第二天晚上下了一点雨,连新买的雨衣都完全没有派上用场;罗赖马的蚊虫多得令人崩溃,身上的包已经无法统计了,连脸上都被咬了六个包。这次导游也说这里有一种本地蚊虫叫作 Puma wakachi,意思是连美洲豹被它叮咬了都会哭泣。由于害怕再一次被毁容,我一听到"蚊虫"两个字就心跳加速,赶紧往全身狂喷驱蚊剂,可是直到徒步结束也只被叮了两个包而已……

四

都说徒步印加古道是辛苦的行程,可是我和铭基都不觉得特别艰难,大概是经历过"磨炼"的缘故吧,总算是没给中国人丢脸。不过其实除了 Brian 和 Johanna 夫妇之外,我们团里其他人体力都很好,爬起山来生龙活虎,连挑夫都常常追不上我们,令见多识广的两位导游都大跌眼镜。尤其是曾在高海拔的哥伦比亚首都波哥大跑过马拉松的 Matt,他总是一边爬山一边不停地说话,连大气都不喘一下,轻松得如履平地。攀上"死女人山口"时大家都沉默着大口喘着气往上爬,整条路上只听见 Matt 在前面一个人大声谈笑,连呼吸都丝毫没有紊乱,真神人也。

那么传说中的印加古道究竟风景如何?能否打破罗赖马那"一见杨过误终身"的魔咒?

公正地说,两者实在很难比较。罗赖马的奇幻主要在于山形的奇特和山顶的风光,登山的过程除了异常辛苦之外倒也没什么特别(当然那辛苦现在回忆起来也是别有一番乐趣)。而我原以为跋涉印加古道的心理意义要远远超过沿途风景,没想到这条朝圣之路的景致也真正是天下无双。尽管全长不过 43 公里，可是印加人开辟的这条古道蜿蜒曲折，全程在安第斯群山间上上下下，沿途经过三个高海拔山口，景色的转变令人目不暇接。这一刻你还在汹涌的乌鲁班巴河畔，下一刻已经可以看见峰顶积雪的比尔卡班巴山脉。昨天你还站在山口的古驿站眺望山间的湖水和水墨画一般的芦苇丛，今天却又在穿过一条刻入岩石的印加隧道之后进入了不可思议的雾林，被雾林所特有的参天大树和各种形态的兰花围绕……

在崇山峻岭间徒步令人真正感觉到自己是天空和大地的臣民，你能敏锐地察觉到天地间的每一丝变化——天色的明暗，云朵的移动，空气的湿度，泥土的气息，风的方向，植物的清香，全都令人感怀至深。只有在这样的时刻，世界才会放慢速度在心弦上跑过，奏出丰富的乐声。

在自然风景之外，一路上看到的古印加遗址是此行最大的惊喜。印加古道沿途修建了许多哨卡、驿站和祭典中心，有些至今仍保存得十分完好。当年的印加帝国幅员辽阔，其版图涵盖了今日南美洲的哥伦比亚、厄瓜多尔、秘鲁、玻利维亚、智利、阿根廷一带，帝国的重心区域分布在安第斯山脉上，因此每隔数公里就要建设哨卡和驿站，既作为防御据点保卫印加交通网，同时也是传递情报信息的联络站。据说每座驿站中都储存着食物和必需的生活用品，在印加交通网上旅行的人们可以免费投宿于此，并享用此处的食物和生活用品。

众多印加遗址中，我最喜欢的是第三天下午到达的 Wiñay Wayna。"Wiñay Wayna"的英文意思是"Eternal Youth"，中文大概可以翻作"常青"。Wiñay Wayna 建立在一个陡峭的山坡之上，可以俯瞰乌鲁班巴河。遗址由一些高高低低错落有致的房屋组成，由台阶和喷泉结构连接，房屋北面的山坡上也和其他遗址一样遍布着大片的印加梯田。导游说这个地方在古代很可能是供那些前往马丘比丘的疲惫的旅行者投宿之用，我们也正是在去马丘比丘的前一晚在这附近扎营。

当年种满玉米和土豆的梯田如今已满是寂寂芳草，整个遗址都被一片苍翠所包围，安静得只能听到山间的风声。Wiñay Wayna 是个容易被忽略的古迹，因为它和马丘比丘离得那么近，知名度却远远不及后者，可我却在这里找到了

秘鲁，徒步印加古道的第三天比较轻松，早上只爬了三个多小时就已经到达营地。明天要很早很早起来，做最后冲刺到马丘比丘。

没有被名声和期待所污染的纯净。导游在介绍印加人的信仰和文化时常常提到"mountain spirit"（山灵）这个词，我一向对这些超自然的感应十分迟钝，可是唯有在这片寂静中才真的隐隐感到了山灵的存在。其实或许那也并不是什么神秘的灵魂接触，而是人与自然最原始的互动和呼应。我记得三毛在《万水千山走遍》里说："什么叫草原，什么叫真正的高山，是上了安第斯高地之后才得的领悟，如果说大地的风景也能感化一个人的心灵，那么我是得道了的一个。"我肯定算不上是"得道了的一个"，可是倚靠在斑驳的石墙上望着那片青翠的寂寞，我忽然体会到一种说不清的惆怅和依恋。到了后来，连自身的存在感也渐渐消失在山谷与微风之中了，仿佛在这童贞般的纯净中忘却了自己，又或者是，你就是历史，你也是此刻，你就是我，因为我看见了你。

五

第三天晚上大家都有点小兴奋，因为明天一早就能抵达此行的目的地马丘比丘了。对于很多旅人来说,这是南美大陆旅程中最激动人心的一刻。导游 Aldo 说明天清晨会有千军万马在管理处门口排队,等着五点半一开门就冲向马丘比丘。所以我们必须在三点半就起床,迅速吃个早餐,然后赶去管理处门口"占座"。

一听说要占座,大家的好胜心全都被撩起来了。尤其是"六人团",这几个大好青年全都是美国顶级名校出身,竞争意识本来就比一般人要强烈得多,Laura 当即一拍桌子,"Aldo,你就说吧!要怎么做才可以当第一名,把其他旅行团的人统统打败?"其他几个人也纷纷附和,一个个都拍着胸脯表决心。Matt 情绪激昂,"真的!Aldo!我们可以整夜不睡的!"Ethan 也挥舞着拳头说:"不如我们现在就杀去管理处门口占座怎么样?"

"六人团"中唯一有心无力的就是 Kayden。前几天他都精神抖擞得像一只美洲豹,可是第三天下午忽然开始不舒服,头痛,恶心,不想吃东西,一会儿发冷一会儿发热。眼看已经走到马丘比丘门口了,这下真是飞来横祸。当下大家讨论得热火朝天,他却只能默默坐在帐篷外面的地上,抱着脑袋一声不吭。马丘比丘,真的不是那么容易抵达的地方啊。我感慨地想。

Aldo 根本不拿"六人团"的疯狂当回事,只是挥挥手让大家别闹了。众人热血渐渐冷却后,忽然又开始担心起另一个问题,"Aldo,明天不会下雨吧?"

徒步几天都是风和日丽,万一在最重要的一天下雨,那可就太扫兴了。

"看样子是不会啦,不过,如果真的下雨的话……"Aldo 忽然卖了个关子,嘴角浮现一丝诡异的笑容。

"怎样?"我们都急死了。

"如果真的下雨的话,我们就拿 Hugo 祭天吧!Hugo 还是处男之身哦,用他祭天最合适了……"

一旁的 Hugo 脸都气歪了。他是我们团的副导游,据说是个"沙门",性格倒是十分有趣。Hugo 是百分百纯血的印加后裔克丘亚人,长长的鹰钩鼻,骄傲的神情,棕色的脸庞宛如上好的皮革。Aldo 每次向我们介绍印加遗址时都会说"Hugo 的祖先们当年如何如何",Hugo 也极度自豪于自己的血统,总是一逮着机会就向我们灌输古印加文化和传统,自己一脸陶醉地直呼"Beautiful"。其实本是一片好心，只是他英语不够好，说话又啰唆得不得了，大家总是听得一头雾水，直接问他问题也得不到清楚的答案。以至于到了后来，只要轮到他登场演讲，众人就忍不住地开始犯困。每次 Hugo 激情演讲完毕问"你们有什么问题吗"的时候，全场就是一片死寂，因为大家都害怕万一触到他的话匣子，他真的可以没完没了地说下去。有一次我居然听到一向斯文沉默的澳大利亚人 Brenden 在散场后悄悄对他妻子说："刚才谁要敢再问他问题，我连杀了他的心都有……"

Hugo 的英语程度是个谜。有时他可以用英语开出很有水平的玩笑，有时又幼稚得像是刚入门的小学生。早晨起来他遇见 Diana，热情地向她打招呼："早上好呀小姐！你好吗？"Diana 回应："我很好，你呢？"Hugo 又热情洋溢地说："我也很好，你好吗？"Diana 一头雾水——难道要一直循环下去吗？

爬山的时候遇到一大片极其陡峭的石头台阶，几乎呈 90 度垂直于地面，Hugo 在一旁介绍说印加人管这些台阶叫"Spanish killer"（西班牙人杀手），意思是西班牙殖民者没法登上这些台阶。他一脸严肃地对我说："你知道吗？我们印加子孙都恨西班牙人！他们杀了我的父亲，杀了我的儿子……"我一开始听得心惊肉跳——谁？谁杀了他的儿子？他哪有儿子？后来才反应过来，这大概又是他别出心裁的象征手法……

有时我会忍不住好奇——如果团里有西班牙人，他大概不会对他们说这些吧？如果我是西班牙人，行走在印加古道上，会生发出怎样的感慨？恐怕会觉得讽刺吧——当年的印加人不想让西班牙殖民者知道马丘比丘的存在，而西班牙也的确在长达 300 年的殖民统治期间对它一无所知，然而如今的殖民者后代却在印加子孙的带领和讲解下朝这座失落之城走去。

每天吃完晚饭互道晚安的时候，Hugo 总是充满母爱地对我们说："睡吧，像一只 baby alpaca（小羊驼）那样睡去吧，明天早上，像一头 puma（美洲豹）那样醒来！"羊驼是南美洲安第斯高原最常见的动物，性情温顺，长相也十分滑稽可爱。自从被中国网民封为"神兽"之后，它们也以"草泥马"的名字在中国民间飞速蹿红。除了毛质优良可做织物的 alpaca 之外，能够负重的 llama（大羊驼）也是草泥马中的一种，在秘鲁的高原上几乎随处可见，就连行走在印加古道上,都能看见对面山谷里的草泥马们正在悠闲地吃草。两位导游帮大家拍集体照的时候总是让我们齐声说"sexy llama legs"(性感的草泥马腿……),这个简直比挠痒痒还有效,大家一听到就会笑昏过去。

因为 llama 的肉可以食用,Hugo 满怀憧憬地告诉我他将来要开一家以 llama 肉来做汉堡的快餐店。因为英国有间汉堡快餐连锁店叫"Burger King",Hugo 决定给他未来的店取名为"Llama King"……真是气势非凡的名字啊——草泥马之王!

六

尽管第四天早上我们团三点半就起床,很不幸还是没有抢到第一名的宝座,只得屈居第二。等到五点半开门的时候,门口的队伍已经长得吓人了。进门后还要走大约两个小时才能到达可以俯瞰马丘比丘的"太阳门"(据说每年 9 月 21 日,黎明的第一缕曙光总会准确无误地穿过太阳门正中央)。像我们这些徒步四天印加古道的,都想赶在乘火车来马丘比丘"一日游"的千军万马之前抵达那块宝地享受短暂的清静时光,因此所有人都在拼了老命地飞速往前走。小径十分狭窄,最多只能容两人并排行走,后面有两个其他团的游客一直想超越我们,Ethan 火大了,干脆耍起小孩子脾气,张开双臂一边做阻拦状一边往前走。我在后面看着直乐——这些美国小屁孩!

我们最终还是在清静人少的情况下抵达了马丘比丘,游客们都会做的典型傻事一样没落下:各种位置、远远近近、大大小小的照片拍了一大堆,还特地爬上后面陡峭的 Huayna Picchu 俯瞰整个城市的形状。我个人觉得马丘比丘更适于远观,它像一只安第斯神鹰雄踞于高山之巅,为群山环绕,被云雾笼罩,一双翅膀覆盖在两端悬崖险峻的狭窄山脊上,俯视着谷底水流湍急的乌鲁班巴河。如此惊人的地形和气派让人看得发呆,这简直是一座空中城堡!可是当年究竟为何要在这里建造这么一座城市?

没有人知道答案。有人说因为印加人崇拜太阳,因此特地选择这样高的位置造一座城，只为和太阳更近一些；也有人说马丘比丘是一个举行各种宗教祭祀典礼的活动中心，平时只有一些人居住在这里照料寺庙和祭坛，大部分人要到宗教节日才到这里来；而最近的考古发现则认为马丘比丘是印加贵族的乡间休养场所，类似于罗马庄园……

然而更有可能的是：马丘比丘只是一个偏远的前哨，不过由于其渺小和偏远幸存下来，而规模更大也更重要的那些印加据点却早已遭到了抢劫和破坏。这种解释听起来一点也不浪漫，然而我却觉得，如果身为"世界新七大奇迹"之一的马丘比丘在当年其实压根没什么特别，这倒反而愈发凸显了古印加文明的辉煌。

徒步三天，穿越崇山峻岭溪水雾林来到这里，我才真正明白为什么马丘比丘在几百年间都无人涉足，直到1911年才被发现。城址太过隐蔽险峻，四周景象又太过神秘，高山之巅云雾缭绕人迹罕至，几百年间又被覆盖在浓密的丛林之下，实在不是那么容易被发现的。

也正因如此，马丘比丘城中的一切至今仍保留着当初的模样，城里神殿、祭坛、城墙、街道、水道、墓室、居室、作坊……甚至监狱牢房都一应俱全。四海之大，天地之宽，竟有这样一处场所，固执而沉默地留住历史的秘密。天灾人祸，世局无常，此处却稳如磐石固如根柢，世世代代归于自己。

"身在此城中"的时候，感觉其实并不如远观那么震撼。以我蒙昧的眼光望去，四周所见不过是些梯田和石砌的古老建筑物，和其他的印加古迹差不多，只是格局更大，保存更完好。要经由导游的指点讲解，才能窥见这石头城秘密的万分之一。

古印加人将陡峭的斜坡夷为平地并改造为梯田，使得可耕地的数量大大增加，山坡上的梯田更有一整套复杂的灌溉系统。

利用 micro climate（微气候）收获不同的农产品——山顶种植耐寒的土豆和谷物，山腰种植豆子和玉米，山脚下种植水果和胡椒。

某些地理位置终年背向阳光，加上高原地形的冷空气在山谷回流，形成天然的大冰箱可用来储存食物，这使得印加人能够在粮食欠收的情况下仍保持稳定的食物供给。

印加建筑物往往不用灰浆，而是将切好的石块完美地堆砌在一起，石块

秘鲁，印加古道徒步，第4天早上终于到达失落的印加古城——马丘比丘。

无论大小都能精确巧妙地紧紧咬合，石缝严密得连针都无法插入。

  城中山崖边缘的斜坡上有个凿山取石的"现场"，地上堆积着大量的石块，这使得很多研究者认为印加人并没有在悬崖峭壁上搬运巨石，而是在这山巅上就地取材建筑城市。这些未完工的石块上也留下了印加人剖开巨石方法的线索——石块被凿出等距的小孔洞，放入树枝或木条，再往上浇水，利用高原气候的巨大温差，让潮湿的木材经热胀冷缩后硬生生崩开石块⋯⋯

  虽然马丘比丘的建造是"就地取材"，然而用来建造库斯科城北郊的Saqsaywaman城堡以及圣谷城市Ollantaytmbo的神殿的巨石却显然是由别处运来。尤其是后者，研究认为建造神殿的所有石头都是从对面的山上开采下来，再由工人们推、拖、抬，走之字形运输到这座山头。人人都说这是个谜——在运输工具落后的年代，印加人究竟是如何将这些巨大沉重的石头运至高地？他们说印加人没有发明车轮，可我一点都不相信。尤其是看了这么多古迹之后，深深体会到他们是多么杰出的建筑师、工程师、数学家、天文学家⋯⋯如此聪慧的民族怎么可能不懂得发明车轮？我个人觉得，也许他们并不是不懂，只是不敢，也不愿意。印加人疯狂地崇拜太阳，因此他们几乎不会把太阳形状的东西拿来使用。比如他们了解圆形，却并不把圆形运用在建筑中，圆形的车轮自然也不作考虑。当然，这只是我的臆测罢了。

我觉得"太阳崇拜"这个话题很有意思。几乎所有的古文明都崇拜太阳，人类所塑造出的最早的神就是太阳神，最早的崇拜形式就是太阳崇拜，一切神话都由太阳神话衍生而出。上古时代的中国自然也有太阳崇拜，殷墟甲骨文也有记载："殷人于日之出入均有祭……殷人于日，盖朝夕礼拜之"，然而有趣的是，在中国神话史上，祈日、盼日的神话除了在蜀地特别盛行之外，在广大的其他地区流传更多的却是"射日"的神话，比如"后羿射日"和"夸父逐日"。这大概因为蜀地日照奇少的原因（所谓"蜀犬吠日"）吧，民众期望多日照少雨水，与其他地方害怕"十日并出，万物焦枯"的旱灾形成鲜明的比照。

马丘比丘的主神殿有个传说中的能量集中处，令世界各地的灵修人士趋之若鹜，那就是印加人心目中最重要最宝贵的"拴日石"。这块古怪的菱形石柱垂直而立，岩石四角分别指向东南西北方向。导游让我们把手悬空放在拴日石上方以感受其能量，奇妙的是手心真能清楚地感受到岩石散发的热度，而当天根本没有太阳！据说有些敏感的人抓住石头就能通灵，这不禁又令我想起三毛，当年她也曾在此处对另一位游客说"这里有鬼"，并试图与另一度空间的灵魂进行交流。

据说每年冬至时分，太阳光都会聚焦于拴日石上。为了祈祷太阳重新回来，印加人便是这样象征性地将太阳"拴"在这块巨石上。印加人对天文有深入的研究，他们将拴日石作为观象台和指南针，通过石柱的投影来判断时间、节气和方向。

导游正在向我们讲解拴日石的时候，一旁病还没好的 Kayden 忽然轻轻冷笑一声："哼，你有拴日石，我还有手表呢！"几个美国人顿时狂笑起来。我也笑了，可是心里又忍不住有点反感。虽然知道他是在开玩笑，可是一路走来，我心里也很清楚，这几个美国孩子是真的从来没把 Hugo 所痴迷的"印加文明"当回事。他们对待印加古迹和文化，一直都是有点居高临下的态度，心里大概觉得这些所谓的"知识"和"工艺"都不值一提吧，可是很多东西都并不是可以简单类比和下结论的。

我想起在秘鲁第二大城市 Arequipa 的博物馆看到的"冰山少女"Juanita。12 岁的 Juanita 是当时印加人献给山神的祭品，于 500 年前在附近的一座火山山顶被杀死，又于 1995 年被考古学家发现。因为 500 年间都被冰冻在零下 20

度的冰川中，她的内部器官和皮肤容颜都保存得比较完整。和 Juanita 一起被祭杀的还有好几个孩子，他们都是从小就因皮肤容貌出众而被挑选出来，在首都库斯科的一个特定场所被抚养长大，生活的唯一目的就是等待着有一天被杀死以祭山神。记得当时听导游讲解的时候，同行的几个西方游客都捂着嘴直呼"野蛮残忍"，满脸的不可思议。可是冷血的我却不以为然——之前的墨西哥游记中我曾经写过在玛雅小镇的见闻：

"玛雅人的宗教传统中曾经有'活人献祭'这一项。玛雅人认为此事天经地义：为了保护族人不受神的责怪，这个勇敢的人甘愿牺牲自己，把自己的血肉奉献给神。而初次见到这种骇人场面的西班牙传教士自然是大吃一惊，他们告诉玛雅人：这样的牺牲是不对的，是野蛮的行为。谁知玛雅人闻言也大吃一惊，他们反问传教士：可是，当初耶稣不也为世人做出了同样的牺牲吗？"

你眼中的"野蛮残忍"，往往正是他心中的神圣信仰。年代不同，背景不同，文化观念的差异是应该被尊重的。还是那句话：很多东西都并不是可以简单类比和下结论的。

很多人都将历史看作是一部竞争史——"文明先进"的欧洲殖民者用兵器和火药打败了"野蛮落后"的印第安人，那么拉丁美洲的贫穷和落后就是其在竞争中失败的结果。殖民者胜利了，拉美人失败了。可是不对，事情并不是这样的。事实上，只是因为拉美人失败了，殖民者才获胜。拉丁美洲不发达的历史构成了世界资本主义发展的历史，一种自给自足的农业经济被一种建立在剥削基础上的经济取而代之。拉美人的财富哺育着殖民者的繁荣，却给他们自己带来无穷无尽的贫困。

七

离开马丘比丘的时候，我问 Brian："那么——马丘比丘比你想象中如何？更好还是更差？"

Brian 认真地看着我,"我从 6 岁起就向往着这一天的到来,"他扶了扶鼻梁上的眼镜,忽然笑了,"你知道吗?它和我想象中一模一样。"

"你呢?"他反问我。

我想了很久,久到后来 Brian 的注意力都被别的东西吸引过去,连他自己都忘了这个问题。

最后我自己忽然傻笑起来。

我不知道,真的不知道。

因为我已经分不清哪一个才是真实的马丘比丘——眼前的这一个还是我想象中的那一个。又或者是,眼前的这一个已经变成了我在想象中创造的那一个。

"马丘比丘"只是一个概念而已,正如费尔南多·佩索阿在《惶然录》中所说,真正的景观是我们自己创造的。我想象它们,就是在创造它们。如果我创造它们,它们就存在。它们在我们眼里实际的样子,恰恰就是它们被造就的样子。

那么我所游历的,只是我自己的马丘比丘。

我记得我创造过的一切:

那些通向记忆的窄巷,黄昏时院落里飘出的饭香,被一张张脸的触摸磨得光滑的墙壁。

月光下的古柯树在城墙上投下奇幻的影子。

成吨的紫玉米从这里被抬上阶梯,玉米粒落在地上,像是紫色的冰雹。

他们从羊驼身上剪下金色的羊毛,用来装扮自己的母亲,爱人,还有已逝的先人。

武士们天不亮就出发,在薄雾中踩出雷鸣般的步伐,夜里他们就在神鹰的脚下入睡。

后来一切都消失了。

所有的衣服、皮革、弓箭、酒、面包、笑容、言语……统统从高山之巅坠落到地面。

只剩下耐心的风在山间奔跑,慢慢抛光石头城孤寂的外壳,轻轻拂过所有正在沉睡的灵魂。

我尤其欣赏韩国女生,她们中的很多人坚强独立,极能吃苦,非常能干,很少自怜自伤或自卖自夸;更难得的是她们将独自旅行视作理所当然之事,有一颗平常心。

PART 13
必有我师

第一次见到韩国女生佳映,是在危地马拉的太阳旅店。她高个子圆脸,梳一条马尾,两道浓眉英气勃勃。佳映说得一口流利英文,交流起来毫无障碍,我们一起吃饭喝酒聊天,几天相处下来觉得十分投缘。又因为旅行时间和路线相似,于是相约保持联系,期望在旅途中再次见面。

后来果然在秘鲁重逢两次。一次是在首都利马,没什么景点可去,阴沉沉的天气里三个人一起逛商场,对着那些昂贵的商品拼命压抑自己的购物欲,要到这个时候才意识到我们已经多久不曾重温大都市的生活。商场建在海边的悬崖上,大风天也有人玩滑翔伞从我们头顶飞过,我们三个却只能望而兴叹。大家吹着海风聊些别后琐事,我们向佳映描述委内瑞拉的美与疯狂,还有在古巴打错电话导致住错民宅的糗事,她则告诉我们她从某个小岛上带回了一身虱子以至于不得不清洗所有衣服和背包的惨痛经历……

中途铭基离开一阵,只剩我们两个女生,佳映忽然开始向我絮絮倾吐她的另一些幸福与苦恼,令我不禁在心中感慨:爱情实在是人类历史上最古老的眼泪。自相识以来,佳映给人的感觉一直都是聪明独立的韩国现代女性,受过良好教育,落落大方,笑容爽朗,更难得的是一点也不做作。她曾在荷兰留学,又去过印度工作,走过很多路,朋友遍天下,就连离亚洲那么遥远的哥伦比亚和秘鲁都有她的老友旧识。她一向洒脱,球鞋粗布裤走天下,在利马参加老友婚礼时不得不问人借一条裙子一双高跟鞋扮回淑女。当下看到一贯大大咧咧的她脸上流露少见的小女儿情态,我忍不住会心微笑。佳映有点不好意思,"在韩国的时候,我最关心的三件事是:男人、金钱、减肥,没想到辞掉工作出来旅行,最关心的居然还是这三件事……"

然而每当我们三个聚在一起，减肥就成了一个笑话。互诉衷肠后，晚上我们一起吃了顿极其味美价廉的日本寿司。佳映和我们一样是个不折不扣的吃货，什么都能将就，住旅舍总是找最便宜的，一张嘴却受不得委屈。说来也怪，拉丁美洲美食十分有限，每次我们几个在一起却总能吃到好东西。

没过几个星期，我们又在的的喀喀湖畔的小镇普诺再次重逢。大家住在同一间无比寒冷的青年旅舍，又一道参观湖上岛屿，晚上佳映还特地做咖喱饭给我们吃。她心细无比，告别时还拿出两件礼物送给我们，一件是打印成宝丽来相片的我们几个人的合影（这姑娘居然随身携带着小型相片打印机）；另一件更是出乎意料，竟然是一管小小的眼霜！原来之前在利马时她听说我眼霜已经用完，又暂时不打算买新的，于是把自己的珍贵"库存"拿来送我……我既感动又过意不去，百般推辞未果。问她："你自己没有眼霜怎么办呢？"佳映一脸豪迈，"这一年我本来就没打算捯饬我这张脸，让它自生自灭好了。"她和我们拥抱告别，然后潇洒离去。我和铭基站在原地，心里三分错愕七分羞愧——明明我们年纪比她大，怎的却总是由她来照顾我们？

和佳映一起来普诺的还有另一个名叫秀英的韩国女生。她们俩在秘鲁的库斯科相遇，之后便结伴同行，准备一起走到玻利维亚。秀英白皙清秀，可是不知怎的总给人一种坚定倔强的感觉。她话不太多，我们起初以为是英语水平的问题，直到听见她说西班牙语才恍然大悟——她的英语并不太差，可是和西班牙语比起来确实逊色多了。那天我们乘船去漂浮岛，旁边坐着的墨西哥大叔和秀英搭话，她一开口我和铭基就惊呆了——无论是发音还是流利程度都无懈可击，简直与本地人无异！

细问之下，原来秀英是西班牙语翻译，并且在墨西哥的蒙特雷市工作生活已有三年。蒙特雷是墨西哥北方工业重镇，与美国得克萨斯州接壤。这个以往被誉为"最适合做生意"的城市如今却充斥着由毒品衍生的暴力，媒体甚至送给它"屠杀之城"的封号，枪击、绑架、谋杀都是家常便饭。我早就知道墨西哥的北部与我们旅行过的南部在安全程度上有天壤之别，可是直到听到秀英淡淡的描述，才真正意识到那些被毒品大鳄控制的城市到底有多危险：秀英早晨去上班时常常在马路边发现尸体，有时几具倒在一起，身上都有明显的弹孔和血迹；傍晚和夜里走路时要特别小心，因为常常有贩毒集团在街头交火，一不小心就会误中流弹；秀英的弟弟想去墨西哥旅行，可是坚决不去蒙特雷看望姐姐，因为"你们那里太危险了"，秀英试图说服他："最近好多了，这个星期只杀了三个人而已……"

"不害怕吗？"我问秀英。

"怕呀，"她点点头，"可是怕也没办法，总得去上班吧。"

"爸爸妈妈应该很担心吧？"

"他们不知道这里的情况……"她笑笑，"通电话的时候报喜不报忧呗。"

嘿，我想，天底下的孩子们都会这一招。

可是天底下的孩子们又实在是不一样的。有些男生在一两个中东国家旅行两三周便大呼小叫，在游记里将自己描述得宛若英雄一般。可是秀英这么文弱的姑娘在蒙特雷一住就是三年，成天听见枪声，常常看见尸体，却也没有任何"历尽沧桑"的态度和夸夸其谈的神色。

有时我会觉得中国民间有点妖魔化韩国的趋势——全民整容，吃不起肉，畸形民族主义，意淫狂自大狂……可是这并非事实的全部，至少不能以偏概全。我的确遇见过一些堪称"民族愤青"的韩国人，可是我认识的更多"中国愤青"和他们比起来实在是有过之而无不及。以我个人的经验来说，无论是这些年来认识的韩国朋友，还是路上遇见的韩国旅人，大多没有什么特别令人讨厌的地方，正相反，他们头脑正常，举止彬彬有礼，谈吐也颇有见地（至于整容，我认为纯属个人选择，无可厚非，根本算不上缺点）。

我尤其欣赏韩国女生，她们中的很多人坚强独立，极能吃苦，非常能干，很少自怜自艾或自卖自夸，更难得的是她们将之视作理所当然之事。某些独自旅行的中国姑娘浑身都散发着"看！我一个人出来旅行多厉害多与众不同"的"高贵冷艳"之气，与这些人相比，路上遇见的韩国女生反而比较低调谦逊，有一颗平常心。

我记得大学时认识的一位韩国留学生素英，因为梦想来中国留学，然而

我们与韩国女生佳映和秀英在普诺的合影。

家贫无法负担学费,她于是在课余同时打几份工,一天只睡三四个小时,每天只吃泡菜和白饭过活,两年后终于自己攒齐学费来到北京。我问她是否觉得辛苦,她一脸诧异,"苦?心愿达成,开心都来不及。"

　　还有大学暑期去韩国文化交流时认识的好友贞花,大学毕业后她成为体育记者,主动请缨去伦敦报道温布尔顿网球赛。伦敦物价昂贵,她工作的那家杂志社规模很小经费奇缺,上司不赞成她去,因为觉得是不可能的任务,可是贞花偏偏咬着牙关做到了。她每天省吃俭用,一分钱掰成两半花,和别的记者比起来真是寒酸得可怜。那段时间她住在我家,天天一大早就往赛场跑,一个人又当记者又当摄影师,晚上回来自己煮碗泡面吃。半夜我们都睡了,她还在不眠不休地写稿传稿,一张脸瘦得只剩一双大眼睛。然而她自己乐在其中,不以为苦,反而觉得是自己幸运才能有如此宝贵经历……

　　我个人的经验固然十分有限,然而我认识的很多韩国人确有可敬可爱之处。他们身上的那种顽强有时会令我联想到八九十年代的韩国学生,即便是在经历过血腥的光州事件之后,他们仍然顽强地与当时的军政府抗争,就算被催泪瓦斯呛哑了嗓子，就算被棍棒敲断了脊骨，他们仍然百折不挠地一次又一次走上街头，迎着水龙和棍棒狂吼推翻独裁的口号，直至最终取得胜利。

那天参观完岛屿乘车回旅舍，同车的荷兰男生与秀英攀谈起来："你在墨西哥的韩国公司工作？哪一家公司？"

"LG。"

荷兰男生笑起来，"哈，竞争对手！我在荷兰的三星电子工作。"

他的语气中有明显的自豪。

我和铭基坐在后座听着他们的对话，不由得交换一个眼色。我们很明白对方在想什么——中国何时才会有像LG和三星这样成功的全球大企业？

在拉丁美洲旅行这么久，常令我们惊讶的便是到处都有韩国的影子。大街小巷到处都是韩国的现代汽车，旅舍里的电视机大多都是三星出品，当地人使用的手机、数码相机、笔记本电脑不是三星就是LG，旅行社里的韩文宣传已经有超越日本的趋势。我曾以为韩剧只是风靡亚洲，没想到地球另一端的拉美人也为之疯狂，几乎每一个国家都引进了韩剧，连玻利维亚贫穷小镇的菜市场里也有小小电视机放映着西班牙语配音的韩国爱情故事。后来我们在智利与佳映重逢，她说起在首都圣地亚哥时住在当地人家中，那家的几个女儿完全是不折不扣的韩国迷——从韩国菜到韩剧、韩国流行音乐，甚至韩国综艺节目，她们统统如数家珍，知道的比佳映还要多。我自己也喜欢韩国的几支乐队，在英国时偶尔会听他们的音乐。有一次在伦敦的某家中餐馆，电视里正在放韩国 MV，邻桌的英国男生立刻向朋友介绍："看！韩国的'少女时代'！我很喜欢她们的歌！"有时走在伦敦的大街上，也会听见身后的英国人轻声哼唱韩国的流行歌曲……

这一切令我迷惑和伤感。在被韩剧、韩国汽车、韩国电器和电子产品"俘虏"的同时，拉美人对中国的全部印象却止于中餐馆和成龙的功夫片。"Made in China"的中国产品自然遍及全世界，拉丁美洲也不例外，可是每次和当地人聊起这个，他们的笑容都有点尴尬，欲言又止："便宜！……虽然，虽然质量差一点……"

中国毫无疑问是世界制造工厂，可我们的工业化基本上是建立在抄袭发达国家科技的基础之上。中国的企业总是更擅长抄袭仿冒，而不是推出创新理念，我们的产品总是只有山寨版而没有创新版。为什么中国出不了乔布斯，甚至出不了像三星这样的企业？标准答案无非是：中国文化和价值观决定了这一切——我们从小就被教育要收敛锋芒，不要特立独行，不要与众不同。学校从来不鼓励批判性思维，随大流最保险。我们推崇实用主义价值观，不喜欢挑战和颠覆……

可我觉得这些只是一部分的原因，其实东亚文化圈的价值观并无太大差异，为什么日本和韩国就有更多的创新理念？我想，除了社会缺乏宽容度导致无法产生多元文化之外，更深层的原因在于"信任度"。我还记得《世界是平的》这本书中举的一个例子：如果你从沙地上跳起，另一个人从硬木上跳起，谁会跳得更高呢？当然是那个从硬木上跳起的人。信任就是那块硬木，它给你带来的可预测性让你可以跳得更高。没有信任就没有冒险，没有冒险就没有创新。当创新无法得到保护，从而换来经济效益，大家自然会选择毫无难度和风险的山寨与盗版了。所以，信任度很低的社会将不会产生持久的创新。

那么，为什么我们社会的信任度会如此之低？写到这里我已经觉得没劲透了，就像一个怪圈，不管谈什么最后都会回到那个原点，老生常谈却又是铁一般的事实。

玻利维亚是南美洲最贫穷的国家，可是拉巴斯却是此行游历过的首都中最特别的一个，语言甚至照片都无法确切地勾勒出它的神韵。这个全世界海拔最高的首都令我目眩神迷，精神总是处于高度兴奋的状态之中。

PART 14
魔幻拉巴斯

玻利维亚的的喀喀湖上的太阳岛。

据说高原反应并不一定表现为头痛胸闷，另一种症状是"精神亢奋，总是莫名其妙地感到高兴"。由于我在高海拔地区一向生龙活虎，铭基同学一口咬定我的这种"过分正常"的状态也属于高原反应的一种。

来到玻利维亚"首都"拉巴斯（其实苏克雷才是法定首都，可是拉巴斯是实际意义上的首都）之后，我的"高原病"有加剧之势。这个全世界海拔最高的首都令我目眩神迷，精神总是处于高度兴奋的状态之中。玻利维亚是南美洲最贫穷的国家，可是拉巴斯却是此行游历过的首都中最特别的一个，语言甚至照片都无法确切地勾勒出它的神韵。这个城市的建筑紧贴在碗状的峡谷两侧，并从碗的边缘一直散布延伸到碗底。城市的两端各有一座巨大的雪山相对而立，气势恢弘，极为壮观。

然而更吸引人的还是这座城市的日常生活景象。和拉美其他国家的首都相比，拉巴斯实在不够现代，五光十色的商场和高级住宅都相对有限，而且集中在峡谷的最低处（为了避开高原凛冽的风），就连中美洲那些贫穷小国的首都都比它繁华气派得多。可是拉巴斯也自有它独特的魅力——它不像个大都市，反而保持着非常传统的印第安传统和风俗，有种乡下小镇般的质朴和热闹。

当地人就在那些蜿蜒曲折的陡峭斜坡上进行日常活动，他们几乎全都是清一色的印第安土著。不知为什么，我就是特别喜欢原住民的面容和服饰，每天走在大街上都忍不住目不转睛地盯着他们看。女人们最好看，她们头戴一顶猪肉馅饼帽，穿着毛衣、大披肩和大圆褶裙，背着颜色鲜艳的包袱，叫卖各种东西，或是照看着蒸锅。乌黑的头发从中间分开，编成两条长长的麻花辫,就连老奶奶也有几分少女的样子。天气那么冷,脚上却总是一双式样简单的黑色凉鞋,最多加上一双长长的羊毛袜。偶尔也有现代装束的当地人与她们擦肩而过,可我还是觉得传统服饰和她们比较相称,那是一种极有风格的女性之美。每次看到她们都觉得心头一暖,宛如重返西藏。

我们住的旅店就在女巫市场旁边,每天出出进进都要从各种稀奇古怪的灵异物品旁边经过。铭基同学非常害怕这些东西,每次走过女巫市场,他都一边耸着肩膀,缩着鼻子,一边喃喃地向我诉苦:"诡异!邪门!你觉不觉得这里有股邪气……"说实话,的确很"邪",不过若非如此也对不起"女巫市场"这么酷的名字。街道两边的商店和摊位上都悬挂着一串串白色的东西,仔细一看才发现是已经风干的骆马胚胎,每一只不过巴掌大小,形状已成却白骨嶙峋,完全无法令人联想到外面草原上的那些可爱的草泥马们。第一次看到的时候真是惊悚万分,走过半天才慢慢将手臂上的汗毛抚平。据说当地人建造新屋时常常买回此物,埋在地下做辟邪之用。大大小小的摊位上还摆着各种石头、珠子、头发、草药、雕像、玻璃瓶和符咒,虽然不清楚它们分别做何用途,可是仅凭女性的直觉,我也能根据它们的外表猜到些许端倪——这瓶是催情用的药水,它会让你的丈夫对你更加迷恋;那个是"送子符",拿回家烧掉它就心想事成;这边的几片叶子用来推算你未来的命运,那边的符咒用来惩罚你最痛恨的敌人……

或许是疑心生了暗魅,在拉巴斯的几天总有意想不到的荒唐事发生。比如我们明明是去郊外看月亮谷,却阴差阳错地被巴士带上雪山,到处冰天雪地,窗外还飘着鹅毛大雪。别人都全副武装准备攀登雪山,我们两个蠢货却只穿着一件毛衣瑟瑟发抖,而且全程都张口结舌呈痴呆状,完全不明白这一切是怎么发生的。一开始是惊诧,后来转为哀怨,最后觉得实在荒唐,望着窗外的大雪,两个人终于狂笑起来。

从雪山下来,我回到市区找理发店,打算修一修头发。事实证明这又是一个极其愚蠢的决定——我有心理准备这里的理发师技术不会好到哪里去,可是剪完以后还是吓了一大跳。给我剪头发的是个做女人装扮的男人,长卷

玻利维亚,在拉巴斯莫名其妙被带上雪山。

发，大浓妆，眼皮上敷着闪闪发光的绿色眼影，懒洋洋风情万种，一开口却是低沉的男性嗓音。不知是我西班牙语太差还是他一意孤行，只见他手起刀落，留了几个月的头发忽然短了一大截。我用了几个小时尽力平复失望的心情，可是晚上洗完澡一照镜子还是忍不住尖叫出声——刘海参差不齐，有几缕只有一两厘米长，简直像是恶作剧！我捶胸顿足，立刻找出剪刀来试图自己补救。正对着镜子聚精会神，铭基忽然拉一拉我的发脚："哎？这一缕头发又是怎么回事？"我伸手一摸，差点再次崩溃——这真的不是什么整人节目吗？那缕头发比旁边的至少要长出三四厘米！只好请铭基帮我修剪，他一边剪一边大放马后炮："早就跟你说不要在玻利维亚剪头发，等到了智利阿根廷这种发达国家再剪才比较保险嘛！"唉，可是谁会想到玻利维亚的理发师连头发都剪不齐？

我恨那个男扮女装的理发师，这是拉巴斯和我开的玩笑吗？

然而拉巴斯这个城市诡异魔幻，深不可测，远远不止这点雕虫小技。我们在旅行社预订去亚马孙平原的机票，那工作人员忽然露出一个狡黠的笑容，"对了，今天是星期天呢，你们想不想看一点比较特别的东西？"

她指一指墙上角落里的一张小小招贴画，"你们听说过 Chulita Wrestling 吗？"

那是一张漫画，上面两个梳长辫穿裙子的女人正龇牙咧嘴地扭打在一起。"女人摔跤？"我不可置信地问。

她含笑点头，"这可是只有在玻利维亚才能看到的哦，每个星期天下午才有。如果你们今天下午有空的话——"

"给我们两张票。"我忙不迭地说。

当天下午，一辆大巴载着几十个兴奋喧闹的外国游客驶向拉巴斯郊外的贫民窟，Chulita Wrestling 便在那里的体育馆上演。说是"体育馆"，其实小得可怜，设施也非常简陋，中央是一个四周有围栏的摔跤台，旁边环绕着一排排给观众坐的塑胶椅子和长凳，这便是全部了，连厕所都没有，有需要的话只能去马路对面的公厕。别看地方小，没过多久就坐满了人。前排的座位几乎被外国游客包揽了，本地观众都坐在后面，他们之中什么年龄层都有，小孩子满地打滚吵闹个不停，老太太们则安安静静地织着毛衣等待开场。每个人都红光满面喜气洋洋，那种兴奋期待的神色令我想起鲁迅先生笔下的《社戏》。

每个人凭门票可以领到一杯可乐和一包爆米花。导游走来走去地劝告我们这些外国人，"等会儿开场了，不要往摔跤手身上扔东西……"大家都惊讶骇笑——都是文明人，谁会无缘无故往别人身上扔东西呢？

一阵烟草味飘来，我转过头去，发现一个穿着印有"牛津大学"字样运动衫的外国游客正在抽烟。我瞪着他——怎么可以在这么狭小的室内空间抽烟？可是一抬眼，不远处坐着的一位当地大叔也正在津津有味地吞云吐雾，而保安们似乎也对此毫无异议。啊，是了，这里是玻利维亚，不是英国。

摔跤正式开始了。两名摔跤手走出来的那一瞬间，我忽然如梦初醒——这是一场表演，一场秀，而不是真正的摔跤比赛！准确地说，这是一场喜剧表演。女人摔跤是压轴戏，前面几场摔跤的主角都是男人。他们穿着各种稀奇古怪的衣服，分别扮作蜘蛛侠、囚犯、骷髅、西部牛仔……就像一切蹩脚的肥皂剧，几场表演的主题都很简单，可以用一句话来概括：一位摔跤手（坏人）在裁判的包庇下以各种下三滥的手段欺负另一位摔跤手（好人），一开始好人落败，后来却忽然人品大爆发，越战越勇，最终反败为胜。

因为只是表演，假动作特别多，不像真正的摔跤比赛那样真材实料拳拳到肉，很多拳打脚踢的动作都靠自己用力跺地来做出音响效果。可是这也绝对不是轻松的表演，身体的各种冲撞非常频繁，受伤难以避免。特别是当一方站在围栏上腾空跃起将另一方扑倒在地，或是将一张椅子狠狠砸在对手的头上，又或者是一方被踢出摔跤台重重地摔在地上，那种惊天动地的声响和痛苦的表情都不是可以伪装出来的，有些时候我甚至怀疑他们的肋骨是否已经折断，内脏是否受了伤。

或许正因如此，观众的代入感也特别强。尤其是当地人，简直是全身心投入地观看"比赛"，为"好人"加油，给"坏人"喝倒彩。当"坏裁判"乘乱偷袭"好人"时，全场都发出震耳欲聋的尖叫和嘘声。在某一个瞬间，

在拉巴斯观看女子摔跤。

一位当地老伯实在无法抑制愤怒的情绪，猛地站起来将手中的饮料瓶用力掷向摔跤台上的"坏人"。大概是从这个时候开始，观众席里就乱套了，全场情绪升温。由当地人领头，包括外国游客在内的所有人都开始纷纷往台上乱扔东西——爆米花、汽水、西红柿、苹果核……满地狼藉。我这才明白为什么导游在开场前让我们不要扔东西，语气中带着几分无奈——他也知道这其实是无法禁止的，连铭基同学这么斯文的人都连扔了两包爆米花。

这些摔跤手们都是非常敬业的演员，尤其是那几个扮"坏人"的，将"坏人"的趾高气扬和厚颜无耻演得入木三分。有个穿着全套军装的，一出场就对着台下的外国游客大声挑衅："Ash-holes! You're all ash-holes!"（是的……他发音错误，将 asshole 说成 ashhole），结果又引来了无数的爆米花和汽水瓶。还有一个扮演"科学怪人"的，是我当晚的最爱。他身高至少两米有余，身材魁梧宛如童话中的巨人，穿一身西装，面容丑怪，表情僵硬，头皮上有几处"伤口"，露出里面的金属零件，表明他徒有一张人皮，内里其实是个机器人。此人演技了得，一举一动活脱脱就是个机器人。有时他喉咙里发出低沉的咯咯声，一步步走到观众席上，一把抢过游客手中还未开封的爆米花，野蛮地拆开，然后用两只僵硬的大手将爆米花大把大把塞入口中，直到实在塞不下，满脸满身都是爆米花，然后纷纷掉落在地。我和铭基为之绝倒，大声鼓掌叫好。他回到摔跤台上，连打起架来都完全是机器人的频率步调，而且一不耍阴招，二不偷工减料，看得人非常痛快，这绝对是个埋没在民间的天才演员。

有时一位摔跤手不仅会被对手踢出摔跤台，下手狠一些的话，他还会直接"飞"入观众席中，往往弄得人仰马翻一片混乱。反应快的可以在瞬间躲开，反应慢的就会被砸个正着。有一次一位美国阿姨就不幸被从半空中飞来的摔跤手连人带椅子扑倒在地，保安赶紧冲上去救人，好半天才把那阿姨扶起来，她脸色苍白，两只手一直抖一直抖，好半天没有表情，大概心有余悸。

最后重头戏来了，Chulita 终于出场。她居然是个穿着印第安传统服饰的中年妇人，两条长辫，一件浅绿色大圆裙，小小平底鞋。她挥舞着礼帽，昂首挺胸绕场一周，接受全场山呼海啸般的喝彩声。紧接着，她摘掉耳环，脱掉运动外套，露出里面的吊带紧身衣和结实健壮的肩膀手臂，又引来新一轮更热烈的喝彩和口哨。

没想到她的对手却不是女性，而是个一看就让人讨厌的男人，这令我们都有些失望。不过说来也怪，为什么我们都那么重口味，偏偏想看女人打架呢？

然后这场秀又落入了"好人 VS 坏人 + 坏裁判"的俗套。Chulita 是好人——这个自然，只是双方体力实在太悬殊，女人落败时看得人十分不忍。一个男人痛打一个女人，即便清楚这只是表演，心里还是觉得怪怪的，用英国人的话说就是"It's just wrong"。我正这么想着，身旁的英国男生也忽然自言自语起来:"It just felt wrong."

当然,Chulita 最终还是取得了胜利,可是过程惊人的残酷,她至少被椅子狠砸过三次,被踢下台五次,被揪住头发和拳打脚踢无数次。有一次她被对手扔进观众席,整个身子直直朝我飞来。一见大事不妙,我赶紧拼了老命往旁边挤,把那个英国男生都挤出了椅子,最后总算没被她扑倒,但是她的两只脚还是重重踏在我的大腿上。坐在后一排的日本男生本来正在打瞌睡,这下猛然被惊醒,吓得非同小可,从椅子上一蹦三尺高。

最后一场是另一位 Chulita 对阵大灰狼。是的,大灰狼。我捧着脑袋坐在椅子上,觉得这一切实在太荒唐。大灰狼!这一场 Chulita 没有取得胜利,我觉得编剧多少还是有点基本常识的,又不是人人都是小红帽。Chulita 被打得披头散发满地打滚,她的大圆裙里居然没穿安全裤,翻来滚去时总是露出豹纹内裤和白花花的大腿,不知男观众们观感如何,作为女同胞我真是看得坐立不安。后来连大灰狼都看不过去,把她打倒在地后又忍不住帮她把裙子拉好……

表演结束后我心情复杂。这绝对是一场奇怪却精彩的秀,可我大概不会再看第二次。每周一次的 Chulita Wrestling 为当地人和游客带来无限欢乐,然而在这摔跤场上演出的所有人,不管是男人还是女人,恐怕都属于这个国家地位最低的社会阶层,因此也被剥削和摧残到了极致。散场时我看到观众席里有个小女孩跑去一个 Chulita 身边唤她"妈妈",心头忽然涌上一阵辛酸。之前看到她被人痛打,露出内裤,丑态百出,心里为她不值,很想问她"何苦要做这种腌臜营生",此刻看到她们母女相互依偎,忽然深觉自己愚蠢幼稚。是啊,何不食肉糜?就像西方游客看到玻利维亚满街尽是童工,忍不住诧异,"孩子们为什么不去上学?"可是孩子也要吃饭,母亲也要赚钱养家,如果可以选择,谁愿意当童工,谁愿意当着自己孩子的面在摔跤台上任人痛打?

天灾人祸,死亡疾病,贫穷困苦,人生如摔跤台一般险恶。可是,摔跤台上或有胜算,人生却由不得你定夺。

亚马孙平原简直就是一个巨大的水上动物园,而且没有铁笼和围栏,天然食物链也从未被破坏,动物们弱肉强食却自由自在。坐在船上的我们其实也正被岸上的动物所「观赏」,只是人类精彩之处并非皮相,动物们恐怕会看得无聊。

PART 15
万物有灵且美

在亚马孙草原寻找水蟒。

一出门我就有点后悔。下午三点的太阳还是毒辣得让人想立刻逃回室内，远近一千棵树上的一万只蝉正在集体大合唱叫得声嘶力竭。这可真是来到亚马孙平原了，我对自己说。气温陡然升高几十度，和正在飘雪的首都拉巴斯之间简直像是隔了一整个宇宙黑洞。导游奥比正站在河岸边解开系在树上的绳子，将一只小船缓缓推入河中。上船！他向我们招招手。

河水是浑浊的黄色，两岸有茂密的丛林，丛林后面是更广阔的草原。景色绝对算不得美丽，只能用"奇特"来形容。可这是传说中的亚马孙呀！我忽然兴奋起来。虽然知道亚马孙以在巴西境内的区域最为出名和精彩，可是旅行消费也昂贵得多，因此能在玻利维亚体验"物美价廉"的亚马孙湿地草原，我们已经心满意足。

因为之前已经看过热带雨林，这次我们只选择参加水上旅行和草原游，主要目的是观看野生动物。动物！我坐在船上摩拳擦掌，双眼如探照灯般发出精光——动物在哪里呀动物在哪里？

一个长长的黑影悄无声息地从船边漂过，我一个激灵，激动得舌头都打了结："鳄——鳄鱼！"

"树枝。"奥比冷静地说。

"啊……"我讪讪地坐回椅子上。一抬眼，船头前方不远处有个形状怪异的躯体正在水中浮浮沉沉。我"唰"一声站起来，兴奋得差点碰翻了椅子，"奥比奥比！那个——那个是什么动物？"

"那个——是塑料袋。"之前还一脸严肃的奥比这一下也忍不住笑出声来。

待到我终于冷静下来，大明星们这才开始一一登场。第一眼看见水豚的时候，我简直大吃一惊——什么呀这是？！面孔轮廓有些像天竺鼠，可是没有尾

水豚，是一种半水栖的食草动物，也是世界上体型最大的啮齿类动物。导游说，它们跟 Guinea Pig（荷兰猪／天竺鼠）同属于啮齿目，所以我们就管它叫"大老鼠"。

巴，身躯壮硕如猪。它们不避人，看起来性情甚为温和。方形的大鼻孔很有个性，可是表情又呆滞得近乎无辜。它们似乎不爱运动，总是呆呆地站在那里，一动不动宛如雕塑。有时水豚们拖家带口地站在岸边凝视着船上的我们，表情严肃得近乎忧郁，好像对生活抱持着怀疑态度。它们会游泳，偶尔能见到整个身体都泡在水中的水豚，只露出一双大鼻孔，看起来相当享受的样子。

奥比说水豚属豚鼠科，是天竺鼠的亲戚。可是个头太大，足有豚鼠的一百倍，难怪被称为"水中的猪"。水豚的英文名叫作 Capybara，可我和铭基永远记不住，要不就"capy……capy……"地结巴，要不就"cabapyra"、"carapyba"地乱说一通。后来我们俩私底下干脆就管它们叫"大老鼠"，虽然我觉得水豚们恐怕不会喜欢这个称呼……

这里的鳄鱼几乎都是凯门鳄，大部分是攻击性不那么强的眼镜凯门（spectacled caiman），也有一些是非常凶猛的黑凯门（black caiman）。我们曾在河里发现已经泡得发胀的水豚尸体，奥比说一定是被黑凯门咬死的。我从小就觉得鳄鱼是凶狠可怕的动物，可是亚马孙之行完全颠覆了这一印象——这里的鳄鱼怕人简直怕得要死，就连会吃人的黑凯门也不例外。奥比说这是因为此地居民一度曾疯狂捕杀鳄鱼来猎皮卖钱，导致鳄鱼见到人就像见到阎王爷。虽然现在已无捕猎行为，鳄鱼仍然没有原谅人类。往往船还没划到跟前,原本在岸边晒太阳的鳄鱼们已经纷纷逃入水中,只露出两只眼睛在水面上窥探敌情。当船再近一些,连眼睛也沉入水下,水面只余一个气泡,像是鳄鱼心中欲言又止的怨恨。

有一次我们正在水上划行,正午的阳光照得人昏昏欲睡,忽然听见一阵窸窸窣窣的声响——一条大凯门居然从岸上的丛林深处慌张地跑出来,以极快的速度爬行了长长一段路再跳进水中。鳄鱼没有表情,可是这一系列动作已将它的气急败坏和手忙脚乱表现得淋漓尽致,令我们看得目瞪口呆。其实如果它乖乖待在丛林里,我们根本发现不了它。可是鳄鱼智力不高,并不知道自己是否暴露了行踪。当它在丛林里远远地看到人类,巨大的恐惧促使它飞快地做出了逃亡的决定。

水上旅行的几天里,我总在心中不停地感叹:如果老爸也来这儿和我们一起玩该有多好!我爸特别喜欢动物,而亚马孙平原简直就是一个巨大的水上动物园,而且没有铁笼和围栏,天然食物链也从未被破坏,动物们弱肉强食却自由自在。美洲鸵在岸上悠闲地踱步,三趾树懒倒挂在树枝上一动不动,南美浣熊晃动金色的大尾巴蹿入林中,粉红河豚活泼地跃出水面,水龟们密密排在枯枝上活像仪仗队,松鼠猴在树叶后面露出小小的精致的面孔,亚马孙绿鱼狗正愉快地吞食一条鱼,粉红琵鹭风姿绰约宛如穿上芭蕾舞裙的少女,蓝黄相间的金刚鹦鹉潇洒地飞向被晚霞映红的半边天,蓝脸红冠的麝雉在树枝间笨重地来回跳动,发出毫不优雅的嘶叫声……

而从另一个角度来看,演员和观众完全可以反转。坐在船上的我们其实也正被岸上的动物所"观赏",而且它们还不用买门票。只是人类精彩之处并非皮相,动物们恐怕会看得无聊。

三天行程中,有半天的活动是在亚马孙草原上"寻找水蟒"。奥比的英文有些奇怪的口音,总是把"finding anaconda"说成"fighting anaconda",搞得我一开始颇有点提心吊胆,不知要以什么方式与水蟒搏斗。要知道,水蟒可是让人魂飞魄散的蛇中杀手,连凯门鳄和水豚都是它的食物。大家穿着雨鞋在泥泞的草原上走了几个小时,堪称地毯式搜索,草堆中树丛下都不放过,最终找到了一条水蟒……的尸体。奥比研究着那具尸体和周围的环境,最后得出结论：它因为吃得太撑而行动缓慢，最终死于寻找水源的途中。除此之外，我们还找到了另一条水蟒……蜕下来的皮。我蹲下来用手指轻轻碰触那有着诡异而瑰丽花纹的蛇皮，它非常完整，比想象中更薄，而且有种油纸般薄脆的质感，只是不知它的主人此刻身在何方。

走了太久，大家都累了，坐在一棵倒下的大树上休息，都同意"寻找水蟒"行动可以到此结束了。奥比一边大口嚼着古柯叶，一边摇头叹气，"我尽力了……我觉得寻找水蟒这件事对我来说太难了……"同行的西班牙夫妇露出非常遗憾的神情，我知道他们真的很希望看到这巨蛇之王。可我不但没有失望，内心深处反而有点高兴。一直以来，我都明白作为一个游客，能看到野生动物只是一种幸运而非权利，我也不希望看到运营商和导游为了招揽顾客而大拍胸脯承诺一定能看到动物，这会刺激不道德的捕猎行为。

行前选择旅行社的时候，我们已经从很多游客那里听到过抱怨，因为有太多太多的旅行社打着"生态游"的招牌却从不付诸实践，比如随便给动物喂食，逮住幼小的凯门鳄向游客展示，或者事先抓住一条水蟒关起来，到时候再拿出来假装是现场找到的……听过这些之后，我们在选择旅行社时特别谨慎，做了很多调查，最后才选定了现在这家。虽然价格比很多旅行社稍高一点点，但它在保护生态方面有很好的口碑，而且由本地原住民运营，为生活在亚马孙部落的当地人提供工作机会，获利会直接回馈给所在部落，是"可持续旅游"的典型。而经过几天的接触和观察，我们终于相信自己做出了正确的选择。还记得那天我们乘船逆流而上，在岸边树上看见十几只可爱的松鼠猴。它们看到我们不但不避开，反而愈发趋近前来，口里吱吱叫着，像是有所期待。奥比若有所思，"肯定是以前有其他旅行社带客人给它们喂过食……"我刚恍然大悟，他的神色忽然变得凝重，"实在太不应该！食物沾了游客手上的防晒霜和驱蚊剂，动物身体脆弱，吃了很容易生病……"

旅行指南《孤独星球》从很早开始就一直大力提倡"responsible travel"，即"负责任的旅行"。概括地说来主要有三点：一是保护环境，并为当地的生物多样性带来积极贡献；二是多与当地人交流，尊重当地的文化和习俗；三是尽量选择能

松鼠猴，生活在中美和南美的热带雨林地区。体毛较短，多为黄褐色。体型较小，大脑占体重的比例极高，为 1:17，而人类一般只有 1:35。

够使当地居民直接受益的消费方式。说实话，这个词以前听得虽多，我却只是一只耳朵进一只耳朵出，而这次的长途旅行却使得我真正开始深入地思考这个问题。

旅途中我看见过太多"不负责任的旅行"：在委内瑞拉徒步时，导游明明反复说了垃圾粪便要就地掩埋，山坡上却仍然是一片狼藉；露营地有明显的指示要求把无机垃圾带出营地，很多人却视而不见照样留下大包垃圾；很多原住民不喜欢被拍摄，游客却仍然不经允许就将镜头对准他们；兴高采烈地购买动物产品制成的纪念品，等于间接支持偷猎行为，威胁到动物的生存；观看野生动物时，有些人既不遵循给出的建议，也不维持法定允许的距离；游客们在旅途中直接施舍金钱、文具或糖果给当地孩子，诱导了一种"乞讨文化"的产生，不但无法解决贫困问题，还在旅行者和当地居民之间建立起了一种不平等的关系……

而当我作自我反省时，发现自己也同样不是什么好东西。我曾在未经允许的情况下偷拍玛雅姑娘被她们破口大骂，也曾在动物园里给猴子喂食人类的食品，还曾在河流湖泊里使用洗发水和肥皂洗澡。景点的牌子上写着"请把你的垃圾带回 XX 地处理掉"，我却嫌垃圾沉重偷偷把它倒进附近厕所的垃圾桶里……

随着旅游业的欣欣向荣，人们开始越来越希望去"原汁原味"的地方体验当地的传统文化，而每次提起那些旅行热门地点，往往皱起眉头来一句"太商业化了"，"被过度开发了"，或者"当地人变了"。我们总是忙着指责别人，却很少反思自己作为一个旅行者应当对此承担的责任。正如《孤独星球》所说：我们之所以都不愿意再去那些已经被"开发"的地区，恰恰是因为作为游客之一的我们在不经意间就破坏了一切。想体验传统文化，但又不愿意放弃已经习惯的舒适。当我们看到传统村庄的住房、交通和衣着都趋于现代化的时候，通常会感到失望，但这一切每时每刻都发生在我们自己的文化中，我们却从未产生过质疑。

其实，只要多一点反思，少一点自私，人与自然会变得更和谐，旅行也会有更多的乐趣。而更重要的是，当我们走过之后，当地居民和其他的旅行者也能拥有同样多的精彩和乐趣。

作为一个话痨，我还想接着说一说关于人与动物、人与自然的话题。

在英国研究生毕业找工作的时候，我有过不少面试失败的经历，一般来说我都很有阿 Q 精神，认为面试官是猪油蒙了心才会不录用我。可是有一次失败对我的打击之大，影响之深，简直难以形容，而且这么多年过去，依然刻骨铭心。

很多大公司的招聘过程，在笔试和第一次面试之后，还有一个叫作"assessment centre"的环节，是把多名应聘者集中在一起进行演讲、讨论、辩论之类的活动，以此评估你的口才、领导能力和团队精神。那一次我们几个应聘者得到的题目是每人代表一个慈善基金来争取唯一的一笔捐款，至于谁代表哪一个慈善组织则由抽签决定。我一看到自己的签就不由自主地爆出一声

"shit"——野生动物保护基金会！而看看其他人的慈善组织,不是研究防治癌症,就是帮助战争难民,消除贫困,为非洲儿童兴建公益学校,为地震／海啸灾民筹款……总而言之,他们代表的都是人类,为动物说话的只有我一个人。

所以你可以想到最后的结果。几乎是在两分钟之内,大家就得出了"帮人比帮动物更重要"这个"共识",然后无情地将我的基金会第一个踢出辩论圈。尽管我大声疾呼"我们的后代也许再也无法见到这些动物"和"物种平衡的破坏也会使得人类生存环境恶化",以及"野生动物灭绝会引发生态圈连锁反应,保护动物也就是保护我们人类自己"……可是无力回天,遭到的只是冰冷的无视,大家看着我的神情简直是蔑视中带着一丝同情。

无论是哪一次面试,我都从来没有输得这么惨过。我把这一切归咎为坏运气——怎么就那么倒霉,偏偏抽到了动物！我明白自己潜意识里和其他人一样,认为动物远远不及人类重要,因此辩论起来底气不足,这才是失败的主要原因。这么说吧,如果我自己打算捐一笔钱给慈善机构,面临着帮助战争难民和保护野生动物的选择,我也肯定会投人类一票。

这些年来我从来没有忘记过那次辩论,从来没有。一半是由于当时所受到的"羞辱",另一半却仿佛是自己良心的不安。是的,我隐隐然觉得有什么地方不对劲。英国社会有鼓励慈善活动的风气,我的同事们几乎每个人都有自己长期捐款支持的慈善基金,可是没有一个与动物相关。我和铭基也"领养"了一名非洲儿童,每月捐款负担他的生活与教育费用。可我有时还是会不由自主地去网上浏览那些有关动物保护的论坛,常看到有持反对意见的人跳出来呼吁"帮助动物不如帮助人",或者"你捐给动物的每一分钱本来都有可能救活一个快要饿死的人"。我觉得这话逻辑上似乎并无漏洞,可是……可是……如果将这一观点推向一个极端,是不是也能得出"救助欧洲的穷人不如救助非洲的穷人"的结论？因为"你捐给欧洲穷人的每一分钱本来都有可能救助一个更为贫穷困苦的非洲穷人"？我认为每个人都有自由选择自己认为"正确"的帮助对象,可是如果所有的人都选择保护人而非动物,这个世界会变成什么样子？

直到辞去工作踏上旅途几个月之后,一路上耳闻目睹的一切才真正开始令我慢慢理清思路。当年面试辩论的时候，我说"保护动物也就是保护我们人类自己"，言下之意还是将人类的利益放在首位，保护是为了利用，否则便没有必要保护了。可是在拉丁美洲旅行，渐渐发现印第安人大多是"万物有灵论"者，他们崇敬自然，认为无论是人、动物、植物还是岩石，都有自己的灵魂。虽然他们已在相当程度上被西方的基督教信仰所同化，但这种原始信仰依然存在，而且与基督教有着巨大的差异：印第安人认为大自然中的一切都是平等的，整个自然界都被一种神圣的生命能量所掌控，而这个神圣的东西就在自然之中，不像西方的神在自然之外。基督教却认为人类在本质上比其他生物都要优越，而自然界是上帝纯粹为了人类的利益送给我们的——这些天我越想越觉得，当今世界的环境危机，很有可能就是这个信念播下的种子。

万物有灵论者的世界观所体现的是自然本身的神圣。我虽不是他们中的一员，想法却也因此有了很大的改变。是啊，既然人类与动物一样，都是自然中的一分子，我们又哪有资格摆出高高在上的姿态，妄想成为动物的上帝？生物圈中谁走谁留，谁能适应，谁被淘汰，都是物竞天择的结果（印第安人理解为自然中某种神秘的生命能量），根本由不得人类主宰。动物与人类有同等的生存权利，可是我们不但疯狂剥夺它们的生存空间，现在想要收拾残局时还摆出一副自私自大的嘴脸说"保护动物是为了保护人类"……

事实上，我们不知因了什么妙缘，和动物们一起降生在这颗蓝色星球上，共同享受这个珍贵的自然宝库，共同经受自然选择，共同繁衍进化，因此也理所当然应该共同维持自然生态的和谐。在这个过程中，人与动物是"同舟共济"的关系，生态环境便是我们的诺亚方舟。方舟一旦沉没，人与动物全都完蛋。因此"保护动物是为了保护人类"是个自私狭隘且本末倒置的观点，没有生态环境，哪有人类、动物、植物等一切生命？

竭泽而渔，岂不得鱼，而明年无鱼；焚薮而田，岂不获得，而明年无兽。古人都明白的道理，我们又岂会不了解？不过是被私欲蒙蔽了眼睛，习惯了唯我独尊和为所欲为，在自然面前既没有谦卑的眼，也没有节制的心。不知我们后代的后代，是否还能看见西塞山前白鹭飞，桃花流水鳜鱼肥？

波托西用银砖铺道的好日子是一去不返了。

这里的人们与衰亡的 Cerro Rico 山同进退共命运,

如今的波托西只是一座衰落破败的城市,

广场周围的殖民建筑在背后红色矿山的巨大阴影下显得无比苍凉。

PART 16
魔鬼的银矿

在波托西的矿井内。

《堂吉诃德》这本书里有一个细节：为了解除附在杜尔西内亚身上的魔法，堂吉诃德让仆人桑丘自己鞭打自己。他对桑丘说："你这本是件功德无量的事，我即使把威尼斯的财宝和波托西的矿藏全都给你也不为过。"

那是我第一次留意到这个名字。大名鼎鼎的威尼斯谁人不知，可是"波托西"又是何方神圣？

怀着巨大的好奇去查资料，有心理准备却还是大吃一惊——这座全世界最高的城市竟曾拥有过如此辉煌！由于在此地的 Cerro Rico 山上发现了银矿，17世纪中叶的波托西已经拥有 16 万居民，是世界上最大、最富庶的城市之一。这里出产的银矿占世界总产量的一半，据说西班牙从波托西得到的矿藏足够架起一座从此地通向大洋彼岸西班牙本土的银桥。而到了 18 世纪末期，城内的街道以银砖铺砌，连马掌都由白银制成，贵族们在波托西的生活方式简直可以媲美住在凡尔赛宫的路易十四。对于西班牙来说，波托西不仅仅是个奢华堕落的天堂，更是一棵长满银叶的摇钱树——上万吨的白银被用来偿还所欠邻国债务，甚至因此供养了整个欧洲的工业成长和经济发展。很多白银甚至辗转流落到了中国——或许是为了负担大英帝国对茶叶、丝绸和瓷器的新爱好？

当然，这只是硬币美丽的那一面。采矿是极其危险和辛苦的劳动，因此西班牙殖民者强行"征召"印第安原住民和从非洲运来的黑人奴隶来为他们工作。一旦进入矿井，这些劳动力们往往需要在里面劳作、吃饭、睡觉长达两三个月的时间。大多数非洲奴隶因为身体无法承受波托西 4000 多米的海拔和矿井里的压力，六个月内就葬身井中，据说总共大约有 800 万工人因为矿井事故、高强度劳动、饥饿、水银中毒和矽肺病而死去。讽刺的是，死在地下的人越多，地上的城市就越金碧辉煌。

波托西的历史是一部苦涩的传奇。到了 19 世纪初，波托西的银矿已经濒于枯竭，这座城市也因此萎缩，渐渐繁华不再，无人问津。西班牙人撤走了，走的时候用小笤帚将五千个矿井扫得干干净净，一点儿银渣也没剩下。不幸中的万幸是，就在大家都以为波托西即将沦落为死城的时候，人们发现了山中的锡矿也具有开采价值，这座城市的生命也因此得以延续。

可是锡矿的价值自然无法与白银相比，波托西用银砖铺道的好日子是一去不返了。这里的人们与衰亡的 Cerro Rico 山同进退共命运，如今的波托西是玻利维亚最贫穷的城市之一，而玻利维亚本身又是南美洲最贫穷的国家。当我们来到波托西的时候，看到的只是一座衰落破败的城市，广场周围的殖民建筑在背后红色矿山的巨大阴影下显得无比苍凉。

在波托西城里的每一个角度都能看到 Cerro Rico。当我们走近这座山，才发现它已经体无完肤——无数矿井在它身上打出一个个血洞，布满灰尘的矿车道在它脸上刻下一道道疤痕。人们都称它为"吃人的山"，我觉得简直荒唐可笑。明明是人类把这座山吃得只余一具白骨，山上的每一处伤痕分明都在控诉人类的贪婪。铭基同学被眼前的景象深深震撼，他愤怒地挥动手臂，"干脆把整个山炸平不是更好？！一了百了！"

百足之虫，死而不僵。今天此地仍有大约 8000 名矿工在各个小型合作社工作，寻找大山深处所剩不多的矿藏。他们不再是奴隶，然而矿井中极度恶劣的工作条件与几百年前相比几乎无甚分别——工作方式仍然是中世纪式的，安全装备也几近于无，唯一的改善是他们现在不用再和有毒的水银打交道了。2005 年有一部赢得多项大奖的纪录片 *Devil's miner*（《魔鬼的银矿》）便是对波托西矿工生活的诚实记录。

波托西的矿井是全世界仅有可供游客参观的仍在生产运作的矿井之一。旅游指南书警告读者说这项参观活动费时费力，对身心都是严酷的挑战，尤其不推荐有幽闭恐惧症的人或哮喘病患者做这样的旅行。可我来自一个世界矿井事故发生最频繁的国家，常常为各种事故新闻和被掩盖的消息震惊心痛，因此一直以来都希望能够亲身体验这个黑暗的地下世界。事实上，我们正是抱着这个目的来到了波托西。

在一间简陋的小棚屋里，我们换上了工作服和长筒胶靴，戴上头盔和头灯。意料之中的衣不称身，而且出奇得冷——工作服下面只穿一件T恤，因为导游Pablo说一会儿在矿井中会热到令人窒息。

换好衣服后我们先到矿工的街头市场为矿工们买点礼物。据说矿工们总是非常期待游客们带来的这些礼物，这也是他们对于游客来访并不反感的原因之一。摆在小摊上可供选择的礼物不仅有古柯叶、烟、酒、饮料，还包括炸药和导火索，我疑心这里是南美洲唯一可以在大街上买到炸药的地方。更令我眼珠都差点掉下来的是一瓶酒精含量为96度的酒！我狐疑地看着Pablo——如果这玩意儿能喝，那是不是洗甲水也可以喝了？

Pablo说今天是星期五，送酒给矿工们比较合适，所以最后我们买了古柯叶、香烟、一瓶96度的酒、十罐啤酒和一大瓶可口可乐。其中古柯叶简直是一项神物，矿工们没有它简直不行——他们一天在矿井中工作超过10小时，而井中岩石内壁上遍布的有毒化学物迫使他们尽量避免吃东西以防中毒。在这十几个小时中，他们唯有不断咀嚼古柯叶，用古柯叶中轻微的刺激作用降低饥饿感和高海拔引起的不适。

古柯叶是大自然赐予这些高山居民的礼物，也是玻利维亚和秘鲁原住民日常生活中不可缺少的东西。从秘鲁开始，连我和铭基都爱上了古柯茶，因为它既提神又解乏，还能补充体力，减轻高原反应。可是说到古柯叶，又是一部原住民血泪史，简直可以写一篇论文。我就简单说说吧：最初当西班牙殖民者试图让这里的原住民改信天主教时，教会将古柯叶视为这一过程中的"绊脚石"，一度想除之而后快，直到殖民者发现古柯叶的妙用——咀嚼这些神奇的绿色叶子竟能使原住民在矿井中持续工作16个小时！一旦西班牙教会意识到古柯叶对自己人有利，他们立刻决定全面掌控这些叶子，再将它们卖给当地原住民，并在其上附加了10%的税，这些税款自然是直接进入了教会的荷包。

近些年来，美国指控古柯叶是导致古柯碱（可卡因）泛滥的原因，一直想封杀它，并提出了"零古柯叶"计划。然而虽然古柯叶是古柯碱的原料，但在提炼之前却是完全不同的两种东西。咀嚼古柯叶既不会使人上瘾，也不会危害身体。遍销全球的可口可乐一开始时就含有古柯原料成分，也因此得名。既然古柯叶不是毒品，玻利维亚自然坚决反对禁止种植，更何况种植古柯叶乃是原住民的经济命脉，怎能随意打击？至于禁毒，最应打击的难道不是国际毒枭和其在美洲的贩毒路线？禁止未经提炼的古柯叶根本没有道理嘛。70%以上的毒品都是被美国消费掉的，那么制造危险的人究竟是美国还是盛产古柯叶的玻利维亚？还有，判断合法与非法的饮食用品，究竟由什么人以什么标准来决定？为什么可致癌的烟草和含有古柯的可口可乐能够畅通无阻？……

言归正传。礼物在手，可是 Pablo 先带我们去参观了一个提炼厂。腐烂的木板上，摇摇晃晃的机器正在粉碎岩石和处理矿物质。在没有任何卫生和环保措施的情况下，大桶的化学品被用来清洗矿物，我简直闭上眼睛都能看见那些渗入毒物的水汇入河中一直流下山去，流向城区，流遍波托西……看着工人们将一铲铲的沙倒在筛子里，以大海捞针的耐心努力寻找一点点银子，我有点时空错乱的感觉——从前的银币真的是由这么原始的过程制造出来的吗？

终于进矿了。入口居然那么小，简直像假的一般。一辆装满碎砖石的小推车风驰电掣般迎面而来，在后面驾驭它的那个矿工满头满身尽是灰尘泥土，看起来活像是电影《杀死比尔》中刚从地下棺材中破土逃生的乌玛·瑟曼。他停下车，将满车碎石倒在入口外。小推车的轮子嵌在轨道上，我探头进去张望，那长长的银色轨道一直伸向矿井的深处，在黑暗中像一条银蛇般蜿蜒闪亮。

隧道狭窄，只能一个接一个地进去，潮湿的金属气味与黑暗如影随形。借着头灯的亮光，我开始渐渐分辨出眼前的景象——一个相对较大的岩石洞穴分支出许多条狭窄的隧道网络，头顶上的天花板有时有木板支撑，然而隧道两壁却是非常原始的岩石泥土，上面分布着有毒的矿物质和石棉。脚下的地面凹凸不平，有些地方积着很深的水，需要蹚水而行，可那一片寂静中的水声又愈发显出这地方的阴森可怖。我觉得很冷，脖子后面总好似有人在轻轻吹气。隧道在大多数地段都低得出奇，需要长时间弯腰驼背地行走，我渐渐腰酸背痛，可是只要稍一放松，直起身子，头就重重撞在岩石上，"砰"的一声——幸亏戴着头盔。每次撞完我都提心吊胆地伸手去摸头灯，真担心它会被撞碎。矿井里尘土飞扬，老实说我已经不知该如何形容这种级别的尘土飞扬。我想任何在里面工作过一年半载的人肺都已经烂成棉絮了吧？一开始我还没做任何防护措施，直到开始剧烈地咳嗽，才赶紧把头巾绑在脸上掩住口鼻。

Pablo领着我们在矿井里继续深入，上上下下，曲折迂回。我渐渐意识到什么弯腰行走，什么呼吸困难，根本都是小意思。到了后来，有些隧道的空间是如此之小，以至于我们不得不像野兽一般手脚并用地爬行，之前我总埋怨工作服的袖子太长，此刻才开始庆幸——用袖子包住手掌可以避免被地上的碎石磨伤。可是也许因为双腿承重太大，即使穿了两层裤子，膝盖还是被磨伤了。

有时我们不得不像猴子一样攀登一些我平生所见最恐怖的一步一摇晃的木梯——"好，梯子最下面的几个横杆都烂掉了，所以现在你们就直接跳下来好了"，Pablo用一种轻松愉快的语气说。有时我们需要像电影里的寻宝探险者一样从各种狭窄古怪的"洞"里一路滑下去，这是一项技术难度极高的运动，铭基同学有几次差点滑过了头，还好Pablo眼疾手快将他截住。铭基的屁股在下滑时被磨破了皮，而同行的法国男生裤子上也被磨出了一个好大的洞；矿井里如此黑暗，可是铭基的头灯没过多久就没电了，为了安全起见只好让他走在中间……我真是有点好奇，游客的意外事故真的很少发生吗？

每隔一段时间，我们会听到一些轻微的"隆隆"声，石壁也在轻轻地震动，感觉犹如一场小型地震。"他们正在那边爆破。"Pablo轻描淡写地说。每隔几分钟，他会大喊一声："车来啦！"还没等我们反应过来，他已经一边大叫："快！快！"一边连推带搡地将我们赶到一边。我们的身子刚刚贴紧石壁，已经有一位矿工推着一辆装满碎石的推车以百米冲刺的速度从我们身边呼啸而过。

矿工们大多穿着肮脏破烂的衣服，有些人干脆赤膊上阵，没有一个人戴口罩。他们戴着头盔，可很多人的头灯根本是漆黑一片。也许不开灯是为了省电，不过 Pablo 说他们天天在这里工作进出，即便不开灯也轻车熟路。矿工们都是原住民，身材并不高大，可是身段非常扎实，肌肉一块块隆起。每个人都在咀嚼古柯叶，叶子把一边的腮帮子塞得满满的，以至于脸颊上都鼓出了一个大包，只能古怪地用半边嘴说话，我注意到他们的牙齿已经被古柯叶和烟草熏得发黑。

每到一组人工作的地方，Pablo 会停下来给他们礼物，并向我们解释他们的工作。说实话我没怎么听懂，总之据我看来，他们就是在不停地挖石头，再不停地把挖下来的石头铲进推车再运出去。矿工们似乎不介意我们的存在，但也懒得和我们寒暄，他们最关心的还是礼物。可是我总觉得被分到古柯叶和可口可乐的两组人似乎并不怎么高兴，也许他们更想喝酒？那么那十罐啤酒和 96 度的"酒精"到底会送给谁呢？

答案不久就揭晓了。我们来到了一个可以站直身体的"山洞"，到了这个时候，我已经没有了时间的概念，不知道我们到底在矿井里待了多久，我简直感觉我已在此处度过了整个生命。虽然全身酸痛，口干舌燥，可是眼睛已经适应了黑暗，鼻子也已经习惯了发霉的矿物气味。然而来到这个"山洞"之后，我感到自己的人生自罗赖马山在塑料袋里大便之后又到达了一个全新的境界。

如果有地狱的话，这里就是活生生的地狱！温度从几度忽然飙升到令人窒息的 45 度，我全身每一个毛孔都在冒汗，连视线都被额头不断滴下来的汗水弄得模糊。我想取下挡住口鼻的头巾，又怕吸入有毒的粉尘，进退两难间头脑一片晕眩。我拧开水壶盖连灌几口水，心里十分感激铭基的先见之明——出发时导游说除了小数码相机之外什么也不要带，因为在矿井内走动爬行时会很不方便，还好铭基坚持带了这瓶水（虽然的确麻烦，在洞里滑行时水壶曾几次滚落）。一眼瞥到旁边的法国男在默默地咽口水，我把水壶递给他，他立刻接过去毫不客气地咕嘟咕嘟大灌起来。

或许是因为这里的工作环境最为严酷，Pablo把十罐啤酒和那一大瓶酒全都送给了这个组。矿工们眉开眼笑，马上打开瓶盖就喝起来。其中一个矿工这会儿才发现我的性别，惊讶地"哎"了一声。他把那瓶96度的酒递给我让我尝尝，我刚想喝，他赶紧阻止我，说得先敬Pachamama，即原住民所信仰供奉的"大地之母"。我依言将几滴酒洒在地上，这才对着瓶口喝一口。奇怪的是并不如我想象中那般辛辣，居然还是可以入口的。

这时，不可思议的事情发生了。导游Pablo居然脱下上衣，开始加入矿工们的行列拼命干起活来。他身材健美，姿态熟练，汗出如雨，身体镀上一层油光，在黑暗中亮闪闪的煞是好看。他一鼓作气狂干几十分钟，我们都看傻了。后来才知道，Pablo以前就是矿工，机缘巧合下遇到一位转行当矿井导游的同仁，这才开始学习英语当起导游来。他说当导游赚得不比矿工少，而且没有生命危险，在工作缺乏的波托西算是难得的好差使。可是因为他当过矿工，深深了解矿工生涯的艰辛，所以每当带领游客进入矿井，总不忘为从前的伙伴们出一份力。Pablo自己的父亲也是矿工，这么大年纪仍在井下工作。他说过段时间他父亲会和人合伙开挖一个新矿，他自己也会去帮父亲的忙。

在波托西，成千上万的男性都在矿井中工作，极少数人受雇于私营公司，有稳定的工资、医疗保险和退休福利。但绝大多数人都像Pablo的父亲那样选择在合作社工作，与人合伙，自己挖矿，自己赚钱。合作社自然风险更高，但是回报也更大——如果运气好的话。如果一个独立的矿工发现了一个大银脉，他可以自己保留全部利润，遗憾的是中大奖的寥寥无几，大多数在合作社工作的人一辈子也只能勉强维持生计。更残酷的是矿工的"一辈子"非常短暂，很多人在井下工作十年便因为事故或疾病死去，波托西的矿工很少有活到50岁以上的——我没敢问Pablo他父亲今年贵庚。

我们默默地看着矿工们干活，时不时地需要给他们让道，从一个角落慌忙逃窜到另一个角落，深觉自己碍手碍脚。这时，更不可思议的事情发生了，Pablo忽然把铁锹递给铭基，"轮到你们干活了！你以为你们只是来参观的吗？"

我们三人面面相觑，不知他是认真的还是在开玩笑。铭基一声不吭地接过铁锹，开始把从推车上倒下的大堆碎石铲到角落，黑暗中他闷头苦干的身影简直与真正的矿工无异。不知过了多久，他铲完那堆石头，朝我走过来，我这才借着头灯的亮光看清他的样子，真是吓一大跳——他看起来活像刚在水中和鳄鱼经过一场殊死搏斗，整个人忽然脱了形，满脸满身都是汗水，连系在脸上的头巾都在往下滴水。"好累！"他一边擦汗一边摇头，"真的好——累！"

我并不知道那到底有多累，直到Pablo朝我投来鹰一样锐利的目光，"喂！你！你来干活！"我吃了一惊——我？女矿工？Pablo面无表情地说："我就喜欢看女孩子干活。"好吧，为了满足他的恶趣味，我只好拿起了铁锹。其实在女生中我算是身强力壮的，可是居然差一点拿不稳那把铁锹！这家伙重得不可思议，简直是一把青龙偃月刀……我铲了几下便完全体会到刚才铭基同学的痛苦。在气温高达40多度且完全不通风的海拔4000多米的高原矿井中，连站着不动都是种煎熬，更别提干体力活了。只要一动就气喘如牛，感觉快要窒息。更倒霉的是之前我在亚马孙地区因为对气候过敏，身上起了一片一片的红疹，奇痒难忍，几天都没褪下去，此刻一遭遇高温汗水，更是火上浇油，全身痒得恨不得把这层皮扒掉。我机械地铲着石头，心中只有一个念头：我要出去我要出去我要出去！我想看到阳光，我要呼吸新鲜空气……

大概是存着侥幸心理，法国男一直在山洞里东躲西藏，试图逃避Pablo的目光，结果还是被毫不留情地揪了出去做壮丁，而且铭基不知怎的又再次被叫过去干了一通活。直到大家"服役"期满，Pablo终于决定放过我们。看着我筋疲力尽的样子，他似笑非笑地摇摇头，"还真没用。""可不是，"我抹一把脸，"不但没用，而且愚蠢，特地花钱来买罪受！"

终于离开了那个炼狱一般的场所，我们都不由自主地长吁一口气，每个人的脸上都是"受够了"的神情。虽然需要原路返回（这意味着把之前遭过的罪统统重新经历一遍），可是我们都很高兴这段奇异的旅程快要接近尾声。不过在"重见天日"之前，我们还有一位非常重要的"人物"需要拜访——

魔鬼提欧（El Tio）。

这是一种极其特殊的双重信仰。在矿井之外的世界，矿工们都是虔诚的天主教徒，他们和其他信众一样去教堂向上帝祈祷。可是一旦进入矿井，十字架就被留在外面，没有人会去寻求上帝的援助，矿井里是属于魔鬼提欧的世界。

魔鬼提欧决定着所有矿工的命运，他掌管着灾难、暴力以及任何矿井里所能发生的最糟糕的事情。这里是魔鬼之域，所有的供品和祈祷都只能奉献给魔鬼提欧。如果他感到满意，矿工们就会获得更多在矿井内存活的机会，因此矿工们在矿井中布置了许多个供奉魔鬼提欧的神坛，我们当天拜访的只是其中一个。

我得承认，当看到魔鬼提欧时，一阵寒意袭上了我的脊椎。他从头到脚呈鲜红色，头上的两只弯角是魔鬼的象征。更引人注目的是那根巨大的红色阴茎，几乎是以一种嚣张的姿态直愣愣地从胯下伸出来。他的身上缠绕着五颜六色的纸带，脚下堆满了作为供品的烟酒和古柯叶。

魔鬼提欧有着棱角分明的五官轮廓和一把山羊胡子，这令我不由自主地打了个冷战——

他是一个欧洲人，一个殖民征服者。

银矿属于魔鬼，而魔鬼是一个欧洲人。

经过了这次矿井体验后，我完全能够理解矿工们的信仰。矿井与人间完全没有相似之处，是一般人完全无法想象的另一个世界，无数可怕诡异的事情在那里发生：有些矿工在矿井深处迷路，从此再也没有回来；有些人因为被困或窒息而死在井中；有些人因为成年累月在矿井内生活，患上了幽闭恐惧症；有些人劳累过度导致精神失常；有些人看到了几个世纪前死于井中的非洲奴隶的鬼魂……

我觉得在矿井中看到鬼魂（无论是真的抑或想象）简直毫不为奇，之前我在矿井某处的天花板上看到宛如动物巢穴的小龛，那是古代矿工睡过的床。很难想象西班牙人竟让他们在井中吃住，一待就是几个月，直到身体完全报废。有游客不可置信地问导游："你说那些是床……是什么意思？"导游说："就是矿工睡觉的地方。"他益发迷茫,"你说睡觉的地方……是什么意思?"是的,养尊处优的现代城市人无论如何无法想象。

走出矿井的最后一段路阴冷潮湿,每个人都默默无言。像是为了打破这难堪的沉默,Pablo开始做"总结陈词":"……这个矿井算是比较大的,今天我们走了那么久也只走了三层,其实一共有九层……"

九层!我忽然打了个哆嗦。但丁《神曲》中描写的地狱不也正是九层吗?

终于出来了,我在明亮得刺眼的阳光下尽情舒展身体,感觉竟然好似死而复生。前面几个小时经历的一切宛如一场噩梦,我想我再也不会抱怨高原的阳光太过毒辣,夜晚的风寒冷刺骨,城里的空气不够清新。如果现在的我没有辞职,我甚至不会再抱怨自己的工作。事实上,在矿工面前,谁有资格抱怨自己的工作?

我打量着这座伤痕累累的大山。山上有无数个矿井入口,每一个入口都通向一座九层地狱。八千名矿工在魔鬼提欧的辖区内辛苦劳作,用青春和健康换取那一点点微薄的收入,其中有一千名是童工。他们别无选择,因为在这偏僻荒凉的安第斯山区,根本没有什么其他的工作可供选择。

小时候看《西游记》,唐太宗游地府的时候,发现不但很多坏人在这里受苦,连好人也得下来,先经过一通审判,才能决定他下一世的去向。可是眼前这些勤劳朴实的矿工们还未死去便已日复一日地经受地狱之苦,这个世界究竟有没有公理可言?是,我知道世界总有缺陷,否则女娲也不必炼石补青天。可是有些人身上的伤口又比其他人更深更痛,连抚摸过那伤口的人都感染了同一种病毒。从此以后,我的心上也多了一道伤口,我不得不带着它继续行走在这美丽却残忍的人世间。

我从来没有见过以如此高密度出现的震撼风景，好像重磅炸弹般一颗接一颗扔在人的心里。虽然天地有大美而不言，万物有成理而不说，然而天地间的风景的确可以感化一个人的心灵。

PART 17
天地有大美

行走在玻利维亚的乌尤尼盐湖。

除了秘鲁的马丘比丘,玻利维亚的 Salar de Uyuni(乌尤尼盐湖)是此趟南美之行我最期待的地方。事情是这样的:很久很久以前,在我贫瘠无聊的中学生涯中,一次课间十分钟休息,我和一位同学聊起各自心目中的旅行"圣地",说到"玻利维亚的乌尤尼盐湖"时,我的这位同学眼里忽然"噌"一下燃起了兴奋狂热的火苗。可惜他对牛弹琴,当时的我一边"咔嚓咔嚓"地啃着一包小浣熊干脆面,一边一脸蠢相地问:"尤乌尼……是什么东西啊?"

"是乌尤尼!"他抓狂地咆哮。

当得知我从来没有听过"乌尤尼"这个名字,对那盐湖的绝世美景也闻所未闻,我的这位知识渊博的同学大惊失色,整个人后退一步,满脸都是不可置信。在那一刻,我嚼着面饼忙里偷闲地想:任何能够导致一个人做出那种反应的东西——不管它是"乌尤尼"还是"尤乌尼"——大概都是值得一去的……吧?

那时的我完全没有料到,小浣熊干脆面居然在短短几年后便几乎绝迹于江湖,而乌尤尼盐湖自从被日本 NHK 的纪录片冠以"天空之镜"的美称后便开始拥有无数粉丝,成为很多人心目中的圣地。更没有想到的是,长大后的我竟然真的来到了这个我始终无法记清全名的地方。

第 0 天

既然不太可能自己前往盐湖,旅行社的选择就变得至关重要。然而这是一项无比艰难的任务——是的,城里有无数家旅行社,问题是它们全都一样

乌尤尼盐湖的旱季留下一层以盐为主的矿物硬壳,宛如一片耀眼的白色沙漠与天相连,另有一种令人窒息的美感。

的烂。连旅行指南书都没有列出推荐的旅行社,网络论坛上也永远充斥着各种警告和恐怖故事:醉醺醺的司机、破旧的吉普车,车子抛锚、翻车而导致乘客死亡,糟糕的食物,不尊重盐湖纯净的环境……

在拉巴斯遇见两位已经去过盐湖的荷兰游客,提起那三天的行程,都忍不住摇头叹气,脸上犹有余悸,"我们的司机一直在喝酒,有一段路他真的睡着了,还好旁边的乘客立刻握住了方向盘!要不然…………旅行社承诺我们说会配备英语导游,结果什么也没有……一路上司机也根本不做讲解,只是偶尔会指着窗外轻描淡写地说:'上个月有四位德国游客死在这里……'"

我和铭基花了很多时间来研究论坛上的帖子,试图总结出较好和较差的几家旅行社,结果完全不得要领,看来只能碰运气了。

第1天

一早背着包来到我们选择的那家旅行社门口等待出发,意料中的事还是

乌尤尼盐湖最吸引人的地方是能够拍出一些"空间错乱"的奇怪照片。由于远近 12000 平方公里内没有任何东西可以作为参照物，很容易用"近大远小"的方式拍出给人以错觉的好玩照片。

不可避免地发生了。旅行社承诺我们的英语导游完全不见踪影，负责人一脸无赖地说："司机就是导游嘛……不，他不会说英语……不过你们不是会说西班牙语吗！……都是自然风景，用不着什么高深的西班牙语……好了好了，退还给你们 50 块钱总行了吧？"

不仅如此，他们还把旅行团和其他公司的团合并以多凑人数。游客们自然勃然大怒，可是肉在砧上，吵吵嚷嚷好一阵子，最后也不得不接受了这一现实。

除了我和铭基，同一辆车上还有一对美国夫妇马克和莫莉，以及两位阿根廷男士马赛罗和法昆多。马克和莫莉是中学教师，和我们一样辞职旅行一年；马赛罗和法昆多则是来自阿根廷的演员，不知为什么决定离开演艺圈"无限期"地四处流浪。车上的六个人都是不折不扣的无业游民，距离感不知不觉被拉近几分。可是马赛罗和法昆多不谙英文，大家只好用西班牙语交流，配以夸张的身体语言，生涩笨拙却也居然可以沟通。

我们的第一站是乌尤尼城郊的"火车墓地"。还没有到达与世隔绝的盐湖，乌尤尼这个破败荒凉、人烟稀少的小镇本身就给人一种被历史所遗弃的感觉。可是谁能想到，它也曾经是个繁华的铁路枢纽，连接着玻利维亚的煤矿和太平洋的港口。然而随着矿藏的枯竭，由英国人建造的这些火车也渐渐停止了运行。若是放在其他国家，很可能早已将这些旧列车移走，或是当作废品卖掉，又或者以它们为主题建造一个博物馆，可玻利维亚人却只是不管不顾地将它们遗弃在那里，形成了一个怪诞的火车墓地。

这是玻利维亚的第一批机车，它们拖着生锈的躯体静坐在刺眼的阳光下，本身就像是一件散发着残酷美感的艺术品。当地人在它们身上写写画画，外国游客则像猴子一样爬上爬下，钻进钻出，幻想自己是19世纪末的火车司机。我爬上车顶，坐在上面打量四周一望无际的白茫茫大地，忽然有置身电影《燕尾蝶》的感觉。

离开火车墓地后，没多久我们就抵达了盐湖。说是盐湖，其实用"盐碱平原"这个词更为准确。这片平原是一个名为Lago Minchin的史前盐湖的一部分，史前盐湖干涸以后，还留存下一些季节性的盐水坑和几个盐碱洼地，其中就包括乌尤尼盐湖（Salar de Uyuni）。

很多人一提起乌尤尼盐湖就说是"天空之镜"，大概是因为日本人拍的那个著名的纪录片——雨季的盐碱平原被雨水注满，形成一个浅湖，湖面宛如一面平坦的大镜子，天空白云都投影在水面上，大地宛如天空的倒影，水天一色，无与伦比。人人都想看"天空之镜"，然而雨季时道路可能变成泥泞不堪的沼泽地，交通非常困难，还经常会有冰雹和大雪侵袭，我们的司机也说雨季时若是积水太深，车辆行驶十分危险，即便能够出团，也常会因为水深而无法下车拍照，很多精彩的景点更是无法抵达。总之这"天空之镜"的美景堪称一期一会，对于大部分行程匆匆的游客来说更是考验运气。很多摄影师干脆就于雨季长期在镇上"蹲点"，一等到雨过天晴而水面尚浅的时候立刻雇车出发拍摄美景。

因为现在是旱季，我们没有看到"天空之镜"。然而此时"湖水"干涸，留下一层以盐为主的矿物硬壳，宛如一片耀眼的白色沙漠与天相连，另有一种令人窒息的美感。

住在乌尤尼这个偏僻荒凉的地方,当地人所拥有的物质享受十分有限,无论是互联网还是大商场对他们来说都是奢侈品,不过有一样东西是他们永远不会缺乏的,那就是盐。由于乌尤尼盐湖是天然的盐田,当地居民盛行采盐,他们常常堆砌出许多像小金字塔一样的盐丘来曝晒干燥。这些粗盐除了被送往附近的精制工厂加工之外,也有部分拿来作为建造房屋的材料。

盐湖中有个名为"鱼岛"(Isla de Pescadores)的小岛,是大多数旅行团横穿盐湖的中途休息站。这个小岛上长满了仙人掌,那些仙人掌高大得令人崩溃,一时间会让人产生幻觉,以为自己是吃了变小药的爱丽丝,正在梦游奇幻境。

然而这里可不就是奇幻境?作为地球上最平坦的地区之一,乌尤尼盐湖是个不折不扣的地质奇迹,这里没有山峰、丘陵、阴影、植被或是任何形式的洼地,据说连在太空中都能一眼看到这里。由于在一个面积如此巨大的地方缺乏视觉参照点,一个人的空间感注定变得扭曲。有时我看见"不远处"的山脉,觉得肯定在步行距离之内,然而这里的环境欺骗了眼睛,实际距离很可能是目测的几十倍。

对于游客来说,乌尤尼盐湖最吸引人的地方还是能够拍出一些"空间错乱"的奇怪照片。由于远近 12000 平方公里内没有任何东西可以作为参照物,很容易用"近大远小"的方式拍出给人以错觉的好玩照片。说起来真是有点肤浅,在一个如此奇异的地球角落,大家却懒得学习地理知识,一心只想疯狂拍照。可是当然,我们也加入了这些疯子的行列……

一时间,盐湖上出现了许多举止怪异的人。不是整个人趴在地上按动快门,就是站在远处摆出种种匪夷所思的姿势。大家互相交换道具轮流拍摄,什么玩具恐龙、薯片罐、模型汽车、水壶、项链、苹果……连放在包里被压烂的香蕉也不放过。拍出来的照片也是创意多多:抬起脚将同伴们踩在脚下,被恐龙追逐,走进薯片罐,背靠着水壶,合力推动苹果,站在"香蕉船"上……我们的司机(兼导游)肯定已经领教过无数游客的此类白痴行为,可是眼下还是看得

盐湖上有一个长满了仙人掌的"岛"。

直乐,还不时跑来充当导演和摄影师,指导大家精益求精。

　　拍完照后,司机让我们在盐湖上步行半个小时,他自己先把车开到前面等我们。还好有同伴,还好只是半个小时,若是我自己一个人在这片白色沙漠上步行一整天,大概会恐惧崩溃得大哭吧。这里根本不像是地球,周围一个活物也没有,万籁俱寂,安静得令人心慌。四面八方都看不见尽头,完全丧失了方向感,有种永远也无法走出去的感觉,又因为是白色,比撒哈拉沙漠还要冷酷无情。人在这里很容易发疯,更容易产生"看破红尘"的心情,我发觉自己在自言自语:"……看破的,遁入空门。痴迷的,枉送了性命。好一似食尽鸟投林,落了片白茫茫大地真干净……"

　　马赛罗和法昆多一开始还在兴高采烈地边走边拍视频,走到一半忽然不约而同地躺了下来。他们身体呈"大"字形,头枕白盐,面朝烈日,可是一脸享受的神情。"干嘛呢你们?"我忍不住问。马赛罗故作严肃状,"嘘——我们正在跟 Pachamama 聊天……"(Pachamama 是印第安原住民所信奉的大地之母)。我点点头。说真的,此刻就算是 Pachamama 破土而出,抑或是上帝本人朝我迎面走来，我也丝毫不会感到讶异。

驱车前往今晚住所的路上，望着太阳慢慢沉入山的后面，我的心里忽然涌上一阵淡淡的伤感——期待了那么久的盐湖奇幻之旅在第一天就结束了……那时的我并不知道，接下来的旅途中还有多少不可思议的美景正在等待着我们。

晚上住在一座全部以盐打造的盐旅馆，所有的屋顶、墙壁、桌椅、床铺、装饰品等等都是用盐做的。听说所有的盐旅馆都有条不成文的规定"不准舔墙"，但是幼稚的我还是忍不住舔了舔桌子——当然是咸的。相信我，住在这里绝对没有听起来那么梦幻，我们的背包放在地上，瞬间就被蹭上一层白盐，怎么掸都掸不掉，相当令人抓狂。

本已做好心理准备，三天的旅程都没有条件洗澡。谁知这不毛之地也与时俱进，老板说只要付 10 块钱就可以洗个淋浴（虽然整间旅馆只有一个淋浴喷头）。我本打算吃完晚饭再洗，可那说是七点就开始的晚餐居然到了八点半还没来。眼看九点就要断水断电，而淋浴间门口还在大排长龙，我实在忍不住，只好暂时放弃晚餐，抓了条毛巾冲去加入等待淋浴的队伍。洗完澡出来再冲回餐桌狼吞虎咽地解决掉晚饭——如果香肠炒薯条也能算作"晚饭"的话，大家都不明白何以准备质量如此低劣的食物也要花上足足两个半小时……

第 2 天

大家刚刚钻进吉普车，司机大叔就一脸严肃地开始指责我们，说我们没有时间观念，说好了几点几分出发，却集体迟到整整十分钟，这种行为十分恶劣，会导致后面行程的延误云云……六个人像小学生一样垂着头听训话，脸上却都写满了不服气。莫莉用英语小声嘟囔："那昨天晚上那么晚开饭又怎么说？"我也觉得这事有点扯：不是说顾客是上帝嘛？上帝迟到个十分钟也要被这样教训？批评的时候语气礼貌婉转一点会死啊？

实在压不下心里的火,我忍不住用我那蹩脚的西班牙语对司机说:"这样吧,如果我们今晚能按时吃上晚饭,明天一早一定按时出发。"话音刚落,马赛罗已经在前座笑到打滚,法昆多默默地在椅子背后竖起大拇指。而那司机大叔也真是一条好汉,居然不以为忤,反而笑着说"一言为定"。

车子向西南方行驶,穿越玻利维亚最不发达的角落,快要接近智利的边境。一路上当真是"风景荒凉客路穷",灌木、黄沙和偶尔出现的野羊驼是我们仅有的同伴,很快我们就到达了 Chiguana 沙漠。即便是在沙漠之中,可看的东西倒也不少。我们的吉普车在一组形状不规则的火山熔岩前停了下来,远处正是它的创造者——仍处于半活跃状态的 Ollague 火山,一缕青烟正自半山腰袅袅飘向天空。熔岩附近还有一堆鲜绿色的巨大蘑菇状物体,大概是某种苔藓。

继续前行,安第斯山脉是天地间永恒的布景,却又不断地变化着向我们展现出新的层面。在车上的大部分时间里,我只是默默无言地盯着窗外。虽然不如昨天看到的盐湖那般奇特,这一带的风景却有一种荒凉而孤独的壮阔,几乎令人心碎。除了偶尔驶过的一两辆载满游客的吉普车,我们完全是孤独的。无论玻利维亚将来发展到何等程度,我还是很难想象会有任何人愿意迁徙到这个地区。写《瓦尔登湖》的梭罗总是以陶醉的语气说他喜欢在大自然中独处,他认为对于生活在大自然之中的人们来说,永远没有绝望的时候。我真想把他拉到这里生活几个月,看看他还喜不喜欢独处,还有没有绝望的时刻。

驶出沙漠后,迎接我们的是几个小湖泊,以及栖息在湖上的火烈鸟。这是我人生中第一次看到火烈鸟,完全为它们优雅的风姿所倾倒。这些美丽的鸟儿成群结队地在浅水区和湖畔漫步觅食,交颈嬉戏,形成了一片粉色的云霞。它们的羽毛是深浅不一的粉红色,愈到尾端愈是鲜明艳丽,像是点燃了一朵火焰。两条长腿颜色更深,行走起来身姿曼妙,宛如高明的舞蹈家正在湖面起舞。有时它们轻轻舒展双翅,可以看到翅膀的边缘是整齐的一圈黑色,与身体上那些深深浅浅的粉红色相映衬,像是精心打造的一袭羽衣,真是美丽不可方物,令我想起起源于我的家乡江西的那个"羽衣仙女"的神话传说。自从昨天开始了这盐湖之旅,一路上见到的风景都太过原始野性,眼下这些

玻利维亚，红色的湖泊！

粉红色的火烈鸟终于为这方粗犷的天地带来了一丝阴柔之美。

  远方是连绵雪山，旁边是湖光鸟影，我们就在如此"奢侈"的环境下就地享用午餐。美中不足的是湖边狂风大作，饭菜全部变得冰冷。饭后司机叫大家上车，马赛罗和法昆多却坐在湖边的沙地上久久眺望湖水和火烈鸟，舍不得离去。看着他们的背影，我和铭基不约而同地想起了同是阿根廷人的切·格瓦拉和格兰纳多。我不知道马赛罗和法昆多（他们应该不是好基友）为什么放着好好的演员不做，却要沿着切·格瓦拉他们当年的道路从家乡一路往北旅行，可我相信当他们再次踏上家乡的土地时，不会再是原来的自己。

  切·格瓦拉永远是我心中的英雄。作为一个平凡懦弱的小人物，我永远也无法像他那样放弃原本优渥的生活，揭竿而起引领革命，将余生连同生命一道奉献给自己的理想。可是他的《摩托日记》却给了我另一种启示——即便没有像他一样投身伟大的事业，但我们绝对也有为自己生命做决定的勇敢时刻。用力做梦，努力付出，我们每一个人都可以是自己的英雄。

  整个下午我们都在穿越沙漠，途中还见到了那个著名的风化岩层"石之树"

(Arbol de Piedra),形状真像一棵树。可是"树冠"那么大,"树干"又那么窄,我觉得整个石头翻倒过来的那一天也不会太遥远了。不过在这种天长地久的地方,一百年也就是一瞬间。

进入一个国家保护区后,我们的吉普车在一片高地上停了下来,一推开车门,我就看见了那最最不可思议的景象。

我闭上眼睛,再睁开——它还在那里。

红色的湖泊!

近处的深蓝色湖水从某一处开始陡然变为鲜艳的红色,并一直延伸至远方,简直像被施了魔法一般。红色的湖水中又有很多纯白的硼砂岛屿,看起来像是正在慢慢融化的小冰川。湖上那星星点点的粉红色同样是成群结队在此觅食的火烈鸟,加上远处作为背景的灰色安第斯山脉,整个红湖(Laguna Colorada)完全是风景画家最狂野的梦想。

我曾见过火烧云在水中的倒影,那同样是一片红色的湖水,可是红得太过金光灿烂,比不上眼前这红湖水的神秘静谧。我们一行人全部张口结舌地站在那里,呆呆地注视着这举世罕见的奇迹。风大得要命,简直要把人的头都吹下来,可是没有人挪动一下。过了很久,马克忽然迎着风用西班牙语大声吼道:"Esto es loco!"(This is crazy!),我也不由自主地朝他吼道:"Loco!"我们俩的脸上大概都是神经病一样的表情。

阿根廷作家博尔赫斯笔下的国王对诗人说:"我年轻的时候曾向西方航行。在一个岛上,我看到银的猎犬咬死金的野猪。在另一个岛上,我们闻到魔苹果的香味肚子就饱了。在一个岛上,我见到火焰的城墙。在一个最远的岛上,有一个通天河,河里有鱼,河上有船……"博尔赫斯以及其他许多拉丁美洲作家的作品总是令我有种"开天眼"的感觉,我一直不明白是什么巫术使得他们具有如此离经叛道又悠远阔大的想象力。直到来到拉丁美洲之后我才明白过来——这根本就是一片魔幻的土地,这里的一切现实都远远超过我们平庸的想象。也许年老的时候我也可以这样对我的孙儿们说:我年轻的时候曾在拉丁美洲大陆旅行,看见过热带雨林之中被金刚鹦鹉包围的雄伟金字塔,爬上了顶部像桌子一样大而平坦的高山,在雪山丛林之间走了四天才来到那座失落百年的天空之城。女人们穿着裙子摔跤,亚马孙的老鼠比猪还大,人们用芦苇做成一个岛并世世代代在上面隐居。我在海拔4000多米的矿井里看见相貌狰狞的魔鬼提欧,驱车穿越只有上帝才配居住的一望无际的纯白盐田,在世界尽头般的沙漠里遇见一个如红宝石那般明艳的湖泊……

是的,我觉得不枉此生。

红湖边有个小房子,里面摆放着些资料图片,向游客们介绍火烈鸟的种类和习性。之前在湖边午餐时,司机大叔告诉我们说,火烈鸟是因为吃了红色的小鱼小虾,羽毛才会变成红色。当时我们都狂笑不止,以为他是在说笑。因为大叔这人总爱一本正经地开玩笑——午饭明明是鸡腿,他却严肃地说那是火烈鸟的腿,"火烈鸟是红色的,所以吃掉它以后你们也会变成红色哦……"

看到资料以后,我和铭基面面相觑,原来司机大叔并不总是在骗人——原来火烈鸟的红色真的来自小鱼小虾、藻类和浮游生物!由于这些东西中含有虾青素,这种红色素的确可以使火烈鸟原本洁白的羽毛变得粉红。而至于红色的湖水,是因为一些红色的沉积物和藻类在湖中的映衬,再加上湖水中富含钠、镁、硼砂和石膏等物质，一些浮游生物得到了很好的生长，使得整个湖水被染上了红色。

世界太过神奇，在它面前你永远是个白痴。旅途中我总是想起伍迪·艾伦那句话：我为人们想要"了解"宇宙而感到吃惊，你在唐人街迷了路都难办得很哪。

晚上的住所比昨天的更差，而且一个团的人统统挤在一间房里。入夜后天气非常冷，我和铭基都哆嗦着从背囊里刨出了羽绒服穿上。这里海拔太高，法昆多的高原反应十分严重，可是演员就是演员，病成那样，他还是勉强支撑着坐在那里说笑话来娱乐大家。莫莉躺在睡袋里用头灯看小说，马克坐在床上有一搭没一搭地弹着他的宝贝吉他。我躺在床上盯着天花板，脑海里那片红色湖水怎么也挥之不去。我从未想到此行令我印象最深的会是一个有粉红色美丽鸟儿徜徉其中的红湖，but there you have it.

第 3 天

盐湖之旅的最后一天，游览完今天的景点之后，其他四位团友将会驱车返回乌尤尼，而我和铭基则直接越过边境告别玻利维亚进入智利。从这里返回乌尤尼是一段极其漫长的旅程，为了赶路，我们被告知凌晨 4 点一刻就要出发，当真是星月兼程。

我最怕和人抢卫生间，所以 3 点半就咬着牙起了床。凌晨时分在天寒地冻的高原摸黑洗漱真的需要无比强大的意志力啊。而且除了洗漱，我们还要在里面换上泳衣，因为今天的活动中有一项便是泡户外温泉——但是此刻冷得发抖的我完全无法想象这种疯狂的行为。

大家都穿上了自己最厚的衣服，在 4 点一刻之前就全部各就各位。司机大叔对我们刮目相看，非常满意。

吉普车在黑暗中行驶，直到我们抵达一个间歇泉盆地。一大早我的头脑还处于休眠状态,所以一眼看到满天的烟雾和蒸汽,真是结结实实地吓了一跳,顿时瞌睡全无。眼前这一切也完全是我从未见过的景象——自从踏上玻利维亚这片原始神秘的土地,我经历了数不清的人生中的"第一次",无论是视觉刺激还是心灵震撼都多到有点难以承受……

一个个硫磺喷气坑像是地表的排气管一样朝天空用力喷出蒸汽,沸腾的泥浆池正在咕嘟咕嘟地冒着泡泡,时不时有泥巴飞溅起来,像是诸魔在池中蠢蠢欲动。整个盆地烟雾弥漫,喷气坑的怒吼声响彻这荒芜的天地间。我完全看呆了,这里究竟是地狱的入口,还是外星人的战场?

马赛罗一边对着那些冒泡的泥浆池狂拍视频,一边口里念念有词。我走过去,他做一个用勺子搅动大锅的动作,脸上笑嘻嘻,"Pachamama 正在煮饭哦……"我为之绝倒,这里还真像 Pachamama 的厨房,只是气味不对——那一股硫磺的臭鸡蛋味儿哦!是的,惊人的不仅仅是景色,几十个喷气孔同时排出的臭味也同样震撼人心。

在间歇泉盆地逗留的时间里,所有人都是一边小心翼翼地跑来跑去(任何湿润和破碎的土块都十分危险),一边撕心裂肺地大喊"冷死了"。日出前的高原真的太冷了!那种令人心悸的寒冷令我回想起 2008 年冬天在西藏前往扎耶巴寺的旅途。大家像疯子一样哆嗦着大呼小叫地跑回车里,莫莉说:"对不起各位,我知道这样很不雅,但是我实在冷得受不了了……"她忽然脱掉鞋子,把脚放在座位上,开始用双手拼命摩搓起脚趾来。经她这么一提醒,我突然也感到脚趾已经冻得像一团冰,就快要脱离我的身体。

太阳在地平线上缓缓升起的时候,大家谁都没有说话。那金色的光晕轮番点亮了每个人的脸,海拔五千米的日出无比寂寞却奇迹般的抚慰人心。这一刻,全世界都是高原大漠的清晨。

伴随着日出,我们来到了那个传说中的世界上最高的温泉(Termas de Polques)。坐在车里看它第一眼,心脏就被一只无形的手狠狠攥了一下,我知道我又再一次地遇上了那种几乎让人无法承受的极致美景。我舍不得再看它,想将第一眼的震撼保存在脑海里细细品味一番,于是先去旁边的餐厅吃了早饭。因为外面实在是天寒地冻,餐厅里的所有游客都在讨论同样的话题:到底要不要去泡温泉?要有多大的勇气才能在零下的气温里脱掉衣服走入水中?你敢不敢?

更令我担心的其实还是身上的红疹。离开波托西前我实在痒得撕心裂肺忍无可忍,到处寻医问药未果,最后只得央求一间小诊所的医生给我打了一针。这几天好不容易平复了一些,现在又去泡温泉会不会加重症状呢?

我非常非常的犹豫,整个吃饭的过程中我都在打退堂鼓,可是吃完饭后来到温泉池边,我忽然就改变了主意。

因为眼前实在是不折不扣的最最原始的仙境。我不知道"原始"和"仙境"这两个词是如何凑到一起的,可这就是我那一刻最真实的感受。头顶旭日初升,天空幽蓝,远处的山脉默默无言,世界像佛陀一般沉静,和时间一样古老。温泉周围的土地上覆盖着一层薄薄的冰雪,乳白的水汽仿佛云朵般漫卷在池水上空,将这一切编织成一个空灵的美梦。

我知道这是一生中或许只有一次的机会,实在不甘心与这一期一会的美失之交臂,于是我就在池边脱下衣服走进梦中。那短短的十几秒钟像是电影高潮前的鼓点配乐——咚,咚,咚。我朝着那团乳白色的云雾走去,全身的肌肤都在呼吸着潮湿的空气和冷冽的风。我下去了。我将整个身体慢慢浸入那温热的池水中,长长吐出一口气,每一个毛孔都苏醒过来。那一刻我觉得眼角湿润,不知是热泪还是水汽。

在面对天地间的极致美景时,为什么我会有一种想哭的冲动?或许是因为自然的神圣能够激发出人隐藏在内心最深处的宗教情怀,即便是没有宗教信仰的人在自然面前也会忍不住发出"造化钟神秀"的感叹。我记得有人分析过艺术与宗教的关系,说艺术家们能把自然当人看,能化无情为有情,这便是"物我一体"的境界。而更进一步,便是"万法从心"、"诸相非相"的佛教真谛了。我想无论是艺术还是自然,美的最高点都是与宗教相通的。

有些旅行团的人因为怕冷而没有下水,我们团的六个人倒是在池中会合了。法昆多的高原反应仍未见好,却还是抵不过这35度露天温泉的诱惑。其

玻利维亚，传说中的世界上最高的温泉 Termas de Polques。

实下来容易上去难，在温泉中浸泡了 45 分钟，整个身体都暖融融的，要在这个时候上岸回到冰冷的现实，实在是一种酷刑。更惨的是这里没有更衣室，更衣的全部过程都要在众目睽睽之下进行，绝对是一项巨大的挑战，尤其是对于女性来说。我心一横上了岸，寒气瞬间侵袭，宛如无数根钢针扎进身体。我一边咬紧牙关忍耐，一边在铭基同学的帮助下手忙脚乱地用毛巾遮挡着脱下湿泳衣，换回原来的衣服。

　　有了这露天温泉的珠玉在前，后面的景点都变得有点鸡肋：又一个沙漠——萨尔瓦多·达利沙漠，景色与这位西班牙画家的某些作品有些相似；又一个湖泊——绿湖（Laguna Verde），湖中的矿物质使得湖水像翡翠一样碧绿。一路上依然是荒山大漠杳无人烟。我觉得只有一个人能在这种环境下出现并且不令我感到突兀，那就是孔子曾经在泰山遇见的荣启期，只是他身上裹着的鹿皮恐怕要换成野羊驼皮了。

玻利维亚和智利的边境就在 Ollague 火山的山口（南美国家之间总有这种浪漫得不切实际的边境，比如秘鲁和玻利维亚之间的的的喀喀湖），过了边境一路下山后便能到达智利的沙漠小镇 San Pedro de Atacama，我们就在边境和司机及团友挥手道别。我打量着四周的环境，心想这可真是"青山白水，后会有期"了。

这短短三天的旅程并不能算是轻松舒适，食宿都相当简陋，而且从头到脚都被风沙弄得脏兮兮。可是有什么关系呢？我从来没有见过以如此高密度出现的震撼风景，好像重磅炸弹般一颗接一颗炸在人的心里。虽然天地有大美而不言，万物有成理而不说，然而天地间的风景的确可以感化一个人的心灵，我会好好珍藏它们曾经给予我的感动，在以后的每一个伤怀日、寂寥时、奈何天，拿出来填补心上的缺口。

「衣服，」铭基沉着脸说，「衣服不见了，我们昨天拿来洗的衣服不见了。」

狭窄的店堂里，我们几个人就以这样的状态持续对峙着。

房间变成了一口大锅，烹煮着几条愁肠。

PART 18
洗衣店事件

智利，瓦尔帕莱索街头大大小小的涂鸦。

智利普岗（Pucon）的一家超市里，我和韩国女生佳映（是的，我们又在智利第五次相遇了……）像两根石柱一样直愣愣地杵在货架旁边，呆呆等待着铭基同学的出现。

本来是三个人一起出的门，说好了我和佳映先去超市，铭基去洗衣店拿衣服，之后再去超市会合。可是我和佳映在超市等了快一个小时，谈话内容已经由历任男友的性格跳到了朝韩半岛的前景，居然还是不见铭基的踪影。

我非常诧异，因为虽然不知道洗衣店的确切位置，可是普岗只是个乡下小镇，从洗衣店走到超市最多不过十几分钟。佳映小心翼翼地说："怎么这么久都不来？是不是有点不对劲呀？"我自己也一头雾水，"可能……可能是他到洗衣店的时候衣服还没洗完，现在正在店里等待吧？"

实在不好意思让佳映陪着我一起干等，于是我让她先回去，自己留在超市再等一会儿，谁知这一等又是整整一个小时。我忘了洗衣店的地址，没法去找铭基，也不敢离开超市，总觉得他下一秒就会出现，而我们将错过彼此。此刻我最懊悔的就是没带手机，可是谁能料到在小镇上买个菜也会发生这种事？

作为小超市里唯一的亚洲人，我已经非常显眼地在入口附近转悠了近两个小时，引来无数当地人的疑惑目光和窃窃私语，连超市工作人员都走过来问我是否需要帮助。等待过程中我的情绪如坐过山车一般跌宕起伏，由诧异转为愤怒，从愤怒转为无奈，又由无奈转为恐慌——会不会是铭基出了什么意外？而一想到各种意外的可能性，我的脖子后面一阵冷风吹过，整个人从沸腾的泥浆池变成咝咝直冒寒气的冰湖。

终于，当我即将变成一块"望夫石"的时候，这样的煎熬到达了一个无法继续忍受的程度，我决定出去打探一下。可是刚准备走，忽然看见 Alex 同学（他和女友特地飞来智利和我们一起旅行几周）气喘吁吁迎面而来。他说铭基打电话给他，让他来超市找我，再带我去洗衣店。"到底怎么回事？"我问，可是 Alex 也摸不着头脑。

得知铭基无恙，我稍稍放心，可是更加疑惑了——莫非他被绑架了？可是……被一家洗衣店绑架？听起来实在荒唐。Alex 和我一样困惑，满腹疑云的两个人于是一道向洗衣店狂奔而去。

一推开洗衣店的大门，看见铭基好端端地站在那里，我一团怒火从脚底直冲脑门，简直有冲动要挥老拳。可是再看第二眼——不对，这家伙面色铁青，明明是他放我鸽子，他自己却一脸怒容。再看看旁边，两位智利大妈站在那里，也是满脸的愁云惨雾。一看见我，她们开始比手画脚，一串串西班牙语连珠炮般向我袭来。

我立刻有种不祥的预感。

"衣服，"铭基沉着脸说，"衣服不见了，我们昨天拿来洗的衣服不见了。"

害怕的事情果然发生了，我在心里无声地尖叫。那可是整整一大包脏衣服啊！旅途中带的衣服本来就不多，这种损失简直有点无法承受，尤其是我们已经来到了物价昂贵的智利……

"怎么会不见了呢？你们有没有仔细找？"我问。

"到处都找过了，连每个洗衣机都打开看过……"

"会不会装错了袋，写了别人的名字？"我开始翻看起摆在架子上一袋袋已经洗好等人来拿的衣服。

他摇摇头，"都找过了。"

两位智利大妈把头探过来，一脸焦虑，"那些衣服……很贵吗？到底多少钱？"

"不是钱的问题！"铭基彻底恼了，"昨天才拿来洗的衣服，就在你们店里弄丢了，你们一定要给我们找回来！"

大妈们看起来简直要哭了。她们不会说英文，只是不停地叽里咕噜往外冒西班牙语，伴以激烈的身体语言。我没法完全听懂她们的意思，只听到不断重复的"唉哟天哪，怎么办"和"我们店里第一次发生这种事啊，上帝啊怎么办"？

然后她们会再次发问："你们的那些衣服贵不贵？多少钱？"

然后铭基会再次咆哮："跟你说了不是钱的问题！……"

狭窄的店堂里，我们几个人就以这样的状态持续对峙着，房间变成了一口大锅，烹煮着几条愁肠。

"昨天收下我们那包脏衣服的大叔现在在哪儿？"我问铭基。

"刚才来过，可是他也不知道。他只管收，不管洗。"

"那负责洗衣服的人在哪里？"

铭基长叹一口气，我觉得他看起来也快要昏过去了。

"大妈说洗衣服的是个临时工，她们给他打了电话可是没人接，估计他人正在赌场，"铭基凄惶的脸上忽然浮现一缕恍惚的笑容，"大妈说他是个赌鬼，很不靠谱……"

我觉得脑子都快要爆炸了。那么是这个临时工偷走了我们的衣服？可是那些衣服也不是什么名牌货色，他偷来干嘛呢？

我们和智利大妈大眼瞪小眼，店堂里一片死寂。

我一筹莫展，只好在店里来回踱步，碰碰这个，翻翻那个，继续做着无望的搜索，一颗心不断地往下沉。

角落里有个不起眼的小柜子，被周围乱七八糟的东西挡住了一半，最上面的那一层没有我想找的东西。

可是下面还有一层，那里有个白色的塑料袋，从大小形状来看，里面很有可能是衣服。

更何况我看到了隐隐透出的熟悉的黑白条纹。

一片寂静里，我能听到自己忽然加剧的呼吸声。

"这个！"我大喊，用手指着那个塑料袋，"你们来看看这个！"

铭基如旋风般冲过来，他看看我，又看看那个袋子。

"好像是……"他一把将塑料袋拎出来，打开。

"我们的衣服！"我们俩同时大声欢呼。

两位大妈倒是呆住了，像是无法相信这突如其来的好运气。几秒钟后她们才反应过来，不断在胸前画着十字，口里直念叨着"感谢上帝！感谢上帝"！愁苦之色如同露水一般从她们的脸上消失了。

我却还是有点想不通。"可是，"我问铭基，"你不是说你们到处都找遍了吗？怎么居然发现不了？"

"的确找了……可是……"他讪讪的。

"你在这里待了快两个小时，到底在干什么啊？"

"跟大妈辩论啊……"他很委屈地说。

有的时候，我真的觉得男人完全是从另一个星球来的物种。他们也许能在森林中狩猎，懂得建造房屋，明白野生动物的习性，北极光的律动，星辰的轨道，但他们往往看不出女友发型的变化，不懂得一件条纹T恤与另一件条纹T恤的区别，也永远没有耐心去寻找隐藏在衣橱深处的那件蓝色衬衫。

我轻轻叹一口气，将视线投向两位智利大妈。她们的脸上仍然保持着那种"劫后余生"的狂喜，正在热火朝天地帮我们叠衣服。

"这些衣服到底有没有洗过？是干净的吗？"我有点担心。

大妈拎起一件T恤来抖一抖，轻快地说："干净的！干净的！"

她们将叠得整整齐齐的衣服重新放进塑料袋交给我们，大家挥手道别，口角春风，此前的睚眦之怨早已消融。一位大妈冲过来，像对待宠物狗一样亲昵地揉搓着铭基同学的面颊。

大概是觉得这样还不足以表达她的情感，大妈忽然从塑料袋里掏出一条铭基同学的内裤，放在自己脸上深深嗅了几下。

"干净的！干净的！"她高举着内裤，欢欣鼓舞地说。

真实本身就是美。

卑微的，受挫的，疯狂的，无情的，百内将它们统统拥抱着，

从不扬弃任何东西。

夕阳下，云雾里，冰川上，大雪中，

它向我们坦坦荡荡地展示着自己的美——整体即是美，

美从来都不是被包围在窄圈里的漂亮而脆弱的东西。

PART 19
此中有真意

智利百内公园的徒步路标。

一翻过那座山，圆顶礼帽、彩色大篷裙、古柯叶子、高原上凉如薄荷的空气、天地初生般的原始风景、乏善可陈的食物，还有永远不能往里扔厕纸的马桶……就统统消失在寂寞的安第斯山脉。漫天尘沙中，智利迎面而来，遇到车子就分开，又迅速退到两边，将我们的后路密实地包裹起来。

我喜欢乘车由陆路过境。慢悠悠的节奏给予大脑缓冲消化的时间，意识可以与身体一道移动，风土人情的变化都有迹可循。可是从玻利维亚到智利的短短车程却前所未有地令人"消化不良"，因为这变化完全没有过渡，一切都太迅疾也太惊人。从南美洲最贫穷的国家来到最富裕的国家，感觉简直像由小叮当的任意门从古印加王国一步跨回欧洲，文明重现，繁华凸显。所有的贫穷低效和杂乱无章瞬间不见，我们终于可以放心地在公共场合拿出手机来看（在拉丁美洲的很多其他地方，每次我们刚拿出 iPhone，立刻会引来周围几十束如狼似虎的饥渴目光），也终于重新享受到了正常的网速。走过卖水果的小摊时我总要拼命压抑自己想跟它们 say Hi 的冲动——好久不见啊，没有烂掉也没有疤痕的苹果们！

然而这文明和繁华也有其相应的代价。智利和阿根廷虽然较为先进富裕，可是居民大多是欧洲移民，原住民极少，也因此失去了厄瓜多尔、秘鲁和玻利维亚的那种神秘明艳的南美风情和略显粗糙却无比鲜活的生命力。由于智利和阿根廷紧紧相邻，我们旅行时总是在这两个国家之间来回穿梭，每次经过那些似曾相识的街道和建筑，我的脑海里都会不由自主地浮现出"小欧洲"三个字。这里不再有黑白混血的圣母像，教堂里的天使没有印第安人的脸庞，绚丽的仪式和神秘的迷信不见踪影，街上的行人几乎都是征服者的模样。因为聂鲁达和博尔赫斯曾用精美绝伦的诗歌和文学辉耀此地，在我的想象中，智利和阿根廷是冷冷细雨中文人的住所，是瘦的诗人嘴角那一抹狡黠的笑容，是满街胡思乱想的男人和载入史册的女人。或许是这想象太不着边际，眼前这些城镇的现实（更确切的说是第一印象）却和任何一座寂寂无名的欧洲小城一样美丽而平淡无奇。

看过了玻利维亚那么多惊心动魄的风景，其实我们倒是很希望能够享受此刻的平淡安宁。可惜平淡安宁只是硬币的其中一面，而硬币永远在不停地转动——智利和阿根廷那昂贵的物价令我们忧心忡忡。这里的消费水平已经接近发达国家，和玻利维亚比起来简直天上地下。我们很快就发现消费总是超过预算，刚取的钱没多久就花个精光。刚刚越过边境到达智利与玻利维亚接壤的小镇 San Pedro de Atacama 时，我们对着旅店老板娘推荐的旅游项目单直发呆——怎么每一项都这么贵？！而长途巴士的票价更是贵得令人头皮发麻。买完去首都圣地亚哥的车票后，我和铭基在毒辣的日头下恍恍惚惚地走着，满心惶惑，连帽子都忘了戴——知道贵，可是没想到这么贵……因为实实在在地受到了惊吓，在 San Pedro de Atacama 的那几天里，我们什么景点都没去，整天窝在小旅馆里看书上网，从市场买回材料在旅店的厨房做饭，一边还要拼命自我安慰：不就是沙漠嘛，不就是风化岩嘛，咱也不是没看过……

"贵"从此成为我们对话中出现频率最高的一个字，它像一团巨大的积雨云盘踞在日复一日的旅行生活上空，随时准备呼风唤雨。圣地亚哥和瓦尔帕莱索还好，城里的街头建筑和涂鸦都能免费观赏。可是后来到了以自然风景和户外运动闻名的小镇普岗，我们再一次陷入窘迫——爬火山、泡温泉、骑马、登雪山……这里每一项活动的价钱都超出我们的预算。可是既然已经来到这里，如果整天待在旅馆什么也不做简直活像两个变态。算来算去，权衡再三，最后只好选择了最便宜的泡温泉。而多出的一天时间则去附近的森林草场徒步，寻访一道隐藏至深的瀑布——无需门票，不用导游，自带午餐，这便是我们所能想到的最便宜的活动了。

那大概是我自出发以来心情最差的一段时间。尤其是 Alex 和女友特地请了几周假，千里迢迢从伦敦来到智利、阿根廷和我们一道旅行，却总是为了迁就我们的预算而不能尽兴，还得常常和我们一起买菜做饭。虽然他们自己一直说没关系，可我和铭基心里总不能释然。在普岗的那几天，我几乎天天都和同样饱受高昂物价折磨的佳映一起长吁短叹，讨论各种可能的省钱方法。坐在旅馆狭窄的小厨房里，我们俩望着窗外的月色浮想联翩：要是上帝能给我们一点证明他存在的明确证据那该多好！比如说，在我们的银行户口里存上一大笔钱……

老实说，这整件事对我来说是全新的体验。从前的我花钱大手大脚惯了，也有能力赚取自己想要的东西，因此几乎从来不曾体会过金钱上的窘迫。在阿根廷见到以前在伦敦认识的ibanker朋友斯坦利，他正停薪留职在拉丁美洲旅行几个月，可是旅行方式和我们完全不同：很少搭乘大巴，飞机是主要交通工具；入住星级酒店，三餐都在外面吃；每到一个国家都由当地旅行社安排好全部行程……看到他便令我回想起自己恍如隔世般的曾经。还在工作的时候，我们只能利用有限的假期去旅行，虽然一向自己安排行程，可是衣食住行的各种享受也从来一样不落。然而自从辞职开始间隔年，失去了收入来源，我们不得不学会精打细算，也不得不开始面对被长途旅行那自由浪漫外表所掩盖的重重阴霾。

各种旅行杂志总是用蛊惑人心的文字煽动我们上路：都市人压力巨大，蝼蚁竞血，拼命咬紧牙关往上爬。不如走出城市，与大自然打成一片，即可其乐融融。清风明月镜湖阳光，均可免费享用，何用太过辛苦？可是真正上路以后才发现，这世上已经没有什么可供免费享用的东西了，连风景和气候都变成了奢侈品。就像玻利维亚那荒芜天地间的极致美景，看似上天送给人间的礼物，可是如果不乖乖奉上银两，根本无法抵达。你真的想舍去浮世，明月清风，山桂做伴吗？还是先过了山脚下的收费大叔那一关吧。

年少时我对嬉皮士的生活充满向往——听从内心的召唤，奔赴未知的旅途，多么勇敢多么浪漫！可是这一路上我看到无数嬉皮，大多待在拉丁美洲那些最为贫穷（也就是物价最低）的国度，整天嗑药晒太阳，以出售自己制作的小手工艺品为生。在的的喀喀湖畔的小镇Copa Cabana，嬉皮们甚至会当街兜售自己做的简陋三明治和蛋糕来赚取一点点金钱。我曾经以为他们的世界很大很大，可是眼前的这些人沉溺药物，收入微薄，因此只能长期在物价便宜的国家流连，根本无法见识更为广博的天地和生活方式。湖边夕阳下我久久凝望着那个手托纸盘正在叫卖蛋糕的嬉皮女生，内心的知觉从未如此清醒：不，我永远也无法成为一个嬉皮，我也不再想当一个嬉皮。

很多背包客热衷"穷游"，以自虐式的极度节俭为荣，这我尚能理解。可是有些人发展到蹭吃蹭喝的地步，想出各种逃票的方式，甚至当街乞讨，这就超出我所能理解的范畴了。还有人因为无法负担门票和交通费用，干脆不去任何景区，只在小城镇长期盘桓，并解释说"体验当地的风土人情更为重要"，或许有他的道理，但这也并非我理想中的旅行方式（想象一下，去巴黎不进卢浮宫，在摩洛哥不住 Riad 酒店，到秘鲁不去马丘比丘）。我所向往的旅行，既不是奢靡的"腐败游"，也不是一味的俭省，它大约是一种平衡——丰盛与贫瘠的平衡，激情与恬静的平衡，感官与心灵的平衡，欲望与克制的平衡。而对我来说，维持平衡的首要条件是：你必须有能力（财力和体力）去到你真心希望抵达的地方。

然而此刻的我已然有些失衡。每次讨论下一站要去哪里，有何景点可看的时候，我总是提心吊胆地抛出那个扫兴的问题："多少钱？"记账本上的数字令人心惊肉跳，花费已经大大超支，可是前面的风景听起来又是如此吸引——巴塔哥尼亚的百内国家公园(Torres del Paine)，"世界尽头"乌斯怀亚(Ushuaia)，壮观的佩里托·莫雷诺冰川（Perito Moreno Glacier），在马德林港（Puerto Madryn）乘船出海看鲸鱼……世界太大，美景太多，或许我们还是太过贪心，面对着前方的诱惑，永远做不到远远地眺瞻，而总是想要再向前一步。

唉，大不了就继续缩减亚洲旅途的开支吧。而眼下，就让我们硬着头皮，再向前一步……

铭基同学最为期待的便是在巴塔哥尼亚百内国家公园的四天徒步。更确切地说，他一听到"巴塔哥尼亚"这个名字就精神亢奋，全身血液唰唰作响。巴塔哥尼亚这片传说中的土地位于南美洲的最南端，广袤无垠人烟稀少，自然地理环境又极其独特——西接安第斯山，东临大西洋，北部是草高马肥的潘帕斯草原，南方则接壤南极洲的冷酷冰川。这片土地偏僻而又浩瀚，孤独却又无情，西班牙人称它为"地球最终的尽头"，然而也正是因为这些特质，神秘的巴塔哥尼亚对于包括铭基同学在内的某些旅行者来说一直有种致命的吸引力。

数百年来，巴塔哥尼亚启发了不计其数的作家、画家、博物学家……它

智利的奥索尔诺火山，看起来跟日本的富士山真的有几分相似。

的偏远和冷酷也吸引着一批又一批狂热的探险家，以及那些追求某种灵魂的震颤（又或者是证明自己的确拥有灵魂）的人。我既不是探险爱好者也不热衷于"荒野生存"，可有时的确也会想念某种野性和孤寂——在伦敦那文明而"正常"的生活中如此缺乏的东西。

位于安第斯山脉南端的百内国家公园是巴塔哥尼亚这片土地"浓缩的精华"。作为《国家地理》杂志评选的50个一生必游地之一，百内国家公园以奇崛的山峰、巨大的冰川、蓝色的湖泊和独特的动物著称。除了拥有神话般的壮丽景象，它还被联合国列入世界自然遗产和生态保护区，被视为地球上最后的净土。

在这个面积巨大的国家公园里，只有极少的地方修通了公路。因此若想真正领略美景，唯一的方法就是徒步。由于时间有限，我们没法走需时十天左右的大环线，最后选择的是在当地被称为经典路线的4~5天"W"徒步（因路线状似字母W而得名）。

W徒步沿途能欣赏到极多美景，不过对体力要求也颇高，而更大的挑战则是这里瞬息万变的天气和速度每小时高达六七十公里的烈风。经过了委内瑞拉的罗赖马、秘鲁的印加古道以及玻利维亚的波托西矿井之行，我和铭基无论是身体还是心灵都变得更加坚强，长时间的徒步完全没问题，可是四天之内轮番在狂风、烈日、暴雨、大雪中不停行进的经历还属头一遭。有时我甚至觉得这里的每一条山谷都企图让行走在其中的人类投降，而徒步者们则以默默无言的跋涉来保全自己微渺的尊严。

去往"百内三塔"的路途漫长而艰辛，因为三座山峰耸立在山岭之上，需要穿越灌木丛和碎石坡一路向上攀登。其时漫天大雪，狂风大作，我们在飞舞的雪花间隙中见到远方一个熟悉的身影——之前在巴士上遇见的马来西亚大叔！他全身毫无户外装备，只穿着家常衣衫鞋袜，右肩挎一个黑色行李包，左手拎着一个大塑料袋，在乱石堆间跌跌撞撞地走着。这时我们已能隐隐看到"三塔"中的两座山峰，另一座则已彻底被浓厚的云团所掩盖。虽然若隐若现的巨岩山峰依然气势惊人，山脚下那泓浅绿色的湖水也有种遗世独立的清冷之美，然而天气不好，我们都难掩失望之色，可是马来西亚大叔却手舞足蹈，用他马来腔浓厚的英语加普通话朝我们大声吼道："Lǎkì (lucky) 呀！You are very lǎkì 呀！我刚刚上来的时候什么都看不见哪！我都已经下山了，回头一看，云突然散开了，我又再重新爬上来看啊！Lǎkì 呀！Very lǎkì 呀……"爬完两趟山（疯了），大叔气息未定，一头乱发在风中狂舞，眼镜上落满白霜，看起来要多狼狈有多狼狈，可是即便这样仍然兴高采烈眉飞色舞，搞得我顿时也觉得自己"lǎkì"起来……

第二天在暴走途中遇见一个韩国男生。他朝我们迎面走来，背着巨大的背囊，耳朵里塞着耳机，走得虎虎生风。我们照例用西班牙语和他打招呼："Hola！"他摘下耳机轻轻一鞠躬，然后用韩语向我们大声问好，搞得我们有点莫名其妙。后来在阿根廷和佳映重逢，向她描述这个韩国男生的形貌，惊讶地发现她与此人颇为熟稔。我说想象中在荒凉天地间一个人单独徒步几天大概非常寂寞无聊，可是这位男生看起来却颇为享受的样子，令我印象深刻。佳映大笑："享受？他告诉我在百内的那几天他孤独绝望得快要发疯……"

徒步去看"灰色冰川"（Glacier Grey），来回路上都是倾盆大雨。我们穿着雨衣行走尚觉吃力，可是归途中看见迎面而来的一群刚刚开始 W 徒步（和我们相反方向）的旅行者，几乎全无防雨装备，直淋得浑身透湿，衣服、背包、

百内国家公园，W 徒步第三天：到达法国谷尽头的观景台时我们就震惊了，难以想象眼前的仙境就是事实。

甚至睡袋都在滴水，很难想象他们将如何度过这个寒冷的晚上。然而神奇的是这群人个个神色自若，对狂风暴雨安之若素，没有丝毫郁狼狈的表情……

在"法国谷"（Valle del Frances）的山崖上徒步，凛冽的大风一阵强过一阵，吹得人站立不稳，只得弓着背依靠登山杖稳住身体。我正心下窃喜：这风居然能吹动我，看来我也不是太重嘛……心神一分散，刚抬起一只脚，一阵狂风刮过，说时迟那时快，我瞬间失去平衡，整个人连同背包一起被吹翻到山下——还好山下不是万丈悬崖，我只不过是滚落到树丛中而已。而铭基同学彻底吓坏了，他顿时丧失了理智，以为自己是特工 007，居然立刻疯狂地纵身跳下山来抓住我的手臂。我当然是感动的，可是本来我毫发无损，被他这么一抓，手臂上反倒擦伤一块……

在百内的那几天，我看见耀眼的天空、浓酽的落日、银光闪闪的群峰和永恒的冰，也听到溪流的絮语、森林的叹息和无情狂风的怒吼。在旷野天色之下，我们沉默地向雪山和冰川走去，与这因缘际会的天地交换能量。这片土地人迹罕至，因此没有任何奴役和统治的印记；它藐视国界，也从不放弃挑战人类的极限，只有那些具备自由坚强意志的人才能得到它的认可，因为一切物理的危险都远远比不上对于精神和意志的挑战。

我在百内徒步的感受并无言语可以形容。面对着这么一个完全不欢迎我的存在的地方，也许有种畏惧，再加上感激——对它迄今为止还没把我干掉的感激。还有尊敬，像是一种爱，虽然这两个词被人们用得太多，早已失去了它们原有的力量。

百内美吗？我想没有人能够否定它的美。在天气最好的第三天，当我越过法国谷眺望远处宛如有神仙居住般梦幻的百内群峰时，那感觉好似第一次在海中潜水——海豚起舞，美人鱼歌唱，却只有我一个人能看到听到。可是百内显然也有它疯狂暴烈的一面。只要它一发怒，狂风暴雨，冰封雪飘，地球仿佛从摇滚乐与互联网的时代重归早期冰河世纪。在疾风和雨雪中吃力行走，有时还无法看到想看的风景，这种时候我觉得自己卑微受挫，忍不住抱怨它"变态"，觉得它不完美。可是当四天的徒步结束，第五天离开时站在轮船上经过巨大的百内犄角峰，我与它两两相望，一个神秘的声音被风吹来有如耳语："有些东西，如果你不曾经历过，那么对你来说它就不是真实的……"

阳光点亮了古老的石头，狂风吹迷了我的双眼。望着眼前无与伦比的山峰，我感到有个全新的灵魂从心上升起，每个指尖都因突如其来的快乐而酥麻不已。就在那一刻，某种理解达成了，我忽然第一次深刻地体会到它的美。

是的，真实本身就是美，卑微的，受挫的，疯狂的，无情的，百内将它们统统拥抱着，从不扬弃任何东西。夕阳下，云雾里，冰川上，大雪中，它向我们坦坦荡荡地展示着自己的美——整体即是美，美从来都不是被包围在窄圈里的漂亮而脆弱的东西。

我又想起了泰戈尔的话，他说强大自然力的游戏惊心动魄，可我们在暮空看到的它却是那样宁静而绚丽。同样，伟人一生经受的巨大痛苦，在我们眼中也是美好的，高尚的，我们在完满的真实中看到的痛苦，其实不是痛苦，而是欢乐。

如此想来，"百内三塔"下狼狈不堪的马来西亚大叔，独自徒步"孤独得快要发疯"的韩国男生，被暴雨淋成落汤鸡的背包客，还有那个总是纠结于预算患得患失的我自己，其实都在享受着欢乐——在完满的真实中被痛苦所掩盖的欢乐。

我忽然打了个冷战，
如果探戈真的表达了阿根廷人的灵魂，
那么这灵魂该是个多么黑暗而又孤独的地方。
幸好还有美食与美酒，
能够抚慰阿根廷人忧郁的灵魂。

PART 20
阿根廷为谁哭泣

阿根廷的探戈。

世界尽头的想成为英国人的讲西班牙语的意大利人

在英国的八年中，我认识和了解最多的人群，除了中国人和英国人之外，依次是法国人、印度人和阿根廷人。

法国是英国的邻居，印度是英国的前殖民地，这两个都好理解，可是天晓得为什么会有那么多阿根廷人生活在伦敦！无论如何，这些年相处磨合下来，我自认为对阿根廷人有了相当的了解。这是一个国民性极其强烈的民族，而最大的特征就表现为他们如出一辙的忧郁和悲观。我的同事尼可拉斯会在任何应该或不应该的情况下陷入悲观的情绪当中——"We are in crisis（我们处于危机之中）！"工作中的任何一点变动都会促使他拧着眉头向大家发出警报。"我要崩溃了！"则是伊尼斯小姐的口头禅，苍白的脸色和颤抖的嘴唇暗示着她随时崩溃的可能性。

还有从骨子里散发出来的高傲。伊尼斯走起路来总以类似模特步的姿态行进，脚底像装了个小小弹簧，下巴抬得高高，你需要抬起头才能接触到她的目光。伊尼斯纤瘦得可怜，胃口也像只小鸟，她却从来不觉得自己瘦，甚至总觉得自己还不够瘦，对可口可乐的爱好是她永远无法原谅自己的"弱点"。我猜包括我在内的所有女同事在她眼中可能都与猪猡无异……

大家都对此大惑不解，而我的阿根廷朋友盖比却见怪不怪地笑了，"去过布宜诺斯艾利斯你就知道了，那里的每一个女人都想变得更瘦，无论身材如何……你知道吗？阿根廷人在整容手术上花的钱比世界上任何国家的人都要多，厌食症的发病率也是全世界最高的……"

我张口结舌地看着他。

"不过,"他又补上一句,"首都以外的阿根廷人其实挺正常的。记住,奇怪的事情都只发生在布宜诺斯艾利斯。"

不知为什么,我认识的所有阿根廷人都来自布宜诺斯艾利斯,他们告诉我这个世界尽头大都会的种种千奇百怪之处,绝对令人匪夷所思——我从未想过这座城市会与整容手术和心理分析扯上关系。一直以来,我想象中的布宜诺斯艾利斯是繁华而浪漫的"南美巴黎",是王家卫《春光乍泄》中有机会"由头来过"的天涯海角,是博尔赫斯笔下巨大的迷宫——房舍重叠不可企及,虚幻而又拥挤,到处都是战争英雄的鬼魂、动不动就掏刀子的小混混和探戈舞者……

欣赏过巴里洛切湖区如瑞士般的青山绿水,把所有的烦恼都丢弃在世界尽头的火车站,穿着钉鞋徒步世界上最大的冰川感受过令人窒息的纯净与磅礴,在马德林港目睹了航空母舰般的南方露脊鲸以及不计其数的企鹅、海豚、海狮和海象……经过的地方大多地广人稀,一路见到的为数不多的阿根廷人果然相当正常。带着有限的认知和无限的好奇心,我和铭基终于来到了传说中的布宜诺斯艾利斯。

Buenos Aires,中文译作"好空气"。在刚刚抵达的那个下午,我的鼻子立刻识别出了这座城市独一无二的好空气——烘培咖啡豆略带点焦味的香气混合着烤牛肉的浓郁脂香。怎么会有那么多的咖啡馆和烤肉店呢?每个街角总有一家,中间还有更多家,而且全都坐满了人。

第二个巨大的冲击是——天哪!真瘦!布市的女性怎么全都如此苗条?!我几乎是在一瞬间就彻底地理解了伊尼斯对于"瘦"这件事的执着——peer pressure(来自同伴的压力)实在太大了!除了苗条,大多数女人的妆容服饰也是一丝不苟,中老年女性个个都好像刚从美发店出来,中产街区的太太们一身打扮更是无懈可击。走在大街上,我总忍不住惊叹于她们完美的外表,以及为了维持这完美所必须投入的精力与金钱。据说达尔文当年经过布宜诺斯艾利斯时也曾为之倾倒,感叹说他希望英国女人也能拥有此地女性那样"天使"般的优雅。我自惭形秽地欣赏着这些玲珑优雅的女人,觉得她们简直美

阿根廷博卡区（La Boca）是布宜诺斯艾利斯的贫民区，却也是这个城市最明艳夺目的地方。据说从前居住在此地的贫民在附近的港口讨来用剩的船用油漆，随意地涂抹在铁皮屋上，反而成就了一道绚烂的风景。后来铁皮屋虽然被砖石建筑所替代，人们却仍按过去的习惯，用鲜艳的油漆将一间间房屋刷成一片童话世界。

得不太真实……话说回来，有些人的确不太"真实"——盖比不是说过吗？布市的富人一向热衷于整容手术和硅胶植入……

在布宜诺斯艾利斯，人们疯狂地崇拜美貌，据说一多半的青春少女都梦想着成为模特。虽然我觉得此地的男性也惊人的英俊有型，虽然他们也会在服饰和整形手术上花钱，但这仍是个大男子主义盛行的社会，这意味着——只有女人变胖或变老是不可原谅的。

盖比认为这一切都不正常。"事实上，布宜诺斯艾利斯人知道自己不正常，"他耸耸肩，"所以大家都去看心理医生。你知道吗？布市人对三件事最上瘾：足球、牛肉、心理分析。在我们那儿，心理医生比人类还多。"

心理分析？！我的第一反应是好笑和不可置信，可是此后每当我向其他的阿根廷朋友提起时，得到的都是肯定的答复和郑重其事的说明。他们告诉我，布宜诺斯艾利斯是"世界心理分析之都"，人均拥有的心理医生人数排名全球第一！尼可拉斯的太太就是一名心理医生，可是来到英国后却找不到工作，只好在服装店当起了店员。在英国这并非属于普罗大众的领域，而布市人却并不觉得看心理医生有什么见不得人的，很多人每周去两三次，连普通人都可以熟练地运用心理学术语。伊尼斯说她从上小学就开始看心理医生了，很多人甚至认为心理分析对于形成健康的人格至关重要。

当然，也有些人是为了赶时髦，还有些则把拥有一个心理医生当作身份的象征。然而更普遍的原因是：人们觉得生活在这样一个城市，不看心理医生简直活不下去。

"穷人也看心理医生吗？负担得起吗？"我有点怀疑。

阿根廷朋友罗宾说："有些公费医疗系统里的心理医生会提供免费的心理分析，很多工会的医疗保险也涵盖了每年几十次心理分析的费用。"

我无话可说了。这件事初听觉得有趣，渐渐地却有点叫人毛骨悚然——生活在这座城市里的每个人都病了吗？这怎么可能呢？我知道阿根廷人备受高通胀和经济衰退的困扰，可也不至于忧郁到不看心理医生就活不下去吧？阿根廷早已不再是独裁国家了，是什么东西仍在压迫着人们的心灵呢？

"你根本就不明白，"伊尼斯用她一贯的忧郁眼神看着我，"我们被困在那里，那个世界的尽头。我们被整个世界遗忘了。"

当时我觉得这是个非常浪漫的解释。然而真的来到阿根廷以后，我发现对"自己正身处世界尽头"这件事的感受反而不那么真切了。达尔文在19世纪初参观火地岛时非常刻薄地说那里的居民几乎不能算是人类，是他所见过最原始的。可当我们来到世界最南端的城市乌斯怀亚时，发现这里也早已充斥着"文明"社会的一切便利与弊病。旅游业发展得如火如荼，每一家餐厅和酒吧都打着"世界尽头"的招牌，城里到处都是即将出发去南极游玩的邮轮乘客，他们穿着花花绿绿的冲锋衣涌进大街小巷，宛如一场来势汹汹的龙卷风。世界尽头并非想象中的冷酷仙境，反而充满了人间烟火的气息。

可我仍能在某种程度上理解伊尼斯的感受，她的意思是：他们并非心甘情愿地生活在世界尽头，而是"被困在那里"的。

在南美洲的其他地方如厄瓜多尔、秘鲁和玻利维亚，差不多十个人里有五个是纯血的印第安人，三到四个是欧洲和原住民的混血，只有一个是欧洲血统的白人。然而当我们走在阿根廷的土地上，却发现这里的人们基本上都是欧洲人种。他们不像其他拉美国家的新移民那样与当地土著融合，而绝大多数印第安人都早已在蔓延的瘟疫和"征服沙漠"活动中被灭绝了。阿根廷的意大利移民为数甚众，我在英国认识的所有阿根廷人都是意大利人的后裔，他们凭借祖辈的血缘很容易地拿到了意大利国籍，也因此获得了在所有欧盟国家工作和居住的许可。

"国多财则远者来"。19世纪中叶的阿根廷正经历着无比繁荣的黄金岁月，新法律为对外投资、贸易和移民打开大门，在接下来的几十年中，意大利、西班牙等欧洲国家的移民纷至沓来寻找更好的生活。这个国家拥有几近无限的自然资源可供"挥霍"，辽阔的潘帕斯草原提供着世上最肥沃的土壤，不用怎么费力耕种就能收获奇迹。到了20世纪初，阿根廷已经成为世界上最富裕的国家之一，新移民中很多人一夜暴富，财富传奇令人如痴如醉。从那时起，阿根廷人就养成了出手阔绰的消费习惯，我曾在同时代不少欧洲作家的小说中看到对"阿根廷暴发户"来到欧洲疯狂消费的描写。他们想把欧洲的一切都运回阿根廷——油画、家具、汽车、建筑……布宜诺斯艾利斯的广场上矗立着从欧洲运来的雕像，道路以进口鹅卵石铺就。人们财大气粗，信心满满。

"我们整个国家都是进口的，"博尔赫斯写道，"这里的每个人都来自别的地方。"

然而大多数人都只是来寻找 easy money。阿根廷不像美国，建立并真正塑造这个国家的人们却并没有坚定的理想，没有与新大陆同荣辱共命运的信念。他们只是一群背井离乡的欧洲贫民，梦想发财却又思乡成疾。有些人很快暴富，但即便他们住在阿根廷，却仍把西班牙或意大利当成祖国，一年有好几个月都待在欧洲。

即使是现在，很多阿根廷人仍不愿意承认他们与这片大陆的关系。他们认为自己比其他任何拉美国家都要好，在他们看来，与其说阿根廷是美洲大陆最南端的某个第三世界国家，不如说是欧洲的一部分。盖比曾告诉我一个在拉丁美洲疯狂流传的笑话：一个阿根廷人是一个想成为英国人的讲西班牙语的意大利人……

而黄金岁月转瞬即逝。从未有哪个国家经历过这样的大起大落，通货膨胀不断增长，经济危机愈演愈烈。在最近的几十年中，曾经比许多欧洲国家都要富裕的阿根廷经济持续衰落并几度崩溃，几乎要以第三世界的状态来请求财政援助。阿根廷人无法接受这一事实，但又不知究竟是哪里出了错，又该归咎于谁。

思乡的忧郁渐渐转变为宿命论式的悲观和对自我身份的憎恶，包括伊尼斯在内的很多阿根廷人都认为自己是历史的受害者，被困在世界的尽头，只能回头去看大洋的彼岸——他们的祖先曾经离开的地方，他们自己本应出现的地方。而事实上，我的这些阿根廷朋友们也的确"逃离"了布宜诺斯艾利斯，来到了他们"本应出现的地方"。

历史塑造了一个民族，也因此塑造了人民的个性。我原以为阿根廷人的悲观忧郁源自 70 年代残酷的军人政权，然而身处被浩瀚的南大西洋和广阔的潘帕斯草原所包围的布宜诺斯艾利斯，呼吸着空气中沉积的忧郁，我开始意识到它其实与这个国家本身一样老。

行走的母亲

博尔赫斯说他很难相信布宜诺斯艾利斯竟有开端——"我感到它如同空气和水一般永恒。"据说这位文学大师痴迷于在夜晚漫步城中,感受这个城市,然后将那些陌生而相似的街道在笔下转化为迷宫的故事。

五月广场(Plaza de Mayo)则毫无疑问是这个迷宫的心脏。它是所有庆典和政治活动的中心,见证了这个国家跌宕起伏的历史。在这个圆形的广场上,革命爆发又被镇压,将军推翻了总统,然后又轮到自己被赶下台。贝隆夫妇站在总统府"玫瑰宫"的阳台上演讲,马拉多纳在一片欢腾中高高举起1986年的大力神杯。这里有胜利的欢呼和庆祝,也有骚乱、枪声和斑斑血迹。

1945年10月9日,劳工部长胡安·贝隆在军队内部的反对声中被迫辞职,并一度被关进监狱,工会随即组织了大规模的示威活动,一百多万人在五月广场聚集,要求释放贝隆。他们成功了——贝隆几天后就被释放,而四个月后他就当选为总统。从那以后,在国定假日来到五月广场就变成了一种传统。人们先是来看贝隆,后来又来看他的妻子,因为贝隆夫人也开始演讲了。她站在那个粉红色的小阳台上,两只拳头握成一个攻击性的姿态,号召她的人民"为贝隆战斗到死"。她去世以后,上百万人来到这里哀悼。镜头一晃,广场上的蜡烛变成了尸体,那是发生在1955年的惨剧——在这里庆祝国庆节的人群遭到炸弹袭击,一场推翻贝隆的政变即将上演。

如今的五月广场风平浪静,我和铭基绕着广场中央的方尖碑漫步,却忽然看见一堆人密密麻麻围在一起,外圈还有好几个人在不停地拍照。我爱看热闹,马上蹦高了往圈内"窥探"——中间站着一群戴着白色头巾的老太太,每个人都神情凝重地举着一张放大的照片,每张照片上都是一个年轻人的脸。

今天是……星期四!我忽然反应过来——原来是传说中的"五月广场母亲"啊!

阿根廷，布宜诺斯艾利斯，"五月广场母亲"们每个星期四下午都在五月广场聚集，抗议阿根廷历史上最大的不公——他们的孩子在"肮脏战争"中的"失踪"。

从 1977 年开始，"五月广场母亲"们每个星期四下午都在这里聚集，抗议阿根廷历史上最大的不公——他们的孩子在"肮脏战争"(Dirty War) 中的"失踪"。

1976 年的一场军事政变将阿根廷推向了一个恐怖而残酷的历史时期，这个国家进入了它最黑暗的岁月。在军事独裁政府的统治下，1976 至 1983 年间，阿根廷大约有三万个左派学生、知识分子、记者、工人丧生，至少九千人"失踪"，而拘捕和杀害的过程往往并不通过法律程序进行，因此被称为"肮脏战争"。大多数遇难者并非革命游击队，很多人只不过是简单地表露了对专制、残酷和混乱的不满。

孩子们就这样一个接一个地消失。母亲们年迈体弱，手无寸铁，不知该去哪里寻找，只好来到总统府前苦苦追问，要求军政府对此做出解释。没有人理会她们的诉求，母亲们唯一能做的便是手挽着手围绕广场行走，在警察的注视下一圈又一圈地行走。她们被警告，被恐吓，甚至有几位母亲被投入河中杀害，然而她们并没有畏缩。一天又一天，一年又一年，母亲们不停地追问，母亲们不断地行走。

1983年,阿根廷军政府倒台。1986年,这个国家再次举行了民主选举。在"五月广场母亲"和无数阿根廷人的共同努力下,到了21世纪初,曾经参与专政的军队成员终于开始陆续接受审判。母亲们要求严惩当年的刽子手,以此告慰那些被杀害和被"失踪"者的灵魂。30多年过去了,母亲们绝不宽恕,母亲们还在行走。

只是不知"失踪"者可有几人生还?我看着这些貌不惊人的母亲们,她们挽着手袋,穿着老派的裙子和皮鞋,看起来就像外出散步的邻家老太太,谁能想到她们拥有如此惊人的勇气?谁知道她们的心里到底有多苦?她们举着失踪儿女的照片——被放得巨大的照片,你几乎能从那巨大中感受到母亲的悲愤与痛苦,虽然她们仍在祈祷着奇迹的出现——让失踪的重现,让死去的活着。很多照片旁边都有同样一句浸满泪水的话:你在哪里?

儿女们也许回不来了,然而更令人毛骨悚然的是,素未谋面的孙儿们也回不来了。在"肮脏战争"期间被绑架的几千名年轻女性中,有一百多人被确知已经怀孕。大多数孕妇在孩子出生后才被杀死,孩子生命的开始便是她们自己人生的终结。有些在集中营里出生的婴儿们被送去了孤儿院和收养机构,然而据说大多数婴儿都被警察和军官收养,有些人正是这些婴儿的杀父或杀母仇人。想想就令人不寒而栗啊——抢走敌人的孩子,让他们来模仿和崇拜自己,对于刽子手们来说,没有比这更彻底的胜利了。

我小的时候读了一点点中国历史,看到源源不绝的天灾人祸、内外战乱,便觉得中国人简直是世界上最苦难的民族。长大以后才发现,日光之下并无新事,世界上的每个民族都有自己痛苦的记忆。尤其是来到拉丁美洲之后,耳闻目睹的苦难是如此之多,正在受苦的人们就活生生地站在你面前,你无法"理智"地用冰冷的数据去判断哪个国家的苦难更为深重,因为于每一个个体而言,每一桩悲剧都意味着整个宇宙的崩塌。

漫步在布宜诺斯艾利斯的街头,我似乎感受到了脚下的历史之痛。每一条街道、每一个广场都铭刻着残酷的记忆和无法兑现的承诺。贝隆夫人演讲的阳台还在,学生们从中"消失"的咖啡店还在,建筑风格优雅的刑讯中心也还在。或许这样更好吧,只有直面历史之痛,伤口才会愈合得更快。

如何成为传奇

在圣特尔莫区（San Telmo）周日的古董市集上，我一眼就看见了她。一袭优雅的灰色套裙，浅金色长发在脑后盘成一个光滑的发髻，细长上挑的柳叶眉，两片红唇薄薄地抿在一起。一片喧闹中，她安静地端坐在一大堆生锈的怀表和过时的首饰后面，微微侧着身，脸上挂着一个美丽而脆弱甚至有点怯生生的微笑，仿佛轻轻一碰就会支离破碎。

"快看！"我轻轻拽着铭基的衣角，"Evita！"

她显然是在刻意地模仿贝隆夫人，可是真的像极了！

她听见我的声音，转过脸来嫣然一笑，我的兴奋劲却在一瞬间熄灭了。不，不像了。眼神妩媚却空洞，少了两朵火焰——Evita眼中常常燃烧着的那种火焰。

贝隆夫人好像总在燃烧，为不公的贫穷而燃烧，为对"无衫者"的爱而燃烧，为对富人的仇恨而燃烧。她用力地燃烧着自己短暂的生命，每天工作超过20个小时，不眠不休，也不让医生医治她本可以被治愈的癌症——或许她知道这是一个可以把自己变成传奇的机会，而最终也的确如愿以偿。贝隆夫人死于子宫癌，终年33岁。贫苦民众将她视为民族的精神领袖，三百万人参加了她的葬礼，四万人写信给梵蒂冈请求册封她为圣人。

连她的墓地都变成了布宜诺斯艾利斯不可错过的景点，然而出乎我意料的是，她与丈夫贝隆并没有葬在一起。曾经的阿根廷总统贝隆被葬在城郊的Chacarita公墓，与演员、作家、医生、会计师之类的中产阶层为伍，有关当局也没有对他的墓地采取任何保护措施。而贝隆夫人的社会地位却在她去世之后达到巅峰，她进入了寸土寸金的Recoleta国家公墓，左邻右舍都是阿根廷的几代精英人物——开国元勋、正副总统、哲学家、贵族家庭……

Recoleta国家公墓静谧而优美，满园的雕刻都出自欧洲名家之手，但我不太确定Evita会喜欢这个死后的"上流社会"。更何况生前的仇敌死后还要在此地聚首——曾经的总统阿兰布鲁就葬在离她不远的地方，他因在绑架贝隆夫人遗体一事中负有责任而被一个反政府游击队处决，而他自己的遗体也曾被扣押下来，用作交换贝隆夫人遗体的"人质"。

Evita 与她的家族合葬在一起，墓碑像一扇紧闭的铁门，外表平凡无奇，只是门上插着崇拜者献上的几朵鲜花，墓志铭上写着些关于"燃烧"的字句。午后阳光猛烈，游人不多，但每个人都会在 Evita 的墓前静静站上一会儿。我站在那里，想象着被深埋在 7 米多厚的混凝土下的她的"木乃伊"，很好奇她是否如传说中那样保存完好栩栩如生，又或者——那究竟是不是真的遗体……

贝隆夫人遗体的遭遇正如她的人生一般传奇。遗体经过防腐处理，本来一直停放在总工会大楼里。军政府上台后想除掉她，又因为天主教的忌讳不愿将其火化，于是把她委托给一位上校，让他找个秘密的地方藏起来。据说她曾被藏在很多个不同的私人宅邸，有好几个星期甚至被藏在一家电影院的银幕后面。可是不知这位上校是不是疯了，他似乎爱上了贝隆夫人的遗体，还对她做出了"非基督徒的行为"……军政府最终决定将遗体送出阿根廷。她先以假名被葬在罗马，后来又被送去西班牙，直到 18 年以后才终于结束"流亡"回到阿根廷，作为政治和解的象征被重新下葬。

贝隆夫妇是阿根廷最受尊敬，同时也是最被鄙夷的政治形象。因为那出精彩的音乐剧，我对贝隆夫人的印象其实还不错，所以第一次听到伊尼斯以鄙夷的口吻吐出那两个字的时候，我简直吓了一跳。

"你说什么？"我以为自己听错了。

"我说她是个婊子。"伊尼斯的语气冷得像冰。

后来我才知道，在阿根廷的家庭中，对贝隆夫人的爱与恨都是世代相传的。她要么是个圣人，要么是个婊子，没有介乎两者之间的可能。就连我深深崇敬的博尔赫斯在这件事上也不能免俗，一向天马行空的他居然也毫无想象力地骂贝隆夫人为"婊子"……

穷人们却敬爱她，将她视为圣人，他们从她的慷慨中获益。1946 年贝隆当选为阿根廷总统后，贝隆夫人出任劳工部部长，并成立基金会用以救助贫困。起初只有工会成员可以去她的办公室见她，可是后来成千上万的穷人都去找她，向她诉说自己的问题和需求——病痛、失业、住房问题……到了 1948 年，她每天都要接受几千起求助。而不可思议的是，在这种官僚国家，贝隆夫人却总有即时的解决方法。每个人都欢天喜地地带着支票和承诺离开，失业的人们得到了工作，新的医院和学校建立起来，食物和生活用品被派发到全国各地。贝隆夫人很少考虑预算的问题，当时的阿根廷也的确富裕得足以为这一切买单，没人想过这究竟是否为长远之计。

厌恶她的人则认为她帮助穷人是为了自己的政治目的，或者认为她所做的一切并非正常的慈善行为，而更像是一种疯狂的发泄，一种不计后果的"纠错"和报复——必要时甚至会以暴力的形式出现，比如她有时会强迫富人和企业做慈善，会用威胁的手段来拿到捐款，再把它们挥霍在穷人身上。

贝隆夫人至今仍是个谜，阿根廷人无法对她做出客观公正的评价，因为爱与恨都早已深入骨髓，崇拜者和敌人的共同努力使得许多真相始终扑朔迷离，尤其是关于她的早年生活——她几岁来到布宜诺斯艾利斯？独自一人还是与情人为伴？当年的她是瘦弱还是丰满？美丽还是平凡？黑发还是金发？贞洁还是放荡？……没有人知道真实的答案。

而贝隆夫人显然也希望保持神秘，嫁给贝隆前她销毁了许多文件（包括出生证明）和照片，结婚证书上的出生地和出生日期也都被改动过了。离开人世以前她终于把自己变成了一个神话——在很多阿根廷人家中，贝隆夫人的画像是与耶稣像并排贴在墙上的。贝隆夫人与她的崇拜者联手，成就了阿根廷历史上最成功的一次造神运动。

只是，我想，如果城市和街道也有生命，它们还记得当年那位拎着箱子站在街头，梦想成为"大人物"的少女吗？它们认得出后来的她吗？它们又会道出怎样令人惊讶的故事？

还记得在伦敦的时候，有一次秘书克里斯汀去西区剧院看完音乐剧"Evita"回来，感动得无以附加，同事之间也因此展开了一场关于贝隆夫人的小小讨论。

"那个婊子。"伊尼斯照例翻着白眼。

"至少她为女性争取到了投票权……"我微弱地提出异议。

"其实她为人还是蛮谦虚的……"罗宾附和着。

"但是她在阿根廷社会播下了仇恨的种子，"尼可拉斯摇着头，"我希望以后不要再有像她这样的人出现了……"

克里斯汀对这一切都置若罔闻，她似乎沉浸在自己的思绪里。过了半晌，她忽然凑近我：

"你知道吗？她是 33 岁去世的。"

我茫然地看着她，所以呢？

"和耶稣基督一样。"她神秘兮兮地说。

任是无情也动人

马拉多纳成名的博卡区（La Boca）是布宜诺斯艾利斯的贫民区，却也是这个城市最明艳夺目的地方。据从前居住在此地的贫民在附近的港口讨来用剩的船用油漆，随意地涂抹在铁皮屋上，反而成就了一道绚烂的风景。后来铁皮屋虽然被砖石建筑所替代，人们却仍按过去的习惯，用鲜艳的油漆将一间间房屋刷成一片童话世界。

五颜六色的房屋并非博卡区唯一的名片，这里还有探戈，无处不在，花样繁多。人们唱探戈，跳探戈，演奏探戈，欣赏探戈……除了街头艺人之外，很多餐厅和酒吧的门口都有一个小小的舞台，几对舞者轮番上台表演探戈以招揽游客，而游客们几乎就在他们的鼻子底下和大腿旁边喝酒用餐。这般极致的商业化让人有点无所适从，就像是面对一块美味的蛋糕，你想要一小口一小口地品尝和感受，可他们却直接把整块蛋糕塞进你的喉咙，搞得你差点哽住……

当然，这么说实在有点"身在福中不知福"。无论如何，作为阿根廷的国宝，探戈绝对是一种极其特别、令人百看不厌的舞蹈。我以一种不可思议的心情看着他们高速旋转、踢腿、下腰、托举、甩头、变换重心……"这么复杂，要学多久才能学会啊？"我轻声对铭基说。

"天哪！"他却好像根本没听见我的话，脸上浮现出梦幻般的神情，"她的腿……也太长了吧！"

阿根廷博卡区（La Boca）的探戈，无处不在，花样繁多。

真的，正在表演的年轻女郎有一双惊世骇俗的美腿，纤长白皙，侧边开叉的黑色短裙更是锦上添花。它们仿佛有自己的生命，有时热情似火，那么具有挑逗性；有时却像随风弱柳，顺应着舞伴任由摆布……我简直能听见席间男士们吞咽口水的声音。

博卡区的探戈舞者大多正值花样年华，尽管有些人的舞步并不纯熟，尽管他们不一定全情投入，然而年轻的身体纠缠在一起，面贴面，身黏身，空气中自然而然地就弥漫着一种情欲感，叫人不好意思一直盯着看。在时而婉约、时而激昂的探戈音乐中，他们仿佛已经融为了一体。

我们不打算花大价钱去看专业的探戈演出,本来觉得能在街头欣赏一番已经心满意足了,可是后来在布市重逢在英国时的朋友斯坦利,他说第二天晚上要和朋友去当地的 Milonga 学跳探戈,邀请我们也一道参加。我这才知道原来 Milonga 是一种极受普通人欢迎的探戈舞会(而早期的探戈本身就被称为"milonga"),在开始前通常都会有一个教跳探戈的免费课程,而且没有任何舞蹈水平的限制,对探戈一窍不通的门外汉也可以来参加。

我和铭基都没什么舞蹈细胞,却还是兴致勃勃地答应下来。普通人跳的探戈——听起来真的很有趣啊!

那是一个很大的舞厅,有种败落的贵族气息,我完全可以想象当年的气派——社会名流们在这里翩翩起舞,从欧洲请来的乐队在一旁伴奏。优雅的天花吊顶和红木壁衬还在,然而镜子已经斑驳,便宜的壁灯被固定在大理石柱上,玻璃柜里像展示考古文物般展示着银茶具和探戈舞鞋。

主角还没登场,舞池中只有两位老师和一群外国学生。我和铭基也加入斯坦利他们,开始跟着老师学起了探戈舞步——当然是最最基本的那一种。铭基同学一跳起舞来表情就变得十分僵硬,简直有点如临大敌的样子,不过我自己也好不到哪里去。我们俩苦大仇深地反反复复跳着那几个舞步,不过练熟了之后真是有种小学生般幼稚的成就感。

课程结束以后,重头戏才开始上演。来参加舞会的当地人几乎在同一时间抵达,乐队开始演奏,舞池里忽然就热闹起来。与博卡区以跳探戈作为谋生手段的年轻舞者不同,他们大多是中老年人,既没有光鲜亮丽的舞衣,也没有光滑利落的头发,跳探戈纯粹出于兴趣。我想起有人说探戈之于阿根廷有点像京剧之于中国——老年人非常沉迷,年轻人则多数敬而远之。

我坐在桌边看着这些上了年纪的舞者们在舞池中进退旋转,他们之中的任何一个人都可以在一部拉美小说中找到属于自己的角色。一个有着苍白痛苦脸庞的男人就像加西亚·马尔克斯的《霍乱时期的爱情》里那个在爱情中极其卑微的阿里萨,他紧紧抓住他的舞伴,就像她是他的最后一根稻草。他苍白的脸颊用力地抵着她的额头,蓬乱的头发与她的金发相互纠缠。女人则千依百顺着舞伴的脚步，全程紧闭着她大大的双眼。他们的动作极其流畅，中间穿插着复杂的舞步和戏剧性的转身，好像这支舞真的对他们来说意义非凡。

紧跟在他们身后，一个稍带点哥特风的短发女人被一个矮小秃顶的男人带领着，在跳一支仿佛只是例行公事般的舞蹈。她好像故意不对他表现出丝毫的兴趣，或许正因为他们是一对夫妻。男人脸上有种神经质的忧郁，这反而使他变得迷人，让我想起秘鲁作家马里奥·巴尔加斯·略萨笔下的某位编剧。他们的舞蹈动作难度极高，有时我甚至担心他们会跌倒。女人常常要将大腿紧紧缠绕在她舞伴的腰间，他们的臀部想要贴在一起，但两个人都不约而同地皱起了眉头，好像这样的亲密接触令他们同时感到了肉体上的欢愉和精神上的厌恶。

所有的舞者都带着严肃的表情，据说这才是正确的跳探戈的态度。探戈是世界上唯一不打算表达喜悦之情的舞蹈，要想把它跳好，应该要像一夜情那样，既充满激情又毫无爱意。虽然舞者的腿部和臀部看似充满情欲地交缠在一起，他们的上半身却保持着冷静的距离。男女双方不微笑，不作交谈，甚至不大交换目光。一位男士若想邀请女士跳舞，只需简单地朝她点一下头，而她也冷冰冰地接受。在短暂的、看似并不愉快的"约会"之后，又返回他们各自的桌子旁边。

虽是阿根廷的"国舞"，可探戈其实出身卑微，起初仅在港口破败的仓库和妓院里流行。那时布宜诺斯艾利斯这座城市正在经历"成长的烦恼"，贫穷的欧洲新移民络绎不绝地涌来此地寻找机遇，西班牙和意大利的很多村庄都集体迁徙过来。但对于很多人来说，轻松发财的梦想最终还是破灭了。奔放而又哀怨的探戈音乐便在此时出现，抚慰着思乡、寂寞、有时绝望的那一代人的心灵。

探戈舞蹈也随之产生。一开始男人们互为舞伴——所以探戈中才有那么多刚劲有力的搏斗般的动作，后来很多妓院开始按小时出租自己的姑娘来当舞伴，但探戈仍只流行于水手、妓女、码头工人、赌徒、流浪汉等贫苦阶层之间，因此为上层社会所不齿，梵蒂冈也一度强烈抵制它。然而这种艺术形式的确具有无可抗拒的魅力，前卫的欧洲人爱上了这种叛逆的舞蹈，探戈开始风靡欧洲。又因为布宜诺斯艾利斯会盲目跟风欧洲的任何流行时尚，于是阿根廷的上层社会也开始喜欢它了。探戈绕了一大圈，终于成为了时髦的东西，探戈歌手也随即变成了偶像明星。

阿根廷朋友们曾告诉我,探戈真实地表达了阿根廷人的灵魂。尼可拉斯说阿根廷人听国歌时无动于衷,可是一听到探戈歌曲,眼泪就会顺着面颊流下来。

"为什么?"我有点惊讶——中国人可并不常会听京剧流泪。

"因为那些歌里表达的悲伤和不满,放到今天仍然令我们感同身受,"尼可拉斯说,"你知道的——腐败、失业、不公……"

伊尼斯却有另一种解释:"因为我们总在绝望地思念着故乡……"

可是故乡究竟在哪里呢?意大利南部的港口,巴黎的贫民窟,还是西班牙北部的村庄?又或者它其实根本不存在,这一切只不过是个虚幻的集体想象?

我久久注视着舞池中的人们,他们仍在不知疲倦地跳着,性感而又冷酷,激烈却又无情,仿佛一场自愿投入其中的战争。天哪,我忽然打了个冷战,如果探戈真的表达了阿根廷人的灵魂,那么这灵魂该是个多么黑暗而又孤独的地方。

肉食世界

幸好还有美食与美酒,能够抚慰阿根廷人忧郁的灵魂。

葡萄酒一向是我和铭基的软肋,尤其是铭基还真的在英国正儿八经地学过葡萄酒鉴赏,旅途中两个人常常酒瘾发作却只能"望荷包而兴叹",来到阿根廷后却恍如走入一条流淌着葡萄酒的河流。阿根廷的门多萨是仅次于法国波尔多的全球第二大葡萄酒产地,餐馆里提供的红酒品种比菜肴的种类还要多,超市里只要花五美元左右就能买到性价比超高的葡萄酒。从此我们再也不用苦苦压抑,每一餐都至少来它一瓶。那时 Alex 和女友也在阿根廷和我们一块旅行,晚上大家常在青年旅舍一起做饭聊天,一起开怀畅饮。有客有酒,月白风清,如此良宵!我喝着酒,又想起阿根廷人的独特性格,当下陶陶然觉得两者必有关联——"胸中小不平,可以酒消之"嘛……

然而在阿根廷待得久了,又觉得阿根廷人爱饮酒恐怕并非为了去浇胸中的块垒，而是源于他们独特的饮食习惯。由于得天独厚的潘帕斯草原，阿根廷是世界牛肉生产和消费大国，阿根廷人的餐桌上有着令人难以想象的大量牛肉。红酒在口味上与牛肉是绝配，还十分有助于消化，餐桌上自然也少不了它。

这是一个不折不扣的肉食世界，人均每年吃牛肉70公斤！放养在潘帕斯草原的牛肉质极佳，而牛只的数量似乎无穷无尽。阿根廷人早已被上天赐予它们的自然宝库给宠坏了，听说在19世纪的时候，人们杀牛往往只为取皮，剩下的肉就任其腐烂，或者留给秃鹫当食物。那时经过潘帕斯草原的旅人可以自己任意宰一头牛来吃，根本不用付钱——只要把牛皮留下就行了，这样的浪费真是令人叹为观止。

在我原本的想象中，布宜诺斯艾利斯号称"南美巴黎"，肯定有林林总总的餐厅和各种各样的美食。可是我错了——市内基本上只有两种餐厅，一种供应比萨和意大利面（意大利移民多的缘故），另一种则供应牛扒（即烤牛肉），饮食既不精细也不多元化。可我又完全没有失望——单单一道阿根廷牛扒，便已经是顶级美食！

我本来就很爱吃牛扒，不过不喜欢过多的腌制调料，只偏好最简单的家常做法。一般来说，只要能买到油花丰富的上好牛肉，随便煎一煎就会很好吃。同事们也一起去过几次伦敦的那家阿根廷牛扒馆"Gaucho"，味道的确不错，几位阿根廷同事却总是"食若有憾"地摇着头："还是不对……还差一点……"

以前我总骂他们故弄玄虚，直到在阿根廷第一次吃到真正的"阿根廷牛扒"时，才瞬间理解了他们的挑剔，同时也被那美味感动得几乎要流下热泪……

到底有多美味？我觉得很难形容。想象得再好，若没有亲口尝过，那份入口的滋味仍是无法体会的。其实阿根廷牛的油花并没有谷饲的美国牛多，可是肉质实在，肉汁鲜美，最重要的是有种极其原始浓郁的肉香。吃到嘴里的同时，脑海中也瞬间出现一头在海洋般广阔的潘帕斯草原上纵情奔跑的小牛……真的！就是那么新鲜活泼又天然……

在布宜诺斯艾利斯，我们和佳映再一次重逢。三个吃货聊起阿根廷牛肉都感叹不已，弱小心灵都被深深地震撼了——岂止名不虚传，简直比传说中还要好上几倍！佳映告诉我们，她听说阿根廷的牛被称为世界上最快乐的牛，因为它们每天在富饶的潘帕斯草原上悠闲散步,吃着最天然的草,自然肉质鲜美,口感奇佳。

忧郁的阿根廷人爱吃世界上最快乐的牛,牛的每一部分都可以入馔,他们不但吃不同的牛肉部位如西冷、肉眼、T骨、牛腩、牛仔骨,还吃牛的肾和肠,又把剩肉制成香肠,把牛血和脂肪做成血肠……

而烹调的方法却只有"烤"这一种。Parrilla即是烤肉的意思,这种方法最为粗犷原始,却也最地道、最好吃。烤炉在阿根廷是家家户户必备的东西,在巴里洛切湖区住青年旅舍时,老板和邻居便常在院子里支起家庭式烤炉,生牛肉抹上粗盐直接放在铁篦子上,下面用木炭加热,油脂慢慢滴下,空气中弥漫着令人垂涎欲滴的肉香,而两家人养的狗狗已经快要馋疯了……

布市内有无数Parrilla餐厅,几乎十步一家。阿根廷人夜生活开始得晚,很多餐厅要到晚上九点才开门。中等价位的餐厅装修并不华丽,木头餐桌将整间屋子的烹调史都记录在它表面的油渍中。烤肉炭炉多是开放式设计,你可以在大厅中央的肉案上随便挑选自己喜欢的牛肉部分,厨师会在现场立刻为你烧烤,火候一到即端上桌来,绝对原汁原味。我个人最喜欢五分熟的烤牛腩,肉纤维刚刚变色,用刀切开尚有血水流出,这时的肉质最鲜嫩多汁,入口甘香。而薄薄的腹膜软软韧韧,渗着油香,令人回味无穷。也试过血肠,黏黏软软,带着点野性的腥气,讨厌的人会很讨厌,喜欢的人却会很喜欢。

也许因为牛多,餐厅总是慷慨地以超大量奉客,一份菜式往往已足够正常胃口的一男一女两位亚洲人食用。而根据我们在阿根廷的经验,中档餐厅人均消费一般不超过20美元,约合人民币120元,这个价钱能享受如此高水准的牛排和红酒绝对是物超所值,比起英国的牛扒馆恐怕要便宜至少一半。

在阿根廷的日子里,我们天天吃牛肉。有时去餐馆吃,也常常从超市买回来自己做。因为肉质实在太好,怎么做都滋味无穷,而且这么日吃夜吃居然也从未生厌过。有时我会觉得有点不可思议——吃着最好的牛肉,喝着超赞的红酒,阿根廷人究竟还有什么可忧郁的啊?有时我又似乎有点明白——正因为阿根廷是一片被上天如此眷顾的土地,拥有如此美好的自然资源,而且曾经张扬地辉煌过,它的衰落才更令人们无法接受……

在阿根廷品尝美味的牛排。

    在电影《春光乍泄》中，梁朝伟饰演的黎耀辉后来在一家牛肉屠宰场做夜工。那里的牛肉应该是出口的，因为布宜诺斯艾利斯人不喜欢隔夜的牛肉。他很快存够了钱，离开阿根廷时终于去了他一直想和何宝荣一起去的伊瓜苏瀑布。而伊瓜苏瀑布也正是我和铭基在阿根廷的最后一站，瀑布的另一端便是我们拉丁美洲之旅的终点里约热内卢。

    我知道一越过边境，阿根廷在我的心中又会变回那个遥远的世界尽头。我也知道我一定会想念它，想念布宜诺斯艾利斯，想念空气里的咖啡香气，想念世上最美的书店，想念周日的古董市集，想念午夜街头的探戈，想念女人们柔软的腰肢和男人们深邃的目光……

    可是最最想念的，恐怕还是牛肉……

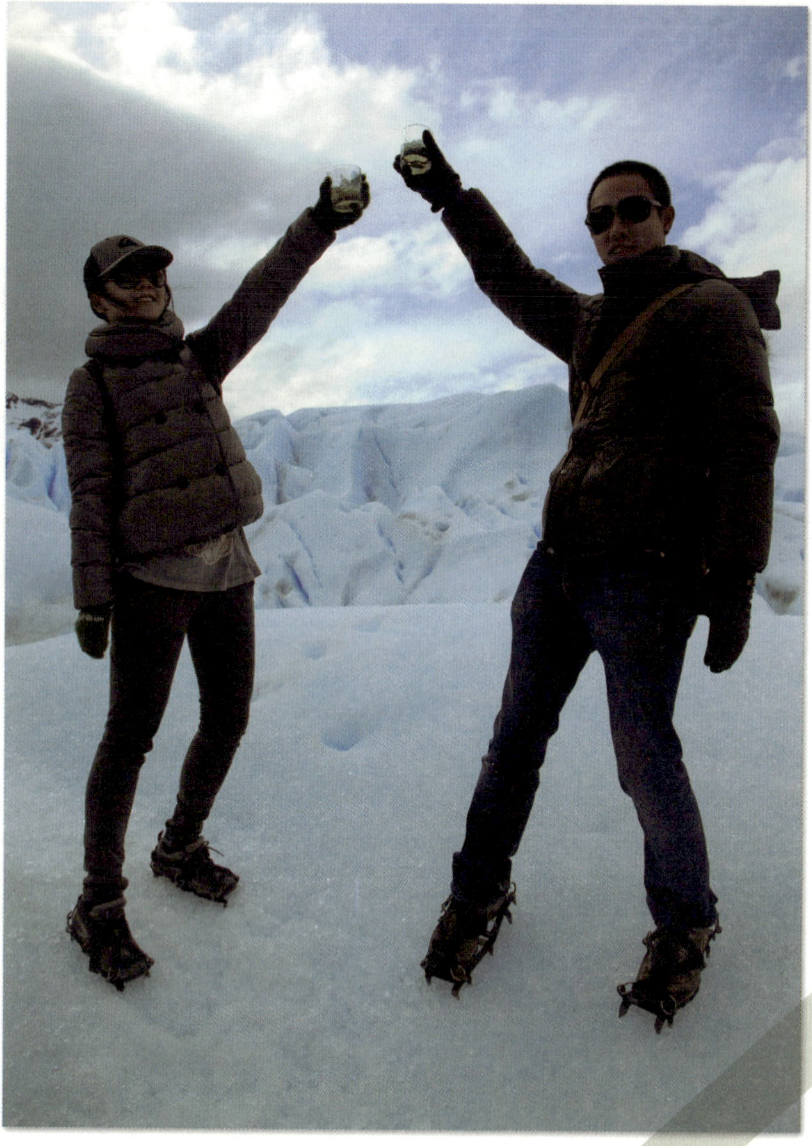

后记

傅真：Stay Real
毛铭基：那座"福山"

Stay Real

把里约热内卢的照片上传到 Flickr 网站之后，收到了这样一条评论：

"哈哈，一看就知道在巴西不敢拿单反在大街上拍照……"

我对着屏幕忍不住笑出了声——一针见血！听说了无数"过来人"光天化日下被抢相机的悲惨遭遇，我们在里约的大部分时间里都只敢带一部小小的数码相机出门，这样就算被抢也不会太过心痛吧……

除了背包客间的口口相传，我对里约治安的感知其实更多地来自于电影。连《中央车站》这种温情片里都有街头杀人的情节，里约贫民窟的危险和暴力更是早已被那部《上帝之城》渲染得淋漓尽致。纵然我是那么欣赏这部电影，可真的来到里约热内卢后，在大街上看见标示着开往"Cidade de Deus"（即"上帝之城"）的公交车时，仍然不由自主地汗毛倒竖，后背有冷汗沁出。与一位在里约居住的读者朋友伊立吃饭时，提到著名的

Copacabana 海滩，她说里约的中国人都称其为"可怕可怕"海滩，因为持枪抢劫在那里时有发生……

不过，虽然传说如此恐怖，或许是我们小心加幸运的缘故，在里约期间并没有感到半点危险。正相反，我觉得这是个热情阳光活力四射的大都会，遇见的几乎每一个人都有张和善的笑脸。在美丽的彩色瓷砖阶梯 Escadaria Selarón 游览时，热情的巴西国内游客直往我们手里塞水果，一位亚马孙地区的警察局长日后还特地写来邮件，盛情邀请我们去他家里做客……

在里约的最后一天，我们终于鼓起勇气带上单反相机，登上象征着这座城市的耶稣山，瞻仰那座令人惊叹的巨型耶稣基督雕像，俯瞰整个城市的全景。真美啊！尽管游客多得塞满了相机的取景框，所有的人都仍然由衷地发出赞叹。我站在山顶，身后是高大肃穆的耶稣像，眼前湛蓝的天空与大西洋连成一片浩瀚，壮阔的景致与庄严的宗教力量共同作用，使我既觉出自己的脆弱与渺小，又有种"山川日月一身藏"的感觉。

这里也是我们整个拉丁美洲之旅的终点。我俯瞰着山下纵横交错的无数街道和火柴盒般的楼房，忽然想起出发那天从伦敦飞往墨西哥城的航班上，我倚在舷窗边看到的那个灯火辉煌的墨西哥。旅途中的时光似乎流逝得更快，简直没法相信我们已经走了整整 195 天，基本上把整个拉丁美洲由北到南走了一遍。

还有不到 24 小时，我们就要登上飞往伦敦的班机，在那里和老朋友们重聚几天，接着再一路向东飞回香港，从那里开始我们的亚洲之旅。我试着想象自己走在旺角的汹涌人潮中，居然有种不可思议的生疏感。记得好像是《春光乍泄》中说,香港和布宜诺斯艾利斯分别在地球的两端,由东到西穿一支管通过地心,便刚好是地球的直径。几个月后,我还会想起世界尽头的拉丁美洲吗?还会记得那些正在地球反面"倒立"行走的人们吗?几年以后呢?

拉丁美洲是一片完全不受重视的大陆,人们往往只会在考虑度假地点时才想起它。我有每天浏览 BBC 网站新闻的习惯,在来到拉丁美洲之前,通常的顺序是:英国——欧洲——美国——亚洲。不,除非上了头条(而这种情况也极少发生),否则我几乎从来不会去点击有关拉丁美洲的新闻。潜意识里,我觉得它在世界舞台上只是个小小配角,无论在那里发生了什么,都不可能是什么真正"重要"的事。

然而在这片大陆上旅行了六个半月之后,它已经和我的人生与心灵发生了关联。拉丁美洲不再是无关痛痒的遥不可及的第三世界,而是埋藏着我的记忆与牵挂、承担着我的喜乐与哀伤的地方。且不说那些曾经照拂过我们的善良的人们,就连一路上有缘结识的狗狗都令我牵肠挂肚:危地马拉的 Compa 还那么害怕打雷吗?古巴的 Charlie 是不是又学会了新把式?哥伦比亚的 Martias 身上还在长"蘑菇"吗?阿根廷失明的 Frodo 走路是否还会撞到墙角?……

诺贝尔文学奖得主奥尔罕·帕慕克曾说:对于现代的世俗化个人来说,要在世界里理解一种更深刻、更渊博的意义,方法之一就是阅读伟大的文学小说。我们在阅读它们时将理解,世界以及我们的心灵拥有不止一个中心。我想达到这一认知的另一种方法便是旅行,说到底,我们无法仅从书本上学到一切，因为知识和智慧是不一样的。智慧来自于经验，来自于生活，来自于你与这个世界发生的联系。

当然，拉丁美洲也有一些我大概永远不会怀念的东西，比如食物。除了墨西哥和阿根廷，其他地方的食物实在乏善可陈。汤、米饭、一块肉、土豆、炸香蕉和一杯兑了很多水又加了很多糖的果汁，这就构成了一顿套餐——被称为"almuerzo"（午饭）、"cena"（晚饭）或者最简单的"comida"（食物）——在整个拉丁美洲都差不多。只有那块肉的产地和质量是唯一会变化的东西，尽管大多数情况下它都只是一条没什么肉的鸡腿。

还有那漫长的巴士旅途。拉美国家火车极少且贵，最普遍的交通工具就是长途巴士了。在这片广袤无垠的大陆上，从一个地方到另一个地方，随随便便就能花上十几个甚至几十个小时。有时我们被"困"在巴士座位上整整两天两夜，几乎失去了时间的概念；有时巴士上的厕所坏了，或是门关不拢，那种可怕的气味充斥着整个车厢，让人直想跳窗逃走……然而这些居然也都是可以习惯的，到了后来，简直觉得20个小时以下的车程都不能算是"长途"了……

回想起来，印象最深的还是那些夜晚的旅途，它们合并成一个断断续续的梦，梦里的情境也总是大同小异。不断地睡着又不断地醒来，耳机里传来音乐，双腿顶在前座后面，每个人都在不停地辗转反侧，试图让自己扭曲的身体更舒服一点。坐在后面的老人一路都在喃喃抱怨，总是听到婴儿的哭声。巴士摇晃着，颤抖着，在崎岖不平的路面上前进。安第斯山脉在车窗外投下巨大的暗影，我的眼睛却看不见它们——在深夜里，人的直觉似乎比眼睛更为敏锐。孤独的山脉。孤独的星。如此孤独的高原的长夜。

拉丁美洲不是太平之地，长途巴士被拦路抢劫也并非罕见之事。所以每次上车前，铭基同学都会小心翼翼地把大额现金和银行卡藏在身上隐蔽的地方，然后在我俩的钱包里都放上一些掩人耳目的散钞和几张已经作废的银行卡，企图以此来糊弄劫匪。而备受恐惧煎熬的我往往一上车就开始焦虑，像有强迫症似的胡思乱想：如果途中真的遇到劫匪，我是否来得及先将包里的手提电脑藏到座位底下某个隐蔽的地方？我还常给铭基做心理建设："相机和手提电脑，失去哪一个你比较能承受？"他一脸痛苦地看着我，半晌才几乎带着哭腔回答："我……我都不能承受！"

多亏我们走运，这种噩梦并没有发生。不过有时我也会暗暗觉得好笑——游客们（包括我在内）总会担心抢劫、强奸、疟疾、飞机失事，或者光是听到"恐怖分子"这个词就会惊恐地取消整个行程，然而他们却可以毫不犹豫地跳上一辆破旧的巴士，把自己的性命完全交托给一个勇猛无比的会一连开上12个小时的危地马拉或是玻利维亚司机……

这是一片充满野性的土地，不得不说，它和我的想象相去甚远。虽然我并没有指望能像以往的短期旅行一样，穿着漂亮的衣服，住着舒服的旅店，到处品尝美食，在各个旅游胜地留下美美的照片，可也绝对没想到自己居然会被暴晒成一只烤虾，在大雨和瀑布中一边不停地摔倒一边徒步走到膝盖发抖，光天化日之下在一个塑料袋里大便，单凭一块木板从火山上滑下来，蹲在湖水中被当地人脱光衣服洗来洗去，被狂风吹倒跌落山崖，在海拔 4000 多米的矿井里当矿工，带着被亚马孙丛林沤出来的一身红疹到处找诊所哀求医生给我打针……有些经历就连现在回想起来都还会令我一边发抖一边觉得莫名其妙：我真的只是来旅游的，不是探险爱好者……

然而奇妙的是，在经历这些"磨难"的同时，我竟也感到了前所未有的放松。这趟旅行令我意识到每个人的天性里都有一些自然的、野性的东西，而"文明"的城市生活却往往扼杀了我们的这一部分。尽管我们看似健康正常，心底里却隐约知道自己是残缺不全的。在我们出没于高山与丛林，寻找水蟒或与野羊驼为伴的同时，朋友和同事仍然不时地发来邮件，很多人都会调侃地问："你们打算什么时候回到'真实的世界'？"可是，其实这就是真实的世界，不常接触血液和内脏的生活其实也像是在逃避现实。

拉丁美洲让我领悟到人类是多么的需要自然——不仅需要它所提供的资源，也需要它来培养我们的精神，抚慰我们的心灵。我终于意识到，自己此前以办公室为家的生活不仅仅是放弃了冒险的乐趣，六年的工作生涯中，平静和满足的感觉也早已离我远去，因为不"接地气"的生活终归是漏洞百出的。因为如果失去了与自然的联系，我们将永远无法找到平静。也许这就是为什么我们这些现代城市人总是焦躁不安，总想出行，拼命消费以转移注意力，永远在追寻着我们注定无法得到的什么东西。我们其实正是在追寻那个失去的联系，而我也终于感受到它了——在青翠而寂静的崇山峻岭间，在充满生命能量的亚马孙，在放浪不羁的太平洋……心里的那头野兽在拉丁美洲的大山大水间纵情奔跑，我发觉自己身上欠缺的部分正在慢慢被填补起来。

在拉美之旅过半的时候，我还常常对未来感到焦虑：你找到自我了吗？知道自己想要什么不想要什么了吗？一年后旅途结束打算找份什么样的工作……可是后来，随着某种变化悄然而缓慢地发生，不知从哪一天起，我忽然就不焦虑了。或许是因为铭基常向我灌输"车到山前必有路"的观点，或许是内心达到了某种平静，令我相信自己正在慢慢建立起重新"入世"的精神力量。

于我而言，达到内心平静的窍门其实是一种生活态度：不仅要满意于你所拥有的东西，还要满意于那些你并不拥有的东西。我是从拉丁美洲的人们身上领悟到这一点的。一路上我亲眼目睹了那么多的贫穷和不公，可人们仍以最大的乐观和热情投入生活，从容地在那里尽其性命之理。很多人也常常接触外国游客，知道外面的世界有多精彩，知道对方手机的价格是自己一年的收入，可他们并不因此生出戾气，照样心平气和，照样鼓盆而歌。我觉得这或许并非源于"富贵于我如浮云"的冲淡胸襟，而正是他们长期生活在自然中的结果。

生活在拉丁美洲神秘而壮阔、几乎具有威胁性的自然之中，他们拥有自然给予的智慧，明白自己不仅仅是此人此身，而是属于某个更广大的东西的一部分。英国作家阿兰·德波顿在《旅行的艺术》中说：如果这个世界不公平，或让人无法理解，那么壮阔的景致会提醒我们，世间本来就是如此，没什么好大惊小怪的……从壮阔的山河中去了悟自身的局限是十分有效的，否则我们就有可能在日常生活的流变中感到焦虑和愤怒。不只是自然违抗我们，就连生活本身也是不堪忍受的重压。然而，自然界中广阔的空间却最充满善意和敬意地提示了我们所有超越我们的事物。如果我们用更长的时间与它们相伴，它们会帮助我们心服口服地接受那些无法理解而又令人苦恼的事物，并接受我们最终将化为尘土这一事实。

出发前我对生活有诸多不满，然而现在的我心中更多的是谦卑和感恩。我终于真正从心底里意识到自己是何等幸运——曾经拥有那份并不喜欢的工作是种幸运，抛下它周游列国也是一种幸运，能够得到父母的理解是一种幸运，漫长旅途上有爱人相伴更是幸运……而最最幸运的是：我们仍然健康，仍然好奇，仍然期待着接下来的亚洲之旅，也仍有信心将从旅行中获得的乐趣带入平淡的日常生活。

不需要再去纠结什么"寻找自我"或是"旅行的意义"了，很多时候它们都只是抽象的概念而已，而人们也并不总是清楚自己到底是在寻找些什么，就像他们常把"真爱"与欲望或对孤独的恐惧混为一谈一样。

是时候接受旅途能够带来的所有乐趣和挑战了，享受它们，而并不事先"算计"我能从中收获的东西，并且大笑、尖叫、流泪、思考……发自内心，越多越好——在每一个我有幸游历的、如此特别的地方。

那座"福山"

文 / 毛铭基

出发前一天的晚上我们还在伦敦的公寓疯狂收拾行李，一边抓狂一边把东西塞进我们的背包。抓狂的是我们的背包容量怎么那么小（其实我们两个背包的容量加起来足有130公升），可我们想要塞进包里的东西每一样看起来都那么重要。最后我们想尽办法，把密实袋、收纳包、真空包等法宝统统都用上，然后把朋友送的迷你蚊帐放下才勉强把东西全塞进包里。当我把这个超高密度的背包背起来时，简直吓了一跳，怎么……那么重？连走一步都那么艰难？把背包称了一下，我的包重18公斤，傅真的是15公斤。如果把我相机包里的单反相机、镜头和手提电脑加上的话，一共是20多公斤！

我们背着这些"家当"走遍了拉丁美洲，到最后已经可以达到15分钟以内把背包收拾好，然后健步如飞出门的境地。可是我们偶尔还是会后悔，怎么当初不买一个下面有滑轮的背包？不管怎样，背包里的衣服竟然可以足够我们应付中美洲的炎热和南美洲安第斯高原的寒冷，除了平常穿的休闲鞋、拖鞋以外还有一双登山鞋，除了两本厚厚的《孤独星球》旅游指南以外还有调味包可以应付日常煮食的需要，甚至能让我们吃到家乡的味道（我带了豆豉……傅真总说我变态，可她吃的时候又很开心）。现在回想起来，如果我们只靠每人一个背包就可以一直生活下去的话，那出发前打包海运寄回国的18个箱子真的还需要吗？

　　这个问题正好带出我们间隔年期间的一个反思：在我们生活中的每一件事，是否都被视为理所当然？要是不这样理解的话，我们的价值观会不会崩塌？当我们拥有一件东西时，是否考虑真的需要？当我们做一件事情时，又是否考虑为什么要这样做？从小到大，我们已经习惯了一套既定的程序：上好的中学，高考以后上重点大学，大学毕业以后找一份好工作，换工作是为了赚更多的钱，赚更多的钱是为了买更大的房子，结婚是为了生小孩，小孩长大要上好学校……一直以来我们太注重结果，却忽略了过程的重要性。傅真在这本书开篇中提到"福山"，很多读者非常关心她最后是否已经找到那座"福山"。其实，她最后找到"福山"与否并不重要，因为过程本身就是收获。我所看到的是傅真在旅途中的转变，从以前对生活和工作的抱怨，过渡到旅途初期对未来的担忧，再到后来持着平常心去迎接每一天，享受旅途中的欢乐与艰辛。我觉得她比从前快乐很多，这才是我最高兴看到的。找到"福山"并不比享受当下更重要，因为"福山"不是目的，内心的快乐和平静才是。

电影《摩托日记》中，切·格瓦拉和他的同伴骑着摩托车沿着安第斯山脉穿越整个南美洲，经阿根廷、智利、秘鲁、哥伦比亚，最后到达委内瑞拉。他在旅途中目睹了拉丁美洲社会的各种不公正，随着这些经历而带来的反思让他萌生出国际主义和革命的思想。学医的他原可成为一名医生，可是这次旅行彻底改变了他的人生。长途旅行的意义对我们来说，不在于你花了多少钱去了多少个国家，也不在于你的经历有多传奇自己有多厉害，或者你认识了多少新朋友又被多少人搭讪过等表面的东西，我觉得这一次旅行最重要的反而是它带给我们的反思，而这反思是非常个人的，难以被复制。当然，我们生在这个和平的年代，不会动不动就像切·格瓦拉那样投身革命去，可是当我们看到世界各地不同的人、生活方式、价值观和社会规范时，心里的石头总免不了会有松动的一刻，也迟早会开始尝试用新的视角来看待自己一向认为正确或理所当然的事物。

我自己对间隔年并没有抱着很大的"野心"，对于原来的生活我并没有像傅真那样因为不满现状而刻意去寻求改变。间隔年对我来说是真真正正的悠长假期，让我有足够的时间去游历向往已久的拉丁美洲这片遥远的土地。当我发现已经身在其中时，又情不自禁地想去深入了解这里的过去，了解这一片经过殖民主义和内战洗礼，也被称为美国后花园的地方，了解这片土地上发生的悲惨历史，了解孕育了拉美文学的文化和传统。我所看到的拉丁美洲不再仅仅是英国广播公司 BBC 报道的危地马拉城巴士枪击案或智利矿难救援的新闻发生地，它还有西班牙语学校附近村里小孩子的笑容，玛雅集市的热闹和色彩，各种挑战自我的户外活动以及巴塔哥尼亚的山峰、湖水和冰川。

游历拉丁美洲，感觉像是去了世界的另一端：不一样的语言，不一样的文化，不一样的风景，这一系列的"不一样"让人感觉置身于一个"魔幻现实"的国度。若不是有照片为证，实在不知道如何判断自己当时是在梦里还是现实生活中。我们的下一站将会是亚洲，一个回国定居之前的缓冲地，一片熟悉而又陌生的土地。那里有深深吸引着我们的文明古国印度，还有东南亚的热带风情。那里不再有了无人烟的平原，也没有神秘的原住民部落。不过令我们同样期待的，将会是可口的美食、宽容丰富的文化和充满生命力的人民。

图书在版编目（CIP）数据

最好金龟换酒 / 傅真著. —— 北京：中信出版社，2014.1　（2019.4重印）
ISBN 978-7-5086-4122-5

Ⅰ.①最… Ⅱ.①傅… Ⅲ.随笔—作品集—中国—当代 Ⅳ.①I267.1
中国版本图书馆CIP数据核字(2013)第162027号

最好金龟换酒

著　　者：傅真
策划推广：中信出版社（China CITIC Press）
出版发行：中信出版集团股份有限公司
　　　　　（北京市朝阳区惠新东街甲4号富盛大厦2座 邮编 100029）
　　　　　（CITIC Publishing Group）
承 印 者：鸿博昊天科技有限公司

开　本：880mm×1230mm 1/32
印　张：11　　　　　　　　字　数：230千字
版　次：2014年1月第1版　　印　次：2019年4月第15次印刷
广告经营许可证：京朝工商广字第8087号
书　号：ISBN 978-7-5086-4122-5/I.393
定　价：39.80元

版权所有·侵权必究
凡购本社图书，如有缺页、倒页、脱页，由发行公司负责退换。
服务热线：010-84849555　服务传真：010-84849000
投稿邮箱：author@citicpub.com